吕进　熊辉◎主编

# 诗学

SHI XUE

**2020**

**第十二辑**

巴蜀书社

# 《诗学》编辑委员会

# 目 录

**抗战诗歌研究**（主持人：张传敏）



**中外比较诗学研究**（主持人：向天渊）



**硕士研究生论坛**（主持人：梁笑梅）



**音乐文学研究**（主持人：童龙超）

# 卷首语

## 吕进先生与中国新诗研究所

熊　辉

无论从哪个角度来讲，今年都是非常特殊的年份。新型冠状病毒的流行改变了人们的日常生活，也改变了人们对生命的看法；多雨的初夏带来的地质灾害，让人们在碌碌奔忙之外，领略了生命的渺小和活着的真谛。

在这样的背景下，诗歌创作、诗歌研究乃至诗歌教学都出现了不小的变化。但总体而言，在人类千姿百态的生活面前，在物质追求尘嚣日上的当下，中国诗坛无疑是寂寞的。但在寂寞的诗坛内部，诗人和诗评家却显示出不同寻常的美学追求。且不说应景的疫情诗歌创作出现了高潮，单是诗人从自我体验出发做出的各种艺术探索，足以让早已"边缘化"的诗歌找到久违的自足，抑或让背负沉重社会负担的新诗重新找回主体身份。

与诗歌创作的繁荣相比，诗歌研究在学院派和民间学者的共同努力下，也迎来了自己的黄金时期。太平盛世，我们拥有安定的学术环境，也拥有自上而下的各级项目经费支持，学者大多埋头钻研，不问窗外季节的变化和风景的更迭，将毕生精力奉献给了学术，每年数量煌煌的专著和论文足以说明我们这个民族对诗歌研究情有独钟。当然，也有很多学者，尤其是不在高等院校和研究机构工作的人，他们舍弃了各种考评，以“不为稻米谋”的纯然姿态投身学术，所言之事或物也许更有旁观者的清醒之思。

《诗学》作为一份纯粹的诗学集刊，部分彰显了中国新诗研究的面貌。这份刊物承载的不仅是当下诗歌研究的思想和艺术，更是一群人的诗学趣味与诗学主张，尤其是带有理想主义情怀的诗歌梦。中国新诗研究所地处西南边陲，在学术资源和话语权力逐渐集中的情况下，其生存和发展必然面临诸多挑战，虽然学术论文、学术专著和学术课题的增量有目共睹，但昔日的辉煌和明确的诗学观念似乎更加难以维系。中国新诗研究所已经有 34 年的历史了，《诗学》也已经有 11 年的历史了，但每每思虑至此，内心的惶恐与无奈依然无处隐藏。

每个人都是历史链条中不可或缺的结点，但亦是历史潮流中可有可无的尘埃。往积极的方向思考，我们应该怀着饱满的热情和义无反顾的行动力，通过锲而不舍的进取，延续或超越既有的传统；往消极的方面思考，我们应该甘于做个普通人，在力所能及的范围内，在保证个体生命自然需求的基础上，“尽人事”而又“存天理”。因此，对于中国新诗研究所的发展而言，它需要一代又一代学人的艰苦付出，就像溶洞的石笋必须经过千百万年的沉淀才可积攒而成。从这个意义上讲，每一个新诗研究所的教师或学生就成了缔造其历史的必不可少的人物。但既然是很多代学人的努力方可造就中国新诗研究所的辉煌，那个人的力量似乎又显得微不足道了，尽管它是历史的构成元素。

对于西南大学中国新诗研究所而言，不管人们对之做何评价，它始终是中国新诗史上不可绕开的存在。西南大学中国新诗研究所是新文学史上第一家独立建制的新诗研究实体机构，其对新诗研究、新诗研究人才的培养等作出了卓有成效的贡献。从 1986 年 6 月 18 日中国新诗研究所正式成立至今，其作为一个实体机构经历了各种变迁，最终发展成为和谐且充满朝气、学术积淀厚重且影响力广泛的研究单位。在研究所的建立和发展进程中，吕进先生扮演了不可或缺的重要角色。

中国新诗研究所是在吕进的倡导下成立的。中国新诗研究所的前身是西南师范学院外语系汉语教研室，过去外语系的课程设置丰富，注重学生人文素质的培养，开设了很多中文课程，而且是中文系教师授课。1977 年，外语系自己成立了汉语教研室，教学受到外语系学生的热烈欢迎，于是这个教研室就保留了下来。教研室由吕进当主任，成员有邹绛、吴庆华和张先全，后来又增加了黄德蓉，教研室获得了硕士招生资格，具有成熟的建立新诗研究所的条件。从主要研究人员来讲，邹绛是老诗人，著名诗歌翻译家；吕进在诗歌评论界已经具有较高的知名度，出版了《新诗的创作与鉴赏》《给新诗爱好者》等学术专著；著名诗人方敬是学校的副院长，是抗战以来著名的诗人和作家。更为重要的是，汉语教研室已经招收研究生，在学科上具有十分明显的优势。学校总体上支持成立新诗研究所的设想，但有人认为仅仅研究诗歌太窄，建议中文系和外语系相关的几个研究室合并，成立文学研究所。吕进不同意，他担心这样组合后，研究所就会失去特色和主攻方向。

1986 年 6 月 15 日，学校将成立新诗研究所的文件草稿送给吕进过目，吕进说应在“新诗研究所”前面加上“中国”，因为外国也有新诗。就这样，所名正式确定。1986 年 6 月 18 日，西南师范学院党委下达西委发（86）077 号文批准成立中国新诗研究所，任命吕进为所长，与外语系实行系所结合。中国新诗研究所是学校直接领导的系处级单位，批文内容如下：“为适应新诗发展的需要，经校党委常委一九八六年六月十三日会议研究，同意建立西南师范大学中国新诗研究所（系级），暂与外语系实行系所结合。吕进同志任所长。特此通知。”中国新诗研究所是国内第一家实体研究新诗的机构，它的成立在当时产生了不小的轰动。校报《西南师院》和《重庆日报》最先报道，然后北京的《文艺报》、上海的《文学报》、安徽的《诗歌报》都做了大幅报道。臧克家、卞之琳、刘湛秋、杨牧、叶延滨、谢冕、于沙、吴欢章、胡天风、孔孚、孙克恒等名家都来信祝贺。臧克家在信中说："你校成立中国新诗研究所，是一个创就。吕进任所长，可谓得人，我心甚慰。"作为一个具体的单位，除所长外，邹绛任所学术委员会主任，符忠荣任办公室主任（学校9月3日任命），形成了研究所的构架。臧克家、卞之琳任顾问教授（经校长同意，中国新诗研究所11月5日致函臧老，他15号回信同意。12月27日致函卞老，他次年2月3日回信同意）。1986年8月新诗研究所办公室主编的《情况简报》创刊；1986年12月邹绛主编的《中外诗歌交流与研究》（后更名为《中外诗歌研究》）创刊。

在吕进先生的带动下，中国新诗研究所在学科建设上不断进步。1984年6月，以方敬、邹绛和吕进为指导教师向国务院学位委员会申报"中国各体文学"（后依照国务院学位办的规定改称"中国现当代文学"）硕士点，1985年获准，同年开始招收硕士生。中国现当代文学在1993年国务院学位委员会组织的全国学位与研究生教育评估中被评为A级硕士点，1996年成为四川省重点学科，重庆直辖后于2000年转为重庆市重点学科。2012年西南大学中国语言文学专业获得重庆市一级学科重点学科后，所有的二级学科都设为重庆市重点学科。1996年，专业带头人吕进开始招收中国现当代文学专业博士生。2011年，中国新诗研究所、汉语言文献研究所、文学院三家单位联合，西南大学中国语言文学获准申报一级学科博士点，中国新诗研究所中国现当代文学专业和比较文学专业开始招收博士生。21世纪以来，中国新诗研究所面临着新的发展机遇：2002年，西南师范大学成立了以吕进为主任的中国诗学研究中心，整合了其他单位的诗歌研究资源和力量，该中心2003年成为重庆市首批重点文科研究基地，这对中国新诗研究所的发展将起到推进作用。随着中国语言文学博士一级学科和博士后流动站的成功建立，中国新诗研究所的学科建设也迎来了新的机遇和起点。

吕进十分重视诗学人才的培养。中国现当代文学从1985年开始招生，比较文学与世界文学从1996年开始招生，语文学科教育从2010年开始招生，1997年新诗研究所开始招收博士研究生，到2020年，共计招收培养了500多人次的博士研究生和硕士研究生。新诗研究所培养的学生毕业后分布在世界各地，主要集中在高校和中小学工作，很多学生已经成为国内知名学者，陈强（江弱水）、王珂、李震、王毅、蒋登科、杨四平、北塔、段从学、向天渊、陆正兰、梁笑梅、熊辉、颜同林等多名校友已经成为博士生导师和知名的诗歌批评家，成为中国新诗研究的重要力量。因此，新诗研究所被誉为培养中国新诗研究学者的“黄埔军校”，也有人将新诗研究所毕业的学生称为诗坛“吕家军”。吕进曾多次说，“中国新诗研究所”是他一生中最重要的作品，说明他并不在意个人的诗学创见，他更看重新诗所这个团队及其培养的学生的集体成就。也正因为如此，为纪念中国新诗诞生一百周年，褒奖在中国新诗发展史上的杰出贡献者，全国诗歌报刊网络联盟、中国诗歌万里行组委会等单位，联合发起了“百年新诗贡献奖”评选活动。其中评选出诗歌教育、诗歌评论方面有卓越贡献的诗歌评论家，如谢冕、吕进等人。吕进的获奖理由除了突出的诗学评论成就之外，就是他是“第一家面向全国招生和培养新诗研究人才的大学机构——西南师范大学（现西南大学）中国新诗研究所的创办人”，这是社会和学界对吕进及其创办的中国新诗研究所的最大认同。

中国新诗研究所三十年来积淀的核心学术思想是吕进倡导的中国新诗的“上园派”道路。上园派的名称来源于北京上园饭店，1984年和1985年一批知名的诗评家在上园饭店两次聚会，并于1987年出版了《上园谈诗》一书来宣传他们的诗学主张。1986年在广州《华夏诗报》的一次笔谈中，诗报编者在为笔谈所写的《编者按》中第一次用了“上园派”的名称。在阐述上园派的理论精神时，吕进认为上园派“坚定地继承本民族的优秀诗歌传统，但主张传统的现代转换；大胆地借鉴西方的艺术经验，但主张西方艺术经验的本土化转换”。中国新诗研究所学术思想的形成是一个不断建构和完善的过程。吕进对中国新诗的贡献突出地体现在新诗基本理论的研究方面，他把新诗史研究、诗学批评史研究和对当前诗歌创作的研究结合起来，主要探讨新诗作为一种独特的艺术样式所具有的基本特征，从而构成了完备的诗学体系——新诗文体学。对过去诗学研究的探讨和反思，对诗歌文体规律的学术抽象和提升，对新诗运行轨迹的勾画和指引，以及对新诗史上有艺术成就的诗人的评介等是吕进诗学体系的具体内容。就吕进的学术思想在新诗史上的地位和影响而论，20 世纪 80 年代后期，以他为代表的“上园派”的诗学主张作为新诗理论重要的“一元”在学术界产生了广泛而深远的影响。21 世纪以来，面对新诗发展的诸多“缺失”，吕进和骆寒超等人提出了“新诗的二次革命”，旨在“推动新诗再次复兴”，其中诗体重建、诗歌精神重建和诗歌传播方式重建（惯称“三大重建”）是“新诗二次革命”的主要内容，从理论的角度为新诗的积极发展起到了推动作用。此外，吕进还提出了“新来者”等涉及新时期诗歌研究和新诗的“变”与“常”等涉及新诗发展的重要理论问题。因此，吕进凭着自己建构的完备的诗学体系、“上园派”理论主张和“新诗二次革命论”主张而成为中国乃至世界华文诗学界的著名诗评家。

吕进及其带领的中国新诗研究所取得的辉煌与成就不可复制，新诗研究所全体同仁及校友应该发挥团队优势，发扬新诗研究所的学术风气和学术精神，“守住梦想”，续写中国新诗研究所又一段“迷人的远航”。

# 中国现代诗学

**主持人语（熊辉）：**

中国现代诗学栏目之前是向天渊教授主持，本期由我负责。作为单纯的现代诗学辑刊，组稿不仅要受到专业的限制，还要受到当下学术评价机制的制约，非核心期刊的生存语境实在是艰难。

好在新诗研究内部比较繁荣，诗歌的研究方法和研究内容丰富多彩，因此总会有符合我们编刊要求的优秀稿件。本期所选的第一篇文章《当代新诗课堂剪影》严格说来不是学术论文，只是课堂上诗歌文本阅读和讨论的记录，但在“现代诗学”的范畴内，这样的文章更具现实意义：一是诗歌研究应当立足文本，不能脱离研究对象而陷入深奥的悬想，不能离开文学文本而一味地进行观念演绎；二是在21世纪语境下，新诗应该如何走入课堂、在课堂上应该怎样读诗等，均是新诗教学、新诗传播和接受、新诗研究的重要内容。从这个角度来讲，易彬教授及其学生的行为打开了中国现代诗学的又一片领域，这样的文章值得刊发。

第二篇文章《中国新诗格律化思潮论》是山西“民间学者”赵青山专论格律体新诗思潮史的文章。所谓“民间学者”，是说赵青山先生不在大学工作，不依靠写文章来应付工作和考评，写作对他而言仅仅是兴趣和爱好。这样的写作状态，是多少高校教师梦寐以求的理想！赵先生的文章不拘一格，但又能细致入微地勾勒出格律体新诗发展的“小历史”，其诗学价值不容小觑。

# 当代新诗课堂剪影

## ——长沙理工大学谈雅丽诗三首讨论实录

易　彬　彭琪惠等

我给硕士研究生开设“新诗专题研究”课程多年，一般都是以新诗史为主线，兼有一定量的作品解读。课程作业也多是关于诗歌史、现代诗人及诗歌现象的专题研究。现有课程的安排方式自有其合理性，但学生对当下的诗歌仍缺乏关注，对于诗歌文本的研读也比较浮浅。我一直试图对此课程做些改变，特别是在文本解读方面。后来，我在布置课程作业时提出了两种方案：一种是采用原先的历史研究模式，另一种则是将研究对象由历史转向当下，邀请当下的诗人参与到作业之中，对其诗歌文本进行分析，其诗歌文本采取匿名的形式。具体操作是：根据选课人数，邀请相应人数（一共有八位同学）的诗人，每位诗人提供三首没有发表过且在网上无法查到的作品，然后隐去诗人姓名、写作时间写作背景等信息。每位同学面对文本，写出不少于3000字的评论，最后大家一起来讨论。

同学们听了我提出的方案后都有点兴奋，全部选择了第二种方案。他们觉得虽有难度，但富有挑战性，也会有特别的趣味。随后，我即开始了作者的选择——也不是随便选择，而是考虑了八位诗人的年龄（从“50后”到“90

后”)、性别(男女各一半)、地域、职业、诗歌风格及知名度等方面的情况。作者的确定大概用了一周时间。随后，我将作品编号随机发给了八位同学。直到所有的评论完成，我才告知同学们，这八位诗人为王家新、吴投文、谈雅丽、武强华、肖水、青蓖、杨碧薇、尹祺圣。

因为匿名规则的原因，此次讨论会被命名为“匿名诗歌讨论会”。第一场讨论于2019年12月18日进行。考虑到是初次进行，我们先安排了三位同学主讲，分别讨论杨碧薇、肖水和谈雅丽的作品。因为谈雅丽正好在长沙，她和另两位诗人也参与了讨论。讨论原定时间为14:15-17:00，实际持续到了18:30左右，讨论超过了四个小时，讨论进行得非常热烈、细致。第二场讨论于12月25日进行，分别讨论的是王家新、吴投文、武强华、青蓖和尹祺圣五位诗人的文本，青年教师王勉博士也参与了讨论。

就此次作业改革实际效果而言，直接面对文本，激发了同学们富有想象力的讨论，对文本内涵也有比较好的发掘。很显然，背景因素的缺乏会使得一些讨论与作者的写作意图不尽相符，比如对肖水诗中的一些细节的理解。诗人谈雅丽的到场，使得写作背景和思路方面的一些情况得以揭示。此次讨论会发现，诗人到场与否或者写作背景都无妨，“作者意图”固然重要，文本原本也是“有意味的形式”。

这种直面文本、带有“新批评”色彩的做法随即获得了一些反响，数位开设类似课程的学者表示今后也将借鉴。而经过两轮的讨论，我也觉得有些环节可以改进，比如“匿名”工作还可以更彻底——文本讨论阶段可以继续匿名，直到全部讨论结束再公布诗人的信息，这样可以尽可能减少诗人对学生的“干扰”，让学生更直接、更纯粹地面对文本，激发更多的想象力。

本次整理发表了第一场讨论会的第三组讨论，讨论对象为谈雅丽的诗三首。以下为相关信息：

主讲人：彭琪惠(长沙理工大学文学与新闻学系2018级硕士研究生)

引言人：易彬（长沙理工大学文学与新闻学系教授）

发言人：谈雅丽、柴棚（以上为诗人）、何家骏、张凡、段振江、习淳、王仁赫、柳晓珊（以上为硕士研究生）

时　间：2019 年 12 月 18 日

地　点：长沙理工大学金盆岭校区 7 教 319 教室

易　彬

2020 年 7 月 20 日

## 《黑暗之神》

**彭琪惠**：之前读了一本关于解读诗歌的书，里面写道：诗歌可以营造情境，情境带有故事性。但诗歌毕竟不是小说，所以它虚拟的情景就有一种复义性，具有多重想象的可能性，也容纳了多重的母题。仔细阅读《黑暗之神》《深爱之美》《一只小鹿，双角洁白如雪》，我发现无论是正面还是侧面都涉及生命的母题。《黑暗之神》，这首诗带有故事性，诗人在诗中刻画了一个逃避反动者追捕的懦夫形象“他”。这也是一个被囚禁起来的生命个体。“战时以色列”是故事的背景。“为了逃避反动者的追捕”，“他”被妻子藏于一间地下室，然而妻子“出于爱或者占有的心理”没有告诉“他”敌人后来已经离开的消息，从此“他”便在黑暗的地下室生存了九年。诗人为什么写“九年”，而不是“八年”“十年”或者其他时间，或许，这具体的数字背后隐藏着一个客观事实、一个具体而真实的事件或者故事。那么，我不禁想问诗人，为什么写出了这首诗？素材从何而来？来源于看到的一则新闻、一篇报道吗？再就是读这首诗的时候，我会思考诗中的“他”为什么被囚禁多年？有一个可能性就是漫长的时间、无边的黑暗、对妻子的信任、对战争/死亡的恐惧使“他”丧失了主动思考的能力。这就涉及“时间和空间对于个体生命及其想象力的限制”。

其实一开始我并没有想出这么具体的一个表达，而表达的是“生命在时间和黑暗面前显得多么无力”。后来，我知道这三首诗的作者是谈雅丽老师后，就去找了一些资料，便看到有人评论她的诗有那种“时间和空间对于个体生命及其想象力的限制”。这也正是我想表达的意思，所以引用过来了。“黑暗”一词在诗中多次出现。我想这里的“黑暗”不仅仅指具体而现实的地下室里的黑暗，也是一种抽象的黑暗。什么是抽象的黑暗？第一种可能是，战乱的世界、敌人的追捕、“钢剑直逼咽喉”等可怖的存在。第二种可能是“他”本来就缺乏独立的主观判断思维，这是个人因素。第三种可能是“他”甘于与世隔绝，仍有自己的思考和判断，却不愿直面现实，选择逃避。这是一种内在心理因素，也就是说被囚禁是“他”的主动选择，这是一种自我放弃、自我麻痹、自我封闭。为什么说这是一种自我封闭呢？他虽然活在黑暗中，但外界的声音还能感觉到，比如“妻子熟悉的脚步”“水桶在井栏碰击”“天井里大雨落下”。

九年的时间里，这些外界的声音依然无法让“他”有勇气走出黑暗。黑暗反而给“他”带来安全感，“他”“甚至不再在意他的危险”。试想一下，如果“他”被反动者逮捕，会面临一些什么？可能是直接被残杀死亡，也可能是受尽百般折磨而死。的确，生存在战时的以色列，真实的黑暗比充满战乱的光明更让人心安。从“黑暗中他什么都不去想”到“他成功地囚禁了自己”。“成功”一词显得意味深长，一方面说明“他”自愿选择困守黑暗的目的达成；另一方面也带有反讽色彩，暗示这样的“自我封闭”使其丧失了自己的生命价值。生而为人，可以害怕、逃避，可以平凡、平庸，但作为一种具有思考能力的生命绝对不可以自我放弃、自我封闭、自我欺骗。诗中的“他”长达九年的“自我封闭”无疑毫无生命价值（或者说是人生意义）可言。这也是我为什么要以“从一个被囚禁的生命那里，思考生命价值何在”为一个小标题去总结这首诗。

接下来要说的是诗中隐藏着诗人的批评与否定态度。“他”明明是被妻子藏于地下室，这是一种躲避、一种隐藏，可诗人将其视为“囚禁”。“囚禁”这个词的使用带有贬义。还有“懦夫”“一只守在巢穴里温顺的野兽”“一个神秘而无能的黑暗之神”这些都表明诗人的批评与否定。野兽给人的印象是凶猛的，却用“温顺”去修饰它；神是无所不能的，却用“无能”来修饰；修饰词与被修饰对象之间的巨大反差带有讽刺性。这是对“他”自我封闭行为的一种讽刺，也是诗人否定态度的一种诗意表达，表明诗人对这种自我麻痹式的人之劣根性的否定。那么，诗人是在从一个被囚禁的生命那里，思考生命价值吗？

**易彬：**谈老师，这首诗取材于一个故事或者是一个报道吗？它引起了你的共鸣？我想这中间也加入了你的想象，特别是后半段，“梦见了梦见繁华热闹的街道/麦草起伏的平原/后来梦到月黑风高，钢剑直逼咽喉”。

**谈雅丽：**这首诗其实就是从一个报道源起，我当时想提的一个观点是人在生命里生活得太平凡了。我也是想换一种思考方式，因为我以前写的诗并不用讲故事方式。

**彭琪惠：**当我知道这三首诗是您写的之后，就去看了一些您以前写的诗，发现这三首诗跟您以前写的是不一样的。我不知道自己对这三首诗的理解是不是对的？

**谈雅丽：**诗歌按照自己的理解去解读就可以了，希望诗歌的解读有更多的可能性。大家谈谈自己的理解就好了。

**彭琪惠：**我读《黑暗之神》的时候，觉得很难理解。之前和同学讨论诗歌到底要表达什么，她认为这首诗表达的是关于人性的一些东西。

**谈雅丽：**都可以，可以让它的外延更宽泛一点。

**张凡**：我来谈谈自己的理解。我觉得不仅仅局限于诗里这个处在战争中的男子所遭遇的一些事情，不仅仅是在叙述“他”的故事，而可以是每一个这样的人，在一个非常舒适的环境里，一开始他可能会对生活产生反抗，但是当长期处于一种麻痹的状态时，这种状态可以让他避开危险、挫折，长此以往，他就失去了一种对外界的反抗，自然而然就变成一个妥协的人、麻木的人。所以，我觉得讲的可能是人生的一种状态。

**彭琪惠**：你刚说的这种人长期处于一种舒适环境而变得麻木，其实就是时间和空间对人及其想象力的限制。

**段振江**：我想说几句，我对《黑暗之神》的理解角度与学姐不太一样，学姐从懦夫的角度去阐释诗中的这个“他”，认为“他”是自我束缚、自我麻痹，长期安逸于一个安全的环境，最终导致人性的退化。我读这首诗一开始把重点放在“妻子”的身上。因为是他的妻子为了庇护他，把他藏在了地下室。当敌人离开之后，妻子并没有告诉他，让他走出来，是妻子囚禁了他。他十分信任妻子，可妻子没有告诉他真相。他的悲剧其实是妻子造成的。妻子因爱他而囚禁了他，说明爱具有一种矛盾性。爱很美好，可也是对人的一种控制。

**彭琪惠**：这确实也是可以去理解的一个点。但是，你怎么解释后面“他成功地囚禁了自己”，又评价他是“一只守在巢穴里温顺的野兽/一个神秘而无能的黑暗之神”？

**段振江**：按我的理解，这个“黑暗之神”更多的是指向他的妻子。他妻子给他制造安逸的环境让他困于地下室。

**彭琪惠**：可是战争已经结束了，他自己可以选择询问他的妻子，他为什么不问？

**段振江**：他对妻子很信任，可以听到外界的声音，比如妻子熟悉的脚步。

**彭琪惠**：这是一个方面，但我觉得与他个人有关。一开始，他就算活在黑暗中，外界的声音还能感觉到，比如“妻子熟悉的脚步”“水桶在井栏碰击”

“天井里大雨落下”。那为什么这些外界的声音都没有让他有走出地下室的冲动呢？这就说明他处于自我封闭的状态。所以我认为导致这种结果有三种可能，有妻子的欺骗、对外界的恐惧等外在因素，也有他个人的因素。

**段振江：**这让我想到沈从文的一篇短篇小说。大概内容是，一个女子嫁给了一个才貌双全的军官，她怕被军官抛弃，下毒弄瞎了他的眼睛，事后军官全然不知，还一度以为她对自己很好。这个故事的意境和诗里的故事很像。

**习淳：**我比较赞成琪惠说的，妻子的欺骗只是一个起因，主要还是“他”自己主观上选择了逃避。妻子没有打破他藏于地下室的局面，他自己也没想要走出来，这是他在自我欺骗。

**段振江：**他选择逃避确实是主要因素。但他并不是没有反抗。

**易彬：**我在读这首诗的时候想到一点，如果把第二节放在诗歌最后，会不会影响我们对诗歌的解读，就是说这个妻子欺骗他的结果最后才出现，一开始他什么都不想，最后才说九年过去，妻子囚禁了一个懦夫。叙述顺序改变又会引发另一种思考。不同的叙述之间肯定也会有不同的张力。

**王仁赫：**我们不妨从作者的创作角度和思想进行分析。诗中的第一小节是作者创作出发点的客观实在动因，“爱或者占有”是对妻子心理的推测，九年的囚禁又回到了客观的实际。“懦夫”是诗人对“黑暗之神”的真正评价，接下来的三节是叙述了“黑暗之神”地下室九年间内心情绪的变化过程。“一只守在巢穴里温顺的野兽，一个神秘而无能的黑暗之神”是诗人对“黑暗之神”的再一次评价，他曾经是地下室之外凶猛无比的野兽，是真正意义上的神，是顶天立地的男人，而当他在这“巢穴”里却只是温顺无能的人。反动者来时，他没有掩护自己柔弱的妻子；地下室九年的生活让他没有了出来的勇气，他在黑夜中虽是全能的战神，但却没有走向阳光的勇气，因为阳光会将黑暗中的神照射得魂魄散尽。

**柳晓珊：**我初读这首诗的时候，想到一部电影——《寄生虫》。它讲的也是一个“囚禁”的故事。妻子在一个富人家庭做女佣，同样是出于爱或者保护心理，她把自己的丈夫藏于富人家里的地下室，囚禁的时间也是长达十几年之久。

**彭琪惠：**所以，有时候我们自己觉得对于他人是爱，但实际上对他人而言并不是爱，反而是一种束缚。

**柳晓珊：**所以，还有一种情况，并不是说这个丈夫是个懦夫，而是因为有些东西迫使他走向了那个环境，也逼着他不能从那个舒适的环境中走出来。在当时那个家庭环境中，一旦出来就意味着要揭穿一个很大的骗局。这时候破坏的不仅仅是自己，还有其他人。诗里的“懦夫”也一样，他自己也想要出来，但是他不得不隐藏起来。因为他出来可能意味着他的妻子要被杀，自己也要被杀。我们发现“他”自己并不愿意做一个懦夫，而人对于死亡的恐惧是一种自然的本能。所以，这不是逃避的问题，是要做出人生选择的问题。

**彭琪惠：**所以，我就说生命的价值不在于“直面惨淡人生，正视淋漓的鲜血”，我们是平凡的人，可以选择逃避。

**易彬：**我刚刚为什么提出调换第二节位置的问题呢？就是说按照这样一个叙述，所展现的就是一个懦夫，或者是一个“神秘而无能的黑暗之神”。第三节是“他什么都不去想”，第四节是“每天都可能是他的末日”，如果把“每天都是他的末日”提前，再到后边“他什么都不去想”，那这种叙述的故事性，对读者理解人被囚禁的状态、心理的刻画又有不同。这首诗歌目前的表述给人印象很深的地方就是充满力量。如果把第二节放到最后，漫长的时间过去之后，妻子才告诉他敌人早就已经走了，那这种叙述的效果会不会不一样呢？当我们主观地对诗歌文本做了一些判断之后，还要想是不是还有另外一些东西被目前的叙述形式遮蔽了。同时，我还想问一下谈老师，这个“梦见”和“梦到”是有区别的吗？

**谈雅丽：**没区别。其实，当时在写作的时候，还有一个小问题。在长沙发生了一件事，很多人围观一个小孩被打死了。我就觉得每个人都好像在适应一种生活状态，这种生活状态是非常安逸的，但其实也有黑暗。我希望对这首诗有更多的理解，不仅是针对这件事，希望这首诗能有更多的外在的延伸意义。我写得比较平实。我觉得刚刚易老师的建议非常好，就是把第二节放到诗的最后，会有一种意外的效果。

## 《深爱之美》

**彭琪惠：**我接着讲下一首诗《深爱之美》，我也用一句话来表达对这首诗的理解——“植物教会我们深爱之美，告诉我们众生命平等”。《深爱之美》前两行告诉读者：“瑞典人文学者洪安瑞在一次与学生的对谈中/提到了植物的欲望”。诗句直白、平淡，却不显乏味，何谓“植物的欲望”？因为在我的阅读经验当中，还没有碰到“植物的欲望”这样一个词汇。诗的第二节并没有继续展开具体的解释，接着转而写“植物的爱”。“人类想牢牢攥紧在手心里的情感”是一种充满占有欲的情感、一种自私且复杂的情感、一种带有束缚性质的情感。与这样的情感相比，“植物的爱更加单纯”，并不复杂。因为，植物的爱没有索取，不是占有，反而会给予——“散发清香，和甘甜”；它们也会“自由地面对自然界的一切生物”，在阳光下绽放“世上最迷人的花蕊”。所以，植物的爱就是一种无差别的爱，一种自由的爱。关于前面提出的疑问，我们或可从诗的第三小节找到答案：

植物的欲望表达纯粹而完美
几亿年，甚至人类和哺乳动物远未出现
植物就用平等，创造了无差别的爱

创造适合人们生活的大地

“植物的欲望”便是创造无差别的爱，其表达“纯粹而完美”。从生命起源的先后来说，植物的出现早于处在食物链顶端的人类和哺乳动物。人类、哺乳动物等其他生命尚未出现时，植物已经为众生命创造了生存环境，提供了生存空间。植物的这种创造是平等的，它们所创造的“无差别的爱”和“适合人们生存的大地”构成一个平等的世界。在平等的世界里，人与植物之间应是平等的，人与自然之间应是平等的，众生命之间都应是平等的。所以，植物的欲望就是创造无差别的爱，这种爱就是一种众生命之间平等的爱。接着，“没有它们，也许就没有此后”再一次表明植物的“先在性”。由于植物具有生殖功能，所以除了“创造”，它们还承担着生命的繁衍。作为另一种生命形态，植物也有一般人类所拥有的情爱，且并无二致。“那些带翅膀的小飞蓬”不就是花蕊生殖的果实、植物情爱的结晶吗？成熟后的小飞蓬以“从悬崖上起飞、散落/结束、和重生”的方式完成了生命的繁衍。

总之，没有植物，也许就没有此后生命的繁衍。植物的爱是崇高的给予，是平等、无差别的创造，是生命的繁衍生息。花蕊作为植物的性器，生殖、创造了这种爱。于是，诗人告诉世人“是盛开的花蕊，教会了我们深爱之美”。最后，诗歌中好像蕴藏着这样一条脉络：植物—花蕊—生殖—创造—小飞蓬—结束和重生—繁衍—爱。脉络中，每一个点都环环相扣、息息相关。写植物具体到写花蕊，花蕊承担着植物的生殖，生殖便是一种创造，植物用平等创造出无差别的爱；可植物的本质是生命，生命可以创造，也可以被创造，还可以结束和重生，小飞蓬的重生体现着生命的繁衍。这些关联则共同指向“深爱之美”，即一切生物之间纯粹的、自由的、众生命平等的爱。第二首诗讲到这里，大家可以谈谈自己的阅读体验。我觉得这首诗的主题还是比较鲜明的，像谈雅丽老师以前的一些诗，也是可以直接地感受到诗人要表达的那种深爱之美。

**易彬：**对，这是谈老师诗中比较多出现的元素。大家都可以说一说。

**何家骏**：谈雅丽老师的《深爱之美》我很喜欢，我忽然想到，如果我们不是一个文科生，而是一个生物学家，会如何看待这首诗呢？前一阵子我读到《达尔文与进化论》里面的一句话，大意是："要推翻我进化论，只要指出任何物种身上的任何一个部位是完全为利他而生长出的就可以了。"也就是说，达尔文认为无论是动物还是植物，身上的任何一个器官都是为了自己的生存而生长出来的。诗人将植物描绘成创造了完全"单纯""自由""纯粹""完美""平等"的"无差别的爱"，这其实从生物学的意义上说是说不通的，这并不符合科学的理论，但或许这也就是诗歌的效力。我想，并不是"盛开的花蕊，教会了我们深爱之美"，而是诗人、人类教会了自己深爱之美。

**易彬**：刚刚家骏讲到，是诗人的眼光、诗人的情怀教会了我们深爱之美，我想这是很对的。

**段振江**：这像是一种自然主义。

**彭琪惠**：我看卓今老师评论谈雅丽老师诗歌的文章，里面也是说谈老师的诗有一种自然主义和人本主义。

**易彬**：这确实也是谈老师诗歌中常出现的一个主题。我想很多时候，也不能完全从科学的角度去看一首诗歌。刚刚谈到植物没有一个器官是利他而存在的，但是我们所面对的关系是人和植物、人和自然界，这又是另外一种关系了。如果一切都像科学一样那么精确的话，那我们的诗歌、我们的文学存在的价值意义可能就会打上一个很大的问号。

## 《一只小鹿，双角洁白如雪》

**彭琪惠**：我接着讲第三首诗《一只小鹿，双角洁白如雪》——在充满哲理的生死辩证中，寻找生命的归宿。我想问谈雅丽老师，是不是去郎木寺看了一场天葬之后写下这首诗的？我去色达看过一场天葬，看到您这首诗写天葬，让我有一些共鸣，也引发了我的一些回忆。天葬是藏族的一种传统丧葬方式，也是一种神圣的宗教仪式。对于天葬的想象，我自然而然带入曾经的一些印象。站在与天葬台有一定距离的地方，可以看到喇嘛诵经，“平坦的峰顶，散落一些碎骨”，“有人把肉尸背上天葬台”，附近的山坡上“站满鸵鸟一样肥胖的秃鹫”，继而肉尸被分割成块，早已在等待的秃鹫群起而飞，迅速地扑了上去。诗歌省略了天葬可能会带给人不适的具体画面。这样的省略使诗歌留下了空白，给读者留下了想象天葬场面的空间。藏民选择天葬的方式让生命归于自然，在这里死亡不仅仅意味着结束，也意味着新的开始，带有重生与超脱的意味。在藏传佛教中，用自己的尸身喂食秃鹫，是舍身布施，也是最尊贵的布施。这也是天葬神圣的原因所在。一般情况下，天葬允许观看，不允许拍照。因此，出于对这场神圣仪式的尊重，诗人谈雅丽老师有意地省略了一些血腥的具体画面？

通过天葬，藏族人找到了生命的归宿，找到了永生的方式。于是，藏族老妇“抬头看着满山走动的秃鹫”，说完“我将来也要去上面”的时候，“面色安详”。她知道自己最终的生命归宿也在天葬台，用自己的肉身喂食秃鹫代表着永生。所以，对于生命的终结，藏族老妇以淡然的心态去面对。尽管天葬带有可怖的色彩，但当目睹一场天葬仪式时，藏民对崇高死亡方式的选择和面对生命结束的坦然及仪式的庄严肃穆让我们心中的神圣之感油然而生。有时，一种强烈情感萌发，其强大力量足以让我们忽视一切，淡化其他情感。此情此境之下，对于天葬，我们不再感到恐怖、血腥，那难闻的腐尸味也随着高原上的风渐行渐远，我们只感到神圣、庄严！诗人没有展开具体的天葬图场面，也可能是因为看完天葬之后心中自然而然产生了这种神圣之感？所以，诗中的天葬没有可怖，只有神圣。

这首诗还有一个明显的特征就是意象的堆积。因为诗的篇幅较长，自然意象也较多。众多意象交织出一幅充满原始生命力的郎木寺风景图，比如：峰顶、天葬、桑烟、白云、蓝楹花、露珠、山坡、小鹿、铜铃铛、五色经幡、碎骨、秃鹫、天葬台、藏族老妇、塑料布、绿松石、佛珠、牦牛角磨制的梳子、羊骨手镯、电闪雷鸣、瓢泼大雨、小镇、寺庙、小僧、佛事、肉尸、插箭台、群山、悬崖、白龙江、晨风等。我之前读到："每个意象里都有不同的故事，不仅是意象构筑的画面故事，同时也富含情调、情境，有丰富的感情因子在里面，有着诗人曾经的生命体验。"我对这句话是非常赞同的，所以引用过来。诗里的意象组合起来，构筑起一幅幅画面、一幕幕场景、一个个故事。我们可能会品味出其中的某种情感指向，体验到某种哲理性思考。

诗里第一幅画面便充满了生命力。"在一面开满蓝楹花的山坡"上现出"一只闲逛的小鹿"，它的"双角洁白如雪"，它一边咀嚼着山坡上的青草，一边"甩动着细短的尾巴"，"偶尔晃动一下鹿角"就会引发"脖上的铜铃铛"在晨风中叮当作响。在这幅画面里，小鹿的出现伴随着一场天葬仪式的结束。一个生命终结，另一个生命（即小鹿）出现，且生命力旺盛，以至于诗人说它"咀嚼着生的幸福"，而其中的相对关系指向了生与死的辩证关系。诗中描写与藏族老妇讨价还价、清晨摸黑询问寺庙小僧"今日有无佛事"、藏族老妇抬头看秃鹫……这些都是诗人最直接的生命体验。"为了一串白玉色的羊骨手镯"，老妇与"我们"争论不休；而面对死亡时，她反倒"面色安详"了。对此，我们可以感受到"天葬"有种无形的力量，使人们坚信天葬便是最后的生命归宿，可使生命永生。并且，这种坚信已深入藏族人的骨髓。

一首写景诗乃是一幅画。我们再看第六节，"不远处有一座插箭台，经幡木箭直指向天空，天阔云淡，群山起伏，从悬崖边俯瞰白龙江，江水奔腾，晨风唤醒了早起的人群，两座寺庙的金顶在朝霞中熠熠闪烁"。几乎不需要再添加词汇，散文化的诗歌语言能让写景抒情顺其自然。每一句诗都充满画面感，把这些画面拼凑，一片宏观的景色跃然于眼前。这里的白龙江是甘肃、四川两省的分界线。"一江分隔两省"非常直白地写出了郎木寺这个小镇特殊的地理位置。江的北面属甘肃，南面属四川，所以郎木寺是两省共辖的一个小镇。有意思的是，在这个一分为二的地方，生命归于统一。这里的一切生命“都在呼吸、生长、渴求”，每一粒沙砾，每一块石岩，每一棵树，一只飞鸟，一只双角洁白如雪的小鹿……它们和谐共存，在这里生长，也会在这里找到生命的归宿。当然还有这里的人们，无论江北的还是江南，当生命走到尽头，他们最终的归宿都会是那峰顶的天葬台。所以，在这里“边界静止/生的气息漫延”。

接着，我们要谈一下生死的辩证关系。回到诗的开始，诗人开场便写“结束”，一场天葬仪式的结束。此外，“凌晨”是一天的开始，在这个表示着新的一天到来的时间，“郎木寺峰顶/刚刚结束一场天葬仪式”。“开始”和“结束”在此处的对立、统一形成了某种张力，给诗增添了一层带有辩证色彩的哲理意味，即一种诗人关于“结束即开始”的哲理思考。与“开始”和“结束”相对应，“生”和“死”之间的辩证关系也有着相同的哲理性。天葬台，在这个充斥着死亡气息的地点，死和生对立的明确界限从抽象的精神层面来看竟变得模糊。人死之后留下的肉身在此以飨秃鹫，人的生命彻底归于“无”，然而秃鹫却因此而生存下来，这很像是一种“变相”的重生。死亡本具有不可抗性，可天葬让人不惧怕死亡，比如坦然的藏族老妇。它用充满神性色彩的寓言告诉人们舍身布施是一种慈悲，可以通向永生。在这里，死即是生，生死的对立也被消解。

再有，生与死的辩证关系从老子的辩证哲学那里可以找到契合点。老子有言“有无相生，难易相成，长短相形，高下相倾，音声相和，前后相随”，其间的辩证关系告诉世人事物的对立统一。同样，生必然走向死，而死即是生，生与死的关系同样具有辩证性。此外，“死即是生”与“死而不亡”的精神指向也相同。“死而不亡”指的是精神的超越、永存。天葬告诉人们“死即是生”，不同样如此吗？它更多的是从精神层面去影响人，使人相信选择这种生命归宿方式便可永生。那么，人们寻求永生也是处于精神层面，带有深深的虚无感。

最后要讲的是时间的无序。旅行是一段关于时间的旅程。就是说，我们经历一段旅程，先到什么地方看到了什么，又到下一个地点看到了什么。但是，我读诗的时候并没有感受到诗的有序性。比如，从诗开头的“凌晨”到“上山时”，到“下山时”，再到第四节的“清晨”，时间显得杂乱无序。旅行的足迹因时间的无序也显得混乱了。诗人似乎有意打乱时间线索，是在用时间的无序来照应生命的无常吗？

《一只小鹿，双角洁白如雪》的第三小节写道：

> 下山时，我们表情凝重
> 仍热衷于为一串白玉色的羊骨手镯
> 和她讨价还价，争论不休

下山时，诗人一行人想从藏族老妇那里买一串羊骨手镯，又因为价格不合适而“和她讨价还价”。读者不禁会问，为什么“我们表情凝重”？是因为天葬带来了神圣感，引起了关于生命、信仰、永生、虚无、宗教等的沉重思索？还是仅仅在于为了一串白玉色的羊骨手镯和藏族老妇讨价还价、争论不休？这些疑问希望能从诗人那里得到解答。天葬是神圣的，而生活中随处可见的“讨价还价”场景是世俗的。诗人刚观完一场天葬仪式，下山时便和卖东西的老妇讨价还价。这些琐碎的世俗生活场景或多或少消解了天葬带来的神圣。“热衷于”表明诗人有意在诗中表达对世俗生活的关切。这也是最真实的生活，也是一种最真实的生命体验，神圣与世俗并存。

总而言之，《黑暗之神》暗含对生命价值的思考；《深爱之美》在表达纯粹、自由、平等之爱的同时也有对生命平等的宣示；《一只小鹿，双角洁白如雪》则带有哲学思考的意味，诗人似乎在思考生死的辩证意义——生命有着走向死亡的必然，也有面对死亡的淡然；死亡也并不意味着生命的全部终结，新的生命会延续；选择崇高的生命归宿方式更是意味着生命的超脱、重生和永生。

**易彬**：大家发表一下意见，你觉得这首诗为什么会用这个题目呢？

**彭琪惠**：我觉得，在诗的一开始就写到了小鹿，天葬仪式结束，小鹿出现了，小鹿是生命的象征，诗要表达的也是“生命”这个主题。我想，“双角洁白如雪”是不是跟天葬的圣洁相对应？

**段振江**：这只小鹿在首尾都有出现，感觉它象征着生命，和《白鹿原》中的小鹿感觉有点像，象征着生命的纯洁、生生不息。师姐刚刚提到这首诗歌具有时间上的无序性。我觉得还蛮有序的，并没有无序。

**易彬**：诗歌有它的时间。“凌晨五点”没问题，“清晨”没问题，“上山”没问题，中间插入了一个“下山”，这就打破了一个时间链条了。凌晨五点天葬刚刚结束的时候，我们看到场景回想起刚刚遇到的人和事，但是中间插入了一个“下山”，又走到另一个时间里去了。我想你认为这个排序是不是有点乱，你讲的无序是我理解的这个意思吗？

**谈雅丽**：其实那个“上山”“下山”是相隔不远的，到天葬台上山一百米，下山两百米，走到更下一点，就会看到生死对立的画面。

**彭琪惠**：那您怎么没有想到要在诗中去表达所看到的真实的天葬的画面？

**谈雅丽**：我不是为了去表达天葬，而是要表达看到的那种生死循环。只是通过很多意象、很多细节来表达生死。

**彭琪惠**：那第三小节的“表情凝重”是因为什么呢？

**谈雅丽**：因为看了天葬，确实是一个非常难忘的经历。当时，特别难受，也特别难忘，从来没有经历过这样一个场景。但是我们一起下山的人马上就进入现实生活了。这是一个真实的场景。上山不远前面就是天葬，一下山见到老人在卖东西，讨价还价起来，进入现实的生活场景。

**彭琪惠**：易老师给了我提示。一开始，我觉得“表情凝重”是因为看了天葬。易老师告诉我注意下一行诗，可能不只是因为感受到神圣才“表情凝重”。我再仔细读了一下，发现画面确实有趣。刚刚经历了一场神圣的体验，可下山就讨价还价去了，很世俗，很生活。

**易彬**：第三、四小节好像写的都是一些在闪动的片段。我最开始问为什么以“小鹿”为题，小鹿出现后，藏族老妇出现，后又出现了一个小僧，然后又转向老妇，最后又转向小鹿。小鹿—老妇—小僧—老妇—小鹿，这可能也是理解这首诗歌中生命循环的关键，对理解生死话题也应该有帮助。

**彭琪惠**：其他两位老师有没有什么看法呢?

**柴棚**：我说一下吧，谈谈自己的理解。我比较欣赏、喜欢谈老师的诗。这三首诗是我之前没有见过的风格，我喜欢她的探索精神。因为她在《诗探索》做过编辑，她可能也在对诗歌创作做新的阐释、探索。试通过对她这三首诗的解读，其实我觉得她的这种探索还算是比较成功的。特别是第一首和第二首，表达很凝练，有思想在里面。其实，前面两首带有批评意味。我们读了以后，可以引申到更宽泛的思想，就是诗歌对我们有一种什么样的启示。

读第一首诗，让我想到一个科学家做过的实验。跳蚤被关在玻璃瓶里面，上面盖了一层玻璃。跳蚤不知道，它喜欢跳，想跳出去，一次又一次碰壁，结果跳不出去。它就觉得根本跳不出去。过了一段时间以后，科学家把玻璃盖打开，但它再也不跳了。这也带有批判。人在年轻的时候是有一种反叛精神的。第一首诗中的“他”为什么会被反动者追捕，其实最开始“他”也有一种反叛精神。为了躲避，他被妻子藏在地下室里面。后来，他长期被关在里面，在黑暗中他有很多幻想，幻想到了被追杀、死亡。慢慢的，他就沉寂下来，形成一种习惯。这揭示了人的本性，这个男人害怕死，妻子出于爱和占有长期地把“他”囚禁，慢慢地让他形成了一种习惯。

其实可以通过这首诗引申出很多东西，我们并不能单单只是去解读诗中的这个事件。我们思想被长期以来接受的传统教育禁锢了，我们需要寻找突破，更多地来培养自觉性。然后是第二首诗，诗人崇尚自然的深爱之美。第三首诗中的小鹿代表一种新生，是生和死对立的表达。其第五节写到了对生和死的看待。人到一定年龄以后对死有一定的理解了，就是对死有一种淡然。与第三首相比，我觉得前面两首更凝练一点。第三首的表达有一些散，我希望它更凝练一点。

**易彬：**从篇幅上来讲第一首和第二首确实更加简练，主题也更加明确，但我觉得第三首也有其独特的味道。中间穿插了一些片段，没有既定的时间脉络，虽然也不是完全无序。同时呢，刚刚说到的小鹿—老妇—小僧—老妇—小鹿，我觉得谈老师在写的时候还是有想法的，她试图通过生物书写的变化，以小鹿来开始和结束，以小鹿为标题来表达对生和死的看法。当然，也可以用老子的理论来解读，这些都是一个人最直观的判断。

我之前跟琪惠讨论了一下，“下山时，我们表情凝重”，为什么“表情凝重”？她最开始的分析就落到这一点，就是有感于天葬的神圣。我提醒她，你要注意到下边的“仍热衷于……”，诗歌要表达的除了神圣之外，是否还有别的？刚才谈老师也解释了一下，事实上就是这样一个场景。当然，我们在读这首诗的时候没有这样一个背景，不一定会知道。诗歌中间特别是第三、四、五小节，用了不同的场景，插入了人物，这里的笔法跟其他几节不一样，插入了人物、对话，类似于小说的戏剧化的手法。这中间也包含了对生和死的一些看法。所以，我觉得这种叙述是很有意思的。

两位老师也谈到了，如果诗歌写得比较长，就会存在无法从头至尾保持更好的张力的问题。我觉得这首诗开头特别好，用结束点来开头。当我们用九章来写的时候，诗歌内在的语言方式、结构还可以继续打磨，也可以进一步讨论。谈老师的诗我陆陆续续读到一些，第一首有写法上的变化，可以看得出来。人和自然的关系在谈老师的诗歌中也是很有意思的话题。

# 中国新诗格律化思潮论

赵青山

## 一

中国新诗格律化是20世纪以来追求新诗形式建设、追求新诗艺术美的一种文学思潮，它既伴随着新诗发生，也伴随着新诗发展。百年以来，虽然由于天灾人祸，倡导新诗格律化的主将刘梦苇病魔夺生、徐志摩长空陨落、朱湘弃世投江、闻一多中弹殒命、陈梦家自缢身亡、何其芳无端受批、郭小川葬身火海，新诗格律化终究未能正式步入形式建设的轨道，但是也因为有一代代诗人和学者用青春和生命痴痴守候，使得大潮始终以自己的坚韧和顽强，汩汩向前流淌，遇暗礁则潜流涌动，逢浅滩则汹涌澎湃，对新诗的繁荣和发展产生了深远的影响。回首诗路，可以看到百年来新诗格律浪潮奔涌、百舸争流的蓬勃景象。运用文学思潮的视野审视百年格律历程，能为考察与研究新诗格律化历史提供一种全新的视野与途径。

# 二

文学思潮是一种重要的文化现象。它由大量个体化的“思”汇聚成某种相同或相似的“潮”，最后形成了一种独特的文学潮流。杭州师范大学洪治纲教授认为：“在梳理文学思潮的概念时，我们已从内涵上涉及了它的某些特点，譬如它的群体性、动态性和历史性。应该说，这些特点都是非常明显的，缺之便不能构成文学思潮。”① 考察百年新诗发展史，发现新诗格律化不是像一种偶然出现的文学现象一样来去匆匆，而是会一直贯穿新诗发展之始终；考察百年新诗格律化历史，发现它也并非仅仅单纯追求为新诗建立一种或几种格律形式，其最终目标是提升整个新诗的审美标准。新诗格律化作为新诗史上的重要文化现象，完全具有文学思潮所必备的主要特质。

## （一）群体性

“文学思潮之所以能够形成‘潮流’，离不开它的群体性特质。这种群体性，一方面，它包含了创作、理论、批评和接受等各层面的聚合；另一方面，它也是由一定数量的个体在文学实践中自觉或不自觉地共同参与，并以大致相同的审美主张推动某一观念或思想系统向前发展，最终形成的一种文学潮流。”② 新诗格律化当然也具备这样的群体性特质。据不完全统计，百年来，诗人和理论家出版了百余部格律体新诗诗集、百余部格律体新诗理论专著，以及六七百余篇专门论文，它既有丰硕的创作实绩、丰厚的理论成果，其研究方向还涉及诗作、诗人、诗论、诗体、诗史、诗美等各个领域，研究视野所及，

---

① 洪治纲：《中国当代文学思潮十五讲》，杭州：浙江大学出版社，2017 年，第 5 页。

② 同上，第 6 页。

囊括了现代与当代，海内外的几乎所有华文诗界。从新月诗派、现代派，到雅园诗派、东方诗潮等，一代代的诗人和学者，汇聚成一个持续不断的巨大群体，秉持着大致相同的诗学主张，写出了一大批在思想、艺术上具有共同特征的现代格律体新诗作，启发了一批又一批后来者（包括作者和读者）的认同与呼应，产生了持续不断的、较大的社会影响，他们的创作和主张也逐步为大众所认可，并将由此推动新诗理念和范式产生革命性的改变。

### （二）动态性

新诗格律化的动态性，是指新诗格律化不是天然形成的静态化的存在，而是拥有极为丰富的动态性特征。这些特征主要表现在：1. 新诗格律化伴随着新诗产生而产生，也伴随着新诗发展而发展。但是在它自身发展的历史时间内，会随着社会文化思潮的演变，充满了各种此消彼长的内在变化，而不是按部就班地保持着某种程式化、静态化的发展状态。如在20世纪30年代外族入侵，民族危亡的关键时刻之消退，在90年代改革开放，民族振兴的关键时刻之重兴，就集中体现了新诗格律化的动态发展。2. 在新诗格律化的发展历程中，创作、理论、批评和接受等层面的作用也充满了无穷无尽的“变量”。如20世纪二三十年代，现代汉语语法系统还不够完善，新诗格律理论还比较匮乏，创作经验也较缺失，人们对新格律诗产生了许多诟病；50年代通过全国性的讨论，形成了必须建立新诗格律的共识，以及利用民歌发展新诗的尝试实践；还有21世纪由于理论的完善，优秀作品迭出，人们对格律体新诗（现代格律诗）的逐步认同，也在本质上体现了新诗格律化的动态性特征。3. 从认知角度来看，也充满了动态性的变化。在判断、归纳和研究新诗格律化思潮时，人们不可能只通过静态的方式进行总结和分析，而是必须对新诗格律化的发展过程进行动态性的跟踪和研究，特别是对其内部各因素此消彼长的观察和思考，从中归纳出支撑新诗格律化思潮发展的文化思想和审美观念，从而对这一思潮做出科学合理的评析。如笔者通过对百年来各个时期一百余位新格律诗人理论和创作的研究思考，历时七年撰写了《现代格律诗发展史》，就是一个充满各种动态性的过程，也充满了不尽相同的理论判断。

### （三）历史性

任何一种文学思潮都是在特定历史境域中产生的，也是特定的地域性历史文化发展的产物。新诗格律化思潮的历史性特征，主要体现在三个方面：一是任何一种文化思潮的产生和发展，必然受制于特定的历史文化环境。新诗格律化思潮的形成，也是与特定的历史文化观念、社会思潮及伦理趣味相互映衬的，是历史意识作用于文学观念的结果。新诗初期，“诗体解放”的文化意识，使得新诗日益自由散漫。有鉴于此，闻一多、徐志摩等开始倡导新诗格律。后来到了中华人民共和国成立初期，由于特殊的文化氛围，新诗格律化在与新诗民歌潮的激烈交锋中，惨然败退。这些历史史实就充分显露出社会历史文化思潮对新诗格律化的巨大影响。二是新诗格律化思潮的产生和发展，具有鲜明的历史性地域特征。20 世纪二三十年代的新月诗派核心从北平移到上海，源自日寇侵华，北平之沦陷；90 年代雅园诗派以深圳为中心辐射发展，源自文化政策的宽松与开放；21 世纪东方诗风以重庆为中心，格律体新诗网以成都为中心，协同发展，源自巴渝浓郁的传统文化氛围。这些都既有鲜明的地域性特征，也与当时当地的社会历史环境息息相关。三是新诗格律化思潮的产生和发展，对新诗史的发展和变化也产生了重要作用。鉴于其群体性和动态性的特质，这股思潮发展的时间越长，对新诗史的影响力也越大。新诗格律化既伴随着新诗产生，也伴随着新诗发展，那么百年新诗格律化历史，其实也是一部新诗史，它当然也可以以此为线索较为清晰地描述新诗发展的主要轨迹。

新诗格律化之“思”之所以能够形成“潮流”，是因为这些新诗之“思”体现了特定时代的精神需求，反映了新诗某些共识性的审美观念，因此才能最终聚合成一股持续不断、滚滚向前的汹涌潮流。这也正好表明：新诗格律化决不是一种偶然出现的文学现象，而是一种适应文学发展流变规律的，与新诗同生共存的文学思潮。

“文学思潮与文学流派是有密切联系的，但文学思潮是较文学流派更高层次的范畴。在一种文学思潮下可以衍生多种流派。”① 而一种文学思潮，它不会因为一个流派、一个社团的消退而消退。就如后期新月诗派的诗人逐渐融入现代派一样，在后来的发展历程中，总是前一个诗派的诗人会因为各种原因逐渐融会进入下一个追求新诗格律化运动的群体中去。犹如长江后浪推前浪，汹涌澎湃，奔腾不息。在新诗格律化思潮下，就出现了新月诗派、现代派、民族化（古典+民歌）、雅园诗派、东方诗潮等伴随新诗发展不同时期的、延续不断的、具有相同追求趋向的许多新格律诗流派。这些流派，受不同时期社会、政治、文化、历史等诸多因素影响，有的有旗帜，有组织，有刊物，有理论指导，有大量作家作品集体出现，呈现出了显性特征；有的湮没于各种大众社团之中，个别诗人或独自创研，或聚合成群，在具有相同趋向的新诗美学追求中，以各自独特的新格律诗（文）优秀作品面世，呈现出了隐形特征。一部现代格律诗发展史，就是一部显性流派和隐形流派此消彼长、潮起潮落的新诗格律化思潮发展流变的历史。

## 三

中国新诗格律化思潮与新诗的发生发展同生共存，伴随着社会政治、经济、文化、科技的发展变迁而潮起潮落。梳理这股思潮，可以依据中国现代格律诗学会名誉会长公木先生的思路为主线。1995 年 2 月 25 日，公木先生在《致现代格律诗学会建雄、黄淮、张朔诸同志的信》中这样写道：“中国新文

---

① 马良春、张大明主编：《中国现代文学思潮史》，北京：十月文艺出版社，1995 年，第 5 页。

学史上，留下了一个遗憾，那就是现代汉语格律诗，没有获得正常的发育。从闻一多到何其芳，三十多年，从何其芳到你们又三十多年，算起来你们是第三次‘浪潮’吧。这个浪是遥继前两个浪而涌起的，但愿这个浪在诗的长河中，产生更壮阔的推动力量，从而开始一浪接一浪地涌向新诗的大海。”①

公木先生的“三次浪潮说”基本符合中国新诗格律化思潮的发展历史。仔细分析新诗史上的三次新诗格律化浪潮，发现它们三次都与当时的社会文化思潮息息相关，都是新诗审美自觉意识的觉醒，都是社会审美意识的增强对新诗形式提出的美学要求。

1. 新诗之初，最需要的是新诗的生存，只有生存，才能驱逐旧诗，在诗坛站稳脚跟。诗人们致力于这同一的目标，便自觉探求新诗自身的社会价值与审美价值。“五四运动”是彻底的反帝反封建的革命运动，也是思想解放运动。初期的新诗无论思想内容还是艺术形式均受其影响，都充满着一种解放感。内容上的反封建、反军阀、求自由、求民主，形式上的反格律、反束缚、自由性、活泼性，语言上的采用白话、废除文言，都是这种解放感的具体表现。在这种文化思潮下，传统诗歌的价值体系与审美形式规范被“五四”新文学风潮冲击得支离破碎。以胡适、郭沫若为代表的新诗人，打起“诗体解放”的旗帜，用他们的创作与理论倡导完成了中国诗歌由“旧”向“新”蜕变的使命。然而，在“五四”新诗潮中，无论是倾向于写实主义的白话诗派，还是提倡浪漫主义的创造社诗群，在实施着自由体形式对古典格律形式的取代中，形式的自由化与散文化成为普遍倾向。新诗陷入了一种散漫无治的失范状态中。建立一种什么样的新的诗歌价值规范，成了“五四”后新诗坛的头等大事。因此顺应新诗发展的需要，以闻一多、徐志摩、朱湘等为代表的新格律诗派应运而生，1926 年 5 月 13 日，闻一多在《北京晨报·副刊》发表《诗的

① 《现代格律诗坛》（总 3 期），1996 年卷，第 149 页。

格律》，成为推进新诗格律化思潮的纲领性文献和理论基石。1927 年，国民革命军北伐，占领南京，混乱的局势迫使新月诗人从北平辗转上海。后来，新月主将徐志摩遭遇空难，诗派失去了赖以生存的活动阵地，逐渐式微。新月诗人纷纷融入现代派，持续推进新诗格律化浪潮向前涌动。

2. 中华人民共和国成立之初，是建立新秩序的时代，百废待兴，百业待举，为新诗建立一套符合中华民族审美传统，易于为大众所接受的新诗规范，迫切地被越来越多的人所提出。（1）1950 年初，刚刚创刊的《文艺报》就以"在目前诗歌运动中和创作上存在一些什么问题"为题，邀请了 11 名学者和诗人在第 1 卷第 12 期上展开了笔谈，其中不少意见都涉及新诗格律化的问题。（2）1953 年底到 1954 年，中国作家协会创作委员会诗歌组连续召开了三次关于诗歌形式的讨论会。会上，诗人和学者们有多种不同甚至相反的意见。第一种意见认为，格律诗是中国诗歌的优良传统，应该继承和发展，特别是五七言的形式，更是应当认真加以研究利用。第二种意见认为，民歌民谣也与格律诗一脉相承，在当代将是有发展前途的一种格律形式。第三种意见认为，不应当用格律诗否定和排斥自由诗，自由诗也是民族形式的一种，进而认为规定诗歌的字数或要求形式上的排列整齐是没有必要的。第四种意见则主张当代诗歌形式应当多样化，格律诗、自由诗都应当发展。这些意见，综合体现着半个多世纪以来对新诗和新诗格律的各种态度。其中，把民歌民谣也算成一种格律诗的主张，与严格的格律诗标准存在着较大差距。不难看出，当时对"格律"这一概念存在着定义宽严不一的重大分歧，泛格律化的主张在新诗格律问题的研究中还是很有市场的。（3）1958 年到 1959 年，全国各大报刊都参与进行了关于新诗形式问题的大讨论。通过一年多的讨论，学者们在许多方面也统一了认识。特别是对现代汉语诗歌要走多样化的道路、现代汉语诗歌格律化的必然性及进行现代汉语格律诗的具体探讨等问题都取得了共识。并且越到后来，讨论也越是变成主要围绕如何建立现代汉语格律诗，以及与之相关的一些具体问题进行激烈而深入的论争了。这次讨论，从参与探讨的人员身份构成来看，参与面之广，层次之高是前所未有的，有国家领导、著名诗人、语言学家、美学家，这说明新诗格律的建立是众望所归。这次讨论，催生了两种对后来新诗格律化发展产生巨大影响的结果：一是何其芳在《中国青年》1954 年第 10 期发表《关于现代格律诗》，为这种产生了半个世纪之久的新诗体起了一个响亮的名字“现代格律诗”，成为中华人民共和国成立以后半个多世纪追求新诗格律化的旗帜，并也因此有与“新民歌运动”相抗衡之嫌疑，受到了无情的批判，导致新诗格律化思潮停滞而消退。二是受毛泽东主席的特殊身份和独特的新诗观影响，后来把民歌作为新诗格律的主体，将古典诗歌的格律，甚至“五四”以来几十年的新诗格律成就都置于附庸的地位，产生了著名的“新民歌”运动，掀起了诗歌“大跃进”的高潮。

3. 20 世纪 80 年代初期，随着中国社会对极“左”思潮进行全面反思，以及思想解放运动的不断深入，中国的思想界开始步入异常活跃的历史时期。无论是文艺领域，还是其他一些人文科学领域，在日趋宽松的意识形态环境中，各种思想和观点都获得了一定的表达空间。新诗格律化思潮也如雨后春笋，呈现出勃勃生机。1977 年 12 月 24 日，臧克家的《新诗形式管见——学诗断想》发表于《光明日报》，该文提出建立新诗体模式的设想。1979 年 9 月，卞之琳的诗集《雕虫纪历（1930—1958）》由人民文学出版社出版，在《序》中又一次提倡建立新格律诗体。20 世纪 80 年代初、中期，丁芒、许霆、鲁德俊、钱仓水、周仲器等人曾酝酿成立新格律诗研究会，但那时批一个社团太难了，最终没有成功。1980 年 6 月，丁芒的《提倡写新格律诗》一文，发表于《东海》。1983 年，丁芒《建立新诗体刍议》发表于上海《社会科学》1983 年第 2 期。1983 年，钱仓水、周仲器合作撰写的《现代格律诗探索的历程（之一）（之二）》分别发表于《镇江师专学报》《淮阴师专学报》1983 年第 3 期。1985 年 8 月，邹绛编《中国现代格律诗选》，由重庆出版社出版。

1985 年 10 月，周仲器、钱仓水编《中国新格律诗选》（由骆寒超作序），由江苏文艺出版社出版。1986 年 6 月，西南师范大学中国新诗研究所在重庆成立，1990 年 3 月，所长吕进的《新诗文体学》由花城出版社出版。1991 年 6 月，许霆、鲁德俊合著的《新格律诗研究》由宁夏人民出版社出版。1992 年 9 月 15 日，孙大雨的《格律体新诗的起源》一文发表于《文艺争鸣》1992 年第 5 期。另外，多部现代格律诗集也由全国各地出版社陆续出版发行。新诗格律化思潮方兴未艾，潜流涌动。深圳特区是根据邓小平的倡议，中央于 1979 年 7 月决定开始创办的。此后，特区建设风驰电掣，狂飙突进。1983 年初，胡耀邦视察深圳，曾赠言特区要“特事特办，新事新办，立场不变，方法全新”，深圳当仁不让地成了 80 年代国内改革开放的先锋。在这样的历史背景下，深圳文艺政策相对比较宽松。1991 年，诗人黄淮在诗友、企业家丁元（胡建雄）的支持下，提前退休，离开《诗人》编辑部，远离家乡，南下特区深圳，与张朔、腾励、刘洪民、刘更申、王小妮等，终于筹建了深圳现代格律诗学会。学会于 1992 年末在深圳经民政部门登记，注册为一般社团，名称为深圳现代格律诗学会。后来又于 1993 年 9 月，经深圳市政府重新登记注册为法人社团，名称改为深圳中国现代格律诗学会。学会召开首届年会——雅园诗会，注册香港雅园出版公司，编辑会刊《现代格律诗坛》，掀起了第三次新诗格律化浪潮的高潮。直至 21 世纪网络的兴起，创新了新格律诗人的展示平台，也拉近了新格律诗人间的空间距离，诗人们从线下走到线上，催生了以探索研究新诗格律为主旨的东方诗风论坛、中国格律体新诗网，将“现代格律诗”的名称改为“格律体新诗”，并于 2017 年 4 月挂牌成立“四川省诗词协会格律体新诗创作研究会”，于 2019 年 2 月，挂牌成立“重庆市诗词学会格律体新诗研究院”，掀起了第三次新诗格律化浪潮的又一个浪头。

从以上梳理我们可以看到，中国新诗格律化思潮绝不是偶然出现的文学现象，它的发生也并非仅仅出于单纯的文学要求。它是因社会的发展而引起的政治、经济与文化上的变化及由此产生的思想需求，而这种思想需求会随着社会政治、经济、文化、科技的变迁，直接或间接地影响着思潮的发展。

从以上梳理我们也可以看到，虽然新诗格律化思潮的形成与发展具有明显的时代规约性，深受社会文化思潮的影响，但它却不会因为社会文化思潮的影响而消亡。中国新诗格律化思潮将伴随着新诗产生而产生，伴随着新诗发展而发展，这也是文学发展的历史规律。

认清新诗史上这三次新诗格律化浪潮的发生、发展和消退的过程，也就容易看清新诗格律化进程低潮时期的文学特征，从而看清整个新诗发展史滚滚长河中，新诗格律化浪潮潮起潮落的流程，就可以探明未来的流向，预测可能出现的问题，树立新诗格律化一定能够拯衰救弊，振兴新诗的自信心。

## 四

在百余年的新诗格律化历程中，新诗人无时无刻不在痛苦地寻找着自己的位置。一部新诗发展史，就是新诗人苦苦寻找自己位置和价值的历史。经过百余年的痛苦磨砺，新诗人的自我意识正在逐渐苏醒过来。新诗人将通过痛苦的反思与挣扎，破茧化蝶，逐渐回归诗人的本真，在新诗格律化思潮的自由天地里翩翩起舞。

# 格律体新诗研究

**主持人语（万龙生）：**

20 世纪得到公认的中国少数伟大诗人之一的艾青曾经提倡诗之“散文美”，其晚年诗歌理论与实践却产生了向格律的倾斜。2010 年 3 月，我曾写过《从力主“散文美”到倾向“格律化”》一文，纪念艾青一百一十周年诞辰，在多家刊物发表。十年过去了，当此艾青先生诞生一百二十周年之际，特发表许霆先生《论艾青格律诗的形式及审美特征》一文，希望进一步引起学界的注意。

近年来，在新诗“二次革命”的推动下，作为新诗诗体重建的重要方面，格律体新诗的理论与创作都有长足的发展。2019 年 2 月，重庆市诗词学会成立了格律体新诗研究院，该院成立后做了许多卓有成效的工作，最明显的成绩是出版了由吕进主编并撰写总序的一套六本《东方之韵 · 格律体新诗集》（中国文史出版社，2019 年 9 月）。这是中国内地首次推出的格律体新诗丛书，意义重大。所以本期发表了一组相关评论，以飨读者。

今后本刊还将进一步关注格律体新诗创作的新成果，以便更有力地推动其发展。

# 实绩 · 信念 · 方向

## ——序《东方之韵：当代格律体新诗集》

吕 进

热闹非凡的新诗百年纪念、庆祝活动刚刚结束，新诗第二个百年的旅程刚刚起步，就传来一个令人欣喜的消息：2 月 22 日，重庆市诗词学会成立了格律体新诗研究院，并且引起了热烈反响。该院聘请我担任名誉院长，我欣然应命。虽然没能参加成立大会，但是发去了贺信，指出建院对于“推动格律体新诗的创作与研究，是一项具有长远目光和战略意义的举措”，还表示今后“愿对研究院的工作聊尽绵薄之力”。

该院甫一成立，便生气勃勃开展工作，编选出版这套包括六位诗人作品的《东方之韵：当代格律体新诗集》，并邀请我出任主编，撰写总序。我当然乐观其成，乐于从命。

重庆是新诗“二次革命”的发祥地，而确立格律体新诗（原称“现代格律诗”）将使“二次革命”中“诗体重建”的重要任务之一落到实处。新世纪以来，得网络之便，格律体新诗的队伍得以在“东方诗风”论坛、“中国格律体新诗网”及其所办刊物集结，有了自己的园地，创作与理论研究都取得了长足的进步。整齐式、参差（对称）式、复合式三种体式的区分，诗行内音步的划分，使创作格律体新诗建行、组节、成篇既有法可依，又如闻一多所言得以“量体裁衣”，绝非千篇一律，呆板不变。如今这套丛书的问世，就是当下格律体新诗创作实力与实绩的集中展示，为上述论述提供了切实的例证，足以破除一些人长期以来对于格律体新诗的种种误解，改变他们的错误观念。据了解，六位诗人都是格律体新诗研究院的负责人、研究员，对他们的作品来不及细读，只是匆匆浏览，我便得到一个很好的印象：他们对格律体新诗的真髓都是真正理解的，对已有的新诗格律规范都是熟悉并认真遵循的。有道是“兴趣是最好的老师”，我觉得他们对格律体新诗这种目前在中国诗坛不受待见，更不吃香的诗体，已经超越了兴趣的层面，而是达到了热爱的程度，并且进而对格律体新诗的前景充满信心。毫无功利之心，坚持自己深信的诗观诗见，苦心孤诣，潜心创作，这种精神在往往显得急功近利的当今诗坛，是难能可贵，值得提倡的。

从六本诗集可以看出，诗人们在遵从“三分法”基础上，对四行、六行、八行、十四行几种“定行诗体”诗的创作青眼有加。其中，王端诚还出版了十四行诗专集。这表明，格律体新诗已经发展到一个崭新的阶段。诗贵精短，自古皆然。中外诗歌中都有一些短小的诗体，诗人爱写，读者爱读，其中名篇佳作往往流传千古。长而散是当前诗歌创作中难治的一大痼疾。因此提倡并逐渐形成这几种定行格律体新诗，是具有战略眼光的。进一步加强定行诗的创作、研究，应该是今后格律体新诗发展的重要方向。这里需要强调的是，“定行”必须与其他格律要素结合起来，才具备了格律体新诗的身份。很显然，那种仅仅十四行一首，而并不遵从其他格律规范的作品，只能属于自由诗。正如不讲平仄、对仗的八行体七言古诗是不能称为七律的。

六位诗人中，有几位格律体新诗诗龄较长，有几位则进入这一领域的时间不久，就成绩斐然。这一事实说明，新诗格律这一工具，要掌握并非难事，关键在于你愿意学习它，运用它。掌握工具得心应手，能够达到“运斤成风”

的地步呢。歌德不是早就说过吗："在限制中才显出能力，只有法则能给我们自由。"那种流毒甚广的"格律束缚"论可以休矣！

去年11月，我在《中国文化报》发表文章指出，新诗第二个百年的重头戏是"立"，即创立格律体新诗，改变何其芳所诟病的诗坛"偏枯"现象，真正走上康庄大道，无愧于中华诗国的美名。这套诗集的出版，就是为"立"的重头戏提供了一个生动的场景。中国当代诗坛，呈现出自由体新诗、格律体新诗和传统诗词并存的局面。"三足鼎立"应该是理想的诗体生态。如前所述，当下格律体新诗已经有了很大的进展，但是总的说来，还在继续探索当中，相对而言，显得比较弱小。因此，"三足"是现状，然而"鼎立"是可以实现的愿景。来日方长，任重道远。愿与诗丛的作者诸君以此共勉，为新诗"二次革命"的最终成功不遗余力，共同奋斗。

2019年4月18日于美国华盛顿

# 论艾青格律诗的形式及审美特征

许 霆

人们普遍认为，诗坛泰斗艾青是自由体诗的艺术大师，他同郭沫若等一起奠定和开辟了中国自由体诗的发展道路；其实，艾青又是当代写作新格律诗数量极多、成就突出并形成特色的诗人。早在20世纪70年代末，艾青就否定了自己专写自由诗的流行看法。他说：

> 对于文学体裁，我没有太多的成见，只要好，民歌体也好，格律诗也行，只要写得好，我都赞成。有人以为我只写自由诗，其实我很多诗是不自由的，有的非常严格。
>
> 我曾经有意识地将各种形式都试验一下，我不喜欢用统一的格调写。当然，人家现在认为我是用一个格调（自由诗）写的，那是人家的看法。①

① 《艾青谈诗及长篇小说的新计划》，见香港《开卷》1979年第2期。

这些话提供了以下信息：艾青用民歌体、自由体、格律体等多种形式写诗，是有意尝试，非偶然兴致所至；艾青写过的诗体很多，若认为他只用自由体写诗，不合事实，也为诗人不同意；艾青的某些诗歌格律严格，可与他的自由诗媲美。因此，我们认为，要全面评价艾青对新诗坛的贡献，不能忘记他探索新格律诗的卓越成就；要正确估计艾青在新诗史上的地位，不能无视他促进新格律诗发展的独特贡献。

## 从自由化到格律化的转变

艾青是在隆隆的抗日炮火中步入诗坛的，他用自由诗形式写出了《大堰河》《北方》《他死在第二次》《向太阳》等作品，继承了“五四”开辟的自由诗传统，并使之更活泼、更接近口语、更富意象，具有鲜明的特色。可是，当他的自由诗在诗坛产生广泛影响后，诗风却发生了转变。这一转变的时间大体在 1945 年至 1948 年间。在转变的数年中，他写诗极少。这一方面是繁忙的行政事务使他的诗情冲动减弱了，另一方面是诗人正在寻找新的诗歌语言，酝酿着诗风转变。转变期一过，诗人创作进入新的阶段，其重要标志是诗体形式和风格呈现出新的风貌，即由诗体形式的自由化到格律化。

这种转变的具体情况可从多角度去考察。

从纵的方面看，艾青过去追求诗的散文美，形式基本是自由体（虽有几首较整齐，但那是不自觉的）；转变后虽然继续写作自由诗，但更多还是写半格律诗，并开始尝试新格律诗；20 世纪 70 年代重新“归来”的诗，则是自由诗、半格律诗和新格律诗并驾齐驱，从绝对数来说是新格律诗为多，这有《归来的歌》《雪莲》《彩色的诗》为据。以上是艾青创作的三大阶段，其间贯穿着一种倾向：逐步格律化。

从横的方面看，艾青转变后的创作，不但大量运用半格律体和新格律体的形式创作，且在写自由诗时，也大量地渗透格律因素，存在匀整化和单纯化倾向。艾青早期自由诗大量采用复杂的简单句，甚至运用复合句，中后期的自由诗句子结构单纯，基本是一般简单句。早期自由诗诗行长短悬殊，给人以极度参差甚至凌乱感，中后期自由诗诗行趋向整齐，或大体接近，诗节也大体相衬，给人匀整和稳实感。早期自由诗用大量状语、定语去修饰句子主要成分，且放任使用判断句、连接词、结构助词等，因而诗句是散文式语言，中后期自由诗把可有可无的虚词按口语通得过的原则减少使用它们或不用它们，并把诗的节奏单位——音组基本固定为二、三字音组，单字音组和四字音组很少。早期自由诗不拘用韵，中后期自由诗注意用韵。以上变化，只要把《光的赞歌》《在浪尖上》等同《大堰河——我的保姆》《巴黎》等比较一下，就十分清楚了。

对于艾青诗创作发展道路上的以上变化，有识见的评论家早就已经注意到了，如骆寒超在《艾青论》中就对此做了中肯的分析。现在的问题是，造成艾青诗由自由化向格律化方向转变的“契机”是什么？人们对此谈得很少，我们读到这样一种较为代表性的分析：

> 艾青自己的创作有一个大特点：意象特别丰富，意象的结合显得特别繁复，这就势所必然出现这一情况：韵文语言的拘谨和有限容量，是无法容纳艾青诗中那样丰富多彩的意象的织锦的，只有用散文结构的口语，才能适应艾青自己形象表现的需要。而我们晓得散文结构的诗句的组合，就必然地出现散文式的自由体，亦即：全用散文化的诗行的组合，不必押韵，也不必讲究诗句的整齐、诗节的匀称，全凭口语自然语气来分行、建

行，诗节全凭意象群体的独立单位为转移建节。①

这段论述肯定了艾诗意象特点同自由体形式之间的关系，是有见地的。但说艾诗的意象特点“势所必然”地要用散文式的自由诗体来表现，那是皮相之见。按此逻辑推理，就必然得到如下结论：艾青后来的诗歌格律化是同他诗的意象不够丰富、结构不够繁复必然地联系在一起的。这显然是不合事实的。

事实上，整齐的形式并非不能表现丰富繁复的意象，反过来，丰富繁复的意象也绝非必要用自由体表现。艾青的创作说明了这一点。1937 年，他在《黎明》中用拟人化手法写黎明到来：

当我还不曾起身
两眼闭着
听见了鸟鸣
听见了车声的隆隆
听见了汽笛的嘶叫
我知道
你又叩开了白日的门扉了

较为丰富的意象容纳在既不押韵、诗句长短又不同的形式中。1953 年的《新的年代冒着风雪来了》，也用拟人化的手法写时间叩门：

新的年代冒着风雪来了，
大路上扬起了一阵笑声……

① 骆寒超：《艾青论》，杭州：浙江人民出版社，1992 年。

他从烟火弥漫的前线来，

从岩石凿穿的圹道里来，

他的眼睛里有熬夜的血丝，

他的前额上刻上了皱纹。

六个诗行一般长短，每句基本四顿，“声”“纹”协韵，两个“来”一致，第三、四行和第五、六行基本对称。在整齐的形式中，照样容纳着“丰富多彩的意象的织锦”。

我们再来看艾青的《天鹅舞》：

柔软如黄昏的湖水

朦胧如环湖的树林

象星光在夜空闪动

音符似的飘忽不定

这该说是意象丰富了吗？诗中四个意象有色彩感、光线感、音响感、触觉感，我们惊叹诗人飞翔的想象翅膀、摄魄的诗意联想。而这一切，又确是用格律体的形式表达出来的。

我们的观点是：艾青诗体形式自由化向格律化的转变，是内在和外在的多股力量组成的力的四边形作用所产生的结果，其根本的“契机”是美学观点某种转变。

20 世纪 40 年代延安文艺座谈会上的讲话发表和“民族形式”讨论以后，艾青对新诗的内容和形式的统一有了新的认识。艾青早期推崇“韵文意识的破坏者”惠特曼，强调自由地表达思想，看轻诗歌形式。他说：“宁可失败于艺术，却不要失败于思想；宁可服役于一个适合这时代的善的观念，却不要妥协于艺术”。“假如是诗，无论用什么形式写出来都是诗；假如不是诗，无论用什么写出来都不是诗。”① 重视诗的内容是对的，但轻视诗的形式却是偏颇的。40 年代后，他改变了看法。50 年代初他明确地表示，要“根据新的生活、新的语言去创造格律”，主张把美的思想熔铸在美的形式中。他说：“为了更好地反映我们的时代，更丰富地描画我们的生活，更深刻地表现我们的思想感情，我们要尝试更多的体裁，创造出适合我们这个时代的多种多样的新形式。”②

延安文艺座谈会上的讲话发表和“民族形式”讨论以后，艾青对民族形式有了新的看法。艾青早期提倡“散文美”，包括语言的口语化和形式的自由化③。20 世纪 40 年代后，他开始冷静地审视自己的诗歌语言和形式。他在《谈大众化和旧形式》中感慨地说：“我所受的文艺教育，几乎完全是‘五四’以来的中国新文艺和外国的文艺”，“过分爱好新形式，盲目崇拜西洋的风气使我们长期脱离了实际，脱离了群众”，“文艺要和革命的实际相结合，文艺要和革命的群众相结合，文艺要面向工、农、兵，文艺要有中国作风、中国气派”。正是在这种思想指导下，诗人自觉地改变着诗体风格。正如他所说：“为了接受中国诗的民族传统，才竭力使自己的诗格律化。”④ 这才是艾青诗体形式转变的根本原因。

综上所述，艾青诗由自由化向格律化转变，是诗人新的美学追求的结果。这只要从他在 20 世纪 40 年代初提出的一个口号中就见得十分清楚，那口号就是：“我们应从旧美学的束缚中解放出来。”虽然有人会说这种转变并不可取，因为它受到了“左”的文艺思潮的影响，是美学观念的倒退。其实我们在此

① 艾青：《诗论》，《中国现代诗论》（上），广州：花城出版社，1985 年。
② 艾青：《诗的形式问题》，《艾青研究专集》，南京：江苏人民出版社，1982 年。
③ 艾青：《诗的散文美》，《诗论》，上海：复旦大学出版社，2005 年。
④ 艾青：《〈艾青选集〉自序》，上海：开明书店，1951 年。

并不需要论争这种美学观念转变的前进或倒退，那是一个更为复杂的问题，我们只是要证明客观存在着的这种转变。

## 艾青新格律诗的形式特征

本文不准备全面总结艾青新诗格律化的历程及其贡献，只想谈他的新格律诗的形式特征和美学特征。先说艾青新格律诗的形式特征。

艾青在 1954 年曾对新格律诗的总特点做过精辟的概括。他在《诗的形式问题》中说：

> 什么叫“格律诗”？简单地说，这种诗体大体上是一句占一行，或一句占两行：每行有一定音节，每段有一定行数，也有整首诗不分段的。
>
> “格律诗”总的解释是：无论分行、分段、音节和押韵，都必须统一；假如有变化，也必须在一定的定格里进行。①

根据艾青的概括，凡是全诗在分行、分段、音节和押韵方面统一或有规则的变化的诗，都可以称为新格律诗，反之则不是。这一概括比王力关于格律诗的定义要严，又比何其芳的“现代格律诗”理论对新格律的限定要宽，目前已经为多数人所首肯。我们认为，新格律诗应有同一的要求，即诗节、诗行、音节和音韵的安排“必须统一”；同时，新格律诗的具体形式却不必同一，即可以在一定的规律里变化。由于多人追求不同，所以同样写新格律诗，不同的诗人会有不同的诗体形态和诗体风格。艾青是位创造型的诗人，他的新格律诗

---

① 艾青：《诗的形式问题》，《艾青研究专集》，南京：江苏人民出版社，1982 年。

也有显著的特点。

艾青的新格律诗主要有以下四种样式。

第一类，全诗均行的新格律诗。这类诗从构节看，有每节行数完全一致的，如《致歌德先生》，有各节行数略变的，如《天池》；从用韵看，基本是一韵到底，其中有的双句押韵，如《窗外的争吵》，有的是一、二、四句押韵，如《候鸟》；从诗行看，有的每行九言，如《颐和园》，有的每行七言，如《沉痛的经验》，有的每行六言，如《水蜜桃》，有的每行四言，如《知了歌》。尽管情况不同，但每首诗的全部诗行等长，音数一致，每节成一方块。艾青写这类诗时，还在整齐中求错综，主要表现在等长的诗行中安排不等量的音组。如《颐和园》：

挪用建立海军的巨款
重修了这豪华的林园
不管国家的大门敞开
自己在石舫举行欢宴

为一个人能永驻朱颜
哪怕几万万生灵涂炭
想通过七百米的长廊
走向梦幻中的长生殿

要铭记这妖妇的恶行
把御花园开放成公园
让千百万人从游览中
重温一下历史的经验

全诗十二行，其中五行四个音组，七行三个音组，整齐中又见出参差。由这类诗歌略作变异，就有了全诗诗行多数等长、少数诗行或多或少一、二字的新格律诗。这些诗的诗行、节奏还是有规律的。艾青写这种变异形式的诗作很多，如《哈密瓜》《爱荷花的红叶》《鱼化石》《房顶》《得丽河畔》等。

第二类，节内均行的新格律诗。这类诗与前不同，从全诗看诗行长度并不统一，但每节诗行等长，全诗又是均衡统一。艾青诗集中，这类诗有的每节两行上下成对，如《花样滑冰》《献给宋庆龄》等；另一些诗则每节四行，节内均行，往往是四行分成上下两个行组，如《假如》等。为了具体说明这类诗的特点，我们引艾青在中国作协第一届全国优秀新诗（诗集）奖评奖时所写的《迎春花》为例：

河流在解冻
小草刚露芽

披着金黄颜色的
是一丛丛迎春花

迎春花开得最早
别的花还在睡觉

它是大地的微笑
开花的季节到了

艾青写作这类新格律诗时，也不过分拘泥，常在总体上坚持节内均行的前提下，允许少数诗行略有参差。这种诗很多，如《尼斯》《镜子》《克拉玛依》

《春天》《红绿灯》《芦苇》《石舫》等。如《尼斯》第一、三、五节的两行均齐，但第二、四节上下行就分别差一字，这种格式并不影响全诗的格式统一。

第三类，诗节对称的新格律诗。从广义说，全诗均行的诗必然是节内对称的，或音数对，或音组对，甚至词性和音数对。但第三类诗的诗节对称，是指从节内看，诗行长短不一，但两节或数节或全诗各节诗做到节的匀称。艾青写作的这类诗，多数是上下两节、首尾两节或间隔两节对称，其他诗节或各自对称，或略有变化。如《光荣的冠冕》第一、二节对称：

> 胜利的果子
> 悬挂在随时升高的空中
>
> 奇迹的花朵
> 闪耀在随时延伸的路上

下面三节虽不完全对称，却都是上句短、下句长，且第三、五节的第一行等长，第三、四节的第二行等长，全诗格调统一。《关于爱情》的第一、二节和第三、四节则是分别对称，格律更严格。

艾青诗作中属于这类新格律诗的，还有一些是节间大体对称而有变化的，变化虽多样，但仍有基本统一的格式，即只是在总体统一的前提下的局部变化。如《蛇》的两节的变化只是表现在诗行的交叉对称：

> 象风吹拂的水
> 震动的波纹
>
> 无声的运动

带着莫测的心

采用这种对称写法的诗，在其他诗人创作中较少见到。

第四类，节内对称的新格律诗。这类诗各节诗行数量和长度并不一致，节内各诗行的长度和音组数也不相等，但艾青根据形式美的规律，在节内造成诗行或音组的对称和匀整，读来节奏在对比中显出匀整。这类诗的具体样式很多，艾青写得最好，也最具特色。先看《小草答辩》：

要是长在深山里
有谁能发现
静静地生长开放
过得很平安

平安并非幸福
寂寞倒是痛苦
我宁愿长在路边
踩遍也心甘情愿

第一节诗行交叉对称，四行诗的音组数是3—2—3—2。第二节则变化为上下行的两两相对，每行音组数则统一为三个。

《盼望》则是另一种样式：

一个海员说，
他喜欢的是起锚所激起的那
一片洁白的浪花……

一个海员说，
最使他高兴的是抛锚所发出的
那一阵铁链的喧哗……

一个盼望出发
一个盼望到达

诗的第一节前三行和后三行在内容、诗行长度和音组数量都匀称，第二节上下行对称。该诗的语言是散文式的、口语化的，但运用了新格律诗形式来安排诗行、音组，给人以统一的形式美感。

以上四类诗的样式，证明艾青的新格律诗的创作是丰富多彩的。诗人并不固守某一种格式，而是依据思想感情采用最适合的形式，这就形成了艾青诗歌形式的丰富性和有机性。这些形式大体也是中国新格律诗创作的主要格式，由于艾青的创作实践，使这些格式产生着更加广大的影响。艾青新格律诗的创作道路，是同我国新诗格律探索基本一致的方向，因而也就有了其普遍的意义价值。

## 艾青新格律诗的美学特征

艾青说过，写作自由诗和写作新格律诗，“是从两种美学观点出发，因而也只能达到两种不同的境界”①。那么，我们接下来就要深入地讨论艾青写作新格律诗中所体现的美学追求，以及这种追求的美学意义。

① 艾青：《和诗歌爱好者谈诗》，《诗论》，上海：复旦大学出版社，2005 年。

## （一）内在的情调和外形的声调结合

艾青写诗注重生活的节律，他说，“诗的旋律，就是生活的旋律，诗的音节，就是生活的拍节”①。诗人写诗又强调“忠实于自己的感受”，要求用自己的心去写每首诗，设法把自己感受得最深的用最自然的方式表达出来，以诗人的“由衷之言去摇撼人们的心”②。这种美学追求，赋予艾诗内在的抒情调子和旋律节奏。艾青的新格律诗从内容说是两类：一是直抒胸臆的，如《女队长》《新年祝词》《朱总司令和孩子们》等，其内在情调表现为感情的波动；二是沉思哲理性的，如《镜子》《礁石》《虎斑贝》《珠贝》等，其内在情调表现为观念的推移。

艾青还认为，写新格律诗要讲究外形的声调。他对外形的声调的理解是：“借声音的变化，唤起读者情绪的共鸣；也就是以起伏变化的声音，引起读者心理的起伏变化。”③ 这种声调在艾诗中主要表现为：一是音数、音组、诗行和诗节的对称和均齐；二是诗韵的有规律运用。两者结合的要求，是造成诗“具有一种自己独立的而又完整的形态”④。艾青不主张外形的声音有固定的模式，而强调同内在的情调结合。他说：诗的外在音乐性，“必须和感情结合在一起，因此，各种不同的情绪，应该由各种不同的声调来表现。只有和情绪相结合的韵律，才是活的韵律”⑤。正因为如此，艾青的新格律诗的格式才是那么丰富多彩。

郭沫若说过：“两种同性质的东西相加之后效果是要增加的，这是所谓合力作用。有情调的诗，虽然可以不必再加以一定的声调，但于情调之上，加上

---

① 艾青：《诗论》，上海：复旦大学出版社，2005 年。

② 艾青：《〈艾青选集〉自序》，上海：开明书店，1951 年。

③ 艾青：《诗的形式问题》，《艾青研究专集》，南京：江苏人民出版社，1982 年。

④ 同上。

⑤ 同上。

声调时（即有韵律的诗），是可以增加诗的效果的。”① 艾诗正是朝着以上方向努力的，从而达到了艺术完美。如直抒胸臆的《盼望》，内容分成三层，先赞美海员盼望出发，再赞美海员盼望到达，最后概括解释内涵。与此内容的波动结合，前两层叙述式语言形成节奏对称，最后出一对句归结，节奏平稳。再如《镜子》，第一节总说镜子虽只是一个平面，却“深不可测”，以下六节分别揭示对镜子思考后获得的哲理。与此观念转移的内在情调一致，全诗八节，多节间诗行长短不一，但每节两行上下对称，形成一个独立的完整的节奏单位。

### （二）对称和错综的统一

“对称，是中国传统审美观念的准则之一。这和等级观念一样，都是几千年来形成的伦理、道德观念在美学范畴的反映。”② 对称的美学意义是给人以平衡、稳实、恬适的美感。自由诗重视参差美，它在外在形式上表现为诗节诗行的长短错综，呈现着持续进展；而新格律诗讲究诗行、诗节的对称和匀整，以表达回环、复沓的感情进展。艾青在新格律诗的对称包括多层内容。从诗节看，有节内对、节间对、首尾对、行间对等；从方式看，有上下对、交叉对、间隔对等；从要素看，有诗节对、诗行对、音组对和音数对等。汉字是方块字，每字在空间占一大体相同的位置，每字都有大体相同的独立的音的价值，所以艾青讲究诗歌形式对称，就能形成诗的建筑美、音乐美和层次美。对于对称的这一作用，刘大白在20世纪20年代就指出，由于字数、声音的对称，会引起音韵和意义的对称运动，外在形式与内在意义的对称在诗中是呈现着双向运动的。这也就是艾青新格律诗讲究对称的审美价值。

但对称也不能绝对化，否则会使人厌倦，美感转化为丑感。因此，艾诗又十分注意错综的因素。上文所说的四类诗的形式中，都包含错综成分。在第一

① 郭沫若：《论节奏》，《创造月刊》（第1卷第1期），1926年3月。
② 丁芒：《有哪些途径可以加强诗的音乐性》，《镇江师专学报》1985年第3期。

类诗中，诗行音组的数量和长度变化就避免了死板的对称；第二类诗里，诗节内对称，但节间却参差；第三类诗节间对称，但节内却参差；第四类诗节内局部对称，但全诗和全首却含错综。更重要的是，艾青常根据内容需要，运用变异型诗行写新格律诗和半格律诗，在对句中穿插或容纳着散句，在匀整中安排参差，只是这种“穿插”与“容纳”并不占据主导，它依据着相反相成的艺术辩证法，使新格律诗体呈现着规律中变化的审美效果。艾诗没有统一的模式，全诗也很少在平行线上永远对称。这正是艾青新格律诗的主要特点。

对称是美，错综也是美。“因为有了错综，对称才愈发显出它的美来，因而错综也在对称美的映衬下显出美来。”① 艾青追求的是对称美和错综美的和谐统一。他在著名的《诗论》中说：“艺术的规律是在变化里取得统一，是在参错里取得和谐，是在运动里取得均衡……”这种美学追求值得借鉴。

### （三）单纯和丰富的一致

这里的单纯，指的是诗的语言精练、结构简洁、形式朴素；丰富，则指诗的内涵丰富、含情充实、寓意深刻。单纯和丰富的一致性，又是艾青始终的美学追求。20 世纪 30 年代，诗人就说：“单纯是诗人对于事象全体能取得统一的表现。它能引导读者对于诗得到饱满的感受和集中的理解”，“深厚博大的思想通过最浅显的语言表达出来，才是最理想的语言”②。可是，他的早期创作并未达到追求的目标，延安文艺座谈会以后，艾青在创作中，一方面注意克服那种过分欧化、显得艰涩和绕弯子的诗歌语言的缺陷；另一方面又注意不去坠入那种语言过分通俗或大白话而缺乏形象和暗示力的泥坑。到了 20 世纪 50 年代，他更清醒地意识到：“我们要求诗的语言比散文的语言更纯粹，更集中，因而概括力更高，表现力更强，更能感动人。”终于，诗人追求的单纯和丰富

① 丁芒：《有哪些途径可以加强诗的音乐性》，《镇江师专学报》1985 年第 3 期。

② 艾青：《诗论》，《中国现代诗论》（上），广州：花城出版社，1985 年。

一致的美学理想成了现实，这体现在他的后期自由诗里，更充分地体现在他的新格律诗里。如1954年他写成的《礁石》，成为他的重要代表作：

一个浪，一个浪
无休止地扑过来
每一个浪都在它脚下
被打成碎沫，散开……

它的脸上和身上
象刀砍过的一样
但它依然站在那里
含着微笑，望着海洋

这诗是两个特写镜头，一是海水击拍礁石，一是礁石站着微笑，语言单纯，寓意深刻。诗人改变了礁石历来被描写成丑物的构思，让礁石象征祖国和中华民族，也成为诗人自身的写照。诗人后来解释说："我们的祖国不正是象礁石一样，历经沧桑，饱经磨难而依然屹立吗？我个人也是经受了很多磨难的。"①如果用这样的理解再去读这诗，那么节奏大体整齐的两节诗的特写镜头，对诗中的"浪""扑过来""碎沫""散开""脸上和身上""微笑"的，都会觉得其中含情丰富。《礁石》一诗较实，艾青还有的诗把思想感情浓缩、沉炼，从而赋予它们以单纯的表现形式，有时甚至达到了"空灵"的地步。骆寒超在《论艾青的诗歌艺术》中，通过把艾青早年的诗《当黎明穿上了白衣》和25年后的《鸽哨》进行对比，说明晚年的艾青写诗力求把以往诗歌语言中过分

① 《就当前诗歌问题访艾青》，《艾青研究专集》，南京：江苏人民出版社，1982年。

繁杂的枝蔓剪掉，从而造成一种更单纯更明朗也更富启示性的语言，极有说服力。

内在的情调和外形的声调结合，对称和错综的统一，单纯性和丰富性的一致，这是艾青在他的新格律诗里所追求的美学原则，也是艾青的新格律诗独具的美学价值，也正是艾青对新格律诗发展的卓越贡献。

# 现代汉语的诗性潜质与格律体新诗的发展趋势

——从如何评价《东方之韵·当代格律体新诗集》说起

向天渊

## 一、如何评价《东方之韵·当代格律体新诗集》?

### (一)从新诗发展历程的角度予以评价

也就是从新诗发展的“破”与“立”,抑或诗体建设(诗体重建)的角度来说,新诗格律化,格律体新诗创作,不应偏废,应予以肯定与鼓励。

“东方诗风”群体,长期围绕格律体新诗。他们对格律体新诗展开理论思考,并进行创作实践,产生了一定的影响,可以说是走在新诗发展的正途之上。其实,相对而言,理论思考属于纸上谈兵,创作实践才是兵刃相向,正应了陆游的诗句:“纸上得来终觉浅,绝知此事要躬行!”从这个意义上说,六卷本的《东方之韵:当代格律体新诗集》,具有重要的价值与意义。

平心而论,《东方之韵》中的不少作品,在形式和内容两个方面都达到了较高的水平。比如,周琪的《松林偶得》(整齐式)、《乡愁》(参差式)、《台北看雨》(参差式),周思维的《我把秘密种在心中》(整齐式)、《小巷》(参差式)，王民胜的《如果》(参差式)，还有王端诚用十四行诗体创作的《秋菊之歌》(花环体)、《世纪之约》(花环体)，等等。绝大多数作品，都符合"东方诗风"群体倡导的格律形式。

今日看来，格律体新诗创作及研究的外部环境并不理想，早在20世纪80年代初，卞之琳就曾指出："事实上，没有人否认今日的新诗是自由体占主导地位的，那些提倡和试验新格律体的人只是恰如其分的要求与自由体共存罢了。但自由体的推崇者却不耐烦听听人家在说什么话，不尝试理解人家在做什么事。"将近四十年过去了，这些话放在今天也还没有过时。这更显示出"东方诗风"群体及其他格律体新诗创研群体的难能可贵之处！

### （二）从新诗格律化进程的角度予以评价

从这个角度进行评价会更加困难，但也会更具体、更准确。

新诗形式探索的理论与实践已经非常丰富多样，早期康白情、俞平伯、应修人、陆志韦等，虽从两种不同方向进行实践：向内继承古典诗词和民谣传统，向外汲取西洋诗歌的律因素，但对韵律的关心却是一致的；前期较有影响的是闻一多、于赓虞、朱湘、饶孟侃、刘梦苇等人，他们在《晨报副刊·诗镌》上，发表八十余首"创格的新诗"，以及《诗的格律》(闻一多)，《新诗的音节》(饶孟侃)、《再论新诗的音节》(饶孟侃）等探讨新诗格律问题的重要论文。

在此之后，新诗形式上的格律探索可谓一波三折，但也涌现出吴兴华、何其芳、林庚、郭小川、丁芒、胡乔木、屠岸、黄淮、邹绛，以及许霆、鲁德俊、许可、丁鲁、程文、周仲器、万龙生等诗人、学者，或在实践上有所创新，或在理论上有所贡献，对现代汉语的格律声色之美进行了一定程度的探究，给后来者以诸多启示，但他们要么过于倚重西方经验，要么没有找准现代汉语的节奏及声韵规律，总的效果并不理想，加之这样的努力还曾被视为"形式主义"加以批判，较长时期处于被忽视的边缘位置。反观自由诗的理论主张，不仅并未因格律体新诗的冲击而衰颓，反而在郭沫若、康白情、冯文炳、艾青、田间、吴思敬等人的推波助澜之下，变得浩浩荡荡，加之自由体新诗在数量、质量及影响等各个方面都明显超过格律体新诗，“新诗乃自由诗”的观念，尽管很不周延，但已深入人心。

21 世纪以来，诗评家吕进、骆寒超等人提出新诗“二次革命”与“三大重建”的诗学命题，诗体建设可谓“三大重建”的首要任务。说到新诗诗体问题，必然要涉及自由体新诗与格律体新诗的关系。吕进先生对此的看法是，新诗诗体应该“双极发展”，他说：“新诗近百年的最大教训之一是在诗体上的单极发展，一部新诗发展史迄今主要是自由诗史。自由诗作为‘破’的先锋，自有其历史合理性，近百年中也出了不少佳作，为新诗赢得了光荣。但是单极发展就不正常了，尤其是在具有几千年格律诗传统的中国。考察世界各国的诗歌，完全找不出诗体是单极发展的国家。”自由诗需要提升美学素质，格律体新诗也要加强格式与韵式的建设，“诗坛的合理生态应该是自由体新诗和格律体新诗的两立式结构，双峰对峙，双美对照”。这一观点看似带有调和性质，但实际上是与诗歌语言、文体要求及新诗艺术的发展规律相吻合的，只不过，要达到如此理想的状态，诗人及诗评家们还需付出更加艰辛的努力。

将《东方之韵·当代格律体新诗集》放在这样一个历时性视野中去考察，同样可以看出其价值与意义。一是，理论上有继承有发扬，如万龙生的格律体新诗三分法；二是，实践上有新的开拓，比如，参差式、复合式格律诗的有意识尝试，将十四行体与花环体结合起来，等等。

徐志摩当年对闻一多等人的探索有这样的评价：《诗镌》诸君“把创格的新诗当做一件认真事情做”，他们的创作与理论就是为新诗“造适当的躯壳”，发现“新格式与新音节”。将这话移用过来评价《东方之韵》，大体也是合适的。

不过，话还得说回来，古典诗歌的格律探索历经数百年，通过众多天才诗人的实践，才趋于成熟，新诗历史才刚满一百年，要完全发挥出现代汉语的格律声色之美，似乎还需假以时日，正如有学者所说，“100 年对于一个人来说，几乎是不可逾越的界限了，但对于一种语言、一种文类、一种事业来说，可能还刚刚起步”。既然如此，我们似乎不应该急躁，更不能以揠苗助长的方式对待新诗，应该以守望的心态静待其潜滋暗长。或许，新诗，包括自由体新诗和格律体新诗，最终都得经过几个甚至几代大诗人的锻造，才能实现质的飞跃并臻于成熟。但大诗人也不是凭空产生的，前驱者的思考与实践仍有其无可取代的价值与意义。既然如此，我们就从现代汉语的诗性潜质这个角度，探讨一下格律体新诗未来的发展趋势。

## 二、现代汉语的诗性潜质与格律体新诗的发展趋势

从某种意义上讲，现代汉语甚至现代汉语文学，在发生时期就被定位成工具性语言与工具性文学，自此以后，虽然也有象征主义、唯美主义、浪漫主义、超现实主义、意识流等诸多现代性甚至后现代性文学思潮的涌现，但从整体上看，主要还是经受现实主义、革命现实主义、无产阶级、工农大众文学的话语锻造，加之战争、革命、批判、消费等主流意识形态的精神规训，现代汉语及现代汉语文学，在刚强性、阶级性、人民性、通俗性、论辩性、透明性、叙事性上得以长足发展，在柔弱性、细腻性、委婉性、贵族性、典雅性、神性、抒情性方面的素质，则有待进一步培育与提升。对此情形，学界不乏焦虑与批判性言论，比如有学者通过考察，发现从梁启超开始，“大约在一百年当中，中国文学作为语言现象，是一个不断俗化、不断把文学语言降低为现实语言的流程”。

这种发展倾向，当然值得警醒与反思，但如果抛弃二元思维模式，我们就

会发现，现代汉语已经具有较为丰富的适合新诗发展的潜在素质，其叙事性、思辨性特征的增强，不仅有利于小说、戏剧创作，也同样有利于新诗之新面貌的塑造、新传统的形成。这种新面貌、新传统，理应包括格律体新诗在内。

古代汉语的独特潜质，最终被锻造成辉煌的古代诗歌传统，包括古体诗，也包括近体诗，有《诗经》《楚辞》，有汉赋、唐诗、宋词、元曲，等等，这些作品几乎都属于抒情诗序列。个中原因已被细致探讨，比如，刘若愚在《中国诗学》一书中讨论“汉字与单词的含意和联想”时说，“正像英文一样，而且更甚，中文的一个词并不总是具有明确固定的一个意思”，而是经常包含有不同的意味，其中有些可能是不容并立的。又说：“这在说明性的散文中也许是重大的缺点，然而在诗中却可能成为优点，因为它使思想感情能够以最经济的词句表现出来。”因此，他以为，“在这点上，中文是更适于写诗的语言”。叶维廉发表《语言与表现》等系列文章，他认为：“中国诗人能使具体事象的活动存真，能以‘不决定、不细分’保持物象的多面暗示性及多元关系，是依赖文言之超脱语法及词性的自由，而此自由可以让诗人加强物象的独立性、视觉性及空间的玩味。而显然，作为诗的媒介之文言能如此，复是来自中国千年来所推表的‘无我’所追求的‘融入浑然不分的自然现象’之美感意识。”还有陈世骧发现“中国的抒情传统”，高友工发展成“抒情美典”，李泽厚提出“情本体”，都充分认识到中国文学、艺术及文化所具有的抒情色彩。

但这些论述都是针对中国古代语言文字、文学及文化而言的，对于现代汉语的诗性潜质，相对而言，却缺乏深入睿智的探究。

尽管经过长期演变之后，汉字的图画意味消失殆尽，“以形求意”的功能大为弱化，但其象形表意的本质并未改变，每个汉字都被框定在一个方形的二维空间，其结果就是一字一格，可以实现工整的对仗，也可以产生“篇有定句，句有定字，字有定声，韵有定位”之格律体诗歌。

字的特点自然会影响到汉语词汇的构成与新词产生的方式。我国古代汉语中单音节词所占的比重较高，近代、现代汉语则完全颠倒过来，复音词占绝大多数。20 世纪 40 年代初，王力在《中国现代语法》一书中曾说："凡两个或更多的字合成一个词，叫做复音词。中国本来是有复音词的，近代更多，但是不像现代欧化文章里的复音词那么多。打个很粗的比例，古代近代和现代复音词的数目大约是一、三和九之比。现代文章里这种长句子，如果不多用复音词，倒反觉得文气不畅。这是复音词大量创造的原因。"王力是以《红楼梦》《儿女英雄传》作为对象来讨论中国现代语法问题的，如果以现当代文学作品为样本，恐怕复音词的绝对数量会大很多。当下学者基于更加准确的统计，得出上古汉语单音词占词汇总量的百分比约为 67%，中古汉语单音词占比 46. 7%，近代汉语单音词占比 26. 89%，现代汉语单音词占比仅为 15. 9%。综合王力的估算和李仕春的统计就能看出，中古汉语的复音词比重已经超过单音词，在近代尤其是现代汉语中，复音词不仅绝对数量大，在整个词汇中的相对比重也处于绝对优势地位。

复音词之所以越来越多的原因，今人已经做出了总结："古汉语单音词表意不单一，因此在说话时容易使意思不清，常常要在具体的语言环境中才能随文而释。改用复音词表意就要明确得多，不易因同音、多义而引起歧义。故随着新事物的出现（概念由少变多）和人们认识、鉴别事物的思维活动日益精密，在词的语音形式上，从以单音词为主变为以复音词为主，就必然成为古汉语词汇发展的总趋势。古代由一个词所表达的内容，到后来就逐渐由许多词来分担了。"在文学作品中的情形也是如此，对此古人已经有所意识，比如刘勰在《文心雕龙》"物色"篇中指出："'皎日''嘒星'，一言穷理；'参差''沃若'，两字穷形：并以少总多，情貌无遗矣。虽复思经千载，将何易夺？及《离骚》代兴，触类而长。物貌难尽，故重沓舒状；于是嵯峨之类聚，葳蕤之群积矣。"至于复音词在表达上的效果，除了刘勰所谓穷理、穷形，使情貌无遗之外，现代学者通过分析认为：可以模仿自然声音，可以使事物惟妙惟肖，可以更加有效地描写动作举止，可以使意义更加明确清晰。也就是说，相比单音词，复音词既能更加形象地模拟自然，也能更加真切地呈现人、事、物的状况，还能更为明晰地表达思想。

当然，汉语从古代、近代到现代的转换，西方语言文化的影响只是起到唤醒与促进的作用，中国社会的现实需求、文化及语言自身的演进规律才是主要根源所在，现代汉语与古代汉语的差别固然非常明显，但与近代汉语之间却存在非常密切的关系，以至于著名语言学家吕叔湘也认为："现代汉语只是近代汉语的一个阶段，它的语法是近代汉语的语法，它的常用词汇是近代汉语的常用词汇，只是在这个基础上加以发展而已。"这就提醒我们，现代汉语语法尽管有向西方语言尤其是英语转化的方面，但这种转化却植根于本民族社会生活及语言传统之中，毕竟，如洪堡特所说："由于在同一个民族中，影响着语言的是同一类型的主观性，可见，每一语言都包含着一种独特的世界观。……人从自身中造出语言，而通过同一种行为，他也把自己束缚在语言之中，每一种语言都在它所隶属的民族周围设下一道樊篱，一个人只有跨过另一种语言的樊篱进入其内，才有可能摆脱母语樊篱的约束。"

以上简要描述，意在说明，与古代及近代汉语相比，现代汉语在字形、词汇、语法等方面都有诸多改变，这种改变之所以发生，主要是因为汉民族生活方式发生了现代转换，外来文化的冲击是这种转换的契机，在此进程中，汉语也受到其他语言的影响，但这种影响只是局部的，汉字作为表意文字的本质、汉语作为孤立语的本质并未改变。这就意味着，现代汉语不仅可以继承古代、近代汉语善于抒情的优良传统，而且还能学习西方语言精于叙事的表达功能，理应具有更加丰沛的艺术潜质。但由于现代文学与古代文学在文体形式、表现手法、艺术风格上存在巨大反差，中国现代小说、诗歌、戏剧，甚至散文，在形式和精神上，与西方文学具有更为密切的联系，而现代汉语与现代文学之间的磨合至今尚未达到理想境界，这在诗歌文体的表现上尤为突出。

这样看来，运用现代汉语同样具有创造出伟大的格律体新诗的可能。只是这种“体”的形态究竟是怎样的，不能仅仅从形式上去考量，数千年的古典诗歌作品已经告诉我们，四言、五言、七言，古风、古体、绝句、律诗、长短句，都有伟大作品存在。一种形式完全成熟的标志，大约是形式本身变成了“有意味的形式”，可以脱离具体内容而独立存在。同样，形式一旦固定，又会导致僵化，新形式的探索之路又将开启。又再好的形式，再严格的格律，也无法限制天才诗人，破格也能产生伟大的作品。这又表明，诗的精神是比形式更重要的存在。

如此说来，格律体新诗有巨大的值得探索的空间，但形式建设必须与精神建设同步进行，才可能臻于成熟。从某种意义上讲，伟大的精神可以有不同的表现形式，小说的，戏剧的，诗的，格律体的，自由体的，都可以。而一种再好的形式，除了其本身的意味之外，也可能在别的方面一无所有。

# 抗战诗歌研究

**主持人语（张传敏）：**

本期抗战诗歌研究栏目包括两篇文章：熊辉的《田间抗战时期的诗歌创作》和袁仕萍的《武汉抗战诗歌研究：现状、成就、价值》。

熊辉的文章对于田间的抗战诗歌进行了细致的梳理与论述。他认为，表现中国人民的抗战激情仍然是田间诗歌创作的首要目标，最能体现田间抗战诗歌成就的无疑是街头诗。田间抗战时期创作的多部长诗集，则集中反映了边区人民的抗日士气和革命精神，也显示出田间诗歌艺术探索的努力。他的诗歌创作具有双重性目的，即承担起抗日和革命的使命。也正是因为田间的诗歌创作内容具有如此鲜明的时代气息，所以他的诗歌语言和形式必然是大众化的，诗人必须不断调整自己的创作姿态和艺术观念以适应时代的文学诉求。熊辉教授学养深厚，对于诗人田间更有极为深湛的理解，其文章高屋建瓴、见解独到，体现了中国新诗研究所的学术特色——对于时代性、大众化诗学的强调，读来使人深思。

袁仕萍的文章同样体现了作者在抗战诗歌研究方面的深厚学术功力。她认为，国统区的重庆、桂林和革命根据地延安的抗战诗歌研究都出现了大量的研究成果，而武汉抗战诗歌研究的薄弱与该地区盛况空前的抗战诗歌活动、创作、评论很不相称。《武汉抗战诗歌研究：现状、成就、价值》将武汉抗战诗歌研究划分为两个阶段；指明了该研究比较成熟的三个领域及其不足之处；强调了抗战时期武汉文学期刊中诗论的重要研究价值。通过研究武汉抗战诗歌，我们不仅可以了解抗日战争对诗歌发展所产生的影响，还可以进一步认识诗歌作为精神动力对抗日战争所起到的积极作用。袁仕萍教授专治武汉抗战诗歌多年，勤于蒐集，故其文厚重而充实，不仅可以启人思维，而且可以为读者提供不少稀见的史料，这是要特别指出的。

# 武汉抗战诗歌研究：现状、成就、价值①

袁仕萍

中国现代诗歌的发展，既有其自身的艺术规律，又受社会历史条件的制约。1931 年“九·一八”事变后开始了长达 14 年的中国抗日战争，这关系到中华民族的生死存亡，这一时期必然在现代诗歌中刻下深刻烙印。文学中心被重新调整，诗人生存状态、心理状态、诗歌观念、诗歌文体、诗歌传播方式等都因抗战语境而受到影响。抗战时期的诗歌“给中国新诗史上增添了独具特色的一章”②，而且“从量的生长上，获得了质的生长”③。

1931 年 5 月 1 日，由“国立”武汉大学师生共同创办的综合性期刊《新时代半月刊》第一卷第一期上发表了刘承哲的自由诗《我的祖国》，这是抗战

① 本文是 2019 年度教育部人文社会科学研究一般项目（武汉抗战诗歌研究 19YJA7510）阶段性成果之一，2016 年度国家社会科学基金重大项目中国新诗传播接受文献集成、研究及数据库建设阶段性成果之一。

② 臧克家：《伟大的时代　宏亮的诗声——〈中国抗日战争时期大后方文学书系·诗歌编〉序言》，原载重庆出版社 1989 年 6 月版《中国抗日战争时期大后方文学书系·诗歌编》，选自《中外诗歌研究》2003 年第 3 期，第 8 页。

③ 穆木天：《关于抗战诗歌运动：对于抗战诗歌否定论者的常识的解答》，《文艺阵地》（第四卷第三号）1939 年 12 月 1 日。

时期武汉刊发的最早的一首新诗。到1945年5月31日在武汉创办的《武汉文学》上发表的诗歌为止①，这些诗歌为抗战十四年的武汉诗歌构建了一座真实而驳杂的诗歌宝藏。“武汉的文艺界是比较庞杂的。一方面，文艺作品，像雨后春笋般蓬勃地产生……在形式方面，把武汉的文艺作品来分析一下，最多的便是新诗。每一个报纸的副刊，每一种新出的刊物，差不多诗是占很大的地位。”② 以期刊中的诗歌为例，从民国时期期刊全文数据库（1911—1949）中检索到这一时期在武汉创办的刊发诗歌的期刊有30种，共发表诗论36篇、自由诗360首（组）、古体诗119首、译诗23首、歌谣61首、朗诵诗16首（其中《民族诗坛》在汉出版4期，第1期81篇、第2期87篇、第3期126篇、第4期130篇，旧体诗词曲占90%，合计424篇暂未计入其中）。从1931年5月到1945年5月，14年期间，在武汉发表诗歌的刊物有35种之多，除了1937、1938年刊物创办的井喷状态外，每年都有1—3种文艺期刊创办。

“武汉的诗人们，不仅大力开展诗歌活动，创办诗歌刊物，而且积极创作诗歌。就发表在各报刊上的现在能见到的诗歌，约在300首以上；就已出版的现在能见到的诗集，有10部之多。”③ 据国家图书馆数字图书馆民国图书查阅，抗战十四年在武汉出版的诗集有以下13种：1937年黎明书局出版周钢鸣编《战时后方歌咏》，1938年汉口大路书店出版《高兰朗诵诗集》《抗战歌选》，新知书店出版穆木天的《抗战大鼓词》、沈钧儒《寥寥集》，上海八一三歌咏队内地宣传队编辑《解放歌声》，生活书店出版臧克家的《从军行》，田间《呈在大风砂里奔走的岗卫门》，三户图书社出版老向编《抗战三字经》，冯玉祥编《抗战诗歌集》，大众文化丛书社出版鼓词集《张阿妹逃难》、叙事诗《八百好汉死守闸北》、歌谣集《抗战时令歌谣》。

---

① 以刘增人等编撰的《中国现代文学期刊史论》统计为例，北京：新华出版社，2015年，第572页。

② 白石：《给武汉青年作家》，《武汉文艺》（第2卷1期），1932年8月15日。

③ 苏光文：《抗战诗歌史稿》，成都：四川教育出版社，1991年，第44页。

# 一、抗战时期武汉诗歌研究的两个阶段

抗战期间，武汉的诗歌是一个相对独立的研究对象，这种研究的开端是伴随着抗战时期武汉诗歌的开端而展开的一种自觉地具有很强现实指导意义的理论研讨。1932 年 1 月，为改变武汉文艺运动的“冷落”，促使武汉文艺氛围浓厚，由汉口江汉印书馆印行、武汉文艺月刊社编辑、唐性天为发行人的《武汉文艺》月刊在此背景下创刊了。该刊发刊词宣称：

> 时代在向前走，表现时代精神的文艺当然非采取同样步调而且站在先驱的地位不可。我们确信，文艺运动的完成，决不能以局部为限，应该是普遍于一般社会的。中国的文艺运动，开始已有几年，然而在武汉，好似还很冷落。我们决不应当此沉默下去，无论如何，得要负起在武汉开始这个运动的责任来。虽不敢相信由我们的努力，会得到多少成功，但我们却希望，因此而使文艺空气渐渐地在武汉浓厚起来。因此，我们开始出版这个刊物。

《武汉文艺》月刊在 1932 年 8 月第二卷第一期发表白石《给武汉青年作家》，此文从武汉文艺蓬勃、武汉新诗地位、武汉新诗整体风格、武汉诗人与现实关系四个方面展开论述，这可以看成抗战时期武汉新诗批评最早的文本。

> 青年作家们：恕我以下的话底唐突！
>
> 我觉得，武汉的文艺界是比较庞杂的。
>
> 一方面，文艺作品，像雨后春笋般蓬勃地产生。

一方面，却极少有深刻的文艺作品，能接触到武汉的现实社会的。

在形式方面，把武汉的文艺作品来分析一下，最多的便是新诗。每一个报纸的副刊，每一种新出的刊物，差不多诗是占很大的地位。

在文艺作品的历史的过程上说，诗歌也许是最初的形式。开“五四”新文艺的先声的，也是胡适之“两个黄蝴蝶，双双飞上天”的新诗。接着这先声而来的，便有俞平伯、康白情、郭沫若、傅斯年诸人的新诗。在小说戏曲方面，也许冷淡一点。据此，武汉文艺界，似乎还沉滞在初期状态里。但实际原因，并不如此简单，诗歌在其传统的本质上说，是比较容易避免现实的。新诗人，与旧诗人，还是一样，所谓多病苦愁，便是诗人的特色。我们只要一检查武汉文艺界的新诗，差不多十有八九带着感伤——个人的感伤——的情调，吟弄风花与雪月。仅有许多人说，这就是无病而呻；但我以为，这并不是无病而呻，却确是有病而呻。可怜的却是他们想借这仅有的呻吟，来减少他们自己病的苦痛，还是变相的麻醉自己，出卖自己。不把自己打入在社会里，看清自己所受到的在社会的压迫底一切。终于成了有病而徒呻。

……

武汉的文艺，就是逃避现实社会方面看，或许还有其社会的根据。但我们所希望于武汉的文艺界的，却是必须从“是社会”的，走到“为社会”的。青年的作家们，奋然的起来。我们必须把这行将崩落的武汉社会，如实地给暴露出来。我们必须探求它病的结症（编者注：当为“症结”）底所在，我们又必须运用历史的法则，来指示我们未来的光明。——负起这样的艺术底社会的任务来！

不仅是武汉本地作家创办专门性的文艺期刊引导武汉诗歌的发展，而且武汉的高校学者教授也对当时影响深广的全国性的诗人诗作进行评价，如 1931

年5月1日“国立”武汉大学师生创办了综合性学术刊物《新时代半月刊》。1931年12月16日《新时代半月刊》第二卷第三、四期发表苏雪林纪念徐志摩的一篇散文《北风》，作者把悼念天才诗人徐志摩的飞机遇难放在东北三省被日本帝国主义侵占的时代背景之中：

> 国难临头，四万万人都将无葬身之所，我们还为诗人悲悼？况我已想到国家有亡时，种族有灭日，那么，个人寿数的修短，何必置之念中？

开启抗战时期武汉诗歌研究序幕的这两篇文章，明显表现出这样的特征：从研究对象看，既有本地诗歌创作的总结与指导，又有对全国性的诗歌的评价与宣传；从研究目的看，不仅是对诗歌本体的关注，更重要的是在诗歌与社会、诗歌与时代的关联中把握诗歌；从研究成果的传播方式看，主要依托在武汉本土创办的刊物。

从1932年8月《给武汉青年作家》的发表到现在，对武汉抗战时期诗歌的研究已经走过了87年历程。正如龙泉明在《现代诗学》里所说：“中国现代诗学的历史发展，既受社会外部历史条件的影响，又受中国诗学的内在力量的驱动，是一种合目的与合规律的呈现。”①

对抗战时期武汉诗歌的研究明显呈现出两个不同的阶段性，第一个阶段(1932年至1946年)，其研究出发点是现实斗争的需要，讨论的问题集中在三个大的方面：一是新诗的本质与形式；二是诗歌与时代，由诗歌与时代延伸到具体的通俗文艺、朗诵诗；三是外国诗歌的翻译与介绍。这时期的研究者是诗人与理论家，其研究目的是加强诗歌创作现实性。第二个阶段（1980年至今)，其研究出发点是学术研究的需要，研究的问题范围逐渐扩大，研究力度

① 龙泉明、邹建军：《现代诗学》，长沙：湖南人民出版社，2000年，第3页。

逐渐深入，成果不断壮大，或者把抗战时期武汉诗歌放在国统区抗战诗歌研究热潮中，或者把抗战时期武汉诗歌作为本体进行研究……随着民国期刊网资源的使用，抗战时期武汉诗歌文本全貌一一展现，对诗歌文本的研究是一个有待加强研究的领域。

## （一）第一个阶段

1931—1946 年间在武汉出版发表的诗论共 53 篇，集中探讨的问题有以下四个方面：

第一，关于诗的本质，代表性论文有 4 篇：均戬《评〈志摩的诗〉》（1932 年 4 月 15 日《武汉文艺》第一卷第四期）、陈嗣音《诗之题材论》（1935 年 4 月 15 日《文艺》第一卷第二期）、蒋山青《新诗散议》（1937 年 6 月 15 日《文艺》第四卷第六期）、艾青《诗论掇拾》（1938 年 7 月 1 日《七月》第三集第五期）。均戬从“诗的内在的灵髓的味赏”角度，完全强调“直观”在诗歌欣赏中的作用，否定理性科学的分析：“要批评那作为诗的内在的要素的美恶而能得着一般人的同意，是一件不可能的事，因为对于艺术，尤其是对于诗的内在的灵髓的味赏，完全属于直观而不属于理性的科学的分析的缘故。”对于诗歌中文字的通与不通，则是纯粹属于科学方面的问题。这种观点在新诗初期对于大家了解诗歌欣赏、诗歌语言，有一定的借鉴作用。随着中国现代诗歌批评的发展与成熟，诗歌欣赏既有感性的直观要求，也有理性的诗学观的指导，即诗歌语言，一般语法不通之处，反而是诗的“张力”所在。陈嗣音读了亚诺尔特的《诗之题材选择论》后写作《诗之题材论》，强调情感、情趣在诗歌中的本质特征：“要有情趣，而且觉得除情趣之外，尚须给予读者以激励与快乐，就是诗应得函授魅力而灌输快乐”，“诗应得选取优越的行为，而最优越的行为就是最强有力的诉之于人类首要的感情的行为，诉之于那超越时代而永远地存在各种族中的基本的感情的行为”。“凡诗要有情趣而能给读者以激励与快乐，其题材是最有力地诉之于人类最基本感情的东西。”

蒋山青写诗歌的“小我”“大我”，再升华到“言志”“载道”：

伟大的艺术品之第一要素为“真”，唯其真，所以不发表时，可以供给自我陶醉之源泉，发表后可以引起他人陶醉的共鸣，也许因为有引起他人陶醉的共鸣这效果，逐渐由于他人的督促，或自我的鼓舞，把内容从小我的而逐渐转变为大我的，于是逐渐有了“增进全体人类之生活，创造宇宙继起之生命的意思表示”，而逐渐有了“载道的”艺术，所以高尚而伟大的艺术品质之第二要素为善。

艾青区分“诗人”与“写诗的人”：

前者是忠实于自己的体验的，不写自己所曾感受的悲欢以外的东西（却不是专写个人的悲欢）；而后者呢，则只是在写着分行的句子而已。

第二，关于新诗的形式，赵景深《新诗的形式》（1935 年 10 月 1 日《文艺》第二卷第一期）从具体的做法出发，列举大量的诗歌作品来分析胡适拟《诗经》的悬足协和双声叠韵，徐志摩、朱湘等拟西洋体式的诗。均戬列徐志摩 1925 年出版的诗集《志摩的诗》中的二十条“不通的或瞎凑的或运用不当的地方”，这篇论文就《志摩的诗》中所谓的“文法不通”，进而得出语体诗运动还在摇篮时期，语体诗的成熟是在“成立了许多公守的谱律的时候”。这篇论文对当时的语体诗运动与旧的诗词是“同其性质而异其格式的谱律”，强调不管是旧的诗词还是语体诗都必须有格律。这里的语体诗概念，在后来的诗学研究中被白话诗研究遮蔽。

第三，关于诗与时代。这一时期关于诗歌的研究论文，有将近一半是探讨诗与时代的，其研究角度各异、研究领域宽泛、研究内容深入、研究成果卓著，不少是群体讨论，以座谈会形式召开。

从1931年12月到1937年6月，共有4种刊物先后发表诗论10篇，这4种刊物分别是《新时代半月刊》《武汉文艺》《珞珈月刊》《文艺》。除了《武汉文艺》发表1篇诗集评论《评〈志摩的诗〉》、《珞珈月刊》发表1篇译诗、《文艺》发表1篇专门探讨新诗的形式外，其余7篇全是探讨“诗与时代”这个专题，有的专门探讨诗人论时把时代当背景结合起来，有的明确指出武汉及整个诗坛的“感伤”“颓废”诗风与时代不符，有的坚定号召与其诗歌创作不如社会实践。后来这一领域的学者对这一段时间的武汉诗论要么忽略过去，要么笼统归纳，点到为止。这7篇诗论代表了武汉本土诗人、学者、作家群对诗与时代的多方位多角度的分析，是一个立体而丰富的存在。

1931年12月，任教“国立”武汉大学的苏雪林悼念诗人徐志摩，把悼念诗人与国难临头之际交相印证，作者痛心于“太阳在苍穹中奔走一日，西坠时候还闪射半天红霞——半天血光似的红霞——表现一个悲壮的收局。我们亡灭时却不洒一滴血，不流一颗泪，更没有一丝挣扎，只像猪羊似的，成群走进屠场”！

1932年外地诗人白石给武汉青年作家一封信，批评武汉青年诗人作品“新诗人，与旧诗人，还是一样，所谓多病苦愁，便是诗人的特色。我们只要一检查武汉文艺界的新诗，差不多十有八九带着感伤——个人的感伤——的情调，吟弄风花与雪月。仅有许多人说，这就是无病而呻；但我以为，这并不是无病而呻，却确是有病而呻。可怜的却是他们想借这仅有的呻吟，来减少他们自己病的苦痛，还是变相的麻醉自己，出卖自己。不把自己打入在社会里，看清自己所受到的在社会的压迫底一切。终于成了有病而徒呻”，“颓废派的神秘主义”“是社会的”，告诫武汉青年诗人要“为社会”，号召青年诗人们：“武汉的文艺，就是逃避现实社会方面看，或许还有其社会的根据。但我们所希望于武汉的文艺界的，却是必须从‘是社会’的，走到‘为社会’的。青年的作家们，奋然的起来。我们必须把这行将崩落的武汉社会，如实地给暴露出来。我们必须探求它病的结症底所在，我们又必须运用历史的法则，来指示我们未来的光明。——负起这样的艺术底社会的任务来！”

武汉本地诗人丁韬1935年对中国新诗坛检讨，认为戴望舒式的作品是亡国之音，看不到时代、国家、穷苦大众。1937年武汉文艺作者81人发布共同宣言，“不但要创作，而且更要实践”，制定实践纲领：充实国防、积极抗敌、统一民族力量、肃清汉奸、消灭残匪。由于当时武汉文艺作者在国民政府统领下，明确提出“民族文艺”，民族文艺哲学基础是唯生的历史哲学，反对当时“国防文艺”“民族革命战争的大众文艺”，这是不符合时代主潮、文艺主流的。成员之一的史紫忱与此同时也发表一篇论文与“宣言”在《文艺》中，提出1937年文艺家五个责任，其中第三个是“建树希望的碑子”：

> 文艺家，是站在险峻而雄峭底时代底顶尖的，应该以民族内层底情绪，忠实地用所有底天才刻画成极致底力量，去推转高度底勇气！中国底环境，残缺，破败，文艺作品，并不需要多么艺术的精粗微妙的去创造，但愿使熟练底刺激，予整个民族以强烈的激动！俾民族底血脉偾张，建树起希望底碑子。

1937年蒋山青没有像以上团体或诗论家那样从时代起笔，呼应诗歌的时代写作，而是从新诗本质、诗的目的、诗的手段、诗的发展，提出诗歌创作不仅需要真美，更需要“作为情绪之文字语言的表现者，诗歌，也应该有‘增进全体人类之生活与创造宇宙继起之生命’的意思表示，否则你以文字语言所表现的情绪，即使是美妙的表现，精到的表现，最艺术的表现，那只‘小我的’表现，应该留着，供给你自我的陶醉之源泉，而不必发表”。“在人类生活陷于艰苦，宇宙生命失其光辉的时代，如果你有向上的，积极的志趣，是不是应该扩大你的视野，增强你的动机，从小我的表现进展而为大我的表现？就是说时代需要载道的艺术迫切于言志的艺术。”

很有意思的是，抗战期间武汉期刊中发表的诗论，1937 年 12 月前集中于诗与时代，1937 年 12 月到 1938 年 5 月，诗论主题则是集中于朗诵诗与朗诵诗运动。

第四，关于朗诵诗和朗诵诗运动。

1937 年 12 月到 1938 年 5 月，武汉《时调》《七月》《战地》集中探讨朗诵诗及朗诵诗运动。在武汉的冯乃超、穆木天在《时调》第 3 期发表《关于诗歌朗诵》《诗歌朗读与诗歌大众化》，《七月》发表延安朗诵诗演出 3 人雪韦、沙可夫、柯仲平的活动经验与教训。《战地》发表沙可夫、柯仲平、骆方关于诗歌民歌演唱晚会的意见与感想，其创刊号发表有吕骥、锡金关于朗诵诗的论文。这一时期这一方面研究是，角度多样，既有表层梳理，又有深层探究，由此，我们可以看出朗诵诗全貌。

## （二）抗战时期武汉诗歌研究的第二个阶段

1950—1979 年，抗战时期的诗歌研究处在冷寂的研究状态中。中华人民共和国成立后，在以阶级斗争、路线斗争为纲的政治氛围下，武汉作为当时的国统区，文学刊物、诗歌作品被搁置在历史的阴暗角落尘封了 30 年，这种新文艺明显具有单极政治化的不合理格局倾向，对国统区、沦陷区的文学没有给予足够的文学本体研究。

1980—2000 年，抗战文学的专门研究团体在四川成立，专门研究刊物的创办，积极推动了抗战时期诗歌的研究，专著、论文、史料汇编日益增多。章绍嗣《武汉抗战文艺史稿》（长江文艺出版社 1988 年），是武汉抗战时期文学较早的整体研究。《中国抗日战争时期大后方文学书系》（重庆出版社 1989 年）第六编诗歌两卷，是对大后方抗战诗歌的第一次汇编。苏光文《抗战诗歌史稿》（四川教育出版社 1991 年）中“诗坛巡礼”一篇，专门介绍武汉诗坛。

2000年以来，抗战文学愈来愈受学界的关注，随着对抗战文化城重庆、桂林抗战文学研究的兴盛，吕进编著的《重庆抗战诗歌研究》《大后方抗战诗歌研究》是研究国统区、大后方的诗歌专著，是抗战诗歌研究的一个重大成果。与此同时，一些与武汉抗战诗歌有关的论文也陆续出现，主要集中在朗诵诗、歌谣、译诗和具体诗人在武汉抗战时期的诗歌活动的研究。

综合以上学术界对抗战时期武汉诗歌的研究，总体上来说还处在比较滞后的状态，已有的研究成果难以支撑丰富的诗歌活动和创作。从研究的内容看，对武汉抗战诗歌的总体发展进行概括性的阐释，对部分文本、诗歌活动、诗歌理论、诗歌刊物有所涉猎，但还需要深入探讨之外，对武汉抗战诗歌的诸多领域还有待进一步拓展和深化。如对武汉抗战诗歌史的梳理，对武汉抗战诗歌诗人群体、诗学观念、诗歌文体、诗歌刊物做系统全面的研究，是有待加强与改进的领域。

## 二、抗战时期武汉诗歌研究比较成熟的领域

抗战时期武汉诗歌研究已经形成以下三个方面比较成熟的领域：1. 强调抗战诗歌在整个抗战文学中的地位与成就；2. 强化抗战时期武汉诗歌的地域性与全国性双重特点；3. 重视国统区抗战诗歌的作用。

### （一）强调抗战诗歌在整个抗战文学中的地位与成就

其代表性观点如下：

一般地说来，抗战以后以普通的文艺形式发表的作品，最多的，一是报告一是诗。前者之发达，是由于每个作者自身所见所闻以及所接触的事实，均有报告给广大读者的价值，反映了现实，也就是起了教育与宣传的

作用。诗歌之发达，是由于在这个神圣伟大的战争的时代，对着层出不穷的可歌可泣的事实，作家容易得到感动以至于情绪的跳跃，而他要求表现时所采取的形式，即为是。抗战后诗的发达，可由副刊杂志所收得的稿子中诗歌稿所占之百分比来证实的。若我们把各种发表的诗作品进行系统的研究，那一定很有价值。①

胡风1939年“五一”节之夜完成，发表于1939年《七月》第四集第一期的论文《民主革命战争与文艺——对于文艺发展动态的一个考察提纲》第三部分“在创作上的表现”论述在全面抗战到来的近两年的时间里，因为战争，文艺创作的表现，用速写式的方式归纳了报告、诗、小说、剧本的成就。其中论述诗歌的成就时，是这样描述的：“第二是诗底广大的发达。如果‘报告’是作家投进斗争生活以后在自己底意识里面反映出的现实，那么，诗就是作家在现实这火石上面碰出的自己底心花。战争使作家有了太多的悲痛，太多的兴奋，太多的欢喜，不能不通过或对着使他这样了的生活形象把这些歌唱出来，而且，在这样的场合，那些用‘神圣的’繁难的型律来掩饰内容底空虚的旧的形式主义，或者用使人不懂的奇怪的手法来掩饰内容底空虚的新的形式主义，大半都不能不收声敛迹了……而且就个别的作家或作品看，有一些确是能够向世界叫出中国人民底真实的战斗的声音。”

有人说，抗战以来的中国文学，以新诗的收获为最大。我想，这话并不是过甚的夸张。假如我们对抗战以来的中国文学各部门不单是从量上去考察，而且从质上或是从他们所发射出来的精神的强度上去考察，这话是并不难证实的。今天每本杂志都以很大的篇幅刊登诗了，日报的副刊也差

① 胡风：《略观战争以来的诗——在扩大诗歌座谈会的报告》，《抗战文艺》（第3卷第7期），1939年1月28日。

不多每天都有诗了。①

产生以抗战为主题的大作品，无论从作家写这种作品所必需的时间和精力上说，或是从出版的条件和一般读者的需要上说，都是困难的。事实上，抗战以来长篇形式已经退到了最后的地位，在战时的文坛上演了最活跃的角色的，是报告通讯一类的小型作品。报告文学差不多成为一个非常流行的运动……此外还有朗诵诗歌，话报等新形式的提倡和时调，鼓词甚至皮簧戏等旧形式的改良与采用。这些形式最适合于战争的情势和需要，是抗战时期文艺的主要的形式。②

作品颇不少，似以诗歌为最有成绩……以作品类言，诗歌、短剧、速写、报告文学之类最受鼓舞。③

由"五四"开始；经过"五卅"以至"九·一八"的阶段的中国的新诗运动到了"八·一三"之后，可以说，是上了更健全的发展路线。我们的革命诗歌，在"八·一三"以后，不管是在质上，还是在量上，都是日渐加强；而且，从量的生长上，获得了质的生长。这是一种非常值得乐观的事实。④

在文艺弹药中，以活跃的生命力写姿势驰骋疆场的，是速写、通讯、街头短剧、报告文学；而驰骋得最活跃的，尤其要数国防音乐、抗战诗歌。⑤

正因为"九·一八"这奇耻大辱，中国人民的觉醒的程度与日俱增。

---

① 艾青：《抗战四年来文新文艺运动特辑·抗战以来的中国新诗》，《中苏文化》（第9卷第1期），1941年7月25日。

② 周扬：《新的现实与文学上的新的任务》，《解放》（第41期），1938年6月8日。

③ 郭沫若：《抗战以来文艺的展望》，《自由中国》（汉口第2号），1938年5月10日。

④ 穆木天：《关于抗战诗歌运动：对于抗战诗歌否定论者的常识的解答》，《文艺阵地》（第4卷第3号），1939年12月1日。

⑤ 彭桂萼：《抗战诗歌的特质及途径》，《文艺季刊》（第1卷第4期），1939年7月。

这绝非往日那种对国家民族的淡薄现象所可比拟。在诗歌方面是最可以看出这种觉醒的程度的高涨的。①

这是继“五四”以后又一个中国新诗空前发展的时期。②

也给“五四”以来的新诗，开辟了一个崭新的局面。③

新诗在发扬光大以往成绩的基础上，又以它的鲜明特点，标出了第三个崭新的时代。④

全民抗战，在中国现代历史上应该大书特书。在诗的方面，也是如此。抗战诗歌，它给中国新诗史上增添了独具特色的一章，众多风格不同的诗人，团结一致，含辛茹苦，历尽险阻，做出了无愧于时代，无愧于祖国的卓越贡献。他们既继承发扬了诗歌的优秀传统，又开拓了一个新的境界。⑤

抗战以后的诗，在量一方面说，实现是远过于其他的文艺部门，据杂志和报纸副刊的编者所统计，收到的稿件总以新诗为最多数，其中的作者，包括文艺青年、前方将士、流亡同胞、生产工人等。这证明他们对于诗的爱好，冀求获得这一文艺上的战斗工具，以报效祖国和人类；却不能指责他们以为写诗容易入手而轻于尝试，加以非难的。⑥

---

① 何德明：《成长中之抗战诗歌》，《浙江教育月刊》（第3卷第9期），1940年3月31日。

② 艾青：《中国新诗六十年》，《文艺研究》1980年第5期，第78页。

③ 臧克家：《伟大的时代　宏亮的诗声——〈中国抗日战争时期大后方文学书系·诗歌编〉序言》，原载重庆出版社1989年6月版《中国抗日战争时期大后方文学书系·诗歌编》，选自《中外诗歌研究》2003年第3期，第5页。

④ 同上。

⑤ 同上，第8页。

⑥ 力扬：《今日的诗》，《诗歌研究史料选》，成都：四川教育出版社，1989年，第36页。

## （二）强化抗战时期武汉诗歌的地域性与全国性双重特点

抗战时期武汉期刊中的诗歌研究，从字面上理解当然可以说属于区域诗歌研究。抗战时期武汉诗歌是湖北现代诗歌（与湖北当代诗歌是对立概念）的半壁江山。抗战十四年期间，除了1938年这一年外，武汉诗歌创作的群体主要是在武汉的文艺青年和“国立”武汉大学、私立中华大学、武昌艺专的师生。诗歌的取材立足于20世纪30年代中国社会大变动中的城乡生活，向内注重情绪的描写、向外关注社会的写实。诗歌传播的平台主要是国民政府官办的文学期刊、学校主办的学术刊物，主要面向武汉的知识分子。

1937年8月到1938年10月，武汉继上海南京沦陷之后，成为短暂的政治、军事、文化中心。“社会剧烈变革时期的每一月，那内容的丰富，可以比上平时的一年；这句话可以应用于正在抗战中的目前的中国。”① 中华全国戏剧界抗敌协会、中华全国文艺界抗敌协会、中华全国电影界抗敌协会，相继在武汉成立。1938年3月27日，“中华全国文艺界抗敌协会”在汉口总商会礼堂正式成立，“这是自‘五四’新文化运动以来，继‘左联’之后的文艺界第一次空前广泛的大联合”②。周恩来莅临“文协”成立大会，发表了庄严热烈的演讲：“全国的文艺作家们，在全民族面前，空前的团结起来。这种伟大的团结，不仅仅是在最近，即在中国历史上，在全世界上，如此团结，也是少有的！”③ “‘文协’的成立，是现代文学史上第一次，也是唯一的一次包括国共两党作家在内的大联合。”④ 中国共产党在国统区的机关报刊《新华日报》《群众》周刊及一大批进步的抗日救亡的报刊在这里创刊或复刊。1937年8月

---

① 周扬：《新的现实与文学上的新的任务》，《解放》（第41期），1938年6月8日。

② 章绍嗣：《武汉抗战文艺诗稿》，武汉：长江文艺出版社，1988年，第4页。

③ 周恩来：《全国文艺界空前大团结》，《新华日报》第3版，1938年3月28日。

④ 钱理群、温儒敏、吴福辉：《中国现代文学三十年》，北京：北京大学出版社，1998年，第447页。

到1938年10月的武汉抗战文艺，“究其实质，乃是因中国共产党的号召而发生，以国共合作为基础，原左翼作家为主体，并团结一切爱国作家，共同反对日本法西斯为主旨的全民族战斗文学”①。

1937年8月到1938年10月的武汉抗战诗歌作为武汉抗战文艺重要的一翼，早已经超越了地域界限并且引领了中国抗战诗歌的第一次高峰。在诗歌史上，1937年8月到1938年10月的“武汉诗歌”内涵远不限于“武汉”而具有全国意义。

在1938年到1939年随着全民抗战初期文艺家文艺活动的展开，诗歌大众化的实践，诗歌理论对创作的引领与规范的重视，关于抗战时期武汉诗歌的地域性与全国性的探讨随之展开。这些研究者有著名抗战文艺期刊《文艺》的编辑者胡绍轩、从上海到武汉从事著名的文艺刊物《七月》半月刊的编辑家评论家胡风、延安解放区的文艺领导者周扬、在广州的左翼理论家和翻译家周行。

胡绍轩1937年11月11日在《文艺战线》旬刊第二期中发表文章《怎样建设内地文化》指出：“在过去，由于文化工作者的本身和全国人的心理，造成了一个不良的观念：——认为只要在上海出版的刊物，无论大小都认为是全国性的刊物；如果在内地各处出版的刊物，即令发行也有相当的广，仍然认为是地方性的刊物，结果对于地方性的刊物，不免怀着一种歧视或蔑视的心情。”他还指出“我们不需要文化中心，我们需要文化散兵线”，并就建设内地文化，提出三个意见：“1. 处在自认为是文化中心区的人们，你不要蔑视地方文化！2. 处在各地方从事文化事业的人们，拿出你的自信心来！3. 读者们！希望你打破崇拜偶像的心理，拿出你认文不认人的眼光。”

穆木天把地方文艺运动与抗战的大众化联系起来，1937年12月11日武汉

① 章绍嗣：《武汉抗战文艺史稿》，武汉：长江文艺出版社，1988年，第20页。

《文艺战线》第四、五期中发表穆木天的《致地方文艺工作者》说：

> 地方文艺运动，是将来的大众文艺的奠基工作。文化中心，由于抗战的发展，从少数的几个全国中心都市移转到各地方的首要都市，这种文化中心的移转与加多，对于抗战的文艺运动，的确是非常地有利的。就是说，今后，将就着各地方文化中心，可以很有利地发展起来地方文艺运动。可是，地方文艺运动，并不是在几个地方文化中心里边，闭关自守地，在少数的知识分子阶层里边作一种狭隘的运动，就算了事，而是须要深入于民间，使文学的活动，伸展到穷乡僻壤里边，普遍地，造成为一种文艺大众化的运动，那才算是执行了地方文艺运动的任务。地方文艺运动，就是地方的大众化的文艺运动，每个地方文艺工作者，现在所要切实地担当起来的，就是这一种地方文艺大众化的工作。

周行在1938年4月16日茅盾主编的《文艺阵地》创刊号上发表《我们需要展开一个抗战文艺运动——一个紧急的动议》，认为抗战文艺活动还处在一个自然发生的状态中，“当前最现实最严重的一个问题”是需要建立一个抗战文艺运动。为此，周行提出一个文艺运动的纲领，这个纲领有四个要点：一是大众的抗战文艺的创造；二是广泛的通讯员运动的展开；三是组织统一而活动分散的体系的确立；四是批评理论的强化。周行在论述“组织统一而活动分散的体系的确立”指出：

> 首先必须说明：所谓活动分散，指的只是工作上的方法而不是工作本身的内容。更具体一点说，这指的是活动的地域化。为什么活动必须地域化呢？这为的是：要配合着抗战所开展的形势，文艺工作者必须分散到全

国各地，分别建立起许多新的阵地，组织起许多新的战斗部队来，以执行持久抗战的艰巨任务。而事实上从前集中在几个文化都市的文艺人，也早已自然而然地分散到全国各内地去了。所以现在之提出这一点无非是要使这种活动形态更加成为有目的的，使它更加确定，更加充实，更加发展。他方面，正因为如此，我们同时就非常需要有一个统一的组织。粗略一看，这两者似乎是不但没有逻辑上的关联，而且还是有点冲突的。但实际上并不如此；相反的，这只是一个组织活动问题的两面，它们不仅不彼此冲突，而且还是相生相成的。正因为作战队伍是分散在全国各地，它有许多长处，但也包含着一个相当严重的弱点，这就是容易陷于失掉联络，各自为战的混战状态中。为了使这一种可能的缺陷不致发生，我们必须有一个全国性的统一组织，它是一个参谋本部，同时也是一个司令塔：文艺战线上总的作战方针与计划可由这里分发出去，达到各个较小的中心（交通站）再转到所有的支队去。这样，他们便可以根据当地具体的环境而分别执行；同时，各地的工作者也可以随时把工作的情形、经验或任何的建议送到这里来，与其他地方的同志互相交换意见。

1938 年 9 月 11 日创刊于武汉汉口的《国民公论》发表胡风的《论持久战中的文化运动——我们获得了些什么?》：

原来聚居在几个中心地的文化工作者底另一部分分散到了各地，抱有工作计划的故不必说，就是为“逃难”而去的，也曾渐渐被民族底命运和身边的环境所刺激，而走进工作里面。地方性的小杂志（铅印的、石印的、油印的）地方报纸底附刊、壁报。我们都经常地接到了不少，那大多数是得助于由外面回去的力量的。

这些胜利底获得，以及他们底含有大大发展的风景，都是由于文化运动（文化工作者底活动）得到了在新的形势下面和它底对象（民众）结合这一个特点。不仅仅依存于以出版资本为基础的所谓“文化中心”和出版资本底发行路线，直接地投进一地方一领域（例如军队）底大众里面，那就是或将是地方文化底形成和发展。

为什么抗日民族革命战争期中的文化运动一面不得不是发展“地方文化”的形式呢？第一，从社会经济发展底不均衡和政治底不统一而来的各地文化发展的不均衡；第二，大众的统一的国语底没有诞生和方言语系底分布使它原有着历史的基础，但在目前，那主要是由于抗日民族革命战争的性质——持久战底战略所决定的。

胡风1939年“五一”节之夜完成、发表于1939年《七月》第四集第一期的论文《民族革命战争与文艺——对于文艺发展动态的一个考察提纲》，再次集中对文艺的全国性与地方性进行论述。在论文第一部分“在新的情势下面”，胡风敏锐地捕捉到因为战争的影响，处在文化中心的大都市作家活动发生了重要的变化：

民族革命战争的炮声把文艺放到了自由而广阔的天地里面。这以前，作家底世界是书斋，是客厅，是教室，是亭子间，是地下室……但炮声一响，这些全都受到了震动，门窗颤抖，积尘飞扬，他们兴奋地，或者想镇静而不得地跑了出来，向愿意去的或能够去的各种各样的领域分散。跑向热情洋溢的民众团体，跑向炮火纷飞的战场……也跑向落后的城市或古老的乡村……

过去主要地是依附在一两个“文化中心”的大都市的作家生活就根

本地起了变换……不言而喻地带着动员民众的使命分散到了后方各地。

在第二部分“几个结果”中，胡风得出结论：“从活动形态上表现出来的是地方文艺活动、战区文艺活动、游击根据地文艺活动……”

在最后一部分，即第五部分，胡风用“为了前进”作为小标题，对文艺向前发展，加强作家和战斗的结合，特别是对于青年作家的教育工作，胡风从文艺刊物的角度再次强调了文艺工作的地方性与文化中心的互相影响、互相竞赛：

> 第一，地方性的文艺堡垒广大发展。后方各地，被军事形势所规定的各战区，尤其是各游击区或游击根据地，作家或文艺青年的组织将一天一天地加多，文艺刊物（也许只能是石印、油印，甚至手抄的）也将一天一天地加多罢。
>
> 第二，综合力较大，散布力较广的所谓“中心”刊物，会更多，也会更健康，更有力罢。如果把地方性的文艺堡垒比做能够随时化整为零化零为整的游击支队，那么，这些中心刊物就是作为整个阵地卫星的运动战的野战军团了。为了有效地执行总的任务，它们各各保有自己底战斗传统，自己底战术特长（不同的文艺态度、编辑方针），互相呼应，互相影响，互相学习，互相竞争。

## （三）重视国统区抗战诗歌的作用

在抗日烽火中产生的抗战诗歌因为战争和政治因素而从地域上划分为国统区抗战诗歌、沦陷区抗战诗歌、革命根据地抗战诗歌及香港等海外抗战诗歌。“延安及各解放区、国民党统治区、上海‘孤岛’、沦陷区等地的进步文艺工作者，都以饱满的爱国热情，投身于文艺阵地，做出了自己的贡献。而成效最为显著、影响最为深远者，还是延安地区和国统区的文艺运动。”① 茅盾说：

> 中国抗战文艺运动实开始于“七七”以前，可是“七七”以后这“老根”派生了两支，一在大后方，一在边区和解放区。这两支所托的土壤不同，所呼吸的空气也不同，所受的风日雨露霜雪也不同；这就决定了它们各自的发展也不同。更由于政治上的关系，这一本派生的两支，多少年来就连交换经验的机会也少得很。然而无论如何，它们总是同根生的。它们的立场是一致的。这就是从属于民族解放的最大目的（抗战），从属于当时最高的政治要求——争取民主。它们的方向也是一致的。这就是实现那多少年前就已经提出的口号——大众化。②

国统区抗战诗歌与延安解放区抗战诗歌一起，共同构成抗战时期中国现代诗歌的一体两翼。1985 年文天行在其著作《国统区抗战文艺运动大事记》中指出：

> 在我国现代文艺史上，有三次大的浪潮，或者说三次高峰。一是“五四”时期的新文艺运动，一是“左联”时期的“左”翼文艺运动，一是抗战时期的抗战文艺运动。比较而言，抗战时期的文艺运动比前两次规模都大、都深入。国统区抗战文艺运动是我国整个抗战文艺运动重要组成部分。由于许多著名文艺家在国统区，由于许多有影响的刊物在国统区，由

---

① 文天行：《国统区抗战文艺运动大事记》，成都：四川省社会科学院出版社，1985 年，第 1 页。

② 茅盾：《抗战文艺运动概略》，《茅盾文艺杂论集》（下），上海：上海文艺出版社，1981 年，第 1194 页。

于许多全国性的文艺组织在国统区，国统区文艺运动对其他地区的影响是大的。①

1994年苏光文在《大后方文学论稿》中说道："大后方文学最能体现出中国抗战文学的完整性与特殊性。""把中国抗战文学比喻为一棵大树，那么，大后方文学自然便是这棵大树的主干。"② 苏光文所说的大后方文学指的是1938年10月以后国民党统治的抗战文学。1998年钱理群在分析"40年代文学"时，认为"由于国统区在全国所占面积最大，拥有作家最多，而且有不同的流派倾向，文学思潮与创作都比较活跃，所以比起其他区域文学来，也更能代表'40年代文学'的主潮"③。

国统区抗战诗歌从"七七"事变至1938年10月武汉失守这一时期形成了上海、广州、武汉三个文艺中心，"这时期国统区抗战文艺运动的中心主要在上海、广州、武汉。比较而言，武汉的文艺运动比上海、广州成效更大"。"因上海和广州在'八一三'以后不久就成了'孤岛'沦陷了。在这些地区，文艺界开展的活动是十分突出的：建立了各种形式的救亡演剧队、宣传队，还建立了许多全国性的文艺组织，如中华全国戏剧界抗敌协会、中华全国文艺界抗敌协会、中华全国歌咏界抗敌协会、中华全国电影界抗敌协会、中华全国美术界抗敌协会、中华全国木刻界抗敌协会等。1938年4月成立的第三厅，虽不限于搞文艺活动，但在领导国统区抗战文艺运动方面，那是起了很大作用

---

① 文天行：《国统区抗战文艺运动大事记》，成都：四川省社会科学院出版社，1985年，第27页。

② 苏光文：《大后方文学论稿》，重庆：西南师范大学出版社，1994年，第3页。

③ 钱理群、温儒敏、吴福辉：《中国现代文学三十年》（修订本），北京：北京大学出版社，1998年，第446页。

的。各种组织开展的活动，真是不胜枚举。”① 1939 年武汉广州相继沦陷，国统区的文艺活动中心由重庆和桂林等几个主要城市来代替。“由于交通和种种条件的不便，作家和出版物已不像先前那样集中，而形成了许多重心点，重庆成了国统区的中心文坛，桂林、昆明、金华、成都、曲江、永安、西安以至上海、香港，也都成了重要的文艺据点。”②

## 三、抗战时期武汉期刊中诗论研究价值

抗战十四年的诗歌，是民族救亡时代的产物，是抗战文学的主导力量，是中国现代文学史上不可或缺的一部分。抗战诗歌成效最显著、影响最深远的是国统区和革命根据地的诗歌。地处国统区的武汉、重庆、桂林，地处革命根据地的延安，这些不同区域的抗战诗歌是中国抗战诗歌的重要分支。

武汉抗战诗歌的研究是对中国抗战诗歌研究领域的拓展与深化。武汉抗战诗歌的理论倡导是中国现代诗学的丰富和提升。对抗战时期武汉出版的报刊、诗（论）集进行全面发掘与整理，是文献资料的新发现，是史学研究的具体化。

从诗歌与时代的关系看，诗歌作为文化的一种表现形式，受政治经济和社会环境的影响和制约，同时又是政治经济和社会生活的反映。通过对武汉抗战诗歌的研究，我们可以了解抗日战争对诗歌发展所产生的影响及诗歌作为精神动力对抗日战争所起的积极作用。

从研究的时间范围看，本文研究的时间范围是抗战十四年，之所以以抗战

---

① 文天行：《国统区抗战文艺运动大事记》，成都：四川省社会科学院出版社，1985年，第7页。

② 蓝海：《中国抗战文艺史》，济南：山东文艺出版社，1984年，第41页。

十四年为时间节点研究武汉抗战诗歌，是对 2017 年国家强调“抗战十四年”一种学术研究的呼应，也是对学术界普遍采用“抗战八年”观的补正，更是对武汉抗战诗歌本身发达的一种全景式动态化体系化的研究。

从研究的目的看，武汉抗战诗歌，有地域性（武汉地区），有区域性（国统区、沦陷区），也有全国性的特点。学术界对国统区的重庆、桂林，根据地延安的抗战诗歌已经形成丰富的研究成果，而武汉抗战诗歌研究的薄弱与该地区盛况空前的抗战诗歌活动、创作、评论很不相称。

武汉在全民抗战初期是政治、文化中心，诗歌活动、创作、评论盛况空前，是中国抗战诗歌史上独具特色重要内容，对武汉抗战诗歌的研究具有较高学术价值和现实意义。

# 田间抗战时期诗歌创作概览

熊 辉

田间，原名童天鉴，1916 年 5 月 14 日出生于安徽省无为县开城镇的潘家岗，父亲童冠群是个开明的生意人，田间先后在私塾和私立小学就读，初中时转入无锡辅仁中学，然后考入芜湖省立第七中学继续读高中。小学开始接触郭沫若的新诗，从小对文学创作产生了浓厚的兴趣，勤奋好学的田间也因此打下了良好的文学基础。1933 年考入上海光华大学攻读政治①，但在进步人士的影

① 关于田间在上海光华大学攻读的专业，学界存在两种说法：一说他读的是英文专业，一说他读的是政治专业。郭怀仁先生说："1933 年，田间考入上海光华大学外语系学习英文。这期间，他结交了一批'左'翼文学青年蒋弼、俯拾、刘宗璜、马子华、蒲风、柳倩等，并成为中国诗歌会'战斗的小伙伴'。"（郭怀仁：《田间论》，合肥：安徽教育出版社，第 5 页）而正是郭怀仁先生提及的马子华回忆说："最奇怪的是他报考的是文学院政治系。我却是考的中国语文学系。但我们的辅系都是社会系。"而且马子华还专门问了田间为什么要选学政治而不是中文或英文专业，田间的回答十分在理："政治思想也是很重要的，我想多懂得点古代封建社会和近代资本主义的政治思想，那也是非常必要的，何况这个学校的前身是圣约翰教会学校，学术研究和课程的设置比较自由，什么样的政治思想都具备一些，可以学到更多的东西。"（马子华：《我与田间在光华大学左联的活动》，《新文学史料》1998 年第 3 期）因此，马子华说田间读的是政治系比较可信。也正是如此，田间先生的夫人葛文 2003 年出版的田间传记作品《大风沙中的田间》也认为他读的是政治专业："天鉴沉静寡言，虽是政治系学生，课外手不释卷看的是文艺书刊，又买来《国际文学》英文卷攻读。"（葛文：《大风沙中的田间》，北京：中国文联出版社，2003 年，第 11 页）

响下开始创作饱含苦难和抗争意识的新诗，踏上了新诗创作的不归路。田间从1935年出版第一本诗集《未明集》，到1985年出版最后一部诗集《青春中国》，他创作时间跨越了半个多世纪，是中国现当代诗歌史上创作成就最高的诗人之一。而田间诗歌创作成就最高的时期主要集中在抗战期间，他很多脍炙人口的诗篇均是他抗战全面爆发后在解放区创作的，因此有必要对诗人该时期的创作做详细的梳理。

## 一

1938年春天，田间离开武汉北上至中华人民共和国成立后的十年有余的时间，可被视为其诗歌创作的第二个阶段，也是他一生中诗歌创作成就辉煌的时期。尤其是1938年夏天，诗人从繁华的都市来到美丽的延安和边区之后，那里的山水和生活激发了诗人更多的创作可能性。十多年后，诗人回忆起在延安的岁月时，仍不免感慨并感谢那段生活赋予他创作的激情："我自己如同一只小鸟，在1938年的夏天，飞到延安，也曾呼吸和歌唱在那绿荫树边。延安是一座古城，在四山之间。清凉山上的宝塔，山下的延水、窑洞、边区自卫军和红缨枪，这一切，多么令人怀念。它的每一块土，就是一个诗句；它的号声和塔顶，引起多少诗人的灵感。延安，这是无产阶级诗歌的摇篮！"①

表现中国人民的抗战激情仍然是田间诗歌创作的首要目标。1938年初，田间与聂绀弩、艾青、萧军、萧红、端木蕻良、孔罗荪等人一道前往山西临汾民族革命大学任教，但学校因日本侵略军逼近而解散，他们只得另寻出路。田间后来与丁玲领导的八路军西北战地服务团相遇，成了一名战地记者，主要工

① 田间：《写在〈给战斗者〉的末页》，《田间诗文集》（第1卷），石家庄：花山文艺出版社，1989年，第343页。

作就是参加抗战宣传活动并写战地通讯。田间随团访问了西安等地，有感于战地服务团工作的艰苦和发动群众抗日的重要性，田间以高昂的热情创作了反映服务团战士工作和生活的诗篇，结集为《呈在大风沙里奔走的岗卫们》，1938年7月作为丁玲主编的“西北战地服务团丛书”之八在汉口生活书店出版。该诗集共收入25首诗歌，田间用纪实性的写法表现了文艺战士的生活，此外还有多首作品赞美了西北战地服务团里的丁玲、朱文三，小同学李柏望，李劫夫、史轮、萧红、端木蕻良及美国友人史沫特莱等，也有几首诗是写给洛宾、罗珊、塞克、萧军、天虚等人的离别诗。丁玲在为这部诗集所作的序言中说她老早就听说过田间的名字，并称其为“牧歌诗人”。丁玲高度评价了田间的诗歌创作天赋和创作成就，尤其“希望大家学习他的勤恳”①。田间后来评价这部作品时自谦道：“这本诗，与其说是诗集，不如说是速写，只是简单地记录了服务团的战地生活。”②

在跟随西北战地服务团采访和宣传期间，田间积累了一定的诗歌创作素材，由此创作了长诗《她也要杀人》。用作者的话讲，这首长诗“是根据我的感受和战地见闻概括而成的”③。该诗1938年纳入胡风主编的“七月丛书”出版单行本，1943年11月由胡风收入田间诗集《给战斗者》，1947年初在海燕书店出版单行本时更名为《她的歌》，1952年经诗人修改后仍旧纳入诗集《给战斗者》。《她也要杀人》突出表现了共产党在抗日战争中的影响力，诗中刻画了一位在抗战中觉醒的北方妇女，她在红旗的带领下从弱者变为敢于抗战杀敌的民族英雄。

最能体现田间抗战诗歌成就的无疑是街头诗。1938年6月，田间随战地

① 丁玲：《〈呈在大风沙里奔走的岗位们〉序》，《呈在大风沙里奔走的岗位们》，田间著，武汉：汉口生活书店，1938年，第2页。

② 田间：《田间自述》（三），《新文学史料》1984年第4期。

③ 同上。

服务团来到了革命圣地延安，他在中国工农红军成立的纪念日里光荣地加入了中国共产党，并于 8 月 7 日参与组织了延安的街头诗运动。田间创作了很多街头诗名篇，《假使我们不去打仗》《义勇军》《坚壁》等便是其中的代表作。田间的诗歌不仅在解放区广为流传，而且在大后方也受到了极大的欢迎，不仅得到了闻一多的赞赏，而且在群众集会中被频繁朗诵。诗人冯至曾说："田间的诗在昆明诗歌爱好者的集会上，不断地被讨论，被朗诵。在讨论会最热烈，朗诵最高亢时，人们觉得战地的炮火，再也不是那样远了，仿佛在自己身边。当时我的印象是，田间给新诗增添了一种新的风格，这风格只有在战斗的生活里才能形成。"① 1938 年 10 月，田间随战地服务团告别延安，踏上了去往晋察冀抗日革命根据地的新征程，驻扎在蛟潭庄。田间继续繁忙地工作着，除了担任战地记者的工作外，他还参与了边区诗歌刊物《诗建设》的编辑工作，创作号召民众抗日的短诗。比如《"烧掉旧的，盖新的……"》：在伟大的民族抗战中，因为民众的激情和意识的提升，几乎每天都在发生让人感动的事情。比如这首诗中住在"大龙华"村的"一个老头子"，为了消灭躲藏在他家中的敌人首领，他竟然毫不犹豫地点燃了自己付出半生心血修建的房子，嘴里不停地说道："烧掉旧的，/盖新的！"中国人安土重迁，房子是"家"的符号，是生活安稳的象征，但这个老农在面对歼灭敌人的时候，却大度地要求烧掉自己的房子，哪怕未来风餐露宿，只要赶走强盗重获自主。老年人做出这种决定的勇气和支持抗战的力度可想而知，从侧面表明中国人在抗战中的团结和慷慨的付出。在敌人惨无人道的"大扫荡"中，人们不仅要经受心理的恐怖，还要面临丧生的危险。因此，很多觉醒的民众干脆加入到抵抗的行列中，他们的精神是敌人永远无法消灭的："敌人，你/即便你举起/一万枝枪，/也打不倒他们。"这首诗中所写的"一百多个农民"包括孩子和女人，他们在雪地里"揩

① 冯至：《敲鼓与赶车——〈田间选集〉代序》，《人民日报》，1984 年 4 月 30 日。

着眼泪喊：‘打倒敌人!’”同时高唱着反“扫荡”的歌。有了这样一群中国农民，或者说所有的中国农民倘若都是如此，那日本鬼子还有什么存活的空间?

再比如《曲阳营》这首诗所写的也是农民自发组织起来抗战的典型事例，“沿着大沙河”的曲阳一带，在一位名叫“安新方”的同志的带领下，农民自发成立了“曲阳营”。“新的子弟兵，/好像一阵风”，曲阳地区的农民自从有了自己的抗日部队，就变得更加“坚强”(参阅《一百多个》)。日本侵略中国是非正义的战争，在中国人民子弟兵的坚强抵抗下，他们节节败退。在收拾战场的时候，我军发现“五个尸首/吊在树上”，这些尸首上“没有一个伤痕”，他们是在走投无路的情况下自杀的，成为“不能再回到他们国土去的/悲哀的/尸首”。日本士兵的自杀“公开地/宣布：/日本的忧愁”(《攻击》)。日本侵略者残暴地对待中国人民的罪行，历史总会清算；而一些有良知的日本人也对这场战争表示出厌恶的情绪，他们看不到返回故土的希望，也看不到这场战争的结果，因此决定通过自杀的方式来结束侵华之旅。

## 二

田间抗战时期创作了多部长诗集，集中反映了边区人民的抗日士气和革命精神，也显示出田间诗歌艺术探索的努力。

田间根据在边区收集到的材料创作了长篇叙事诗《亲爱的土地》，该诗1940年春由铁流社油印出版。钱丹辉为诗作序《我们为什么出版〈亲爱的土地〉》。由于是油印的缘故，诗集不易保存，田间自己保存的一册油印本和手稿在十年浩劫中被烧掉，幸运的是1983年天津社会科学院文学所的研究者在北京戏剧学院查阅资料时，意外发现了一本保存完好的油印本《亲爱的土地》，才使这部诗集在出版《田间诗文集》时被收入，因而再次回到了读者的视野中。长诗共分三部：第一部“种子”，共五章；第二部“花是怎样开的”共六章；第三部“谷”共四章。当时就有人评价《亲爱的土地》“具备着新的思想、新的感情的、站在现代中国辉煌的斗争历史前头的新的人物的伟大的姿态和斗争的生活”①。与之前的长诗《她也要杀人》相似，《亲爱的土地》同样塑造了边区普通而不平凡的英雄形象。刘大发是北方千千万万个农民的缩影，他们将自己的命运和一生的希望维系在“土地”和“毛驴”上，但在旧社会中，土地和牲畜却不属于他们，这群忠厚善良的农民最终处于被剥削和压迫的境地。“土地”在这首长诗中具有双重意义，其显文本意义指的是刘大发等农民赖以生存的地方，他们孜孜以求，他们热爱这片土地却不能拥有这片土地，只能屈辱地生活着；而其潜文本意义则指的是哺育刘大发等人精神成长的沃土，当他们像“种子”被种植在“革命”的土地上之后，就会迅速成为这片土地的主人，成为捍卫土地尊严的战士。田间以刘大发的经历为例，牛高马大的他由于租种了别人的土地而不断受到“催租”的困扰，还要被别人的“巴掌”打出“一块大红疤/在鼻梁上/盖着啦”，但他只能默默地承受这一切无法改变的苦难；而当抗战爆发之后，共产党在敌后建立了民主政权和八路军武装之后，新的“土地”在他们的生活中诞生了，而那些以前受欺压的百姓也纷纷走上了抗日的道路，成了能给自己当家做主的人，也能为民族解放贡献力量的英雄。刘大发在妻子王桃的鼓励下，参加了人民武装，成了一名真正的战斗者，在抗日战争中成长为中国人民“伟大的儿子”。因此，刘大发最后的结局点明了人们未来的出路，那就是在共产党的领导下，投入到民族抗战和民主建设的洪流中，成为人民和国家的卫士。

边区有很多感人的故事和人物，田间将收集到的材料写成了多部长诗，除前面提及的两部之外，他还创作了《铁的子弟兵》。这部长诗于1941年3月完

① 钱丹辉：《我们为什么出版〈亲爱的土地〉》，《田间诗文集》（第四卷），石家庄：花山文艺出版社，1989年，第3页。

成，刊发在边区刊物《五十年代》第一期和第三期上，共分十二章，末尾的附录中刊有孙犁写的《一九四〇边区文艺活动琐记》。《铁的子弟兵》主要塑造了穷人邓兴华的英雄形象：他原本是一个穷得“连一条狗/也养不起”的放羊人，但他的哥哥在抗日战争中英勇牺牲了，成为人们尊重的英雄，这为他成为人民的“铁的子弟兵”起到了很好的榜样作用；同时，他的母亲也是开明的农家妇女，鼓励并支持二儿子邓兴华参加抗日武装。邓兴华的家庭环境让他迅速就参加了人民军队，他在部队积极训练，很快成长为一名优秀的战士。他在一次放哨中发现敌人，并向敌人投掷了手榴弹，最后在激战中打完了子弹而与敌人搏斗身亡。《亲爱的土地》和《铁的子弟兵》虽然是叙事诗，但田间并不把讲故事和塑造人物形象作为创作的重点，而是将情节淡化或作碎片化的处理，其着力点是突出解放区民众在共产党领导下所体现出来的战斗和革命精神。换句话说，田间此时的长诗仍然以表达抽象的情绪、情感或精神为主，关注具体的人物形象或讲述完整的故事并非田间创作的目标。

由于敌后抗日根据地的出版和印刷条件十分有限，田间把他创作的主要诗歌作品邮寄给大后方的胡风，经胡风编选后发表在《七月》杂志和其他刊物上。这也是为什么田间的抗战诗歌集《给战斗者》是由胡风而非作者本人选编的原因。该诗集作为胡风主编的“抗战诗丛”之一种，于1943年11月由桂林希望社出版，胡风编选并写后记，共收入田间1937—1942年间的40首诗歌，这些作品主要书写边区人民的抗战生活和边区普通民众的英雄形象。1947年在上海书报杂志联合再版时，增加至54首；1954年6月，人民文学出版社再版时，田间删减为51首，1978年9月，人民文学出版社再版。胡风在后记中说：“回忆起来，作者陆续寄来的诗稿实在不少，常常在我底案头堆成一堆，依他自己的希望，十个集子当也出来了，但因我底忙乱，也因为没有印刷的能力，到去年春天，才决计把全部重新通读，编成一本。不幸却中途失掉了。这次，从旧刊物上抄，从重庆寄来的残稿里选，才集成了这个样子，和去年的那一本相比，不但份量不同，恐怕内容也很有差异罢。”① 倘若如此，那对田间的创作而言无疑是一个巨大的损失，也许那些中途失掉的作品中也包含着艺术和思想成就颇高的诗篇。《给战斗者》是田间影响最大的一本抗战诗歌集，也是最成功的一本短诗集，其中收录了诗人对中国诗坛充满期待的文章《论我们时代的歌颂》。在这篇“战斗性”的檄文中，田间认为抗战时期的诗坛最重要的功能之一便是“歌颂动员”，即歌颂伟大的抗日群体，动员广大人民的抗日激情。

田间 1942 年秋天创作完成的长诗《鼠》，这首诗长达一千四百多行的叙事诗于 1947 年 3 月发表在《呼吸》杂志第三期上，全诗共 7 章 82 节，前面附有“序”“本事”和“人民之格言”。田间这首诗一改对边区英雄形象的塑造之惯习，反而是塑造了革命队伍中的负面形象，“常二”这类二流子形象最终没有被改造成革命者或抗日英雄，这在田间的诗歌创作中是非常少见的形象。不过，田间长诗《鼠》对负面形象的塑造有助于共产党对革命队伍的建设保持警惕性，只有对常二这样的人进行教育或赶出革命队伍，才能保证人民武装力量的战斗力和纯洁性。

## 三

随着抗战进入后期的反转阶段，田间在敌后抗日根据地的诗歌创作重心逐渐发生了变化，他开始从关注民族抗战中的群众英雄形象转移到关注解放区的民主革命和阶级斗争。

1945 年下半年开始，田间到晋冀区担任文联主任，负责《新群众》杂志

① 胡风：《〈给战斗者〉后记》，《田间诗文集》（第 1 卷），石家庄：花山文艺出版社，1989 年，第 359 页。

的编辑和出版工作，在相对稳定的生活状态下，他创作了两部艺术性和思想性较强的长诗《戎冠绣》与《赶车传》。《戎冠秀》于1945年底在《新群众》上发表，1946年在晋冀日报社出版，1948年在东北画报社再版，1950年6月经由田间修改后在天津知识书店出版，1953年在平明书店出版。包含五个部分：题像、第一章“穷光景”、第二章“翻身”、第三章“好老人”和第四章“参加群英会”。《戎冠秀》这首长诗最大的特点，就是以农村新女性“戎冠秀”为主要人物形象，讲述了边区或敌后抗日根据地农村女性的成长故事。戎冠秀在八路军来到家乡之前，一直过着“穷光景”，她作为“苦媳妇”被撵出去讨饭，在饥饿中靠挖野菜续命，后来把自己年幼的孩子送去给有钱人家当“放羊娃”，为的是孩子有口饭吃而不至于被饿死。而共产党领导的八路军和民主政府在敌后抗日根据开展的“减租减息”运动，使戎冠秀一家的生活开始有了转机，她在斗争中也看清了穷人的力量和共产党领导的正确方向。因此“八路军给她火，/她亮了，/她又照八路军”，翻身后的戎冠秀积极地投入共产党的抗日斗争中：她驻立在寒冷的风雪中迎接八路军伤员进村，在敌人的扫荡中掩护伤员进山洞躲藏，照顾重伤战士并使其重返战场，等等。后来，在村里开展的大生产运动中，戎冠秀身体力行，成为带领人们“争生产，保抗战”的领头人。因此，很多像戎冠秀一样的边区女性，她们充当了“一个不上战场的实际战斗者，身体力行为建设家园、保卫家园做贡献，为拥军支前作贡献”①，是真正的战斗者和民族英雄。这首长诗是田间在边区参加群英会的时候，根据现场采访拥军模范戎冠秀的事迹创作而成，而在中华人民共和国成立以后，戎冠秀被选举为全国人民代表大会的代表进京参会，田间于是又写下了长诗《天安门》，作为《戎冠秀》的接续篇。

《赶车传》，又名《减租记》，是根据田间在边区农村的生活体验而创作的

① 郭怀仁：《田间论》，合肥：安徽文艺出版社，1998年，第177页。

长诗，主要反映解放区减租减息运动中涌现出来的新人新事。长诗1946年发表在晋察冀边区文艺期刊《长城》一卷二期上，1949年7月在新华书店出版，1950年4月入选“中国人民文艺丛书”再版，1958年再次修改后由人民文学出版社出版。全诗共19章，每一章的章标题依次为：逼婚、告状、赶车、进门、吃酒、看戏、跳墙、闹倒、顶嘴、摔镜、烧房、歇店、过岭、跪香、回家、换心会、呱哒、请客、摆理。该长诗的确是田间在盂平生活期间，亲身经历的农民的真实故事。作品刚写就时，诗名叫《赶车》，诗中的主角名字不叫石不烂，而叫董长海。解放区在全国抗战胜利前编“中国人民文艺丛书”的时候，将诗名改为《赶车传》，董长海的名字改为石不烂：“贫农石不烂/故事一大串/有人告田间/编成赶车传”，诗的末尾增加了“蓝妮宣誓”，强化了蓝妮的斗争性格。除序诗外，包括十五章的内容：逼婚、告状、赶车、骂猪、烧楼、顶嘴、摔镜、跪香、歇店、过岭、呱哒、换心会、请客、摆理、蓝妮誓言。主要描述贫苦农民石不烂一家的悲苦命运，他们在旧社会里遭到了残酷的剥削和压迫却无处申冤，直到共产党来了之后，他们在减租减息运动中才体会到了活着的尊严。后来，田间为了配合时代和政治运动的开展，在1958—1961年间的“人民公社化”运动中，他按照当时对“人民公社”的“宏伟”计划和政治观念来扩充了原作的内容，成为包含《石不烂赶车》《蓝妮》《石不烂》《毛主席》《金娃》《金不换》《乐园歌》七部近两万行的史诗般的作品。长诗分两卷分别于1959年和1961年在作家出版社出版，上卷含《石不烂赶车》《蓝妮》《石不烂》《毛主席》四部，写了石不烂与蓝妮在解放战争与土地改革中带领群众推翻封建地主的斗争。《毛主席》一部则写了毛泽东主席撤出延安，转战陕北，一直到进驻平山西柏坡的经历。下卷则为《金娃》《金不换》《乐园歌》3部，描写金不换、金娃等共产党员带领群众埋头苦干，建立人民公社，走向乐园的情景。当然，由于历史的局限和田间本人对社会发展认识的不足，使这部鸿篇巨制染上了过于理想化的色彩。这首长诗具有很强的写作意图，那就是为那些仍旧生活在水深火热之中的穷苦农民指明了出路，使他们明白只有在共产党的领导下，穷人才能翻身做主人。

田间作为从上海大都市来到延安和边区的诗人，他一方面要迎着民族抗战的时代洪流展开创作，另一方面又要在共产党领导的敌后抗日根据地引导民众抗日并进行革命宣传，因此他的诗歌创作具有双重性目的，即承担起抗日和革命的使命。也正是因为田间的诗歌创作内容具有如此鲜明的时代气息，这决定了他的诗歌语言和形式必然是大众化的，诗人必须调整自己的创作姿态和艺术观念以适应时代的文学诉求。

# 中外比较诗学研究

**主持人语（向天渊）：**

在近现代转型之际，“文学史”“文学批评”“文学理论”等源于西方的知识范畴被引入中国，与我国古代艺文志、文苑传、诗文评传统发生碰撞与交融，在开启新的实践场域与话语空间的同时，也衍生出纷繁复杂的学理纠葛。理清其中的来龙去脉，可谓比较诗学的题中应有之义，虽然有学者对此进行过梳理与阐释，但仍有进一步开掘的必要与可能。王波博士较长时间关注此话题，为本刊送来学术论文《从诗文评到文学批评——文学批评观念在现代中国的自觉、界定与优胜》，可谓正当其时。众所周知，莎士比亚戏剧的翻译，是一项浩大工程，傅光明先生重译莎士比亚的工作正如火如荼地进行，虽已引起良好的学术反响，但对藏于其翻译文本中的译介及诗学逻辑，尚未做出深入挖掘与阐发，谙熟译介学及诗歌翻译理论的徐臻博士，及时撰写出《论傅光明新译莎剧中的译诗》，其目的在于从多个维度对傅译莎剧中的诗歌问题进行全方位的分析与阐释，带给我们诸多启示。

# 从诗文评到文学批评①

## ——文学批评观念在现代中国的自觉、界定与优胜

王　波

## 一、引言

中国传统著作中没有“文学批评”，只有诗文评之类，且其地位较低。朱自清指出，诗文评这个“老名字代表一个附庸的地位和一个轻蔑的声音——‘诗文评’在目录里只是集部的尾巴。原来诗文本身就有些人看作雕虫小技，那么，诗文的评更是小技中的小技，不足深论”②。诗文评著作在传统目录学中最早见于《隋书·经籍志》，后被列入总集类或文史类。1926 年，王伯祥在《历史的〈中国文学批评论著〉》一文中罗列了 38 种官私书目，并一一指出其中诗文评的位置，讲道：“中国文学批评论著的地位，在历来的书目著录上确

① 基金项目：国家社会科学基金青年项目“中国文学批评史的发生和演进研究（1920—1960）”（编号：16CZW004）。

② 朱自清：《诗文评的发展》，《朱自清全集》（第 3 卷），南京：江苏教育出版社，1996 年，第 23 页。

渐渐地由无至有，由茫昧而即于清晰。”① 尽管如此，诗文评始终处于“集部的尾巴”，目录学并未为其特立一科。

“批评”在汉语中并非新造之词，据李长之考证，“批”与“评”二字连起来合用起自明朝②。茅坤《唐宋八大家文钞·总序》曰：“予于是乎手掇韩公愈、柳公宗元、欧公阳修、苏公洵轼辙、曾公巩、王公安石之文，而稍为批评之，以为操觚者之券，题之曰八大家文钞。”③ 不过，此处“批评”实指圈点、评点之意。自晚清以来，“批评”一词更是常被提及，如定一《小说丛话》言：“良小说得良批评而价值益增，此其故宜人人知之。然良小说固不易得，乃若良批评，则尤为难得而可贵也。”④ 在这里，“批评”所指仍是与诗话、文话、曲话一脉相承的小说评点，与后来所谓“文学批评”不同。虽然自晚清“小说革命”以来，有不少文章专论小说之功用、地位与历史，但是它们并没有被归入“批评”范畴，这从当时的小说期刊的栏目设置就可以看出。比如，《新小说》（1902 年 11 月—1906 年 1 月）栏目主要有图画、论说、历史小说、政治小说、科学小说等，基本上是以题材为划分依据。在“论说”一栏中，先后刊载的有《论小说与群治之关系》《论文学上小说之位置》《论戏曲》《论写情小说与新社会之关系》等。这些文章虽杂糅新旧中西话语，不过实质上已经接近现代意义上的文学批评。然而，编者在栏目编排上用了作为传统文体的“论”与“说”组成“论说”一词，而不是采用“批评”或“评论”。

---

① 王伯祥：《历史的〈中国文学批评论著〉》，《文学周报》（第 224 期），1926 年 5 月 9 日。

② 参见李长之《释文艺批评》，《李长之全集》第 3 卷，石家庄：河北教育出版社，2006 年，第 317 页。

③ 茅坤：《唐宋八大家文钞总序》，郭绍虞主编：《中国历代文论选》第 3 册，上海：上海古籍出版社，2001 年，第 78 页。

④ 阿英编：《晚清文学丛钞·小说戏曲研究卷》，北京：中华书局，1960 年，第 336 页。

“批评”一词虽古今通用，含义却不尽相同。现代意义上的“文学批评”是舶来品，从“Literature Criticism”翻译而来，问世于“五四”新文学运动时期。彼时西方思潮与文学观念风卷云舒般输入中国，“文学”这一观念逐渐从经学之笼中脱离，且有广义与狭义之分，并形成一独立学科。在此前提下，文学批评的自觉意识才开始浮现，概念逐渐清晰，地位有所改善。我们可以从这一时期的文学期刊中见其最初面目。

## 二、文学批评的自觉

在新文学刊物中，最早专设文学批评栏目的是《每周评论》（1918 年 12 月—1919 年 8 月）。其《本报简章》记载，“内容略分十二类，每期必有五类以上”①，十二类分别是国内大事述评、社论、文艺时评、随感录、新文艺、通信等。虽然“文艺时评”仅为十二类之一，且并不是每期都有，但考虑到该刊以“主张公理，反对强权”为宗旨（《发刊词》），并不是专门的文艺刊物，已实属难能可贵。“文艺时评”一栏先后发表的文章有《剧评》《论黑幕》《平民文学》《中国小说里的男女问题》《文学的考据》《我的戏剧革命观》等。此外，《新潮》设立“评坛”一栏，虽不是专为“文艺批评”而设，不过也先后登载一些文艺批评，仅第一卷就有《今日中国之小说界》《评新剧本〈新村正〉》《中国文艺界之病根》《译书感言》等。

“五四”时期因文学革命者以主张白话、推翻文言为共同宗旨，新文学阵营内部还没有分化，合力多，论争少。然而，20 世纪 20 年代初，随着文学研究会和创造社两大社团的成立，关于文学观念、外国文学译介、创作与翻译关

① 《本报简章》，《每周评论》（第 1 期），1918 年 12 月 22 日。

系等方面的论争此起彼伏，文学批评也随之引起众人关注，地位与意义进一步提高，并得到更多承认，其自觉意识也慢慢浮出水面。而这一过程与文学批评借助社团期刊获取生存空间密不可分，正如郑振铎所说，“自报纸文学日益发达，文学评论，尤有日趋重要之势”①。

文学研究会一接手《小说月报》就着手改革，发表宣言，对旧有门类有所改变，设置“论评”“研究”“译丛”“创作”“特载”“杂载”六栏。同时，提出几条意见，其中之一力陈批评对于文艺兴盛之促进作用：

> 西洋文艺之兴盖与文学上之批评主义（Criticism）相辅而进；批评主义在文艺上有极大之威权，能左右一时代之文艺思想。新进文学家初发表其创作，老批评家持批评主义相绳，初无丝毫之容情，一言之毁誉，舆论翕然从之；如是，故能互相激励而至于至善。②

既然编者意识到文学批评对于文艺兴盛如此重要，那么《小说月报》应该给其一独立地位。《小说月报》改革后的第二期发表了沈雁冰致郑振铎的信，信中他谈了设立批评专栏的想法：“我们要辟一栏《国内新作汇观》批评别人的创作，乃至极熟的，大家开诚相见，批评批评，弟敢信都是互助的精神，批评和艺术的进步，相激励相攻错而成。”③ 然而，计划并没有那么容易实施，“国内有创作而无批评家”是一大拦路虎，更糟糕的是“不特无真正的批评家，连被批评的材料都没有”，因此“一月一批评的计划”不能实现，只

① 郑振铎：《文学的分类》，《郑振铎全集》（第3卷），石家庄：花山文艺出版社，1998年，第452页。

② 《〈小说月报〉改革宣言》，《小说月报》（第12卷第1期），1921年1月10日。

③ 沈雁冰：《讨论创作致郑振铎先生信》，《小说月报》（第12卷第2期），1921年2月10日。

能退而求其次，改为“一季一评”①。当然，批评专栏的设置无从谈起。次年第五期，编者再次呼吁，并且表达了对于批评界的殷切期盼：“我们极欢迎读者诸君对于本刊有所批评，尤欢迎批评本刊所登的创作。但是转瞬五个月过去了，却得不到外界的指教。……以后此项稿件如能多些，当别立一栏。极盼诸君不吝赐教。”② 两月之后，第七期开始设立“评论”一栏，载《自然主义与中国现代小说》（沈雁冰）一文。第八期增加“创作批评”一栏，二者差别在于前者探讨文学基本问题，后者侧重具体作家作品批评③。在“创作批评”栏下有编者的说明：

> 我们特辟这一栏，收容读者对于创作的批评；我们特设此栏，有三层意见，谨为读者告：（1）我们固然不便说中国现已有许多伟大的小说家，但是已有很多作家能感动青年的心，却是不用自讳；（2）我们也不敢说中国已有多少大批评家，但是看了一篇作品大为感动，觉得非说不可的时候，竟也毋须自惭形秽，还是老实地说出来；（3）我们所登，并不限于一人的作品，而且并不限于本刊上发表过的。④

编者的隐衷表明，设置此栏并不是由于文学批评队伍之庞大，而是于情于理不得不为之，且有扩大作者范围和稿件来源之意。因为实在有一些投稿并不能令编者满意，它们“都是袭旧小说评注的故套，满纸‘这是为后文某某事作张

---

① 沈雁冰：《春季创作坛漫评》，《小说月报》（第12卷第4期），1921年4月10日。

② 沈雁冰：《最后一页》，《小说月报》（第12卷第5期），1921年5月10日。

③ 例如，第七期“评论”栏仅收一篇《文学的统一观》（郑振铎），“创作批评”栏则发表了三篇对于冰心作品的批评。

④ 沈雁冰：《“创作批评”栏前言》，《小说月报》（第13卷第8期），1922年8月10日。

本'，'这是单刀直入法'，误解附会得很是利害"①，因此只能不予发表。不过，虽然差强人意，好歹批评专栏已开张营业。

创造社《创造》季刊的"批评"专栏没有像《小说月报》那样难产。自第一期起《创造》季刊就分"创作""评论""杂录"三栏，此后各期基本不变。这与编者对于文坛创作和批评现状的认识密不可分。创刊号上，主编郁达夫就炮轰时下文坛："目下中国，青黄未接。新旧文艺闹作了一团，鬼怪横行，无奇不有。在这混沌的苦闷时代，若有一个批评大家出来叱咤叱咤，那些恶鬼，怕同见了太阳的毒雾一般，都要抱头逃命去呢！"② 由于批评对于扫除文坛的乌烟瘴气有摧枯拉朽之功，故编者在《编辑余谈》中不遏余力地鼓励批评："我们所欢迎的是外来的对于各种创作的批评稿子"，"我们所欢迎的批评，不仅限于小说，就是诗歌哲学之类，也可以的"。当然，编者也想身体力行，"这一次本来打算在评论坛里，大大地做一篇中国创作界批评"，只因没有功夫阅读新作，不得不夭折，不过随即决定在第二期"评论"栏中补偿，"好好的来批评一下"③。由于《创造》是季刊，不便于及时应对各方的批评，故为了应付斗争的需要，《创造周刊》应运而生，自然在稿件编排上有所偏重，在《预告》中即可见一斑："我们这个周报的性质，和我们的季刊是姊妹，但他们却微有畸轻畸重之点，季刊素来偏重于创作，而以评论介绍为副。这回的周报想偏重于评论介绍而以创作副之。"④

现代期刊为文学批评特设一栏，予其以一立足之地，说明文学批评在编者意识中取得了与创作同等重要的独立地位，这不仅为具体的批评实践和操作夯实了丰足的土壤，更重要的是为文学批评的自觉和理论探讨提供了一定空间。

---

① 《最后一页》，《小说月报》（第 13 卷第 9 期），1922 年 9 月 10 日。
② 郁达夫：《艺文私见》，《创造》季刊（第 1 卷第 1 期），1922 年 3 月 15 日。
③ 《编辑余谈》，《创造》季刊（第 1 卷第 1 期），1922 年 3 月 15 日。
④ 《预告（创造周刊）》，《创造》季刊（第 2 卷第 1 期），1923 年 7 月 1 日。

正如李长之所说，除了提倡文学批评外，“文艺批评也要有一点‘物质基础’，所谓物质基础就是刊载书评的专刊。西洋文学批评的发达，除了古代及中世的诗学原理之类，近代的批评实以杂志期刊为产生的摇篮”①。《创造》季刊“评论”一览仅第二卷就先后刊载郭沫若《批评与梦》、成仿吾《批评的建设》、郑伯奇《批评之拥护》等批评理论，仅成仿吾一人就在《创造周报》先后发表《批评与同情》《作家与批评家》《建设的批评论》《批评与批评家》等。这些文章不仅认识到文学批评之重要与理论建设之必行，同时对于文学批评本身的性质都有不同程度的认识与讨论。

正是如此，“文学批评”这一观念才逐渐深入人心，而这种自觉意识归根结底是由于不满文坛创作现状而引起。斯时文坛良莠不齐，衰而不振，时人不约而同地归因于文学批评之不兴：“中国文学在世界文学上没有位置，世界文学对于中国文学，也一点不产生影响，这全然是文艺批评不发达的缘故。”②再追而溯之，则因不明文学批评之本来面目，成仿吾一针见血地指出其中症结：“没有比文艺批评还容易被人误解了的。它的职务在哪儿？它的本质是什么？这些都是很难解答的疑问。不仅我们现在的文艺界因为这些疑问不曾得到正确的答解陷在一种混乱的状态，便是外国的批评家也很少能为正当的解答的。”③ 所以，为维持文坛法纪，他要呼吁“批评的建设”，怂恿同仁多做介绍与研究，欲在《创造》季刊出版《文学原理研究号》《文学批评研究号》。郭沫若针砭批评界之歪风邪气后，倡导批评家“抱着博大的爱情以对待被批评者”，因为其正当的天职是“为主义而战，为真理而战”④。郁达夫要求批评家

---

① 李长之：《文艺批评在今天》，《李长之全集》第3卷，石家庄：河北教育出版社，2006年，第505页。

② 陈嘏：《布兰兑司》，《东方杂志》（第17卷第5期），1920年3月10日。

③ 成仿吾：《批评与同情》，《创造周报》（第13期），1923年8月5日。

④ 郭沫若：《论国内的评坛及我对于创作上的态度》，《时事新报·学灯》，1922年8月4日。

注意个人修养，因为“批评家本系与创作家并重的”，“批评家的修养，也属第一义的要事”，故批评家不仅应具备“率真、宽容、同情、学识”之四德，同时“人生的经验，与想象力审美力的具备”亦是其必须条件①。如此对于批评态度与批评家修养可以泛泛而谈，然而关于文学批评本身的诸多理论就不是三言两语所能言清，确实需要细细经营建设。

## 三、什么是文学批评

理论建设不是空中楼阁，其资源无非来自实践、传统与域外。此时文学批评实践刚刚起步，不仅充斥“党同伐异的劣等精神”②，而且“好恶多成于一人之私见”③，实践自然难出真知。自家传统是否可资借鉴？沈雁冰毫不客气地给出了答案：“中国一向没有正式的什么文学批评论；有的几部古书如《诗品》《文心雕龙》之类，其实不是文学批评论，只是诗赋、词赞等等的主观的定义罢了。”既然传统不足为训，那么“我们现在讲文学批评，无非是把西洋的学说搬过来，向民众宣传”④。于是，西洋文学批评学说被视同救命稻草般源源不断地被引进当时文坛，先后翻译介绍批评理论的著作有十几种。一些关于批评理论的外文著作尽管没有译本，但仍为国人所熟知或了解，我们从郁达夫的《英文文艺批评书目举要》⑤ 中可见一斑。此外，还有诸多被翻译介绍的各家专论和单篇文章。

---

① 郁达夫：《批评的态度》，《青年界》（第3卷第4期），1933年6月5日。

② 郭沫若：《海外归鸥》，《创造》季刊（第1卷第1期），1922年3月15日。

③ 《〈小说月报〉改革宣言》，《小说月报》（第12卷第1期），1921年1月10日。

④ 沈雁冰：《“文学批评”管见一》，《小说月报》（第13卷第8期），1922年8月10日。

⑤ 《英文文艺批评书目举要》分以文艺批评的历史为内容者、集众说而供给材料源流者、适用于大学作课本者、用文学概论的讲法而对于文学批评也有助益者、批评文钞五类，共15种。参见《郁达夫全集》（第11卷），杭州：浙江大学出版社，2007年，第78、79页。

与此同时，翻译介绍文学批评史的热度也在不断上升。宫岛新三郎的《文艺批评史》先后就有三个译本，分别是美子译本（国际学术书社，1928 年）、黄清嵋译本（现代书局，1929 年）、高明译本（开明书店，1930 年）。断代批评史有 J. E. Spingarn 的《文艺复兴时期之文艺批评》（孙伟佛译，正中书局，1937 年）。森次巴力的文学批评史尽管没有被翻译，流传却十分广泛，许多著作都有引用①。还有一些批评论著作虽未以批评史为名，但也具有批评史之性质。比如，梁实秋在《文艺批评论》的《编辑凡例》中陈述，本书虽非文艺批评史，但“各章系按历史之顺序”，故“读者亦可略窥西洋文学批评思想进展之大势”②。

西方批评学说之轮番轰炸，进一步使得文学批评的自觉意识与独立品格逐渐在时人观念中确立，终成一专门之学。正如朱光潜所说：“受西方文学洗礼以后，我国文学变化之最重要的方向当为批评研究（literary criticism）。在这个方向，借助于他山之石的更要具体些，更可捉摸些。”③ 文学批评在 20 世纪 20 年代独立为一学科门类，以别于其他专门之学，首先就在于一批探讨“文学批评论”的著作问世。粗略统计一下，先后有十几种④。这些著作对于文学批评的起源、定义与范围、性质（科学或艺术）、分类与派别、意义与目的、历史及与创作的关系等都有不同程度的介绍与论说。可以看出，文学批评已具

---

① 黎锦明《文艺批评概说》仅第二章就引用三次。参见黎著，上海：北新书局，1934 年，第 23、27、33 页。

② 梁实秋：《编辑凡例》，《文艺批评论》，上海：中华书局，1934 年，第 1 页。

③ 朱光潜：《中国文学之未开辟的领土》，《东方杂志》（第 23 卷第 11 期），1926 年 6 月 19 日。

④ 先后有傅东华《文学常识》（第五章“文学批评”，商务印书馆，1927 年）、周全平《文艺批评浅说》（商务印书馆，1927 年）、傅东华《文艺批评 ABC》（上海 ABC 丛书社，1928 年）、思明《文艺批评论》（上海：神州国光社，1931 年）、赵景深《文学概论讲话》（后六章论“文学批评”，上海：北新书局，1933 年）、黎君亮《新文艺批评谈话》（北京：人文书店，1933 年）、黎锦明《文艺批评概说》（上海：北新书局，1934 年）、梁实秋《文艺批评论》（北京：中华书局，1934 年）等。

备作为一专门之学所应有的自足知识体系。

一门学科建立之初，最重要的就是辨明自身的内涵与外延。因此，“什么是文学批评”就是首先必须回答的问题。愈之的《文学批评——其意义与方法》为其下了一个笼统的定义：“凡一切对于文学著作或文学作家的批评，都可以称作文学批评。”自然，这么宽泛的义界对于认识“文学批评”无大用处，因此作者在区别“文学”的批评与“文学的”批评后，进一步限定：“文学批评乃指讨论文学趣味或艺术性质的批评而言。”以这个定义观照，蔡元培的《石头记索隐》只能算是历史的批评，中国古代训诂之学只能算是字句的批评，二者都不算是文学批评。甚至，审美批评也不能被承认是文学批评，因其“以艺术为本位，而不是以文学为本位”。不过，连作者也感觉“这一类的限制未免过于严格”①。恰恰相反，傅东华的《文艺批评的基础知识》认为，“文艺批评”的含义极其广泛，“大之则关于文学之哲学的理论，可以称为文艺批评，小之则关于文人的轶事，也可以称为文艺批评”②，并列举森次巴力、法郎士、科林斯的定义，三者分别认为文艺批评是研究、印象、判断优劣。由此可知，批评家因各人意见不同，对于文学批评所下的定义也就各别。

正因为“很难找出相当的定义”，黎锦明的《文艺批评概说》先后陈述了罗伯斯东（J. M. Roberston）、开姆士（H. H. Kames）、圣皮韦（Sainte-Beuve）、安诺德（Arnold）、文却斯特（Winchester）等数家说法，最后并没有总结，而是让各家观点自呈面目③。思明的《文艺批评论》干脆不给读者下一个“文艺批评”的定义，“因为这种抽象的观念，在对于希望解答文艺批评真正含义的

① 愈之：《文学批评——其意义与方法》，《文学批评与批评家》，上海：商务印书馆，1924 年，第 1—6 页。

② 傅东华：《文艺批评的基础知识》，《诗歌与批评》，上海：新中国书局，1932 年，第 135 页。

③ 黎锦明：《文艺批评概说》，上海：北新书局，1934 年，第 2—4 页。

读者，是毫无益处的"①。固然如此，作者也有回避给"文学批评"确切定义的嫌疑。此外，一些文学批评史著作在正式讲述之前也首先讨论"文学批评"的内涵。比如，陈钟凡的《中国文学批评史》专列一章探讨批评之意义与派别："若夫批评文学，则考验文学作品之性质及其形式之学术也，必先由比较、分类、判断，而及于鉴赏、赞美指正特其余事耳。"②

"文学批评"的含义之所以如此难以论断，是因为其学科属性难以归类。文学批评是科学呢，还是艺术？或者从态度或方法而言，是主观的呢，还是客观的？这才是纷扰研究者的真正命题。傅东华的《文艺批评的基础知识》指出了这种根本的分歧："有的人以为文学批评的科学是不可能的，批评的文学只是文学体裁之一种，也和小说戏剧一样，同是一种创作。但有些人以为文艺批评应是一种有系统的理论，如别的科学一样。"③

对于上述问题，论者观念分歧很大。有人认为，文学批评偏于主观与艺术。比如，周作人在《自己的园地》的《自序》中表明自己的立场："我相信批评是主观的欣赏，不是客观的检察；是抒情的论文，不是盛气的指摘"④；郭沫若在《批评与梦》一文中宣称："批评没有一定的尺度。批评家都是以自己所得到的感应在一种对象中求意义。"⑤ 有人认为，文学批评侧重客观与科学。比如，夏丏尊说："批评究是知识的产物，创作究是天才的产物，性质不同"⑥；朱光潜指出，文学批评有从"规范科学"转为"自然科学"的趋势，

① 思明：《文艺批评论》，上海：神州国光社，第1页。

② 陈钟凡：《中国文学批评史》，上海：中华书局，1927年，第6、7页。

③ 傅东华：《文艺批评的基础知识》，《诗歌与批评》，上海：新中国书局，1932年，第135页。

④ 周作人：《自序》，《自己的园地》，北京：晨报社，1923年，第1页。

⑤ 郭沫若：《批评与梦》，《创造》季刊（第2卷第1期），1923年7月1日。

⑥ 夏丏尊：《文艺论ABC》，上海：世界书局，1928年，第76页。

且把它定性为“应用科学”①。

除此之外，也有人认为，文学批评既属于科学，又属于艺术。胡愈之指出：“文学批评的目的，在于采集及建立批评的法则，所以可算是一种科学；又要用这种法则，把批评文学的自身，当作文学著作的标本，所以又可算是一种艺术。”② 李长之从方法上解释了文学批评的这种两栖性：“一个批评者在批评的时候，他寻求一个作家作品中的共同点，他势必很客观地以材料为导引，而达到其结论，这当然不啻是一种归纳的科学精神”，然而批评家“却有一种像作家在创作时所需的天才似的，他在批评时有一种特别锐利的才能”，对于作品是“一种情感的会心”，因此又有艺术性③。还有人认为，文学批评既非艺术，更非科学。梁实秋说：“以批评与艺术混为一谈者，乃是否认批评家判断力之重要，把批评家限于鉴赏者的地位”，然而文学批评也不是科学，因为“文学批评根本的不是事实的归纳，而是伦理的选择；不是统计的研究，而是价值的估定”④。连文学批评属于科学或艺术都难以断定，对于什么是文学批评自然呈现五花八门的答案。

总之，文学批评有着大多数学科或专门学问草创之际的模糊与多义。之所以如此，在于这些著作论说的材料大多来自国外，有些与其说是著作，不如说是编译更为恰当。几乎每本书前或书后都列几本书目以做参考，甚至有的直接

① 朱光潜：《与梁实秋先生论“文学的美”》，《朱光潜全集》（第8卷），合肥：安徽教育出版社，1987年，第507页。

② 愈之：《文学批评——其意义与方法》，《文学批评与批评家》，上海：商务印书馆，1924年，第6页。

③ 李长之：《文艺批评方法本身之科学性与艺术性》，《李长之全集》（第3卷），石家庄：河北教育出版社，2006年，第442页。

④ 梁实秋：《文艺批评辩》，《梁实秋文集》（第1卷），厦门：鹭江出版社，2004年，第122—123页。

增删原书而成新著[①]。而且，著者大多自制一个框架，填充西人言论，如同一盘杂烩。比如，编者或著者论到文学批评的目的时，几乎清一色地引用格雷与斯哥特（Gayley and Scott）的《文学批评的方法与材料》（*Methods and Materials of Literary Criticism*）里所列举的九种[②]；谈到文学批评的意义或用途时，同样几乎清一色地引用该书中的几个条目：吹毛求疵、称赞、判断、比较、鉴赏等[③]。如此东拼西凑，各家陈述自然肤浅，难以有成熟的理论体系，而且面目各异，甚至有些不能自圆其说。

当然，一种专门之学草创之际，理论系统不可能清晰划一，必然是众家之说各呈姿态。辨别一门学问是否成为专门之学，不在于其知识体系是否完备无瑕，关键在于其是否不依附于其他学问，即是否为自身而存在。对于文学批评之目的，成仿吾说："真的文艺批评也必有批评家的人格在背后……他是由自己的文艺的活动在建设自己，在完成自己；除此之外，他没有别的目的。"[④]李长之更是直白地回答："批评家的批评，只是为批评"，"为批评而批评，才是真的批评"[⑤]。同时，他们也认识到文学批评之所以为文学批评的最根本的特质——批评精神："'文艺批评'只是一种批评的精神之'文艺的活动'的可见的部分。文艺批评的本体，是一种批评的精神之文艺的活动。"[⑥]李长之也认为，文学批评就是"批评精神应用到文学上去了而已"，具体而言，批评

---

① 比如，周全平自述："像本间久雄氏著底《欧洲近代文艺批评讲话》一书，对于欧洲各派学说底介绍，便颇见扼要。所以本书所述各节即根据这本书而略有增删之处。"见《文艺批评浅说》，上海：商务印书馆，1927年，第6页。

② 参见思明《文艺批评论》第12页、傅东华《诗歌与批评》第141页、夏炎德《文艺通论》第136页、周全平《文艺批评浅说》第13—14页。

③ 参见黎锦明《文艺批评概说》第4页、思明《文艺批评论》第3—4页、周全平《文艺批评浅说》第7—8页、陈钟凡《中国文学批评史》第6页。

④ 成仿吾：《批评与批评家》，《创造周报》（第52期），1924年5月。

⑤ 李长之：《批评家为什么要批评》，《李长之全集》（第3卷），石家庄：河北教育出版社，2006年，第27、28页。

⑥ 成仿吾：《批评与批评家》，《创造周报》（第52期），1924年5月。

精神就是“反奴性”，“为理性争自由”①。

在引进西方文学批评论与批评史后，让国人认识到域外文学批评之源远流长与蔚为大观及文学批评之含义，反过来，以彼照此，传统诗文评又具有何种面目呢？

## 四、中西文学批评之短长

在西方知识与本土经验遭遇之际，首先面对的问题是传统诗文评是否是文学批评，或者说我国是否有文学批评。为纪念《文学》两周年出版的特辑《文学百题》载有苏雪林的《旧时的“诗文评”是否也算得文学批评》一文，开篇即陈述了时人观念：

> 那些史书艺文志的“文史类”和《四库全书》的“诗文评类”所收的历代诗话、词话、曲话、文话等书，虽然是汗牛充栋，但一问内容，则有的记叙见闻，启抒胸臆，好像是随笔小品；有的罗网轶闻，摭拾掌故，近似作家身边琐事；有的列举形式，谈论作法，有如修辞学；有的高标神悟，微示禅机，则又疑为玄谈，还有那些分立门户，出主入奴，借批评为党同伐异的工具的，更品斯下矣。绳以西洋严格的文学批评法则，我们说中国没有文学批评这回事，也不算是什么苛论吧？②

① 李长之：《论伟大的批评家和文学批评史》，《李长之全集》（第3卷），石家庄：河北教育出版社，2006年，第25页。

② 苏雪林：《旧时的“诗文评”是否也算得文学批评》，郑振铎、傅东华编：《文学百题》，上海：生活书店，1935年，第282页。

虽然“文史类”或“诗文评类”材料琳琅满目，然而似随笔小品、作家琐事、修辞学、玄谈，却不像文学批评。作者比来比去，最后勉强的结论是诗文评可以算是文学批评。郑振铎同样认为，在《四库全书总目提要》“诗文评”《小序》列举的五种体例中，除了第一、二类（《文心雕龙》《诗品》）属于著作外，“其余的都不过是琐碎的记载与文法的讨论而已”①，自然不算文学批评，更谈不上文学研究。从批评家而论，数来数去，“我们的纯粹艺术批评家，不过是刘勰、钟嵘、张彦远。此外，不是琐碎，就是头巾气，就是油腔滑调，找一个清清爽爽，生气勃勃而严肃的批评家，了不可得”②。即使说话稍微客气一点的论者，认为“中国学者本亦重批评”，可是也只有刘彦和《文心雕龙》、刘知几《史通》、章学诚《文史通义》是体大思精的杰作，剩余的“大部分批评学说，七零八乱的散见群籍”③。

因此，面对着悠久的传统与浩瀚的材料，学者大都有“沙里淘金”之感。可是，是沙是金又如何判断呢？总得有一个判断标准，而这种标准就是西方文学批评观念的价值尺度，20 世纪二三十年代的大部分论者都把它看作普遍性真理。故诗文评之“金”需要西方文学批评这杆秤衡量一下，才能在茫茫沙海中脱颖而出。于是，诗文评在这种中西比较中相形见绌。

首先，无系统性是诗文评的一大病症。虽然如前所说，诗文评也有如《文心雕龙》《诗品》《文史通义》等系统的著作，然而除此之外，更多的是诗话。郑振铎认为：“这些将近百种的诗话，大都不过是随笔漫谈的鉴赏话而已，说

---

① 郑振铎：《研究中国文学的新途径》，《小说月报》（第 17 卷号外《中国文学研究》），1927 年 6 月。

② 李长之：《中国文学理论不发达之故》，《李长之全集》（第 3 卷），石家庄：河北教育出版社，2006 年，第 151 页。

③ 朱光潜：《中国文学之未开辟的领土》，《东方杂志》（第 23 卷第 11 期），1926 年 6 月 19 日。

不上是研究，更不必说是有一二篇坚实的大著作。”① 李长之也认为，诗话、札记、批点、指南或讲话都不能算是著作，因为“著述须有课题，有结构，有系统，有普遍妥当的原理原则”②。因此，郑振铎与李长之二人不约而同地为金圣叹遗憾。前者贬斥他批评《水浒》《西厢》仅仅“沾染于句评字注”，以至于二书受“凌迟析骸之极刑”③；后者叹息他若不把欣赏分割到“批”里，可以写一部像培忒的《文艺复兴》一样的批评论文集。其次，相比较于西方文学批评，诗文评重于鉴赏，偏于主观，也是其弱点。朱光潜在《诗论》的《抗战版序》中对诗话之长短有所说明：“诗话大半是偶感随笔，信手拈来，片言中肯，简练亲切，是其所长；但是它的短处在凌乱琐碎，不成系统，有时偏重主观，有时过于传统，缺乏科学的精神和方法。”④

既然诗文评没有系统性之著作，又偏于直觉与感悟，那么时人在编著文学批评论和批评史著作时不得不侧重于西方。思明的《文艺批评论》以中国文艺批评之短为由将其自行删除：“我国文艺批评，一直就没有专门的学者，也一直就没有形成一种专门的学问，大部分都是文人欣赏之余的一种感想和片暇的评衡，较为整齐成轶者，只有刘勰的《文心雕龙》和钟嵘的《诗品》。故本文所述，就不能不以西洋为中心了。”⑤ 由此可见，在世界文学批评这座大花园里，诗文评是没有什么地位的。

对于中国文学，现代研究者大都以诊断者的心态自居，不是探寻“中国文

---

① 郑振铎：《研究中国文学的新途径》，《小说月报》（第 17 卷号外《中国文学研究》），1927 年 6 月。

② 李长之：《中国文学理论不发达之故》，《李长之全集》（第 3 卷），石家庄：河北教育出版社，2006 年，第 153 页。

③ 郑振铎：《研究中国文学的新途径》，《小说月报》（第 17 卷号外《中国文学研究》），1927 年 6 月。

④ 朱光潜：《抗战版序》，《诗学》，北京：生活 · 读书 · 新知三联书店，1984 年，第 1 页。

⑤ 思明：《文艺批评论》，上海：神州国光社，第 23 页。

学不发达的原因”，就是忧患“中国文学研究向哪里去”，或者像“研究中国文学的新途径”“论研究中国文学者之路”一样指明自以为是的康庄大道①。那么，诗文评为何如此不发达？为何与西方文学批评有如此之差距？同样，研究者给出了诊断报告。

首先，从观念而言，对于文学或诗文评的偏见是主要之因。不清楚文学是什么，便缺少为文学而文学的精神，“没有为文学而文学的精神，就不会重视文学；不重视文学，就不会有好文学作品。文学之地位如此，文学之认识如此，还说什么理论？还说什么批评？”② 而且，“诗文本身就有些人看作雕虫小技，那么，诗文的评更是小中之小，不足深论”③。

其次，从方法而言，诗文评偏于鉴赏与直觉，缺少逻辑的分析精神。朱光潜从中西思维方式的不同解释中国为何只有诗话而无诗学：“中国的心理偏向重综合而不喜分析，长于直觉而短于逻辑的思考。谨严的分析与逻辑的归纳恰是治诗学者所需要的方法。”④ 傅东华则从分析精神说明何以中西文学批评所产生的效用不同：“西洋的批评因其利用分析的方法，故能与人以明晰的观念，故其效力大而普遍。中国的批评缺乏分析的能力，故只可以意会而不可以言传，故其效力只限于少数赏鉴专家，而于一般人的了解文艺没有多大帮助。”⑤

再次，传统中国其他科学不发达，以至于诗文评所能借助的知识十分有限。苏雪林认为，西方自近代以来，“科学、哲学、心理学、人类学、生物学、社会学之进步有一日千里之势，文学批评家聚这许多学问于一炉而治之，取精

---

① 参见沈雁冰《中国文学不发达的原因》、郑振铎《中国文学研究者向那里去》《研究中国文学的新途径》、李长之《论研究中国文学者之路》。

② 李长之：《中国文学理论不发达之故》，《李长之全集》（第3卷），石家庄：河北教育出版社，2006年，第152页。

③ 朱自清：《诗文评的发展》，《朱自清全集》第3卷，第23页。

④ 朱光潜：《抗战版序》，《诗论》，北京：生活·读书·新知三联书店，1984年，第1页。

⑤ 傅东华：《文艺批评》，上海：新中国书局，1932年，第88页。

用宏，左右逢源，其批评基础自然更加稳固而范围亦更加广大”，反观中国，“学者最喜在故纸堆中讨生活”，“大都是闭门造车”①。李长之更以急切的口吻质问：“请问中国的心理学在哪里，社会学在哪里，艺术学在哪里，美学在哪里？哲学和形而上学又在哪里？这些学问都渺茫，又如何能望对于文学有深切而确实的认识呢？”即使就和文学关系最近的学问说，“如文法学、语言学、文学史、传记学、神话学，我们又何尝发达，这些不发达，当然无从窥测文学中之律则”②。

在文学批评的观照下，论者认为，偏于感悟、主观、无系统皆是诗文评的弱点，并进而追溯到中国文化歧视文学、无分析精神、社会科学不发达。那么，这种以西方尺度为价值标准的学术模式有无问题？

## 五、结论

诚如朱自清所说，“现在学术界的趋势，往往以西方观念（如‘文学批评’）为范围去选择中国的问题；姑且无论将来是好是坏，这已经是不可避免的事情”③。“以西方观念为范围去选择中国的问题”，往往使中国问题面目全非，成为镜中的“他者”，朱自清所谓的“还其本来面目”根本无从谈起。钱锺书在《中国固有的文学批评的一个特点》一文中开篇就解释何以取如此累赘的题目：“题目这样累赘，我们取它的准确。我们不说中国文学批评，而说

① 苏雪林：《旧时的“诗文评”是否也算得文学批评》，郑振铎、傅东华编：《文学百题》，上海：生活书店，1935年，第283页。

② 李长之：《中国文学理论不发达之故》，《李长之全集》（第3卷），第152、153页。

③ 朱自清：《评郭绍虞〈中国文学批评史〉》，《朱自清全集》（第8卷），南京：江苏教育出版社，1996年，第197页。

中国固有的文学批评，因为要撇开中国文学批评里近来所吸收的西洋成分。”① 提及“中国文学批评”，就意味着带着“文学批评”这副有色眼镜来过滤和筛选传统诗文评，“西洋成分”自然不可避免。即使像朱自清那样承认“我们的诗文评有它自己的发展”，然而实际研究操作时也不得不“靠了文学批评这把明镜”，才能“照清楚诗文评的面目”②。这种彼此矛盾的文化弱国心态自晚清以来就在国人心中根深蒂固，难以撼动。因此，讲究逻辑分析的系统性西方文学批评著作就是彼家之长，偏重鉴赏、主观与片断性的传统诗文评就是自家之短。

对于这种学术趋势，有些具有卓识的论者不以为然。钱锺书就曾警惕世人道：“作史者断不可执西方文学之门类，卤莽灭裂，强为比附。西方所谓 Poetry，非即吾国之诗；所谓 drama，非即吾国之曲；所谓 prose，非即吾国之文。”③ 我们也可以接着说：“所谓 literature criticism，非即吾国之诗文评。”本来中西各有所长，西有诗学，中有诗话，文化表征不同，何以言西优中劣？可是朱光潜偏偏感叹：“诗学的忽略总是一种不幸！”④ 如此思考问题，若裁判标准反过来，以中国尺度衡量，对于西方而言，是否也可以说“诗话的忽略也是一种不幸”？对于这种以西方文学批评比附中国文论的模式，王瑶有所批评：“如果生硬地给一个批评者以什么主义的头衔，像近代的西洋文学批评家一样，一定会感到不适合的。因为中国的文论中不但很少具体的解释和说明，也很少像西洋文艺理论那样广泛的一套系统。他们都是为‘文’，或是为‘人’而批

---

① 钱锺书：《中国固有的文学批评的一个特点》，《写在人生边上·人生边上的边上·石语》，北京：生活·读书·新知三联书店，2002 年，第 116 页。

② 朱自清：《诗文评的发展》，《朱自清全集》（第 3 卷），石家庄：河北教育出版社，2006 年，第 25 页。

③ 钱锺书：《中国文学小史序论》，《写在人生边上·人生边上的边上·石语》，北京：生活·读书·新知三联书店，2002 年，第 95 页。

④ 朱光潜：《抗战版序》，《诗论》，北京：生活·读书·新知三联书店，1984 年，第 1 页。

评的；不是为理论，或为批评而批评的。”①

况且，片断性、鉴赏性是否是诗文评之独有特点，系统性、逻辑分析是否是西方文学批评之独有特点？二者是否如黑白两色一样截然分明？对此，苏雪林有所反驳，并提供了诸多例证说明中西文学批评常有不谋而合之处。比如，亚里士多德《诗学》《修辞学》、各克司《修辞术》、但尼尔《英诗作法》等如皎然《诗式》一样胪列法律近于修辞学，法郎士“灵魂冒险”说同诗话一样偏重主观②。朱光潜在《谈美》中提及了自己的一次亲身体验。他因研究文学而选了偏重“文学批评”的功课，其中之一是莎士比亚课，教授只讲“版本的批评”、“来源”的研究、“作者的生平”，而“这三种功夫合在一块讲，就是中国人所说的‘考据学’”③。因此，钱锺书劝我们不可轻信那些谈中西本位文化之人所讲中国文艺或思想的特色，因为“中国诗里有所谓‘西洋的’品质，西洋诗里也有所谓‘中国的’成分。在我们这儿是零碎的、薄弱的，到你们那儿发展得明朗圆满。反过来也是一样”④。对于中西文学批评，他的警醒之言同样适用。

① 王瑶：《文体辨析与总集的成立》，《中古文学史论》，北京：商务印书馆，2011年，第93页。

② 苏雪林：《旧时的“诗文评”是否也算得文学批评》，郑振铎、傅东华编：《文学百题》，上海：生活书店，1935年，第285页。

③ 朱光潜：《谈美》，《朱光潜全集》（第2卷），北京：生活·读书·新知三联书店，1984年，第36、37页。

④ 钱锺书：《谈中国诗》，《写在人生边上·人生边上的边上·石语》，北京：生活·读书·新知三联书店，2002年，第167页。

# 论傅光明新译莎剧中的译诗[①]

徐 臻

每一个时代都需要对文学经典进行重译，文化语境的变迁会深刻改变我们对国外文学经典的理解，这一点早已是学界的共识。从这个角度而言，傅光明决定新译莎士比亚，不仅因为个人爱好，也是对新时代需求的某种回应。站在全新的时代起跑线上重译文学经典，必然需要有新的突破。莎剧的基本情节已经不是新鲜话题，现在莎剧读者已经难以体会郭嵩焘初次观赏《哈姆雷特》时如何被情节所震撼，也不再是初读林纾《英国诗人吟边燕语》时期的“神怪小说”猎奇者，那么傅光明新译莎剧应该满足新时代的哪些阅读期待呢？

首先是细节。傅光明的新译专注细节，如梁实秋的“学院派”译法一般，他在译文中加入了大量注释，不仅如此，他更是在用词遣句上尽可能还原一个“异质的”莎士比亚。从这个角度上说，傅光明译笔下的莎士比亚是16世纪英国的莎士比亚，不是过去译者笔下会用“金乌”“月老”的中式莎士比亚；

---

① 基金项目：(1) 重庆市社科规划项目，2018BS38，“‘五四’翻译文论与中国现代文论”。(2) 四川外国语大学校级年度科研项目，sisu2018053，“‘五四’时期翻译文论研究”。

其次，研究与翻译莎士比亚的目的应当基于对中国文学发展的贡献，译者不需要向英国读者阐释莎士比亚，而是要在翻译中寻得对中国文学发展有益的资源和启示。傅光明虽然还没有专门翻译莎士比亚的诗集，但莎剧中遍布着诗歌，如何翻译这些诗是一个技术上的难点。从 19 世纪 30 年代胡适主持中华教育文化基金会董事会所属的编译委员会，组织莎士比亚翻译工程时，译者们就为如何处理莎剧中的诗而持不同意见，此后梁实秋、朱生豪、卞之琳、方平等译者分别在散文译和韵文译的领域里深耕。傅光明的新译本将在无韵诗翻译和中国现代新诗创作中起到新的探索作用。以往学者们大多把译诗之难放置于中西语言和文化差异的框架下去考察，其实除此之外还有一条线索没有得到重视，那就是译诗之难还在于传统与现代之间的差异，文艺复兴时期的莎士比亚诗作如何在当代的中文世界里获得“来世”？傅光明在新译莎剧中做出了探索。

## 一

有关莎士比亚作品的中文翻译，如今已经非常丰富，特别是朱生豪和梁实秋的全译本，可以称得上是莎士比亚中译本的经典，然而，时过境迁，以往译本的各种不足之处也逐渐暴露出来，特别是朱生豪、方平、孙大雨等译者过于“汉化”的翻译方式已经不能满足当前的文化需要。“时代发展到今天，在中西文化频繁交融的时代，读者的西学知识较之 20 世纪初期、中期大为增加的今天，我们有必要对朱生豪译莎中的过度中国化的地方予以修订，这也是极为必要的。”① 这个“修订”的过程不仅针对朱生豪的译本，应该说，对于未来不同的时段，“修订”都是一项不能停止的工作，这也是傅光明新译莎士比亚

① 李伟明：《中国莎士比亚研究：莎学知音思想探析与理论建设》，重庆：重庆出版社，2012 年，第 163 页。

全集呼之欲出的时代条件。傅译本整体上继承了梁实秋的翻译传统，特别是对莎剧中诗歌的处理，并没有强行把它们纳入中国既有的诗歌或者韵文体系中，而是尝试展现一个对中国文学而言“异质化的”莎士比亚作品。傅光明在这方面的探索主要体现在翻译的版本选择、莎剧译诗的遣词造句和文体建构上。

从翻译的版本选择方面来看，傅译本弥补了此前莎士比亚全集译本在英文版本选择上的缺憾。例如朱生豪翻译莎士比亚的时候，正值战火纷飞的年代，这使得他所能参考的英文文献非常有限，最终朱生豪选择了19世纪的“牛津版”作为源语文本，但是有学者认为“牛津版”并不是一个理想的版本，19世纪真正权威的莎士比亚辑本应当是“威廉·乔治·克拉克（William George Clark）、约翰·格洛弗（John Glover）以及威廉·阿尔蒂斯·赖特（William Aldis Wright）于1863—1866年间合编刊出的《剑桥版莎士比亚》（*The Cambridge Shakespeare*）”①，对于版本的选择也成了朱译本的一大遗憾。同样选择“牛津版”的还有梁实秋，他认为牛津版是个相对完整且大众接受度较高的版本，因而以它为源语文本，但顾绶昌认为，正是对译本选择的局限导致了朱生豪和梁实秋译本不够完善。莎士比亚作品的版本之复杂，莎士比亚去世后，其友人编撰“第一对开本”之前，已经有不少所谓的“劣本”刊行，不同版本之间的差异有时候令人惊讶。傅光明也认为：“到今天，或许也没有哪位出版莎士比亚全集的东家敢于‘权威’地说，他家的莎士比亚是最最忠实、真实甚至完美的。”② 那么，要真实展现莎剧的全貌，就不能只依赖某一个版本的《莎士比亚全集》，而要在翻译中对多个重要版本进行比照，甚至在译本中展现莎士比亚剧本的版本变化。

《哈姆雷特》中“To be，or not to be：that is the question”一句的翻译，

① 顾绶昌：《莎士比亚的版本问题（续）》，《外国文学研究》1986年第2期。

② 傅光明：《天地一莎翁：莎士比亚的戏剧世界》，天津：天津人民出版社，2017年，第14页。

是译者们津津乐道的话题，傅译本不仅展现了不同中文译本对这一句的处理，更从源语文本的角度出发，发现不同英文版本之间这一经典名句的流变，从而推敲更为贴切的翻译。在1623年“第一对开本”出版之前，1603年《哈姆雷特》就已经被刊印在“早年四开本”中，一般把这个版本的《哈姆雷特》看作是“劣本”，因为它在篇幅上仅有后来的一半，这也使得过去的译者几乎不会采信这一版。但所谓“劣本”并不完全没有文学史意义，傅光明就注意到，1603年的《哈姆雷特》中存在异文，哈姆雷特的疑问被表述为：“To be，or not to be，I there’ s the point.”在过去的翻译中，译者们产生分歧的原因多在于，“哈姆雷特所谈论的究竟是他个人的困境，还是整个人类所面临的困境”①。傅光明译为：“是活着，还是死去，我的问题就出在这儿。”② 显然傅光明把哈姆雷特的这个疑问处理为个人生死问题。不妨将梁实秋、朱生豪、孙大雨、卞之琳、方平的翻译列于此：

死后是存在，还是不存在，——这是问题。（梁实秋）

生存还是毁灭，这是一个值得考虑的问题。（朱生豪）

是存在还是消亡，问题的所在。（孙大雨）

活下去还是不活：这是问题。（卞之琳）

活着好，还是了却此生好，这是个难题啊。（方平）

裘克安提到：“朱译‘生存还是毁灭’，孙译‘是存在还是消亡’，太书本气，变成了一个理论问题，我想是不妥的。梁译‘死后还是存在，还是不存

---

① 李其金：《“To be，or not to be——”语义探析与翻译》，冯文坤主编：《中国学者眼里的莎士比亚》，北京：中国文联出版社，2007年，第133页。

② ［英］莎士比亚：《哈姆雷特》，傅光明译，天津：天津人民出版社，2018年，第102页。

在'，这是他的理解错误；观下文可知哈姆莱特相信人死后有灵魂，害怕死后还会受苦难。卞译'活下去还是不活'，略显拗口，方译'活着好，还是死了好'，似乎两者都好，不过一个更好，这样生和死的对比就不那么绝对化了。"① 裘克安整体上倾向于认为哈姆雷特的疑问只是关于自身生死的疑惑，而非理论上的玄想，所以他给出的译文是："活着，还是不活了，问题就在这里。"这与傅光明的翻译异曲同工。裘克安的翻译主要基于对文本的理解，以及对"the Question"中定冠词"the"的分析，因此认为孙大雨的翻译最为妥帖，而傅光明从版本的角度切实证明了裘克安的观点。"I there' s the point"恰好证明了哈姆雷特此刻的疑问是针对自己是否该自杀，是否该苟活而发，并非形而上的玄想，部分译者把"the Question"的内涵理解错误，原因就在于认为它应该代指下文的内容，甚至认为"the Question"后面的冒号可以作为证据。然而，裘克安指出，莎士比亚并不在意标点符号，冒号应当是后人改的。这无疑又和傅光明从版本中寻找的证据形成了互证。

由此可以看到，傅光明对莎士比亚的翻译并不是基于某一个英语"权威版本"，而是从历史发展的角度对莎士比亚的作品进行考察，并在翻译中尝试还原莎士比亚剧作的"异质性"，展示它们的动态发展过程。

傅译本中的译诗在具体遣词造句上凸显翻译文本的"异质性"。以往的莎士比亚中译本有过度"汉化"的弊端，早期林纾的翻译无论版本选择还是最终的译文产出，都使得莎士比亚的戏剧变形成了中国的神怪传奇故事，此后的译文逐渐规范化，但作为经典的朱生豪译本虽然晓畅易读，也有诸多删减和改变，可以说目前还很少见到努力还原莎士比亚作品异质性的翻译，而多数译者采用了"归化"的翻译策略。傅光明在翻译中就特别重视对莎剧异域色彩的突出，"正是对莎剧宗教文化特征的关注和把握，傅光明翻译的《罗密欧与朱

① 裘克安：《莎士比亚评介文集》，北京：商务印书馆，2006年，第66—67页。

丽叶》具有更加突出的异域文化色彩，为中国读者提供了更加生动的译本”①。

莎剧中的诗歌使用的人称是一个需要在翻译中重点关注的问题，但这同时也是一个容易被译者忽略的问题，且不说对于音步的照顾（毕竟诗歌翻译难以还原），如果把莎剧中的人称都替换成带有鲜明中国文化色彩的词语，会在某种程度上破坏莎剧的异域性特征。在《威尼斯商人》的第三幕第一场，萨拉里奥有一句台词：

> Why，yet it lives there unchecked that Antonio hatha ship of rich lading wrecked on the narrow seas-the goodwins，I think they call the place，a very dangerous flat，and fatal，where the carcasses of many a tall ship lie buried as they say，if my gossip Report be an honest woman of her word. ②

为了译文的流畅，傅光明将此对白全部散文化，重点在于对“gossip report”的处理。傅译本译为：“却不知‘饶舌妇’的谣传是否属实”，而后加以注释提道：“gossip 的字面意义最初指教父（母），后指女性的闺蜜，再转义拟人化为‘谣言太太’（gossip Report，i. e. Dame Rumor），即饶舌妇，专指多嘴多舌爱传播小道消息的夫人，词句直译为：却不知‘谣言太太’是否是一位言而有信的女人。朱生豪、梁实秋此处均意译为‘传闻之辞’和‘传闻’。”③ 傅光明此处提到的“谣言太太”是非常符合原文韵味的表达，意译虽然让译文更顺畅，但是无法传达出莎士比亚在人称上的用意，所以有学者认为用描述性的语言翻译人称，只顾及到了人名的意义，而“以人名译人名更有

① 熊辉：《还原莎士比亚戏剧的宗教文化色彩——以傅光明翻译的〈罗密欧与朱丽叶〉为例》，《天水师范学院学报》2018 年第 6 期。

② ［英］莎士比亚：《威尼斯商人》，北京：外语教学与研究出版社，1997 年，第 43 页。

③ ［英］莎士比亚：《威尼斯商人》，傅光明译，天津：天津人民出版社，2018 年，第 89 页。

利于体现人名的戏剧效果"①。所以"谣言太太"或"饶舌妇"不仅符合中文的表达习惯，也充分传达出了原文的细节用心。

此外，如《哈姆雷特》中《捕鼠机》一段是韵律严格的诗歌，诗句中涉及了较多的欧洲文学和文化典故，傅译本就采用了还原异域本色的翻译方式，避免把这些欧洲特有的神祇替换为中国的神明。扮演国王的伶人第一唱段如下：

> 福玻斯（太阳神）的车，
> 沿着尼普顿（海神）的盐泽；
> 忒勒斯（大地女神）的圆球，
> 至今已足足饶了三十圈。
> 大地在三百六十天里，
> 三百六十次地沐浴着，
> 月亮借来的皎洁光辉。
> 自从爱情将我们的心相连，
> 海门（婚姻之神）又使我们彼此，
> 缔结了最神圣的誓约。②

这一段涉及了大量古希腊神话中的神名，傅译本采用音译的方式直接译出，并在正文的括号和脚注中加以详释。特别是提到婚姻之神 Hymen，注释中提及它与英语的处女膜（hymen）是同一个单词。莎士比亚的戏剧中有不少粗俗的用语，这和当时他面对的观众层次有关，朱生豪的译本就大量删除了此类"不登大雅之堂"的部分，但事实上这正是莎剧的特色。哈姆雷特安排上演《捕鼠

① 王瑞：《莎剧中称谓的翻译》，北京：中国社会科学出版社，2008 年，第 41 页。

② ［英］莎士比亚：《哈姆雷特》，傅光明译，天津：天津人民出版社，2018 年，第 120 页。

机》原本就有试探叔父的用意，此处提到“海门”，不妨说也有双关之意。同样的一段诗句，方平就译为：

金乌的火轮已三十回环绕
圆滚的地球和大海的波滔；
一轮圆月把借来的清辉，
照临人间，已满三百六十回；
自从两情相许，心心相印，
月老成全了我们俩恩爱婚姻。①

卞之琳也把“金乌”和“月老”作为翻译的首选称谓，但如此翻译就使得这段诗体对白像是出自中国戏曲，“月老”完全无法体现出“海门”的语义双关，这就丧失了莎士比亚的味道，“译者不应该在翻译时只图汉语译文的流畅，更不应该随便将外国的事物中国化”②。相较之下，对哈姆雷特中这段诗句的翻译，傅译本虽然读起来没有方平和卞之琳译本那么顺畅，不过这正是当前莎士比亚翻译所需要体现的“异质性”所在，韦努蒂就反对“让人觉得译文好像‘浑然天成’，而非翻译之作”③ 的归化翻译，当然韦努蒂所论是站在打破英美文化中心的角度而言，对中国的译者来说，过去采用归化的译法或许是为了照顾读者的一般西学水平，但今非昔比，译者有条件尝试还原莎剧的异质性，并将其展示给读者。

① 方平选编：《莎士比亚精选集》，北京：北京燕山出版社，2004 年，第 591—592 页。

② 裘克安：《文学翻译要尽量传译外国文化背景》，《杭州大学学报》（哲学社会科学版）1998 年第 1 期。

③ ［美］劳伦斯·韦努蒂：《译者的隐形》，张景华、白立平、蒋骁华主译，北京：外语教学与研究出版社，2009 年，第 5 页。

## 二

莎士比亚的剧作充满了诗意，各种诗体的配合在莎剧中具有重要的作用，翻译莎士比亚的戏剧在很大程度上也可以说是在翻译诗歌。莎士比亚惯用的“戏中戏”手法也常通过诗体形式的不同而具有明显的标识度，在《哈姆雷特》中，“戏中戏”的主体部分就采用了庄重风格的诗或双行体诗。对于译者而言，要在翻译中传递出“戏中戏”的语言效果，就必须在译诗方面下足功夫。卞之琳、方平等译者在莎剧诗体翻译的道路上曾有较深的用功，所以他们在译本中尽量还原双行体的诗歌形式，然而，双行体是中文诗歌中没有的体裁，加上语言介质不同，译文很难传达莎士比亚双行体诗歌的齐整格律，特别是五音步抑扬格的形式，在中文里难以复现，因此孙大雨提出了“音组”的观点，卞之琳也提出了“顿”作为汉语诗歌的节奏单位。

在翻译莎剧中的“戏中戏”诗歌方面，除了在意音韵、节奏等诗歌形式的移植问题，还有一个方面被部分莎士比亚译者们忽略了：莎剧中的诗文在满足一般诗歌特征的同时，它们还是台词。既然是台词，就必须在翻译中考虑到演出效果问题，这也是戏剧翻译和小说翻译的差异之一。虽然目前的莎剧翻译主要并不是为了上演，但为了展现戏剧文学的特色，依然有必要把表现性质纳入翻译的考量当中。如此看来，莎士比亚“戏中戏”虽然多采用庄重风格或双行体，翻译成中文的时候就不能死板照搬这种格式，还要照顾到中文世界的功能或效果。

“戏中戏”是莎剧中的一种“内部叙事”，它既与剧本主体有语言风格上的差异，同时又是推动情节发展的动力，在《哈姆雷特》中除了《捕鼠机》，还有一段取材自《伊尼德》的“戏中戏”，出现在第 2 幕第 2 场伶人刚出场时，哈姆雷特与伶人的对话当中。卞之琳指出这些诗句“一般学者倾向于认为出于莎士比亚自作，模拟早期同代剧作家风格，与本剧正文风格成鲜明对照，以符合。‘戏中戏’的要求。词句上史诗气重，戏剧性少，正因为如此，才与正文分得清，加重全剧的戏剧性”①。正是基于这样的认识，许多译者将注意力集中于如何在翻译中体现史诗的庄重风格，卞之琳认为：“莎士比亚显然为了使戏中戏的诗句与《哈姆雷特》剧本本文的诗句，对照鲜明，不易互相混淆，正如第二幕引词中用史诗风格，在这里一直到戏中戏终了，用双行押韵办法，而且使字句俗滥”②，所以他在译文中也用中国的陈词滥调。

哈姆雷特吟诵的诗句如下：

The rugged Pyrrhus, he whose sable arms
Black as his purpose, did the night resemble
When he lay couched in the ominous horse
Hath now this dread and black complexion smear'd
With heraldry more dismal. Head to foot
Now is he total gules, horridly trick'd
With blood of fathers, mothers, daughters, sons
Bak'd and imparted with the parching streets
That lend a tyrannous and a damned light
To their lord's murder roasted in wrath and fire
And thus o'er siged with coagulate gore

① ［英］莎士比亚：《哈姆雷特》，卞之琳译，杭州：浙江文艺出版社，2001 年，第 61 页。

② 同上，第 94 页。

With eyes like carbuncles, the hellish Pyrrhus

Old grandsire Priam seeks①

实际上卞之琳也认识到这段“戏中戏”模仿的并不是真正的史诗格（如《荷马史诗》的六音步扬抑抑格），而是莎士比亚同时代早期剧作家（如大学才子派的马诺等人）的风格，“作者的用意只是提供一段极近似当时流行戏剧文字的范本以资取笑”②。那么在翻译中一味追求对史诗风格或庄重风格的还原，是否忽略了“戏中戏”作为剧本“内部叙事”对情节的推动作用呢？

“戏中戏”的语言风格的确要和其他对白区别开来，但这种区别是为了讥讽莎士比亚同时代的剧作家，还是服务于《哈姆雷特》的剧情发展，对它的理解不同，译文的风格就可以完全不同。傅光明的翻译就呈现出了另一番面貌：

狰狞的皮洛斯卧伏在不详的木马之中，

黝黑的手臂犹如他坚定的决心，

像漆黑的夜晚一样狰狞。

在这令人恐怖的黝黑肌肤之上，

现在又染上更凶险的家徽纹章，

从头到脚，他全身上下一片殷红，

沾满无辜父母子女们可怕的血污；

街道上熊熊燃烧的烈火，

① ［英］莎士比亚：《哈姆雷特》，北京：外语教学与研究出版社，1997 年，第 51—52 页。

② ［英］莎士比亚：《莎士比亚戏剧八种（集注本）》（下册），孙大雨译注，上海：三联书店，2013 年，第 812 页。

发出残忍、暴虐的凶光，
将无辜者的鲜血烘烤成黏糊。
火光里那个狂怒的杀人凶手，
烈焰将他满身血污炙烤成血块；
这个令人毛骨悚然的皮洛斯，
血色的双眼已像两颗红宝石，
他在寻找子孙成群的普莱姆国王。①

傅光明的译诗在形式上比较自由，原诗的 13 行变成了 15 行，朱生豪、孙大雨、卞之琳、方平的译本都是 13 行。这是傅译本中译诗的一大特色，傅光明不拘泥于英文诗歌的框架，在分行和断句上有自己的考量。卞之琳讲："译文在诗体部分一律与原文行数相等，基本上与原文行对一行安排，保持原文跨行与中间大顿的效果。原文中有些地方一行只是一两'步'或两三'步'的，也译成短行（偶有译成全行的），因为原文处处行随意转，译文也只有尽可能亦步亦趋，不但从内容上而且在形式上尽可能传出原来的意味。"② 例如"With heraldry more dismal. Head to foot/Now is he total gules, horridly trick'd/With blood of fathers, mothers, daughters, sons"三行的翻译，孙大雨和卞之琳的翻译风格尤为相似：

更增煞气的纹章；他从头到脚，
现在是一片火赤；骇人地涂遍了

① ［英］莎士比亚：《哈姆雷特》，傅光明译，天津：天津人民出版社，2018 年，第 87—88 页。

② ［英］莎士比亚：《哈姆雷特》，卞之琳译，杭州：浙江文艺出版社，2001 年，第 3 页。

成百上千家父母子女的鲜血①（孙大雨）

更显煞气的纹章。从头到脚，

现在是浑身鲜红，可憎可怕，

染上了千百家父母子女的鲜血②（卞之琳）

两个版本都尽量在贴近原著的节奏感，把行间的大顿保留了下来，卞之琳基于对“字句俗滥”问题的认识，把后文的“With eyes like carbuncles”译为“眼睛像红灯笼”，反而与原诗的史诗感有些违和。虽然在诗歌翻译的节奏还原度上，孙和卞的翻译都较傅译本着力更深，但从“戏中戏”的叙事功能来看，傅译本应该说更符合情节的需要。哈姆雷特设置《捕鼠机》是为了刺探叔父，在《捕鼠机》上演之前和伶人的这番关于特洛伊战争的“戏中戏”，实际上也是在“复仇”问题上形成幻想和现实的反差。哈姆雷特起了头后，接下去伶人咏唱的内容就是皮洛斯在复仇时短暂迟疑，然后逆天违命也要畅快复仇的情景，这场酣畅淋漓的复仇与哈姆雷特的迟疑形成鲜明的对比，因此，波洛涅斯对这段“戏中戏”提出负面评价后，哈姆雷特讽刺波洛涅斯只爱滑稽歌舞和淫秽的故事。当然，除开莎士比亚借以讽刺同时代剧作家的外部因素，就叙事功能来看，哈姆雷特对皮洛斯故事的赞赏也是在说服自己完成复仇计划——皮洛斯的行动是当前哈姆雷特可望而不可及的。

傅光明在这一段“戏中戏”的处理中，稍微弱化了译诗在节奏和韵律上的史诗感，使得译诗的语言更加自然流畅，更符合当代的汉语表达方式。同样，对于《捕鼠机》的翻译，傅光明也没有受限于双行体，如王后扮演者的

① ［英］莎士比亚：《莎士比亚戏剧八种（集注本）》（下册），孙大雨译注，上海：三联书店，2013 年，第 829 页。

② ［英］莎士比亚：《哈姆雷特》，卞之琳译，杭州：浙江文艺出版社，2001 年，第 70 页。

第一唱段原本是12行，傅译本写作19行，避免了为节奏而跨行带来的意义不连贯。如方平在此段的译诗中有两句："好叫我担忧！我担忧，害得你/心烦意乱。愿一切都逢凶化吉！"为了表现双行体在节奏和诗行长短上的齐整，"害得你心烦意乱"被跨行拆开，傅译本写作："实在叫我深深忧虑。/但陛下啊，你不必/不必忧虑我的忧虑。"两行变成了三行，但让每一行的语义完整，这样更能呈现出"戏中戏"的舞台效果，毕竟"戏剧翻译不仅涉及两种语言之间的转换，还需考虑译文语言的舞台性、视听性、口语性、观众的接受性以及语言的动作性"①。如果完全拘泥于"戏中戏"的庄重风格或双行体形式，势必难以让对白晓畅，无暇顾及视听性和口语性。

傅译本把更多的注意力集中到了"戏中戏"的叙事功能上，尽力展现一个幻想与现实对立的舞台空间。"戏中戏"也是具有完整属性的剧本，从剧本的情节逻辑角度而言，哈姆雷特和伶人之间的吟唱若过于呆板，反而不符合哈姆雷特在第三幕第二场中所谈到的戏剧观点。傅光明的翻译无意于探讨莎士比亚在《哈姆雷特》中写"戏中戏"是不是去讽刺大学才子派的马洛，而是专注于情节的发展进程及"戏中戏"在此过程中的叙事功能，所以不拘泥于原文诗歌的行数和节奏限制，使语言更为流畅，加之傅译本主要是散文译本，诗歌形式的出现本身就具有鲜明辨识度，足以和非"戏中戏"的对话成分区分开，因此傅译本译诗方面对原作的突破也是一种有意义的尝试。

## 三

莎士比亚戏剧中的诗歌并非只有"戏中戏"具有"内部叙事"的功能，台词中的许多诗歌采用何种形式都具有明确的情节意义，对这些诗歌翻译不能

① 孟伟根：《戏剧翻译研究》，杭州：浙江大学出版社，2012年，第7页。

不加甄别的“雅化”。莎士比亚的剧作涉及多种诗歌形式，如十四行诗、古歌谣、无韵诗等，对它们的翻译也有助于中国新诗的发展。中国现代新诗的蓬勃发展离不开翻译诗歌的助力，但是“在诗歌形式格律化和自由化的两极摆动中，中国新诗在近百年的发展中始终没有很好地解决文体建设问题”①，新诗的发展一直偏向“自由化”一极，这与20世纪初期中国学者对国外诗歌理解的偏误有关，“胡适在《谈新诗》中多次提到无韵诗。这个译自英语 blank-verse 的概念，李思纯认为应将之翻译成无定韵。但无韵诗却成为人们普遍接受的观念，最终导致新诗创作偏于自由诗一端，格律诗则沦为配角”②。当然，要求新诗必须格律化或用某种固定的韵律方式写作，这是矫枉过正，应当提倡新诗的多极发展，自由化与格律化相配合，翻译诗歌也是多极化发展探索的一个领域。

莎士比亚的戏剧中的各种诗歌体裁，如果以单一的形式全部“自由化”处理这些诗歌，势必在翻译中折损它们在剧本里的表达效果，傅光明主要采用的是散文化的翻译，但对于剧本中明显的诗歌唱词，他也在翻译时有自己的探索。在《哈姆雷特》第4幕第5场，奥菲利亚陷入疯癫之后有许多唱词，这些唱词取自古歌谣：

How should I your true love know

From another one?

By his cockle hat and staff

And his sandal shoon. ③

---

① 熊辉：《试论和谐诗学研究生态的形成》，《贵州社会科学》2006年第5期。

② 徐臻：《滋养新诗发生与发展的重要资源》，《光明日报》，2017年6月16日。

③ ［英］莎士比亚：《哈姆雷特》，北京：外语教学与研究出版社，1997年，第96页。

我该如何，如何
分辨谁是你的真情人？
从他的海扇帽和拐杖，
还有那草鞋一双。①（傅光明译）

此古歌谣并没有尾韵，但是节奏分明，奇数行 7 个音节，偶数行 4 个音节，傅光明的译诗把节奏的排布稍作了调整，原本的隔行排布变成了中间两句的节奏齐整，读来依然有整齐的节奏感。吴宓认为："音律者，节奏之整饬而有规律者也（Regular rhythm），其法或每一相重相间之隔全同。"并且强调，"节奏者，诗与文所同具，而音律者，乃诗之所独有。故可以音律别诗与文。如前述定义之所云，无音律者，不能谓之诗"②。正是对"音律"的把握使得傅光明的译诗有了探索价值。同样的一段，孙大雨译为：

我怎样来替你认分明，
哪一个是你那真的郎？
凭他的拐棍和光板鞋，
贻贝壳缀在他帽儿上。③

完全变成了齐整的格式，并让偶行押韵，除了字数不同，有些类似于绝句的形式。时代不同，新诗发展的阶段也不同，如今的新诗需要从译诗中学习的应该是"音律"，从这个角度来说，傅译本较之前人的译本就进了一步。

① ［英］莎士比亚：《哈姆雷特》，傅光明译，天津：天津人民出版社，2018 年，第 171 页。
② 吴宓：《吴宓诗话》，北京：商务印书馆，2017 年，第 70—71 页。
③ ［英］莎士比亚：《莎士比亚戏剧八种（集注本）》（下册），孙大雨译注，上海：三联书店，2013 年，第 900—901 页。

奥菲利亚的这段古歌谣唱词实际上很俗，莎士比亚之所以这样写，是为了凸显奥菲利亚陷入疯癫而不自知，接受过良好教育的贵族女子正常情况下不应该吟唱如此粗俗的歌谣：

仁慈的耶稣作证，
呸，这件事是多么可耻！
青年男子要干那事儿，
拿着公鸡毫无羞耻来纠缠。
她说："你答应娶我上婚床，
到那时再鱼水交欢戏鸳鸯。"
他回答："远处的太阳替我答应你，
婚配之前你不必上我床。"①（傅光明译）

此中有强烈的性暗示成分，莎士比亚的剧作本身就有各种通俗的插科打诨段子，译者没有必要一定将其高雅化，古歌谣来自民间，中外的民间歌谣也应当是新诗创作的养料。当代诗人北塔也曾翻译过《哈姆雷特》，同样的歌谣在北塔的译笔下就变得书卷气十足：

她说：
　　在你把我掀翻之前，
　　答应过跟我结姻缘。
他说：
　　我愿指日发誓，如果你不是

① ［英］莎士比亚：《哈姆雷特》，傅光明译，天津：天津人民出版社，2018 年，第 174—175 页。

自愿上我的床，我就会娶你。①

这样的译笔不仅无法体现出民间歌谣的通俗本貌，也无法凸显剧中奥菲利亚的疯癫状况，虽然节奏整饬，但和孙大雨的译诗一样，对当代诗歌创作的借鉴意义有限。

傅光明在翻译《罗密欧与朱丽叶》时提到，剧中有许多对白过于矫揉造作，特别是第一幕第五场，罗密欧和朱丽叶的对话以十四行诗的形式呈现，显示出滑稽荒诞的效果，导致英国18世纪的戏剧家大卫·加里奇（David Garrick）大段删除了相关对白，然而罗密欧和朱丽叶“他们毕竟是孩子！罗密欧和朱丽叶之所以美丽，恰恰就在于他们的荒谬”②。因此，傅译本按照十四行诗的形式呈现了两人的对白，韵脚按原作采用ABAB CDCD EFEF GG的形式。同样是十四行诗，《罗密欧与朱丽叶》的第一幕和第二幕开场分别有一首序幕诗，在英文版中也采用了莎士比亚十四行诗的ABAB CDCD EFEF GG韵脚，但是这两首诗就不具有上述体现罗密欧和朱丽叶二人“荒诞”的情节意义，所以傅译本对它们采用了较为灵活的译法。就十四行诗最后的对句，傅译本的第一首序幕诗写作：“如果您仔细听来仍觉语焉不详；/便由演员用尽力表演来完善补偿”③。每一句都用五个“大顿”来体现原作的五音步并押尾韵，在前面12行虽然齐整，但没有受尾韵限制，整体呈现出“节奏之整饬”。这就说明傅译本对译诗在情节中的表达作用有明确的认识，因此对应不同的情形采用灵活的译法，使得译诗不拘泥于莎士比亚十四行诗的韵律限制，让译文富有中文的

① ［英］莎士比亚：《哈姆雷特》，北塔译，北京：中国少年儿童出版社，2003年，第159页。

② 傅光明：《天地一莎翁：莎士比亚的戏剧世界》，天津：天津人民出版社，2017年，第493页。

③ ［英］莎士比亚：《罗密欧与朱丽叶》，傅光明译，天津：天津人民出版社，2018年，第5页。

“音律”之美。

从时间的维度来考虑，当前的莎剧译者已经不需要向中文世界的读者介绍双行体、十四行诗、无韵诗等常见的英文诗歌体裁，毕竟当前的文化需求已经不是20世纪把莎士比亚当作“西方先进文化思想的一个抽象符号”①，而是要站在新的历史起点上深度思考莎剧中的诗歌翻译问题：它们如何成为剧本“内部叙事”的重要环节，其诗歌形式本身具有什么叙事功能，乃至译诗如何在中文世界获得“来世”，如何启发当代中国新诗的发展。正如吴宓认为的那样，诗歌并非是因为有韵而成为诗歌，而是依靠“音律”，中国新诗经历了长期的“自由化”写作，应该重新考虑建立新的规范，“从上个世纪80年代末开始昙花一现地流行的这样体，那样体，可以通称为‘口水体’。‘口水体’拒绝新诗的诗体规范，放逐新诗的诗美要素，否定新诗应该具有诗之为诗的艺术标准，加深了新诗与生俱来的危机”②。从这个角度来说，傅译本中的译诗并不像孙大雨、卞之琳等人的译诗那样严格呈现莎剧中英文诗歌的“音律”，但傅光明更深入地考虑了译诗的叙事功能，并且以符合当代中文表达习惯的方式来探索译诗的“音律”建构，这是可贵的尝试。

---

① 安凌：《重写与归化：英语戏剧在现代中国的改译和演出（1907—1949）》，广州：暨南大学出版社，2015年，第17页。

② 吕进：《百年现代诗学的辩证反思》，《江汉论坛》2017年第1期。

# 硕士研究生论坛

**主持人语（梁笑梅）：**

在2020年关于“后浪”这个话题的热议声中，“研究生论坛”走到第十二个年头。之前的论坛是新诗所的博士毕业生和硕士毕业生共享，从今年开始，《诗学》辑刊改为一年两期，一期设“博士研究生生论坛”，一期设“硕士研究生论坛”。这块“自留地”是他们毕业季的“芳草地”，有香着的花，有绿着的树，也是他们的“冲浪池”，波光潋滟，带着星光点点。

在现代诗论史上，不同诗论家的诗学思想各具异彩，值得我们结合特定时代进行深入研究。20世纪40年代，袁可嘉是九叶诗派的理论家之一，也是此一历史阶段带有代表性的诗论大家。冯一哲的《袁可嘉“现实、象征、玄学的综合传统”的诗学内涵》聚焦于袁可嘉诗论的核心思想，立足现有研究基础，用拆分的形式，仔细辨析袁可嘉提出的诗歌美学原则“现实、象征、玄学的综合传统”包含的各个概念内涵，从其三个关键词进行溯源、综合研究，对深入理解袁可嘉的诗学观念及中国现代诗学的建构有较好的学术意义。食指是中国当代诗坛一个特殊的存在，无论在写作初始，还是当前，其都是相对边缘的诗人，20世纪末，随着食指的诗歌浮出地表，有关食指诗歌的讨论，已有不少研究成果，而对于食指诗歌观的讨论相对较少。食指非诗论家，也没有处在正常的写作状态之中，他的诗论，如李云超在《食指诗学观简论》中所言散见于友人的访谈之中，呈现出碎片化的特点，由于他的诗学观主要来源于创作过程中的感悟，偏向于感发、体悟性质的表达，因此其诗学观缺乏系统性、学理性与逻辑性。另外，食指的诗学主张独创性较弱，借鉴性强，所以论述相对困难。但此论文旧题新做，通过新材料获得了一些新观点，比如作者对食指与余秀华的诗歌观念论争进行讨论，展现不同时代的诗人对责任感、历史性有不同的认识，在一定程度上丰富了当下比较薄弱的食指研究。在当代文学史上，流行性、话题性诗人是研究者关注的课题，何雨柔的《雷平阳诗歌的超地域性研究》正是呼应了这一热点，试图超越已有的多数研究者对雷平阳“地域诗人”的标签式的评论，指出雷平阳诗歌“地域性”显著，但“超地域性”贯穿始终。这两者看似相悖，实为互相依存、互为共生，论文正是抓住这一复杂纠葛的错综关系展开论述。从雷平阳诗歌空间的结构、现状、关系探讨如何超越“云南”，同时注意到历史文化对雷平阳诗歌养分的给予，进而探究其诗歌呈现出的生命关怀。在具体论述过程中，论者采取详略结合的方法，逐一阐释了雷平阳的诗歌作品，作者细读能力突出，其中对地域文化、历史承继、生命关怀等方面的论述较为独到，显示其把握文本的良好功底。中国诗歌一直存在叙事传统，朱自清在论述“诗言志”时就认为“志”是“记录”，新诗确实除抒情功能外，有明显的叙事功能，特别是在社会生活中出现重大新闻事件时，“新闻诗”就应运而生。顾雯丽的《媒介融合视域下的新闻诗研究》探讨了新闻诗在媒介融合语境下呈现出的文本特征及传播方式。近年来，在全球范围内，天灾人祸频频发生，传播方式也有了很大的改变，使越来越多的人自发参与其中，用诗句记录新闻事件，这成为当前文学发展的一个重要现象。作者在论文中简明扼要地概括了新闻诗的主要内容特征：书写主题的公共性、书写内容的叙事性及价值观的普世性，在文本形式上呈现出直接抒情性、语言可感性和意象明晰性三大特征，并强调这是新闻诗凸显的特点。尤其是研究了2020年新型冠状病毒肺炎事件中出现的抗疫诗写作，对其传播特点及存在问题作了言之成理并极具个人特色的结论。惠特曼作为世界级的文学大师，其诗作风格独特，影响了无数诗人的诗歌创作。国内对惠特曼代表性诗集《草叶集》译介、研究也呈现出历时性的特点，贯通于20世纪，因为不同阶段的历史语境，导致不同译者和译本各有所侧重。程攀的《惠特曼〈草叶集〉性别意识在中国的接受》，通过梳理一个世纪以来《草叶集》在国内的翻译、出版和研究，并侧重于性别意识及其接受情况，目的是还原不同历史时期惠特曼诗集的影响力，受众的接受情况。论文对楚图南、李野光的译本和赵萝蕤的译本用力较为集中，从翻译接受学角度，详细对比研究了惠特曼《草叶集》原文及两种中文翻译版本中体现出的性别意识差异，并分析了各自的成因和意义。论文对原作者、译者及其作品的论述都比较充分，文本分析及评述到位，对材料熟悉，且运用得当，尤其是把译者的翻译放在中国女性意识发展的宏观背景下考察，使整个论文获得了较好的翻译历史意识。

2020年是特殊的一年，毕业答辩也是在“腾讯会议”举行，师生合影是答辩现场的截图，我们异地同框。很多同学因为疫情没有返校，也没有机会穿上学位服在欢叫中把学位帽抛上蓝天，也没有了毕业典礼，或许少了常规的仪式感，我们在云端解除静音，道声“再见”，在不寻常的一年，惜别更道珍重。打开听筒，隐约传来另一种声音：别叫我后浪，每一朵浪花都有自己的方向！

# 袁可嘉“现实、象征、玄学的综合传统”的诗学内涵[①]

冯一哲

## 一 袁可嘉诗论中的“综合”观点

如果从字面意思理解袁可嘉“现实、象征、玄学的综合传统”的诗学主

① 改选自硕士学位论文《袁可嘉“现实、象征、玄学的综合传统”的诗学内涵》第四章。全文摘要：20 世纪 40 年代末，袁可嘉提出了“新诗现代化”的诗歌理论体系，并将其中产生的新的诗歌美学原则总结为“最后必是现实、象征、玄学的综合传统”。但在这个结论式的短句中，“现实”“象征”“玄学”等各部分的概念在诗歌理论中的含义十分复杂，袁可嘉也并没有仔细解释过这些概念的内涵，而是仅仅解释为“现实表现于对当前世界人生的紧密把握，象征表现于暗示含蓄，玄学则表现于敏感多思、感情、意志的强烈结合及机智的不时流露”。这样的解释不仅与新诗传统中的定义不同，还与他在其他文章中提出的诗歌主张有很大差异。针对这个问题，本文将试图从袁可嘉的“现实”“象征”“玄学”等诗歌主张入手，分析这些概念在袁可嘉诗论中所代表的确切含义，以此来重新发现“现实、象征、玄学的综合传统”主张的具体内涵。本文共分为四章，分别考察了袁可嘉 20 世纪 40 年代诗歌理论中所蕴含的“现实”“象征”“玄学”的诗学观点，并在最后一章中考察了袁可嘉诗论中“综合”的含义。从而得出了在袁可嘉“现实、象征、玄学的综合传统”的主张中，“现实、象征、玄学”分别代表了三种诗歌流派，而不是三种简单的诗歌观点。这样的观点或许可以对重新发现袁可嘉诗论主张的内涵意蕴、理解其理论要旨有一些帮助。

张，那么“综合”很容易被理解为对于“现实、象征、玄学”的处理方式。但是，由于袁可嘉在文章中多次论述“综合”的含义，使“综合”的词义变得非常丰富。现将整理袁可嘉对于“综合”词义的论述，总结出“现实、象征、玄学的综合传统”中“综合”词语可能蕴含的词义，从而理解袁可嘉“现实、象征、玄学的综合传统”主张的具体内涵。

在《综合与混合》一文中，袁可嘉曾详细论述了“综合”的观点。在这篇文章中，袁可嘉指出，“综合”包含两个意义：“一是通常对于某一特定作品形成过程的描写，二是泛指突出于许多可能倾向中的有代表性及价导性的趋势。”并且“前者可以已成作品反覆按验、后者则明晰存在于批评底理论与实验之中”①。可见袁可嘉理解的“综合”分别代表了综合的方式和综合的倾向。对于综合的倾向，袁可嘉指出，“现代诗中的综合倾向，经历甚久的潜流与酝酿，在一九三五年左右现代诗剧的崛起里取得完整的表现”。“他们的主题意义都指明一个方向：人与神，人与自然，人与新的社会的和谐协调，或古人希腊文明所代表的全面平衡的重现。”② 这说明在袁可嘉的诗学观念中，“综合”还代表了一种关于主题意识和其他诗歌要素的主张。事实上，在对诗歌文本的分析中，袁可嘉所言综合的方式与综合的倾向是很难分得清或者分得开的。例如，艾略特诗歌中显现出的“综合”特性，既来源于他本人写作时的综合方式，也来源于对玄学派诗歌中综合倾向的继承。甚至可以说，在诗歌文本的分析中，综合的方式和综合的倾向之间，差距是微乎其微的，并且不会对解读诗歌造成影响。但是，在“现实、象征、玄学的综合传统”这个短句中，综合的方式与综合的倾向便有差异了。如果将这里的“综合”理解为综合的方式，那么凡是将“现实”“象征”和“玄学”综合起来的诗歌就都符合袁可嘉的这

① 袁可嘉：《综合与混合》，《大公报·星期文艺》（第27期），1947年4月13日。

② 袁可嘉：《从分析到综合——现代英诗的发展》，《论新诗现代化》，北京：生活·读书·新知三联书店，1988年，第190页。

种标准。但是，如果将“综合”理解为综合的倾向，则这里的“现实、象征、玄学的综合传统”则更鲜明地指向了艾略特、里尔克等人所创造的新传统。在袁可嘉的诗论文本中，并没有充足的依据证明“现实、象征、玄学的综合传统”中“综合”的具体所指，但是这里仍然可以保留一种设想，即在“现实、象征、玄学的综合传统”中，“综合”或许也就包含有“综合”倾向和“综合”主张两种含义。

对于“综合”的重要性，袁可嘉指出，英国诗歌在17世纪后曾遭受过三次致命的损伤，原因都在于割裂了诗的有机性，并且将人与诗的综合性分离，以部分代替全体，使其中一种或几种质素获得压倒性的胜利。例如17世纪的理智主义将感情与理智相割裂；19世纪的浪漫派抬高了想象的重要性，使诗歌充满感伤气息，使诗歌中理性的地位降低；19世纪末“为艺术而艺术”的主张也是对人生经验的隔离。袁可嘉还引用了现代心理学的观点来证明“综合”的合理性。他指出现代心理学认为“刺激（外来或内在的）经过适应而止于反应或动作”，并且在这三个过程中，不可能有任何单纯的美感经验的存在，所以任何排斥的、狭隘的审美经验都是不合理的①。又，袁可嘉还使用了“最大量意识状态”的理论，来证实“综合”的优势。

随后，在文章中，他从六个方面比较了“综合”与“混合”的差别，以此表达“综合”的意义，主要有：（1）“综合是内生的，混合是外附的。”②袁可嘉指出，“综合”中的各部分是“融合无间”的，分得清却分不开。这样有机的组成，形成的力量是“雄浑”的。而“混合”则是分得开却又分不清，不仅是强行结合的，还是一片混淆的。（2）“综合是有机的统一的，混合则是支离的，破碎的；综合以全体配合部分，某种意义得有高度表现，混合则以部

① 袁可嘉：《综合与混合》，《大公报·星期文艺》（第27期），1947年4月13日。
② 同上。

分放逐全体，予某种因素，以独占价值。"① 这与第一点较为相似。(3)"综合所述是最大量的意识活动，混合的目的则在它最小量的获得。"② 由于"混合"是将本质不同的事物强行结合，在创作过程中必定有选择的偏重性，类似于简单的拼接，这便决定了这样的行为一定是排斥性的。而"综合"，例如优秀的玄学诗歌，诗歌中各部分的组成都来源于作者的灵魂，细细推敲便可发现其中蕴含的大量意识活动。(4)"综合的作者从自我意义的扩大加深出发，因此他底作品的社会性里必有同样强烈的个性；混合作者则着眼自我的完全抹煞，其作品必然千篇一律，人云亦云。"③ 如同上一点我们提到过的一样，"综合"的诗歌来源于作者的灵魂，并且其中的感觉、情感也必定忠实于作者本人。而混合的诗歌注重于不同概念的拼接，这些概念必定是公认的、大众所熟悉的，运用这些概念必定会丧失个性化和创新性的特征。(5)"在创作方法上综合作者则多数采取间接的引诫（invocation），混合作者则多用有'力'的激刺（provocation）。""间接引导的效果完全依赖多种因素（意象、节奏、思想、感觉、文字的明面与影面、联想、记忆等）的适度配合"④；由于"混合"是将不同的事物相拼接成的一个整体，对于其中缺少的部分或者无法契合的部分只能通过外力争取使其结合。袁可嘉举例"综合"的作者表现出的是"诗底政治性"，而"混合"的作者表现出的则是"诗底政治感伤性"。(6)"在文学批评或论争上，综合者采用严密的分析方法，对于一字一句都寻求它表层及内涵的意义，对一字一句都寻求则斤斤于逻辑的关联；混合派的批评者则以撇开对方论题为惯技。"⑤ 这点完全是出于与现实主义流派论战的需要，这里则不予以考察。

---

① 袁可嘉：《综合与混合》，《大公报·星期文艺》（第27期），1947年4月13日。

② 同上。

③ 同上。

④ 同上。

⑤ 同上。

以上对于“综合”与“混合”的讨论，袁可嘉都是在诗学理论的范围内进行的。可以看出，在诗学范畴中，袁可嘉提倡以“最大量意识状态”为目标，将诗人自发的意识、情感、感觉、思想等各种不同的人生经验有机融合，并且他认为这样创作出的诗歌一定是“辩证的”“包含的”“戏剧的”“复杂的”“创造的”“有机的”“现代的”诗歌①。

在提出这样的思想后，袁可嘉发现，现代诗的这些特质，即“辩证性、包含性、戏剧性、复杂性、创造性、有机性、现代性”也正是民主文化的特质。他将民主文化的特质笼统总结为“从不同中求和谐”，认为民主文化的重点在于“不同”与“和谐”②。袁可嘉说民主文化应该“允许并鼓励构成文化的不同因素（如教育、文学、社会伦理、政治、经济等等），及构成社会的不同职业，不同志趣的人们去充分发展，在相互配合中完成它们作为部分的个体价值”③；民主社会的特征应该是“和谐”，“各个部分的努力不仅不彼此抵销，而且能相互增益”④。不仅如此，袁可嘉还将这个“从不同求和谐”与“综合”的民主文化发展到其他层面：在文化层面，他认为，民主的文化状态“必然强调文化诸部门的充分发展，而不以政治的改革为满足，它必然重视各阶层，各个体的自我完成”；在社会层面，这样的民主文化“决不以政治抹煞教育，经济抹煞伦理，‘群众’代替个人，‘工具’代替生命”；而在个人层面，民主的人“必然努力使自己精神、物质、情绪、想象的种种生活得到均匀的发展机会，而不以狭隘的政治热自炫；他必然从自我完成的创造价值来增进

---

① 袁可嘉：《诗与民主——五论新诗现代化》，《论新诗现代化》，北京：生活·读书·新知三联书店，1988 年，第 40 页。

② 同上。

③ 同上。

④ 同上。

群的福利而不消极地放弃个性，甘为群的奴才"①。可见袁可嘉不仅将诗歌中的"综合"发展成为"从不同中求和谐"的民主文化，提出对民主社会的设想，还发展成一种方法论，以此来指导诗歌创作、现实政治和人生规划。

## 二"现实、象征、玄学的综合传统"的意义

通过上文对"综合"概念的考察，"现实、象征、玄学的综合传统"的意义就显得更加清晰了。对于"综合"倾向的诗，袁可嘉还在《综合与混合》一文中专门指出艾略特和奥登等现代诗人"综合"诗歌中的一些特质，其中两点为"他们都否认狭义的诗的语言（poetic diction）而广泛采用日常生活中的语言，比喻及意象"及"他们的综合活动里都有强烈的社会意义"②。根据这段论述，便可以大胆地做出一段推测以此来揣摩袁可嘉"现实、象征、玄学的综合传统"的真正内涵：袁可嘉在《综合与混合》中专门提到现代诗歌的这两种特质无疑是针对现实主义的诗歌主张的，那么我们可以推测，袁可嘉所指的便是艾略特、奥登等现代诗人对于现实主义诗艺的"综合"。这也就提示我们，在他"现实、象征、玄学的综合传统"这一主张中，"现实、象征、玄学"可能并不仅仅是三种简单的诗歌主张，而是代表了现实主义、象征主义和玄学主义（玄学派）的三个诗歌流派。考虑到在前文中我们发现"现实""象征""玄学"所蕴含的复杂性，这种观点便进一步被证实了。详细地说，之前的观念认为，在"现实、象征、玄学的综合传统"中，"'现实'是诗歌的观照对象，'象征'是诗歌的传达方式，'玄学'则是诗人独特的创造素质，这

① 袁可嘉：《诗与民主——五论新诗现代化》，《论新诗现代化》，北京：生活·读书·新知三联书店，1988 年，第 40 页。

② 袁可嘉：《综合与混合》，《大公报·星期文艺》（第 27 期），1947 年 4 月 13 日。

三者的有机融合便可以创造出袁可嘉所认定的现代化的新诗”①。但我们在前文中发现，袁可嘉所言的“现实”不仅是“诗歌的观照对象”，还“综合”了现实主义提倡的“日常语言”和“社会意义”等观点；“象征”则不仅是“诗歌的传达方式”，还是诗语言的本质属性；“玄学”当然可以总结为“诗人独特的创造素质”，但不仅仅是诗艺手法方面的，还包含了对诗歌主题意识及更深层次的思考。所以，袁可嘉“现实、象征、玄学的综合传统”可能说的就是“将现实派、象征派、玄学派综合所产生的新传统”。这或许也可以解释袁可嘉为什么会将“玄学”这样一个带有否定意义且意义模糊的名词运用在这里的原因。

根据以上的推断和前文的总结，袁可嘉的“现实、象征、玄学的综合传统”可以理解为是在现实主义、象征主义、玄学主义的“不同”中求“和谐”的一种诗学方案。并且袁可嘉通过分析这三种派别诗歌中的优劣得失，提出了自己具体的“综合”方案：对于现实主义，他认同他们的现实主张，认为诗歌应该表现社会现实和人生现实；且他也部分认同诗歌应该拥有的社会意义，赞同现实主义贴近人民大众的方向；但对于现实主义的“再现”美学和试图“一元化”的政治野心，则是极反对的。对于象征主义，袁可嘉否定了他们过去的“纯诗”追求；否定了他们梦幻和感伤的诗歌美学；也否定了数量繁多、牵强、无意义的意象比喻；他从更深层次的意义上，将“象征”的精神内化于诗歌中，并且肯定了象征派间接性、客观性的抒情方式。而对于玄学派，袁可嘉继承了艾略特对于他们的看法，学习了“思想知觉化”和他们处理思想、意志、情感、感觉的方式与手法；他学习了玄学派“想象逻辑”的诗歌结构；去除了他们诗歌中的晦涩、难懂和无意义。这样的方案集合了三个流派之所长，在诗艺手法、美学意识等方面是超越时代主流的。但由于袁可嘉本人的理

① 蒋登科：《九叶诗人论稿》，重庆：西南师范大学出版社，2006年，第306页。

解的局限和论战带来的盲目性，在一些诗歌问题的处理上，袁可嘉表现出“唯现代主义”的特质。例如他对于“再现”美学的完全否定，偏激且毫无道理，完全不符合他“在不同中求和谐”的民主理念，这限制了他的诗歌理论更进一步的可能。又，“现实、象征、玄学的综合传统”尽管达到了很高的理论水准，但并不符合当时的现实背景。尤其是其中与沈从文一致的自由主义理想几乎就是乌托邦式的幻想，是不可能实现的。

## 三“新诗戏剧化”：“现实、象征、玄学的综合传统”诗学模型

对于诗歌理论的理解最终还是要回到诗歌中，尤其是对于新的诗歌主张来说。如果不能找到诗歌佐证，那么这个诗歌理论将成为空中楼阁，是没有意义的。袁可嘉在提出“现实、象征、玄学的综合传统”的主张后，并没有详细论述过可以全面体现这一理论的诗歌。但实际上，袁可嘉曾提出的一种诗歌模型却完美契合了“现实、象征、玄学的综合传统”中的各部分要点，而符合这种模型的诗歌又非常常见。这种模型即“新诗戏剧化”，这是袁可嘉对于现代诗歌诗艺的又一总结。

“新诗戏剧化”是袁可嘉提出的另外一个诗歌主张。他认为，由于欠缺将人生经验转化为诗经验的过程，“说明意志的最后都成为说教的，表现情感的则沦为感伤的”①。为此，他提出“新诗戏剧化”的主张，即“设法使意志与

① 袁可嘉：《新诗戏剧化》，《论新诗现代化》，北京：生活·读书·新知三联书店，1988年，第21页。

情感都得到戏剧的表现，而闪避说教或感伤的恶劣倾向”①。他指出，“新诗戏剧化”的要点在于“尽量避免直截了当的正面陈述而以相当的外界事物寄托作者的意志与情感”，学习戏剧效果的“表现上的客观性与间接性”的原则②。并且在这之后，袁可嘉又根据西方现代派的经验，列举出戏剧化的三个不同方向：一类以里尔克为代表的“内向的作者”，“努力探索自己的内心，把思想感觉的波动借对于客观事物的精神的认识而得到表现的”；一类以奥登为代表的“外向的诗人”，“通过心理的了解把诗作的对象搬上纸面，利用诗人的机智、聪明及运用文字的特殊才能把他们写得栩栩如生”；一类则是干脆写诗剧，因为诗剧正配合“现实、象征、玄学的综合传统”③。“一方面因为现代诗人的综合意识内涵强烈的社会意义，而诗剧形式给予作者在处理题材时，空间、时间、广度、深度诸方面的自由与弹性都远比其他诗的体裁更多，以诗剧为媒介，现代诗人的社会意识才可得到充分表现，而争取现实倾向的效果；另一方面诗剧又利用历史做背景，使作者面对现实时有一不可或缺的透视与距离，使它有象征的功用，不至粘于现实世界，而产生过度的现实写法。”④ 上述三种方向无疑都体现出袁可嘉“现实、象征、玄学的综合传统”诗学方案中的某些特质，在前文中已经分析过第一种“戏剧化”方向中的“玄学”特质，而第二种“外向的作者”和第三种诗剧的方式也充分体现出对“现实”与“象征”要素的追求。可以说，“新诗戏剧化”中处处体现了“现实、象征、玄学的综合传统”的诗学内涵。

但“新诗戏剧化”的概念本身存在着一些问题，即袁可嘉提倡的究竟是

---

① 袁可嘉：《新诗戏剧化》，《论新诗现代化》，北京：生活·读书·新知三联书店，1988年，第21页。

② 同上。

③ 同上。

④ 同上。

何种程度的“戏剧化”的问题。袁可嘉在对“新诗戏剧化”要点的论述中仅仅体现了对戏剧中客观、理性的表现方式的借鉴，但又在之后提出应该直接采用诗剧的形式。显然，这两种不同的论述对于戏剧的借鉴程度可谓是天差地别。前者仅仅针对戏剧这种艺术形式其中的一种特征，而后者则几乎包含了戏剧的所有属性。所以，“向戏剧学习”这样的论述就带来很多疑惑，例如除了袁可嘉文中所列举的这些要素，需不需要学习戏剧的语言、形式、结构等其他特征？且对于戏剧其他要素的学习，还算不算“新诗戏剧化”的范畴？这些袁可嘉都并没有解答。但这些问题也是很重要的，因为只有在确立了理论的边际，才能保证理论不被滥用。

袁可嘉在对戏剧主义的论述中曾经探讨过诗的“戏剧性”的问题。袁可嘉说道：“人生经验的本身是戏剧的（即是充满从矛盾求统一的辨证性的），诗动力的想象也有综合矛盾因素的能力，而诗的语言又有象征性、行动性，那么所谓诗岂不是彻头彻尾的戏剧行为吗？我们再重复一遍：诗所起用的素材是戏剧的，诗的动力是戏剧的，而诗的媒介又如此富有戏剧性，那么诗作形成后的模式岂能不是戏剧的吗？”① 可以发现，这段论述中对于诗歌的观点完全符合他“现实、象征、玄学的综合传统”观点。将其中的第一句话加些注释便可理解得更透彻，表现为“人生（现实）经验的本身是戏剧的（因为戏剧也是综合了不同的人生经验，包括意识、情感、思想、感觉等不同的现实经验），诗动力的（玄学）想象也有综合矛盾因素的能力，而诗的语言又有象征性、（现实）行动性，那么所谓（‘现实、象征、玄学的综合传统’的）诗岂不是彻头彻尾的戏剧性为吗”？因此，袁可嘉的这段论述就可以理解为现代诗歌都展现出高度的“现实、象征、玄学的综合”的特性，而这种特性一直都存在

① 袁可嘉：《谈戏剧主义——四论新诗现代化》，《论新诗现代化》，北京：生活·读书·新知三联书店，1988 年，第 30 页。

于戏剧中，所以“新诗戏剧化”就是提倡诗歌学习戏剧如何展现出“现实、象征、玄学的综合”特性的主张，也就成为一种忠实反映出“现实、象征、玄学的综合传统”的诗学模型。

（指导教师：蒋登科　教授）

# "中国气派"新诗的建构

## ——论食指的因革观①

李云超

第一次鸦片战争不仅改变了中国的社会性质，也开启了中西方文学大规模碰撞交融的历程。伴随着社会的激烈动荡，文学也面临着从古代文学向现代文

---

① 改选自硕士学位论文《食指诗学观简论》第三章。全文摘要：自20世纪90年代以谢冕为代表的一批学者挖掘出食指后，食指的诗歌创作就一直受到广泛关注。但遗憾的是，学界对食指诗学观念的研究还比较薄弱。在诗歌界人文关怀缺乏的环境下，食指的诗学观念对当下的诗歌创作不乏启示与警示意义，值得特别关注。本文试图梳理食指的诗学主张及其理论渊源，并且从食指诗学观的角度反观其诗歌创作。本文将食指的诗学观念概括为诗人论、创作论、因革论三个方面。诗人论是食指诗学观中的一个重要组成部分。食指是一位关注国家兴亡和民生疾苦的诗人，强调诗人要具有强烈的社会责任感与历史使命感，要在作品中表现人民大众的生活与情感。此外，食指也非常重视作诗与做人的关系，强调诗与人相统一的一面，也注意到诗与人不完全等同的一面，进而给出诗人提高理论修养和艺术修养的途径。食指的创作论将创作分为两个阶段，即创作的孕育阶段和创作的表现阶段。秉承着现实主义的原则，食指认为生活是孕育诗歌作品的土壤与源泉，因此作家要深入生活、体验生活。同时食指也十分重视诗歌的抒情特征，强调作家感情尤其是绝望痛苦之情在创作发生阶段的作用，显示出古代"发奋抒情"说的影响。在创作的表现阶段，食指主要讨论了诗歌创作的一些技巧问题。食指因革论探讨的是诗歌发展道路的问题，其中心是新诗的民族化问题。食指认为新诗创作要把学习古典诗歌与借鉴外国诗歌结合起来，二者不可偏废，其最终目标是要建设具有"中国气派"的新诗。食指从诗体建构与美学追求两方面入手，认为新诗应在形式维度上致力于新格律体的建设，在艺术风格上追求含蓄蕴藉的美学特征。

学转变的重要任务，面临着用新的语言形式表现变化着的社会现实和国人精神世界的课题。与此同时，中国又有深厚的诗学传统，因此，在诸多文体中，诗歌的因革争议最大，可以说从新诗诞生之日起，争论就没有停止过。起初，诗人和译者通过翻译的形式将西方诗歌引入中国，王韬翻译的《马赛革命歌》首开译介外国诗的先河，“五四”时期，白话诗作者如胡适、周作人、郭沫若、闻一多、徐志摩等不但用白话翻译外国诗歌，也尝试借鉴外国诗歌创作有别于古典诗歌的作品，于是诗坛出现了《教我如何不想她》《相隔一层纸》《小河》等诗作。可以说，新诗是学习借鉴西方诗歌的产物。但新诗的生成、发展是在中国，因此，自新诗诞生以来，诗论家们一直在探索一个命题，即怎样在恰当地继承中国古典诗歌传统与合理地借鉴西方诗学思想之间达成平衡。

## 一　新诗民族化的追求：“中国气派”

作为中西方文化碰撞的产物，新诗在创造之初就借鉴了西方诗学思想，许多诗人在诗歌创作中也会自觉学习外国诗歌。对西方诗歌的学习借鉴也在某种程度上加速了新诗的发展历程，李金发、穆木天、戴望舒、何其芳、卞之琳等诸多不同诗派的诗人都曾努力学习过外国诗歌。“从事自由诗创作的诗人几乎都受过惠特曼的影响，小诗运动得益于泰戈尔和日本俳句；受英国浪漫主义诗歌的影响因而产生‘新月诗派’，受法国象征主义诗歌的影响因而产生‘象征诗派’和‘现代诗派’……这些都是中国新诗发展史上的突出例证，它充分说明了中外诗歌交流所产生的巨大的促进作用。”① 但是，纵观中国新诗的百年发展历程，诗人们也未曾完全抛弃中国诗歌传统。“中国新诗的先驱者对待

① 刘扬烈：《绪论》，《中国新诗发展史》，重庆：重庆出版社，2000 年，第 11 页。

传统是有所否定，也有所肯定的。例如，‘五四’时期的胡适选择‘明白易懂’作为白话新诗的美学标准，是以‘元白’所代表的白话诗的潮流为源头和正路的。”① 实际上，中国新诗在每个发展阶段，每一种诗潮中都存在着传统诗歌的因子。“无论是现实主义诗歌、浪漫主义诗歌，还是唯美主义诗歌、象征主义诗歌、现代主义诗歌，都与中国传统诗歌有着深层的内在联系。一些重要的诗人的诗歌创作虽有浓厚的西化色彩，但其深层仍然渗透着传统诗歌的养分，流贯着传统诗歌的血。”②

食指一生都在从事诗歌写作，在创作过程中形成了自己的诗学主张，对新诗的发展问题自然也有自己独到的见解。他认为“新诗是中西第二次文明交融的产物，对西方文化理念在中国的传播起了重要的作用。然而中国是个古老的诗歌大国，有着悠久的诗歌传统。这是一组矛盾，必然在新诗的发展上互相影响，甚至会发生冲突。如果我们处理好，就可能‘中西合璧’”③。在对中西诗歌文化的吸收借鉴方面，食指明确表明了自己的观点——“中西融合”。这种提法，食指并不是首创者，在新诗发展史上很多人都有类似的论述。闻一多是较早提出此观点的诗人之一，他说“中国新诗不能是纯粹的‘本地诗’，也不能是纯粹的‘外洋诗’，它要做‘中西艺术结婚后产生的宁馨儿’”④；朱光潜也曾明确指出：“我们的新诗运动正在开始，我们必须郑重谨慎，不能让它流产。当前有两大问题须特别研究，一是固有传统究竟有几分可以沿袭，一是外来影响究竟有几分可以接收。这都是诗学者所应虚心探讨的。”⑤ 鲁迅先生亦

① 龙泉明：《中国新诗的现代性》，武汉：武汉大学出版社，2005 年，第 4 页。

② 同上，第 4—5 页。

③ 食指：《滋味 · 韵味：关于中国新诗发展的思考——食指与北师大师生的对话》，《励耘文学》（文学卷）2011 年第 1 期，第 22 页。

④ 闻一多：《〈女神〉之地方色彩》，《创造周报》（第 5 号），1923 年 6 月 10 日。

⑤ 朱光潜：《诗论 · 抗战版序》，《朱光潜全集》（第 3 卷），合肥：安徽教育出版社，1987 年，第 4 页。

认为："采用外国的良规，加以发挥，使我们的作品更加丰满是一条路；择取中国的遗产，融合新机，使将来的作品别开生面也是一条路。"① ……与众多诗学家的主张一致，食指提倡通过"中西融合"来实现新诗的形式建设。真正的中国新诗，应该是吸收中西诗歌发展精华的产物。

食指因革论探讨的是诗歌发展道路的问题，其中心是新诗的民族化问题。食指认为新诗创作要把学习古典诗歌与借鉴外国诗歌结合起来，二者不可偏废，但在具体论述中，食指更侧重对古典诗歌传统的继承，他认为，"从中国古代诗人怎么看待诗歌这点出发，来研究诗歌，这是根本"②。因此，食指反复强调："中国诗的根不能断，语言有了很大变化，韵脚也有了变化，但老祖宗形成的那种对诗歌的要求与讲究不能变，这是我们民族的东西，希望写诗的人有意识地去注意、加强这方面。"③ 着眼于新诗的民族化，食指明确指出了新诗发展的方向，即努力建设具有"中国气派"的诗歌。"中国气派"的提法并不是食指首创，最早是毛泽东基于政治立场提出了"中国气派"的概念④，这一提法引发了食指的思考，继而提出"中国特色的内容和具有中国特色的形式合在一起就是中国气派"⑤。食指强调新诗建设的核心质素就是中国特色，有了中国特色才有中国气派。在如何具体建设具有中国气派的诗歌这一问题上，食指认为要从诗体构建和美学追求两个方面着手，才能创作出具有中国特色的新诗。

---

① 鲁迅：《〈木刻纪程〉小引》，《朝花夕拾》，北京：中国言实出版社，2016 年，第 117 页。

② 林莽、艾伦：《食指访谈录——"中国气派"与"人神合一"》，《诗刊》，2003 年第 12 期。

③ 同上。

④ 扬子、食指的专访：《食指：将痛苦变成诗篇》［EB/OL］. http://book.ifeng.com/special/neibushu/list/200906/0613_6795_1201466.shtml2009-06-13/2020-03-15.

⑤ 单于、食指：《被当成疯子，反而使我更豁达的面对人生》［EB/OL］. https://www.sohu.com/a/282780571_264629，2018-12-18/2020-03-15.

## 二 新诗的诗体建构：“新格律体”

“诗是以形式为基础的文学，诗体则是形式的第一要素。”① 吕进先生一语道破了诗歌的本质特征和诗体建设对新诗发展的重要意义，自新诗诞生以来，对新诗诗体建设的探索不绝如缕。在总结前人经验的基础上，食指在新诗诗体建构上形成了自己的观点。关于诗的形式，食指认为“不管哪一门艺术都有形式：画有画框，电影有银幕，戏剧有舞台”②。因此，新诗也必须要有形式，在新诗形式上，食指倡导使用格律体诗。

食指之所以倡导格律体诗，这是由格律体自身的诗体特征所决定的。格律体、自由体和民歌体是新诗诗体的三大主力军，食指在综合考察了这三种诗体并尝试实践之后，认定新格律体诗歌是当下新诗诗体建设的最佳选择。自由体新诗的核心即“追求自由”“自然流露”，它的出现虽然给诗坛带来了具有创造性的新面貌和实践的新体式，但是这种完全没有形式制约的诗歌，也会带来许多弊端，如创作水平的参差不齐、创作艺术上的粗糙滥制、表达内容上的浅白粗陋，等等。民歌体新诗原本是为了易于传播所创，该诗体的主要特质是“易于传诵”与“便于记忆”。言及格律，其要求近乎没有。食指通过实际创作，发现民歌体对格律的抛弃和对语言的过分宽容，易使诗歌趋向散文化、粗糙化与简单化，直接伤害到诗歌的艺术品质，同时也让思想内容的表达大打折扣。他说：“我讲‘中国气派’，就是要从中国博大深沉的社会创造出一种新

① 吕进：《论新诗的诗体重建》，《吕进文存》（第3卷），重庆：西南师范大学出版社，2009年，第346页。

② 食指、泉子：《食指：我更相信未来——答泉子问》，《诗林》2007年第1期。

的诗歌体。但诗歌要有一种形式，必须研究外国诗和中国诗结合起来的形式。这很重要。古典加民歌走不通。”① 食指坚持认为，新诗的发展方向要具有“中国气派”，一定要将意象、格律、韵味等这类具有中国特色的诗歌质素表现在新诗中，那么“再用民歌体来写，就容纳不了，装不下了”②。而格律体新诗强调格律的“顿”与“押韵”等概念、追求诗歌的音乐性、注重诗歌的吟诵传统、易于营造诗歌的意境，以上这些方面都充分展示出中国特色，将会是当下诗体的最佳选择。

食指提倡格律体，也源于他对诗坛发展现状的深切担忧。虽然在新诗的萌芽与发展时期格律体并非一枝独秀，自由体、民歌体等诗体与之竞相争艳，但是新格律体一直被众多诗人广泛实践，诗人们也在成功实践的基础上提出了一系列理论主张。先是闻一多《诗的格律》的发表，继之有何其芳《关于现代格律诗》和卞之琳《谈诗歌的格律问题》等著作的问世。无论是创作实践还是理论探究，都对新格律体的发展做出了重大贡献，其探索向人们展示出新格律体的可存在性和可操作性。但是，20 世纪 60 年代之后，随着新诗发展脚步的停滞，有关新格律体的探索也基本终止了。虽然当时也有“地下诗歌”的存在，但诗人们努力的方向更多侧重于诗歌内容方面，而较少致力于诗体建设。“文化大革命”之后，从“新诗潮”“后新诗潮”的涌现，直至 90 年代新诗的发展，新诗的创作都侧重于自由体。面对这一现状，不少有识之士都指出，新诗的诗体建设刻不容缓，而在诗体建设的过程中格律体应当成为主流。1997 年 11 月间由《诗刊》社与东南大学联合主办“97 中国新诗形式美学研讨会”，在会上吕进强调：“格律诗应该成为一个民族诗歌的主流诗体”，主张

① 林莽、艾龙：《食指访谈录——“中国气派”与“人神合一”》，《诗刊》2003 年第 12 期。

② 同上。

“一是完善自由诗；二是倡导格律诗；三是增多诗体。自由诗的第一规范是音乐性规范，音乐性是诗体建设的本质。自由诗还得有篇幅规范，若就诗美本质而言，诗总是对短小篇幅更钟情”①。然而，诗评家倡导规范新诗诗体建设，但是实际进行格律体诗歌创作的诗人寥寥无几。食指作为一名坚持创作格律体新诗的诗人，对当下诗坛格律体新诗的发展现状非常担忧。因此，他试图通过具体实践向人们证明了此种诗体的可行性，证明该诗体将更好地承载“中国气派”诗歌。

食指不仅坚持创作格律体新诗，而且曾多次就有关格律体新诗的理论提出自己的观点，他所实践的格律诗理论，来源于何其芳。食指曾回忆说：“和何其芳的交往是我在诗歌写作道路上的最大幸事，对我一生的诗歌创作影响极大，使我终生受惠。尤其是何其芳关于新格律体及诗与歌关系的教导，使我懂得了中外诗体由古典到现代的发展过程。”② 食指在接受何其芳关于新诗创作的教导过程中，认同并实践了何氏关于新诗体式的相关理论。在综合考虑过诗歌的表现形式、诗歌的发展方向、诗歌的受众群体与本民族的诗歌文化传统之后，何氏认为现代格律诗是新时代的最佳选择。何氏创造性地提出了“不能采用、照搬古代五七言体，应该采取的只是顿数整齐和用韵这两个特点”③ 这一主张。关于“顿”的整齐，他认为新诗创作“按照现代口语写得每行顿数有规律，每顿所占的时间大致相等，而且有规律的押韵”④ 即可，并强调“押大

① 张天来：《规范文本，剪裁浮词——97 中国新诗形式美学研讨会纪要》，《诗刊》1998 年第 2 期。

② 单于、食指：《被当成疯子，反而使我更豁达的面对人生》［EB/OL］. https://www.sohu.com/a/282780571_264629，2018-12-18/2020-03-15.

③ 何其芳：《关于现代格律诗》，参见《何其芳全集》（第 4 卷），石家庄：河北人民出版社，2010 年，第 303 页。

④ 同上。

致相近的韵就可以，而且用不着一韵到底，可以少到两行一换韵，四行一换韵”① 这一主张。在格律方面，主要从传统五七言诗中借鉴了“它们的顿数和押韵的规律化，而不是硬搬它们的句法，这或者也可以叫做抛弃了它们的过时的外壳而采取其合理的核心”②。食指认同并吸收了何其芳提出的现代格律诗这一诗体，并在该理论的指导下创作出许多具有中国特色的“中国气派”诗歌。

在实际写诗的过程中，食指强调“中国诗的根不能断。语言有了很大变化，韵脚也有了变化，但老祖宗形成的那种对诗歌的要求与讲究不能变，这是我们民族的东西，希望写诗的人有意识地去注意、加强这方面”③。食指这里所说的老祖宗形成的对诗歌的要求与讲究，体现在诗体方面，即诗歌的音乐性。“所谓音乐性，就外在而言，指诗的节奏。”④ 在此强调的诗歌节奏，并非西方诗学思想中重视的内节奏，即情感的内在起伏构成的旋律。食指认为内节奏在诗歌中可以出现，但是并不是诗歌的独有属性，小说、散文等体裁同样可以诠释与表现诗歌的内节奏。让诗歌有别于其他体裁的，正是老祖宗对诗歌的要求与讲究，即诗歌的外节奏。食指实践的何氏“现代格律诗”这一理论，正是通过“顿数”“押韵”等方面的具体要求，实现诗歌的音乐性。“顿数”和“押韵”作为表现诗歌外节奏的手段，展现出诗歌外节奏在视觉、听觉方面的特征，“使读者产生节律化、非指称化的审美期待”⑤。食指“中国气派”诗歌的诗体建构，主要是通过何氏现代格律诗理论，最终实现诗歌的音乐性这

---

① 何其芳：《关于现代格律诗》，参见《何其芳全集》（第 4 卷），石家庄：河北人民出版社，2010 年，第 303 页。

② 同上，第 296 页。

③ 林莽、艾伦：《食指访谈录——“中国气派”与“人神合一”》，《诗刊》2003 年第 12 期。

④ 吕进：《论诗的文体可能》，《新诗文体学》，广州：花城出版社，1990 年，第 42 页。

⑤ 吕进：《论诗的文体可能》，吕进《现代诗学：辨证反思与本体建构》，北京：人民出版社，2016 年，第 88 页。

一目标，对于当下新诗诗体建设有重要的意义。

## 三　新诗的美学追求：“含蓄蕴藉”

食指理想中富有“中国气派”的诗歌，在诗体建构方面采取新格律体，强调诗歌的音乐性；在美学追求方面，则致力于创造含蓄蕴藉的风格。食指之所以提倡含蓄蕴藉的美学风格，一方面是针对新诗诞生以来存在的诗体过于散漫、感情表达过于直露以至于缺乏诗美的弊病；更为重要的原因是，在食指看来，追求含蓄蕴藉的美学效果是继承传统审美精神，是建设具有“中国气派”的新诗的最佳选择。

追求诗歌含蓄蕴藉的美学效果，既是食指针对百年新诗发展过程中存在的诗味缺失问题提出的要求，也是其为当下新诗建设提供的应对之策。“新诗是根据中文的外国译诗，也就是翻译体来写的，所以无论其中的形象、意义，甚至于句式，都明显带有外国诗的痕迹。”① 新诗发展初期，“作诗如作文”“诗体大解放”“新诗散文化”“自然流露说”等这样一些诗学主张，虽然破除了僵化的古诗法则对诗歌表达的束缚，让诗歌再次得以表达鲜活的现实生活，但同时也导致了诗歌内容的浅白粗糙、诗歌形式的杂乱无章，诗歌变得愈来愈直白无味。此后，新月派、象征派等诗人的努力为新诗在美学风格上的开拓提供了有益经验。但遗憾的是，在阶级革命、异族入侵背景下，残酷的社会现实要求诗人必须更多地将诗歌作为战斗的武器。唤醒民众的现实需要将诗歌推向了通俗、直白，影响了新诗在美学风格上的探索。中华人民共和国成立后，在新

① 食指：《滋味·韵味：关于中国新诗发展的思考——食指与北师大师生的对话》，《励耘学刊》（文学卷）2011 年第 1 期。

诗创作大众化、民歌化、政治化等诗学观念的影响下，诗人成了“时代的号手”，诗歌成了政治的传声筒，“赞歌”“颂歌”这样一些诗歌形态，使诗歌流为简单的口号和宣言。直到当下，仍有一部分诗人将诗歌创作视为简单的白话分行，“梨花体”“手枪体”“口水诗”等新事物出现在当下诗坛。无论是回溯新诗发展历程，还是检视新诗创作现状，都存在诗味缺失的现象。食指在回望传统中，除了肯定韵味是建构诗歌含蓄蕴藉的美学风格的重要方面，还发现在不同时期，都有一部分诗人曾号召回顾传统，从古典诗学思想中汲取营养，建设诗歌的韵味。

对传统资源的挖掘是食指“含蓄蕴藉”美学追求的重要特色，目的是在传统中挖掘有益于当下诗歌发展的理论资源，力图将中国新诗的发展推向一个新的高度。司空图在《二十四诗品》中将诗歌的风格分为二十四种，含蓄蕴藉被释为“不著一字，尽得风流；语不涉己，苦不堪忧。是有真宰，与之沉浮；如渌满酒，花时返秋。悠悠空尘，忽忽海沤；浅深聚散，万取一收”①。诗歌应该意在言外，讲究含而不露，追求韵味的营造。食指认为，古代诗人在实际创作中，特别注重诗中“韵味”的营造，于是涌现出许多含蓄绵长、韵味无穷的作品，这为后世诗歌的发展提供了可借鉴之处。

食指对“韵味”的强调和对“含蓄蕴藉”的美学风格的追求，其目的是创造其心目中具有“中国气派”的诗歌。借由传统诗学的审美概念，为新诗的未来发展提供新的可能。食指曾比较中西方艺术表现方式的差别：“中国艺术的传统是‘意会传神’，西方是在写实的基础上说理说教多一些，心理分析多一些，是各有所长。在新诗发展的问题上千万不能把中国艺术的根丢了。”②这里强调的中国艺术的根，即博大深厚的中国诗歌传统。就诗歌风格而言，食

① （唐）司空图：《二十四诗品》，杭州：浙江古籍出版社，2018 年，第 53 页。
② 食指：《我感悟到的中国诗学艺术的特点》，《新文学评论》2012 年第 1 期。

指选择性地吸收了“含蓄蕴藉”这一美学风格，并且进一步论述了实现该风格的重要步骤，因为“中国诗学艺术是在‘境界’中‘意会’，在‘意会’中求弦外之音，即‘韵味’”①，因此重视韵味这一中国传统诗歌美学范畴成为实现含蓄蕴藉风格的关键性因素。

回望新诗发展史，虽然很多诗人执着于借鉴西方诗学思想，但是亦有一大部分诗人力图回归传统，追寻诗歌中含蓄、精炼、富有韵律的美，探求将新诗写出中国诗味。周作人是中国新诗史上第一个涉及诗歌韵味建设的诗人，提出了“风格论”的主张。1926 年，作为象征诗派代表诗人的穆木天认为“中国的新诗的运动，我以为胡适是最大的罪人。胡适说：作诗须得如作文，那是他的大错。所以他的影响给中国造成一种 Prose in Verse 一派的东西。他给散文的思想穿上了韵文的衣裳”②。此外，施蛰存认为“不能一读即了解”③ 是新诗韵味的最佳境界……总的而言，将新诗建设与“中国艺术的根”对接起来的实践者也不在少数，他们的努力虽然取得了一定成效，但是仍然有继续探索与研究的必要。食指作为一名当代诗人，从某种意义上而言，是这股建设诗风的坚守者与延续者。针对诗歌美学追求这一方面，食指学习并借鉴了传统诗学观点，直接从自身的具体创作实践出发，重点阐释了新诗韵味建设的重要性。

第一，食指明确提出：“诗要写得像宗白华说的，新诗要像古典诗那么美，这才叫中国诗。”④ 他将中西诗歌理论进行对比，指出西方诗论重视的是主要观念、创作理念、切入角度等这样一些范畴，采取的是精神分析的方法，甚至

---

① 食指：《我感悟到的中国诗学艺术的特点》，《新文学评论》2012 年第 1 期。

② 穆木天：《谭诗——寄沫若的一封信》，《创造月刊》，1926 年 3 月，第 1 卷第 1 期。

③ 施蛰存：《〈现代〉杂忆》，《北山散文集》（一），上海：华东师范大学出版社，2001 年，第 254 页。

④ 崔卫平：《诗神眷顾受苦的人》，参见廖亦武主编《沉沦的圣殿——中国 20 世纪 70 年代地下诗歌遗照》，乌鲁木齐：新疆青少年出版社，1999 年，第 93 页。

分析成果可以量化，因此其诗歌创作逻辑性比较明显；中国诗论则是偏向感觉式，这一特点与中国语言自身的特征密切相关，每字每句都耐人琢磨，追求只可意会不可言传的诗学效果，这样的审美高度更契合于艺术的本质。因此，食指回顾中国诗学传统的同时，认为新诗应该承袭古典诗歌中韵味诗学理念，并且肯定了新诗韵味的重要性。第二，食指在阐释韵味时，通过类比诗歌、绘画、书法的创作方法，强调诗歌是一门写意的艺术。中国有着独特的民族语言，其最显著的特征是表意性强，因此鉴赏该语言最恰当的方式是意会。长期以来，中国人民习惯了这种审美方式，也就养成了“只可意会不可言传”的审美习惯。但是，部分诗人尝试运用别国语言进行新诗创作，他们认为新鲜的语言有益于新诗发展。对此，食指认为“如果中国人不觉得中国语言的美，体会不到中国语言的奥妙，好像叶赛宁不懂得俄罗斯语言的美，那还写什么诗”①？可见，食指坚持运用中国语言进行创作，因为只有汉字才是承载诗歌韵味最好的工具，中国表意性的语言才是建设诗歌含蓄蕴藉美学风格的最佳载体。第三，关于新诗借鉴韵味这一古典诗学传统的可行性问题，食指列举出一些具有韵味的新诗作品，肯定了新诗韵味建设这一主张。但是，要想诗歌有韵味，诗人必须具有扎实的文字功底，否则无法驾驭中国语言，也就无法营造诗歌韵味。食指列举出来的具有韵味的新诗，都是一些学贯中西的大家创作出来的。他们“不仅洋文好，中学底子尤其深厚。他们的作品就必然带着中国的特色，符合中国人的口味及传统的审美心理，因而受到当时年轻人的喜爱。他们的诗中国味很浓，即很有滋味，有味道，有韵味”②。因此，这就要求诗人们努力学习古典传统知识，提高自己创作新诗的能力。食指认为何其芳的《预

① 林莽、艾伦：《食指访谈录——“中国气派”与“人神合一”》，《诗刊》2003 年第 12 期。

② 食指：《滋味・韵味：关于中国新诗发展的思考——食指与北师大师生的对话》，《励耘学刊》（文学卷）2011 年第 1 期。

言》、冰心的《繁星集》、闻一多的《死水》等诗作，都是极具韵味，但其认为最好的是郭沫若的《天上的街市》（原题为《天上的市街》）。他认为这篇诗作“写尽了中国人天上人间的祥和气氛，这首绝对是新诗中的上等之作，符合中国人的审美心理，符合中国人的趣味”①。

“新诗是中西第二次文明交融的产物，对西方文化理念在中国的传播起了重要的作用。然而中国是个古老的诗歌大国，有着悠久的诗歌传统。”② 因此，食指认为当下新诗要想取得进一步发展，一定要从古典传统中汲取营养。无论是诗学理想的确定、诗歌诗体的建构、诗歌内容的构筑，还是诗歌风格的建设，古典传统中都有可供承袭借鉴的诗学观点。食指主要从中汲取了“格律”“韵味”“含蓄蕴藉”等重要范畴，并且具体阐释了这些观点对当下新诗建设的重要作用。食指回望传统这一提法，在一定程度上，为新诗提供了一个具体可行的发展方向，同时开启了新诗寻找民族化灵魂与文化身份认同的伟大征程。

（指导教师：蒋登科　教授）

① 食指：《滋味·韵味：关于中国新诗发展的思考——食指与北师大师生的对话》，《励耘学刊》（文学卷）2011 年第 1 期。

② 同上。

# “云南”与他方的根本联系[①]

何雨柔

雷平阳的早期诗歌绝大多数书写的都是以云南为背景的故事、情感，之后，他的目光和脚步不断向外延展，甚至以别的国家为舞台。部分批评家简单地将雷平阳当作专心歌哭云南的“地域性诗人”，不仅没有看到他那部分以云南为背景的诗歌的能指与深层所指，也影响了对其诗歌脉络的整体理解。将雷平阳的诗歌打通来看，他的诗歌舞台架构着简单的二元空间——城市与乡村，

① 改选自硕士学位论文《雷平阳诗歌的超地域性研究》第一章。全文摘要：雷平阳作品中的地域性确实显著，但超地域性是贯穿始终的，这两个看起来相悖、实际上互相依存的特性在他的诗歌中交织纠缠，最终赋予其作品矛盾又和谐的深层蕴意、扎实而深广的博大情怀。从某种意义上来说，地域性本身就具有超地域性，或者说，超地域性的前提是必须有地域性，二者较为紧密地联系在一起，但它们的关系并不好处理，脱离了地域性的超地域性很容易显得空泛，而不重视超地域性的地域性很可能走向狭隘。雷平阳在艺术手段上的不懈尝试最终让他在多数作品中平衡了这两种特质——他的诗歌，使用“以小见大”的方式，跨越空间，沿着欧家营—昭通市—云南省的轨迹反向延展，让特定地域的空间结构与感情故事，成为读者心中写实、真挚的城乡经验；使用灵活的时态策略，跨越时间，向古代汉文化与云南边陲文化汲取营养，还无意间反映了真实的昭通现代史，并创造性地将现在的许多社会问题置换到过去思考；对实际环境、人物和事件进行提炼，有重点地白描细节，时常零度叙述，消隐抒情自我，给读者以强烈的即视感，对于生命的博爱跃然纸上。雷平阳让“云南”成为源自现实，又超越时空的，虚实结合的象征体系。

他认识到了城市和乡村是人类的主要活动区域，故他一直着力呈现着它们的现状，他的诗基本上都可以在这二元空间中找到位置。同时，雷平阳记叙的在云南某个乡村、某座城市发生的故事，抒发的是在云南某个乡村、某座城市体会到的情感，或是云南之外的人也曾经历过、感受过的此城与他城、此乡与他乡的共同情感及普遍的情结和经验，这就说明雷平阳的诗歌空间与人类的生活空间一样——是流通的，并未隔绝。读者可以联系自身生活实际去体会诗人使用“以小见大”手法呈现出的内涵。此外，雷平阳诗歌空间呈现着复杂的联系——城市、乡村文化观念既二元对立又彼此渗透，也就是说两个现代人类生活的主要空间之间既具有一定的自我封闭性，又因人类活动而互相影响，这正是真实世界的写照。

## 一　土地是人类的“根”：雷平阳诗歌土地情结的普遍性

### （一）土地情结的由来与内涵

费孝通“从乡村社区、文化传递、家族制度、道德观念、权力结构、社会规范、社会变迁等诸多方面深度解剖了中国乡土社会的结构及其本色”①，断言：“从基层上看去，中国社会是乡土性的。”② 雷平阳很明显地认识到了中国人的根是土地（不将范围扩大至世界）。古代中国的百姓“日出而作，日入而息。凿井而饮，耕田而食。帝力于我何有哉”（佚名《击壤歌》）。他们与土地

① 单霁翔：《走进文化景观遗产的世界》，天津：天津大学出版社，2010 年，第 81 页。

② 费孝通：《乡土中国》，北京：外语教学与研究出版社，2012 年，第 32 页。

无限贴近，顺应自然，感受到了生命的充盈和自由，将外部的权利与压迫抛诸脑后，达到“天人合一”的境界，宁静、闲适、自得。正是因为发现人类与土地之间的普遍而深刻的联系，在各领域中，尤其是在文学领域中，无数文豪都在其作品中以表现土地为主题，但以土地、土地所滋生出来的生活方式、情感方式、思维方式、表达方式为核心的农民文化传统更是深入人心。从《诗经》、汉乐府等古诗集，到杜甫、白居易、王维、陶渊明等杰出诗人，再到沈从文、艾青、莫言、贾平凹等当代作家，这些典型的中国式书写，都具有某种超越时空的浓重的土地气息。

雷平阳有着浓重的土地情结，他重视“土”，执着于表现自身的“土”气以回应时空的逸闻，让自己的诗文长成了一棵棵植根于土地的庄稼。雷平阳曾自述道：“我一直走在从乡村通往城市的路上，石头的模样，泥巴的心肠，庄稼的品质”，由外及里地描写出了自己源自土地的土质形象。诗人还在《尘土》一诗中总结道：

终于想清楚了：我的心
是土做的。我的骨血和肺腑，也是土
如果死后，那一个看不见的灵魂
它还想继续活着，它也是土做的
之前，整整四十年，我一直在想
一直没有想清楚。一直以为
横刀夺取的、离我而去的
它们都是良知、悲苦和哀求
都是贴心的恩膏、接不上气的虚无
和隐秘的星宿。其实，这都不是真的
它们都是土，直白的尘土

带着一个廉价的小小的人形护身符①

“心”“骨血”“肺腑”等重要脏器是“土”做的，“灵魂”也是“土”做的，甚至所有逝去的道德、情感，一切的美好，都是“土”做的，而人只是“土”的保护壳而已。可惜，他们在路上全部都消散了，对过去生活方式和时空的留念与推崇促使诗人思考起自身美好的“土”气，并虔诚地写了下来。诗人在《边疆》一诗中还细数他的家族对于“土”的渴望：“爷爷抱着父亲，父亲抱着我/我抱着儿子，努力接近地面/我们都想闻一闻土地的芬芳/我们都想生活在地上。”

但土地并不只是一份神赐的礼物那么简单、那么温情，它也是人类的苦难和枷锁——人将因土地而活，为土地所累，最终归于尘土，回到原本的面貌。“人之于土地的那种既得滋养又受劳累、既咬牙切齿地诅咒着又泪流满面地痴恋着土地的关系，就如影随形地贯穿了整部人类历史，并成为世界文学最重要的母题之一。”② 中国的历史上，土地还生发出了徭役、田赋等压迫，哪怕排除这些统治阶级造成的痛苦，劳作本身也伴随着汗水、意外灾祸的降临……苦不堪言。至于那些本就贫瘠的地方，生存已经压垮了脊梁，人们埋头苦干也只能勉强糊口，随着商品经济的蔓延，诱惑与陷阱越来越无法让人拒绝，生存甚至压垮了穷乡僻壤间的某些人的人性。

人与土地的关系不是简单的单方面欺压：他们既相互依存——人因土地而获得食物，土地因人类的保护不至于荒芜，又相互折磨——人因土地尝尽了耕作的艰辛和担忧，土地也面临被人过度开发和被无情抛弃的风险。《村庄的清晨》一诗中，诗人叹息“我想我是个离土地很近，对村庄/还无二心的人，但

① 雷平阳：《云南记》，武汉：长江文艺出版社，2009 年，第 233 页。

② 杨昭：《诗人的魂路图——雷平阳诗论》，太原：北岳文艺出版社，2014 年，第 14 页。

我怎么也放不下荒凉的真理：土地比人/更专横，人是它窖装痛苦的器皿”①。土地给予人类的希望，常常伴随着身体上的疲劳，甚至是心理上的折磨。而《在坟地上寻找故乡》一诗中，雷平阳又谈到了失去生机的土地让人绝望，自己只能“隔着厚厚的红土”和已经不在人间的“下面的人说话”，借此排遣寂寞，展现出了内心的无边孤独。诗人和故乡隔得并不远，“几公里外”就是他“生活过的村庄”，还可以“眺望”。但实际上，诗人已经永远失去故乡了，“树木、田野、河流，以及祠堂”都被“矿渣”掩埋，只剩通明的灯火和隆隆的机声，人类在工业发展带来的城市化进程中，失去了农耕土地、自然及原有的文明和历史，熟悉的一切都消散在时光中，这里还能算得上是“故乡”吗？这里的人没有像外出打工的人一样抛弃土地，却仍然离土地越来越远。此诗描写了“故乡”在时间上的湮灭和空间上的巨变，诗人表达出的这份乡愁是人类进入现代社会后，诗人面临空间上长期不在故乡生活且故乡面目全非，时间上再也寻不回美好往昔时，产生的巨大痛苦和怀念。玛格丽特·阿特伍德在接受采访时曾明确地表示“现在我们在故乡的土地——陌生的领土上”。

雷平阳不仅认识到了土地的重要性和特殊性，还思考着人与土地的复杂关系。首先，诗人不遗余力地描写那些“土气”更为浓厚的地方，比如：过去的昭通、布朗族的山顶村庄、白族的聚落等，同时，他诗中的故乡，他笔下的土地，并不是人间圆满的集合体，而是既美好又糟糕，既邻近又遥远，既复杂又矛盾的真实存在。其次，诗人将人被土地养育、但又因土地而身累，人迷恋感激土地，但又疯狂地想逃离土地的故事都写进了诗歌里。土地一方面用饥饿“奴役”着人类，另一方面又被人类过度攫取至丧失生机。目前看来，这复杂的现状、关系和情感，存在于故土，也存在于他乡；存在于过去、现在，也存在于将来。那么雷平阳是如何处理这恢宏壮阔的母题的呢？

---

① 雷平阳：《雷平阳诗选》，武汉：长江文艺出版社，2006 年，第 64 页。

### （二）“以小见大” 的写作策略

随着社会经济的发展，人类与土地成了对立关系，再也没有快意、陶醉和幸福。但是，文人学者必须贴上去，回避只能让已经因“物质崇拜”而生锈的心灵更加麻木，唯有刺痛能唤起思考，甚至是反省。

故土主题在如今是逐渐逝去的农业文化的“遗孀”，过去的土地留下的痕迹，受性质决定，它无法同故土分离开来，所以雷平阳将目光投向了生他养他的云南昭通欧家营。这样源远流长、广博无垠的主题，诗人选取的背景载体却是一个小小的村庄，其诗歌一直扎根于家乡的山与水，而不是漂浮在漫无边际的世界；选取的切入角度是个体，甚至是自身，他的人生经历、生命历程一直哺育着他的诗作，他从未想过“飞上”无处着力的高度。这是“地方主义”和“地域性写作”吗？在与南开大学文学院教授罗振亚的对话中，雷平阳鲜明地表达了他地域性经验的背后是贯穿始终的现代性意识：

> 对“地域性”写作，我们必须审查写作者的视域、幅面和经验，同时还应该关注其指向和开放度。众所周知，诗歌书写的语境和旨趣已经远离了中国古代诗人所持有的的天人感应的世界，传统诗意早已荡然无存。在此背景下，一种在场的、基于当下的、拔地而起或掘地三尺的写作，也就成了必然。如果我们仍然无视舶来之物和边界拓展，总是沿用陶渊明等古代诗人的符号谱系，地域势必会成为一座过时的美学古堡……如果必须说“地域性”，我觉得处理它与“现代性”的最佳办法，只要你以“现代性”的眼光去体认地域文化，你就会发现，地域文化中的诸多元素往往更具“现代性”，所以这貌似敌对的两个邻居，其实是肢体相连的兄弟。①

---

① 罗振亚：《宁静的力量——答罗振亚问》，参见杨昭编著：《温暖的钟声——雷平阳对话录》，北京：中国青年出版社，2017 年，第 45 页。

雷平阳对于自己村庄饱含感情却十分克制的书写，不只是个人的复杂情感的表达，也是稍微追溯一下家族史就能找到土地印记的万千中国人的情感。显然，在雷平阳的诗歌中，“昭通”与“昭通经验”是不同的。“昭通”是雷平阳年少时期生活、成长的具体时空，为其生命感受提供了环境与条件，但不能决定诗人的生命历程与写作经验，在作品中出现会使作品染上“地域性”色彩。“昭通经验”则是雷平阳在“昭通”这个地方所领会到的生命、写作等方面的精神体验。肉体可能同样生活在“昭通”这个地方，但精神上所收获的“昭通经验”却是不同的，更何况“昭通经验”能否被化用在诗歌中，能否唤起读者共鸣，能否反映出社会某些现象也因人而异。雷平阳的“昭通经验”被其诗作证明了深厚，我们必须认识到诗人个体性、主体性精神在创造他的“昭通经验”时独特的渗入方式和他在创作途中的不懈付出，却不能硬说“昭通”就是他的全部。“雷平阳的‘昭通经验’是成长性的、可持续发展的，是不断更新、升级、扩张的，是现在进行时而非过去完成是的。”① 其诗作的能指与所指不可片面判定。

雷平阳的第一部诗集《雷平阳诗选》中的第一首诗《亲人》，是“以小见大”的典型例子：

我只爱我寄宿的云南，因为其他省
我都不爱；我只爱云南的昭通市
因为其他市我都不爱；我只爱昭通市的土城乡
又因为其他乡我都不爱……我的爱狭隘、偏执、像针尖上的蜂蜜
假如有一天我再不能继续下去

---

① 杨昭：《诗人的魂路图——雷平阳诗论》，太原：北岳文艺出版社，2014 年，第 8 页。

我会只爱我的亲人——这逐渐缩小的过程

耗尽了我的青春和悲悯

被诗坛视为诗人向世界发出的创作宣言，部分批评家以表层的“狭隘、偏执”为依据证明雷平阳的显著“地域性”，但表层之下是诗人“逐渐缩小的过程”这一创作理念，是他在诗歌、散文、小说、访谈等多方面上建构空间的秘密规则，不是诗歌只专注“昭通”的依据。时代在科技与经济的有效运行下飞速发展，伴随着冰冷的商品经济而来的负能量也增长起来，平静的个人生活的背后是心灵的荒芜、萎缩和麻木，诗人开始向往封闭、狭小、单纯的田园生活，祈求这种幻想出来的乌托邦能够救赎自己，但土地已经无法避免地被卷入历史的进程，没有净土可托身，他只能孤独地蜷缩起来，放弃外界的纷扰，尽力让灵魂躲避在狭小的、已逝的“Never Land”（“永无乡”），渴求永远的童年和避世。这看似诉说诗人自己隐秘心绪的诗歌，实际上是现代社会人类的普遍心理与“社会病”。进入媒体融合的时代后，读者的阅读情况更容易被发现和归纳，从收集到的评论来看，虽是写的“云南”—“昭通”—“土城乡”，但来自全国各省市的读者能够无障碍将地名替换成自己的家乡，他们读到的是诗人对生养之地的怀念和偏爱，是内心的脆弱和逃避，轻易就产生了同感。“这首以‘小’为自身根基的诗歌，它所表达的‘大’却遍及五湖四海，‘大’得四野茫茫，几乎望不到边界。”①

一方面，雷平阳“尽最大的力量去发现生活之小”，自然展示出自身“云南”“昭通”的特殊气质，既体现出了独特性，又让自己的作品根基牢固；另一方面，他又在反方向进行扩张，在别的时间、别的空间辨识出自己的故土，

① 杨昭：《诗人的魂路图——雷平阳诗论》，太原：北岳文艺出版社，2014 年，第 23 页。

让扎实的“小”汇集起来，让“昭通经验”引起各地的共鸣，让自己的作品具有更为深广的意义。“从相反的向度同时发力，向内不断退缩，返回到生命的初始、本真与内核”①，渴求人类的“根”——土地，憧憬“天人合一”的舒展生命姿态；向外不断膨胀、发散，最后充满阅历与想象能够波及的广大世界，将他的、无数人的现代性“乡愁”吐露出来。这样“以小见大”的艺术手法，最终架构起雷平阳诗歌的空间背景，为人物、故事与情思搭建起内外舞台。

## 二　城市是远离土地的“怪物”：雷平阳诗歌都市经验的现代性

城市，作为人类频繁活动的另一个地点，最开始被寄托着逃离劳动疲累的希望，但无论什么样的人，真正进入城市后，都被欲望裹挟，被迫在都市法则的管理中，艰难谋生，开始另一种形式的疲累，且逃脱无能。土地不断被城市蚕食，“弃土文化”进入本就残缺的乡村，给乡民带来新的磨难。与此同时，留在人们心底的对于“土气”生活的向往开始反扑，“守土者”直起身子“漫山遍野”地呼喊着过去的一切。雷平阳不仅在诗歌中，记叙了城市的现状、居住者及他们的生活，还探索了自土地和城市诞生的两种文化的交锋。

### （一）欲望都市的形成

雷平阳珍视着古老大地留给我们的生活方式和思想情趣，对于如今变化巨

① 杨昭：《诗人的魂路图——雷平阳诗论》，太原：北岳文艺出版社，2014 年，第 23 页。

大的故土怀有复杂的情感——既思念又愤恨。对于城市，他没有需要细细辨析的情感，基本上是批判与不满的，哪怕他明白自己已经离不开城市了，但仍然锲而不舍地揭露这里的罪恶。或许雷平阳并不想书写城市，但它作为乡土的补充，作为土地之外的多数人类的活动场所，作为其诗歌作品的另一部分空间背景，十分重要。实际上，诗人不满的不是具体的哪座城市，也不是在不满某城市的地理位置，而是在控诉、敌视抽象的“城市”所象征的，对生命的蔑视和疏离，以及对物质的无底欲望。城市是如此冷酷，利益驱使着人类的大部分行为，所有的建筑与区域都要服从于它：“是街道，就得永远躺在手术台上/是房屋，旧了，就得押赴刑场/是城中村，尽管它是祖祖辈辈生活的地方，那它就不是故乡，它就是/脏乱差，就是藏污纳垢的温床/它就必须在推土机开来之前/主动投降。”对待人，尤其是对待弱者，更是粗暴至极：“是贩夫走卒，就得谋生/于广场，在广告牌下，熬骨头汤/被城管捉住，看闪电，听雷霆/吓得慌不择路，撞在又高又厚的墙体上。”（《云南记・偶感》）贫穷、劳累并没有远离，只是换了一种形式，再召唤来更多的苦难，折磨着人类。从发展的角度来讲，城市是科技、经济的中心，甚至是文明的重镇，但从我国“土”气的文化情感认同和美学取向来看，“城市”一直在消耗人们的心灵和身体。

最初，城市是逃离土地的“乐园”，是人们用钢筋、水泥、石砖等建筑材料和着汗水建立起来的“新世界”，是现代化进程的标志，理当成为未来的象征和文明的指向，但在建设过程中人们所付出的“鲜血”和建设成功后人们的真切感受证明了人的预判错误。个体被倾轧的现象迭出，被折磨的方式也由原始的劳作变为了生理、心理的双重压榨，城市发展的目的是人类更好地生活，但它受到了物质利益的左右，在不知不觉中变成了欺辱、贬低、践踏、诱惑、囚禁、腐蚀人的“怪物”。

由于土地与人类的复杂情感，选择逃离的农民和隔断土地的人越来越多，后“城市人”开始大量出现。这些外来者怀揣着梦想来到都市，然后慢慢被金钱、权力吞噬，被牺牲、被轻贱，最终迷失人生方向。美好生活的标准不知不觉产生了变化，已然异化了的需求在不断催促他们“奋进”，然后多数人毫无知觉地被从里到外地奴役。他们离家在这里漂泊，“那么多的混乱、卑贱和惨痛/均没有找到合适的寄托”，心理始终没有归属感，最后“带着淋病和梅毒回家”，这时候才感到“城市的喧嚣停止了”（《雷平阳诗选·贫穷记（三）》）。但本就被城市化进程影响的乡村，在这些人有意无意地推动下，也被卷入了“都市欲望”的漩涡，文化崩坏得更加彻底。城市与当今现实乡村的“恶”是有联系的，它背弃土地之后，还将本不属于土地的苦难带到了这里，“污染”了仍守候土地的人们。

不知道从何时起，人类在都市生活的常见状态和情绪，变成了孤独，联系渠道虽愈发通畅和便利，但真正的交流越来越少，工作或生活必需的信息交换成了为数不多的社交活动，真正的情感被压抑在内心深处，都市成为表面风平浪静、内里暗流涌动的潘多拉魔盒。原住民及那些消除了“土”气的幸运儿，看上去很适应，在这里过得很满足，但时间一长，问题接踵而至。城市喜欢“新”的，喜欢“快”的，你一旦跟不上步伐就会被抛弃。面临上述情况的人，数量并不少，但出于对城市不成文的生存法则的敬畏，只能强行按捺，一言不发，群体一起积攒着惊人的孤独，然后各自流浪着，“眼睁睁地看着自己，正遭遇着/一场内部的步步逼近的灭顶之灾”（《送流水·陶罐》）。

人们已经习惯了城市的节奏和便利的生活，哪怕“看见了虚空，你却还得在枕木上/接着走，一点也不愿意掉队/一步一空，太局促/一步跨两空，又够不着/这多么像你世俗生活中/左右为难的命运”①！灵魂不时痛苦，脑海不时盘算怎么逃离欲望的漩涡，逃离这“怪物”一般的城市，但物质需求一旦不

① 雷平阳：《基诺山》，武汉：长江文艺出版社，2014 年，第 52 页。

能被及时满足就会感到无法适应，逃走了又会产生另外的担忧，精神已经在外界和内心的夹击中彻底残疾，将名利场视作人生的终点与归宿是正常的，人们或推波助澜，或随波逐流，都市欲望在这合格的“温床”里疯狂生长，最后铸就了现在的“欲望都市”。

## （二） 联系独特的对立性文化

城市与乡村，原本在不同价值取向的影响下形成了较为对立的文化——弃土文化和守土文化。

在《乡土中国》的第一章《乡土本色》中，费孝通将中国社会的基层定义为乡土性，并总结到这“乡土性”具有三个方面的特点：其一，“乡下人离不了泥土”。乡下人以种地为最普通的谋生方法，因而也最明白泥土的可贵。其二，不流动性。靠农业谋生的人是“粘在土地上的”，并不是说乡村人口是固定的，而是说在人与空间的关系上是不流动的，安土重迁，各自保持着孤立与隔膜。其三，熟人社会。“乡土社会的这种人口流动性缓慢的特点使乡村生活很富于‘地方性’特点，聚村而居，终老是乡。所以，乡土社会是个熟人之间的社会，这才有了‘从心所欲不逾矩’的自由。”① 故传统的中国文化是一种守土文化。拥有土地的人或在土地上耕作的人，被死死地钉在土地上，哪怕是发生战乱、灾害的年代，人们也因为基本的温饱无法离土地太远。农民的生命活动范围是比较狭小的，他们在土地上种植庄稼的同时，也被土地种在了这里。这种生存方式使得人们劳作和生活的空间里，基本上都是熟人，交际面比较窄，但正因为没有“陌生人”，所以能够平心静气地交际、活命，唯有当年的收成让其提心吊胆。在守土文化统治的地方，人际关系以血缘为核心，姻亲相近；那些没有血缘但长住此地的外来人口，据其为人处世的总体表现被划

① 桑大鹏：《中外文化名典导读》，武汉：华中师范大学出版社，2013 年，第 3 页。

分为不同圈子（小一级圈子）里的成员，最终集合成乡党——一个密切的共同体。守土的人不能够和在同一片土地上讨生活的人不相往来，做事也不能做得太绝了，要讲究“情面”，要遵守传承下来的与土地有关的伦理道德——具有广泛认同感的乡野秩序。同时，这一环境中的人不得不重视其他成员对自己的看法，不得不畏惧“人言”，因为“跑得了和尚，跑不了庙”。在“情面”与“人言”的约束下，人们的行为尺度被有效地限制了，任何事情都不能、不敢做得毫无原则和底线。

弃土文化厌烦守土之人的“迂腐”，为人行事总要看别人的眼色的确让人难受，但事实是“人生而自由，却无处不在枷锁中”①。“卢梭在论述社会不平等起源时，以抽象的人性论作为立论的根据和出发点，认为‘自爱’‘怜悯’是人类的本性，这些本性淳朴的人，在自然状态中，过着没有任何社会联系的孤独的个人生活，他们生来都是自由平等的。这是人类的‘真正的少年’和‘黄金时代’。但是，‘自然状态’的人都有一种‘精神的灵性’，他们对自然既有服从的一面，也有反抗的一面，力图使自然不断地满足自己的需要，这是人类的一种‘特质’，即‘自我完善化的能力’。随着时间的推移，‘自然人所能禀赋的各种潜在能力’，包括‘自我完善化的能力’，一代比一代进步，又加之‘外部原因的偶然会合’，便开始发明、制造工具，逐步进入了定居生活。”② 智识的进一步发展，技巧的不断积累，以及“需要的刺激”，促使人类彻底改变了从前的“野食”状态，致力于耕种劳作，谷物储量大幅增加，还产生了多余。此后，因为外部的偶然因素使得人天然具有的可完善性对环境做出反应，引发了一连串的后果，其顶峰就是人类结合为社会，并且堕入了专制政府的统治，个体独居的自然状态完全被消解了，社会作为枷锁与自然的自由

① ［法］让-雅克·卢梭：《社会契约论》，北京：商务印书馆，1980 年，第 5 页。
② 马小彦：《欧洲哲学史辞典》，开封：河南大学出版社，1986 年，第 204 页。

并不相容。而且，社会状态无法被摆脱，无法去除，每个人都身处其中。所以，弃土文化追求的从土地秩序里解脱的自由是无稽之谈，他们同样被束缚，并且让约定自由代替了自然的自由，即：让枷锁合理，这需要一个漫长的过程，不可能一蹴而就，人类身处探索途中，很容易被“自我完善化的能力”诱导，滋生越界的欲望。“大行其道的权力/和黄金，在日常生活的头顶上/操纵或反操纵，玩的几乎都是/有制度保护的杀人游戏……当所有额人都手无寸铁了，我知道/人间仍然深藏着，无数难以清除的/利器。很多人的灵魂，也因此/终身得不到自由，得不到安宁。”①（《基诺山·忧患诗》）弃土者信奉享乐主义，渴望满足自己的欲望，使用无形的利器疯狂夺取资源和利益，不仅困扰着守土者，也折磨着自己。

随着现代化的发展，情况开始复杂起来，城市人不一定信奉弃土文化，村民或许厌恶了守土，“身在曹营心在汉”的例子不胜枚举，某种意义上来说，已经不能依据当事人所处的空间环境来分清两种文化观念的归属，这种“顽强”的恶性病毒甚至附着在弃土者身上，蔓延、发展到了乡土。“他们，我的少年伙伴，在城里打工/赖城市所赐，很多人，都没有抗住/无孔不入的降服，患上了梅毒和淋病，身体里那本/邪恶的《传播学》，令人不寒而栗。”②（《云南记·回乡偶书》）同时，两种文化的益处和弊端已经逐渐融合，而城市与乡村的联系也愈发紧密，人们无法完全清楚地分离两者。

从政治、历史角度来看，保守的守土文化在特定的历史阶段会阻碍社会的进步，但在目前的社会中，留有“情面”，在意“人言”的守土者更具有羞耻心和畏惧感，其行为也更为收敛，本能不会过度膨胀。纵然故乡已经在时空两方面离去，但我们可以在内心留下余地，留下净土。同时，由于人类的社会性

① 雷平阳：《基诺山》，武汉：长江文艺出版社，2014 年，第 61 页。
② 雷平阳：《云南记》，武汉：长江文艺出版社，2009 年，第 258 页。

无法剥除，常住地的建设原则也应当有所改变，“旧下去，保持旧”，诗人希望未来的城市不是欲望的“怪物”。

上文论述的城市与乡村的这种矛盾与张力，不只发生在云南和我国的其他地区，它还出现在许多国家中。世界的发展模式遇到了一场全面而严重的危机，化解这场日益可怕的灾难的方法，仍然没有出现，但如果片面、偏激地叙述，不将世界完整地展现出来，不去刺痛人类日渐麻木的灵魂和枯竭的思想，便没有未来。

（指导教师：梁笑梅　教授）

# 媒介融合视域下的新闻诗文本特征[①]

顾雯丽

在媒介融合背景下的今天，新闻和诗歌文体的传播渠道都更为广泛与多元，依赖手机等移动通信设备的碎片化信息也为现今的文化传播提供了一种新的可能。本文力图以诗歌为立足点，将研究放置于媒介融合的时代大背景之下，分析“新闻诗”呈现出来的文本的内容和形式特征。

① 改选自硕士学位论文《媒介融合视域下的新闻诗研究》第一、二章。全文摘要：本文首先探讨新闻诗在媒介融合环境下呈现出的文本内容特征，主要总结为书写主题的公共性、内容的叙事性及诗歌价值观的普适性三大特点。探讨过程中结合了国内外学者有关文学公共性、新诗现代叙事观念建构、文学普世价值等相关理论。本文接着讨论新闻诗文本的形式特征，与第一章的内容特征相互并列，相辅相成。形式特征主要归纳为抒情的直接性、语言的可感性及意象的明晰性三大方面。值得注意的是，这些特点并不为新闻诗独有，而是与其他诗歌类型或者主题相比，这几类特征往往在新闻诗文本中体现得尤为明显。最后本文以2020年抗疫诗为例，梳理了传统媒体和网络媒体上新闻诗文本的多维传播路径，并总结了当前媒介融合语境下的新闻诗所呈现出来的浅白化、娱乐化倾向及写作伦理失范等现象。

# 一　新闻诗的文本内容特征

新闻元素的糅合给诗歌文本带来了新的审美向度和文体特征。新闻诗作为诗歌语言与新闻语言互相融合、协调相生而成的崭新文本实验，区别于普通新闻报道，它具备诗歌特有的格式和诗性的语言；与纯抒情诗相比，新闻诗又拥有公共性的书写主题，具有叙事成分强化的诗歌内容，以及超越性的普世价值。

## （一）　主题的公共性：热点事件的诗意反馈

文学的“公共性”话题具有深刻的学理背景。事实上，西方学界对公共性、公共空间、公共领域等社会学范畴的研究和阐发由来已久。“公共性”这一内涵最早可追溯至古希腊时期亚里士多德的“城邦”概念。在他看来，城邦作为一种伦理共同体和政治共同体，是道德、至善和美好生活的领域，具有崇高性和权威性①。这种古典共和式的公共领域思想在当代以美国政治理论家汉娜·阿伦特为代表。在阿伦特看来，“公共性”一词即是世界本身，而世界上的每个个体便是个人性与公共性的矛盾统一体。

在阿伦特的基础上，德国学者哈贝马斯又对公共领域理论进行了现代性的补充和发展。他将“公共领域”分为政治公共领域和文学公共领域两个部分。在1961年出版的《公共领域的结构转型》一书中，他专门辟出章节来论述这两者之间的关系。“政治公共领域是从文学公共领域中产生出来的；它以公共舆论为媒介对国家和社会的需求加以调节。”②　而文学公共领域具有批判性功

---

①　参见［古希腊］亚里士多德：《政治学》，吴寿彭译，上海：商务印书馆，1965年。

②　［德］尤尔根·哈贝马斯：《公共领域的结构转型》，曹卫东等译，上海：学林出版社，1999年，第35页。

能，它能使与公众相关的私人经验进入到政治公共领域，并表达一定的批判立场。

上述几位西方学者都为文学的公共性提供了丰富的学理资源。他们在政治学和社会学的框架内阐发了“公共性”之概念，这对于文学公共性乃至诗歌公共性的发展而言无疑是有益的探索。

诗歌作为文学体裁的一类，它的公共性渊源由来已久。中国古典诗歌是一种以抒情言志为表达的文学类型，其特征是用高度凝练的语言来抒发作者的丰富情感，因而它自古以来都被认为“主情”文学，但是灵感的迸现和情感的抒发依托于外界社会现实的刺激。从古典旧体诗词到新诗，其中大量的诗歌文本是历史事件的佐证和“活化石”。

诗歌的思维成果不同于科学，它总是个别的、具体的。新闻诗的书写主题具有明显的公共性。新闻诗的书写对象往往是已经引起社会普遍关注并形成舆论话题的新闻事件。这一类新闻事件通常可以划分为“天灾”和“人祸”两大类。“天灾”事件中产生的新闻诗以表达同情、悲悯和赞扬的情感为主；而牵涉到“人祸”的新闻诗则是充满批判性和反思性，其中还可能包含劝诫和抨击的声音。2019 年 3 月 30 日发生在四川省凉山州木里县的森林火灾就属于天灾的范畴。在这次救火转场途中，三十一位扑火英雄遇难，引起了社会上的集中关注。北京诗人何云春写作了《痛悼凉山灭火三十勇士》一诗：“驱身蹈火铸金铭，泪洗长空好数星/烈焰无情吞勇士，苍天着意置华廷/休言树掩千疮土，自有花开四季屏/惟愿忠魂归故里，清明煮酒祭英灵。”同样以旧体诗形式创作的还有王国友的《江城子・痛悼四川凉山三十英雄》：“凉山头上火熊熊/向前冲，起魔风/三十儿男血染党旗红/烈火焚身全不顾/家国卫，建奇功/清明时节哭英雄/仰青松，泪朦胧/蹈火赴汤壮举感苍穹/父母妻儿今暂别/心想念，脉相通。”

如果我们从文本出发，会发现以上两首诗歌具备三点共通性：第一，它们均使用了旧体诗词的形式，且写作对象均为四川凉山救火而壮烈牺牲的英雄。第二，两首诗歌都具备时效性，在新闻事件出现后的第一时间完成创作并发布在公共平台上。森林火灾事件发生时恰逢清明时节，清明常常以诗祭祖、缅怀先烈，因此用旧体诗词来悼念牺牲的消防员战士具有纪念意义，契合中国古典诗歌创作传统。第三，诗歌中都采用了比较明显的字词点明描写的新闻事件，比如“凉山”“火”“烈焰”“英灵”“英雄”等。通过这些字眼，读者很容易联想到当时的热点新闻，即使没有关注，也会激发他们去了解新闻事件的欲望。

新闻诗不仅给予诗人创作灵感和表达欲望，还拓宽了读者的信息渠道，潜移默化地提升公众的诗歌素养和文化水平，这体现出诗歌个人性和公共性的契合，充分发挥了诗歌的功能性。实际上，诗歌写作的个人性与公共性并不是对立矛盾的关系，而是相互依赖和牵制，其中关涉个体表达、公共伦理和道德秩序等问题，亦可引申出“诗人何为”“诗歌伦理”“社会责任”等诸多话题。

### （二） 内容的叙事性：新闻现场的诗性讲述

汉语诗歌从《诗经》开始，一直以零散的形式流传，并未形成宏大的史诗建构。尽管古典诗歌具有“缘事”传统，但与“诗言志”的“缘情”观念相比，前者往往被埋藏于中国诗学的隐体系之中。纵观整个中国诗歌谱系，诗歌作品还是以抒情言志类型居多，篇幅也大多短小精悍。古代以“虚”为上的诗美原则淡化甚至抹杀了诗歌中的叙事成分。旧体诗词正是依靠朦胧、含蓄及不可言说的意境来增强诗歌张力。因而论及古代叙事诗歌时，研究者大都局限于杜甫诗歌文本，以及《离骚》这一类记叙历史事件的长诗。与西方诗歌传统相比，中国古典诗歌的叙事功能并没有得到充分的发挥。

中国白话新诗以胡适为开端，事实上，他对新诗现代叙事观念的建构有着颇为深刻的影响。新诗的诞生主要是源于对旧体诗思想观念的不满，认为它体现的不是正确的“文学的世界观”①。所以在启蒙者的理论架构中，是将旧体诗词的思想观念排除在外的。胡适便是尽可能地强调诗歌内容中的叙事成分，力图将人物间的关系及事物发展的情态生动、细腻地描绘出来。胡适主张用具体、明确、清晰的诗歌内容来表现主题，通过破坏朦胧和晦涩，以强大的情感导向和丰富的叙事内容来博取诗歌感染力。他的新诗理论可以追溯到西方近代文坛中一些先进的思想观念，比如“人的文学”“人道主义”“个人主义”等。在新诗的草创时期，这是一种不得已而为之的“文化移植”，即使部分理论的挪用过于生硬和粗暴。但不可否认的是，正是这种移植，让中国的诗歌观念在短时间内完成了从古代到现代的转换。更为重要的是，中国诗歌的表达模式也由过去以抒情为主体的抒情模式，转向了以叙事为主体的现代叙事模式②。

现代意义上的新闻诗更是强化了诗歌内容中的叙事化成分。新闻诗兼具诗歌文本与新闻报道的特征。在新闻报道中，也有一种以故事化情节取胜的写作方式——“华尔街日报体（Wall Street Journal Formula）”。它是美国《华尔街日报》惯用的新闻写作方法，其模式可简单概括为：选取独特且具象化的人或者事物作为新闻开头部分切入，然后着重描写故事细节，以小博大地带出新闻的主题和背景，最后又回归到开头的事例身上，进行主旨升华，耐人寻味。

我们也可以从传播心理学层面上来解读：受众阅读除了求知层面的需求外，还有消遣和娱乐的需求。叙事情节借鉴了文学写作中的故事描绘手法，能把枯燥、干瘪的新闻事件和小众、艰涩诗歌作品变得生动活泼、通俗有趣。这里不妨以诗人胡丘陵的长诗《2011 年，9 月 11 日》来佐证。“那股通过卫星传来的浓烟/呛得我喘不过气来/小女孩美妙的琴声/被戛然撞断/老奶奶菜篮里

① 参见俞平伯：《社会上对于新诗的各种心理观》，杨匡汉、刘福春编，《中国现代诗论（上编）》，广州：花城出版社，1985 年。

② 参见姜玉琴：《论胡适对新诗现代叙事观念的构建》，《东北师大学报（哲学社会科学版）》2019 年第 2 期。

的西红柿/滚落在地/流出血的汁液/……我的那些从海中打捞的整整齐齐的诗句/也被撞倒在海里/东一行，西一行/至今，还不知所经的旅途/到处流浪。”诗人虽未置身于“9·11”事件现场，却通过这场“缺席的经历”将想象转换为叙事的内容。胡丘陵不谱写宏大叙事，而是从大背景中打捞出独特的个体形象和经验，摄取新闻现场的一草一木、一砖一瓦，受害者、救灾者及旁观者等诸多事物，让它们互相联系，产生作用，最终构成一个恍若真实的诗歌现场。

对于诗歌作品而言，想象的真实比新闻报道的客观真实往往更具艺术感染力。新闻诗对叙事成分的偏重恰好符合了胡适所提倡的新诗现代叙事观念。虽然叙事性并非是新闻诗独有的文本特征，但不可否认的是，与其他诗歌类型相比较而言，新闻诗普遍采取了叙事的行文策略，其叙事成分也占有更高的比例。叙事性既是一种涵盖多种可能性的诗歌技巧，也是文学对现实深入挖掘的回归。对于新闻诗而言，抒情固然是其本质特征，但在反映社会热点事件时，故事化的情节和细节的描绘往往能呈现出更为丰富的侧影。在新时代的背景下，诗歌如何进行叙事和说理，新闻诗或许能带给我们更多启示。

### （三） 价值观的普世性：新闻表象的诗兴超越

普世价值是历史的，同时也是具体的。文学的普世情怀凝结于真、善、美等人类所崇尚的价值谱系之一端，它适用于所有人，并且可以运用于任何时间、任何地点乃至任何条件下。宏大书写式的普世情怀不再局限于某个个体或者民族的命运浮沉，而是要观照整个世界、整个人类共同体的终极困惑。在对这一理念的追寻过程中，诗歌常常以哲学般的勇气和魄力，对道德、伦理、生命等问题不断发出叩问。优秀的诗歌作品总是涵盖着双重关怀：对人的关怀和对社会的关怀。所谓的普世价值亦可引申至诗歌领域。对于诗歌艺术而言，普世价值往往体现在具有超越性的普世情怀上，这种情怀不仅能够超越地理空间，使世界各地的读者都感同身受，更能超越时间的消逝，跨过历史的长河而永葆本色。新闻诗不同于纯抒情诗歌，它关注公共事件，参与社会舆论，并且常常以具体的叙事内容来承载情感，因而新闻诗所表露出来的情感往往是博大的、普世的甚至是超越性的。

2008 年汶川地震诗潮中就涌现出了一大批优秀的新闻诗作品。诗人们关注国难现实，脱离庸常，不再拘泥于“小我”的私人情感，而是认真地审视灾难，悲悯遇害者，撇去矫揉造作和无病呻吟，从共情的悲痛中挣扎出饱含血与泪的生命之诗。这一场民族性的巨大灾难，不仅带来了震撼世界的精神冲击，同时也为现代诗歌创作的转变尤其是新闻诗的发展带来了契机。汶川地震发生时，从专业诗人到普通民众都拿起笔投入到诗歌创作之中；从主流诗刊到民间诗歌网站都纷纷增设栏目、辟出专题来刊载地震诗歌。《诗刊》在地震后一周之内推出两期 8 个版的《诗刊抗震救灾诗传单》，《星星》诗刊把已经编好的 6 月号部分内容撤下，改成“抗震救灾特别专辑”。地震虽然发生在中国的西南一方，却牵动着全国乃至世界人民的心。诸如《生死不离》《孩子，快抓紧妈妈的手》《妈妈对不起，我来不及了》等一系列缅怀逝者、抚慰人心的新闻诗歌在网络渠道上流传甚广，电子媒介技术为诗歌的多维度传播提供了新的可能。新闻诗中的普世情怀跨越了大山大河的地理距离，直抵人心。令人欣慰的是，这些诗歌并未在事件热度褪去后淡出公众的视野，而是在此后每年的地震纪念日被反复提起，并且激发了新一轮的诗歌创作。由此可见，新闻诗中的普世情怀具有强大的时空超越性，它不再局限于新闻事件本身，而是借助诗歌形式定格为精神上的永恒记忆。

事实上，艺术的“美”本质上非常接近道德意识中的“善”，普世情怀体现了对人生存状态的悲悯和救助。因此凡是从事美的艺术创造的诗人，往往更能跳出狭隘的视野，从普世的观点来思考人生、评判社会，他们的诗作也更加具备生命意识。正如朱光潜所言：“普视是不朽者的本领。”① 对于新闻诗人而

① 朱光潜：《朱光潜美学文集》（第 2 卷），上海：上海文艺出版社，1982 年，第 338 页。

言，只有将“哀民生之多艰”的忧国忧民意识贯穿于创作过程中，才能赢得读者的青睐。另外，普世情怀也已经成为中国当代诗歌与异国展开对话的基础，同时也是构建人类命运共同体的情感条件。

有评论直言诗歌正在淡出公众视野，成为孤芳自赏的“小圈子”写作，诗人越来越沉湎于“小我”的情感抒发中，脱离社会现实而自娱自乐。当诗歌过于“小我”以至于变成独白时，诗歌就失去了魅力。正如谢冕在《诗歌理想的转换》一文中所说：“个人化使诗最后摆脱了社会意义的笼罩，但也留下了巨大的隐患。自此而后，诗人关心的只是自己，而对自己以外的一切淡漠而疏远，相当部分的诗成为诗人对于小小的自我的无休止的‘抚摸’。既然诗人只关心自己，于是公众也就自然地疏远甚至拒绝了诗。”① 从现实角度来说，一个优秀的诗人必然要对自身所处的时代有所认识，对历史有所担当，最终从“小我”走向“大我”。

新闻诗的创作以社会热点事件为主题，需要诗人在现实世界中汲取创作灵感，并将个人体验升华为普遍的情感共鸣，以此来替自我和公众发声。无论是凉山火灾，还是江苏响水爆炸，抑或是汶川地震、“9·11 事件”……诗人都准确地捕捉到了公共热点事件，将个体的悲伤适当地转化为普世性的悲悯情怀。当然，不论在何种情况下，诗歌都不应该被粗暴地化约成私人情感的肆意宣泄，也不该被降格成批量生产的技巧游戏。同时，新闻诗也不能剔除个体的独特体验，以至于沦为生硬的政治宣传口号。如何平衡艺术性和诗歌伦理这两者之间的微妙关系，是评判新闻诗创作水平的一大标准。优秀的新闻诗作品将个人情感浇铸于宏大的叙事中，使之腾跃于个体之上，提炼出超越性的情怀，从而扩展私人领域的表达空间，最终承担其社会责任，完成其文学使命。

---

① 谢冕：《诗歌理想的转换》，《中国诗歌 90 年代备忘录》，北京：人民文学出版社，2000 年，第 173 页。

## 二 新闻诗的文本形式特征

上文梳理了新闻诗在媒介融合环境下所呈现出来的文本内容特征。形式作为内容的结构和组织方式，与诗歌内容相辅相成，同时也相互制约。换言之，诗歌内容决定诗歌形式，而形式必须适合内容。

### （一） 抒情的直接性：强烈情感的自然流露

抒情方式是情感表达与诗歌内容的辩证统一，诗人往往会根据不同的主题和内容采取不同的抒情策略。中国古典诗歌多以间接抒情的手法来咏物寄托，这与“怨而不怒”“婉而多讽”的传统有一定关系；西方古典诗歌亦有寄托之词，但其所托皆直接抒发，并不将个人情感藏匿于事物之后，而是只取“我”与“事物”之间的相似之处，以口号式的诗句宣扬诗歌主题。

新闻诗常常以具体的人物和事件作为灵感来源和书写对象，因此诗中很少会使用抽象、模糊的字眼和意象，其情感抒发无疑是简单、直接的。

直接抒情的基本特征在于诗人或者借助诗歌人物的身份将情感直接表达出来。情感往往表露于“诗人对自己说话”和“诗人对听众讲话”这两种“声音”之中。这种表达必须依靠诗人在诗歌中运用特定的叙述视角和人称代词来加以实现。现代汉语诗歌受到了西方诗歌理论及语法体系的影响，诗人会较高频率使用第一人称代词，比如“我”“我们”等。这不仅是诗歌主体意识的觉醒，同时也是人物身份与叙写视角的确定。这一特征在新闻诗作品中尤为凸显。例如灾难类新闻诗作品中往往会使用第一人称的叙事视角，这不仅方便作者直接抒发情感，还增加了诗歌的可信度和真实感。

傅天琳于2010年凭借诗集《柠檬叶子》获得了第五届鲁迅文学奖。《柠檬叶子》中有5首诗是写给地震中的孩子和母亲的，并且均使用了第一人称的。这些诗歌采用了直接抒情的方式，诗人的情感不再躲藏在复杂的意象之后，也不再遮掩于朦胧的意境之下，而是任其自然而然地流露出来。这里引用《柠檬叶子》第一辑中《我的孩子》一诗的节选作为参考：

我的孩子
我是你的妈妈
……
你是我伤口里的晴天霹雳
整整一夜，不，整整一生
我都蜷缩在巨大的哀乐中
我的孩子
你能穿过石块、钉子和无边的黑暗
循着妈妈的声音摸到回家的门吗
我的孩子
……
你冷吗
妈妈正细心剪裁一小块一小块黑夜
作你棉衣的衬
……
今天，妈妈在暴雨中高擎闪电
战栗着，克制着
用雪亮的一笔，为你写诗
你要记住我爱你我的孩子①

① 傅天琳：《柠檬叶子》（第一辑），上海：上海文艺出版社，2009年，第5页。

诗歌标题为《我的孩子》，实际上，这是复数形式的“孩子”，诗人的倾诉对象是在汶川地震中不幸丧生的千千万万的孩子。整篇诗歌采取了对话体形式，以一个地震中失去孩子的母亲口吻，来抒发对孩子的思念和母爱，以及失去孩子的痛苦和呢喃。第一人称的叙事角度让读者具有强烈的代入感，其感情表达也更为直接、更具感染力。倘若我们朗诵整首诗歌，便会发现诗人的遣词造句上剔除了华而不实的语言技巧，剩下的只是从心底里呐喊出来的真切情感。日常生活中原本寻常的母子对话被放置于地震国难的宏大背景中，就显得尤为动人心弦。“你是我伤口里的晴天霹雳”“你要记住我爱你我的孩子”等，这些直接抒情的诗句情思浑厚，返璞归真，直抒性灵，皆闪烁着诗性的光芒。

新闻诗作为诗歌的本质是抒发情感，但“表情”的同时还需“达意”。“达意”的基础在于诗人能够将复杂的新闻事件讲述得通俗、生动。随着互联网和手机等移动终端的不断发展，受众可以便捷、及时地接收到各种各样的碎片化信息。倘若新闻诗想要抓取受众眼球，在海量文本中脱颖而出，就必须在有限的篇幅中将新闻事件简单明了地叙说清楚，将情感直接、有力地传达出来。在这个意义上，直接抒情相比于各种间接抒情手法而言，更迎合受众“快餐化”的阅读习惯，也更能激起读者的同理心和参与公共事务的热情。在媒介融合视域下的今天，新闻诗也正是凭借着直接抒情的策略从而扩大了受众的基数，并为诗歌和新闻事件的传播提供了更多维度的可能。

### （二） 语言的可感性：色彩感、立体感和具体感

语言作为思维的重要物质载体，不仅能表情达意，同时也延续、丰富、创造着思想和意义，最终以审美文本的形式得以凝定。在文学领域中，诗歌语言是最敏感的，同时也最具有陌生化和新鲜性。

新闻诗由诗家语言与新闻语言相互渗透、融合而成。诗歌语言的主要特征在于行文精炼、用词生动形象及对常规语言逻辑的突破。新闻语言形成时间较

晚，它伴随着近代新闻事业的出现而产生，在长期的新闻实践中不断发展。新闻语言的主要特征是准确、精炼和严谨。与之相对应的，新闻的主要责任也是表述事实、传播信息而非抒发情感。但在实际的报道实践中，新闻传播事业离不开具有感染性的文学语言和富有思辨性的评论性语言。

新闻诗的语言是可感的。语言的可感性，是指语言应给人一种形象的立体感。新闻诗诗人应当针对表述的新闻事实和书写对象的不同，灵活协调诗歌的风格。其中，色彩感、立体感和具体感在新闻诗文本中运用得较为普遍。我们再以傅天琳的一首地震新闻诗《我为什么不哭》为例进行论述：

我为什么不哭

……

我必须从自己的废墟起身

必须认识灾难

必须向黑色聚拢

没有路

我必须携带着自己的道路而来

犹如携带着伤口而来

天崩地裂

悲痛那么宽

悲痛是一种多么巨大的力量

大地突然间生出那么多感动，泪水，敬意和照耀

我的爱从来没有这样沉重这样饱满
我必须是我家乡的春天
我必须是重新的花香

我为什么不哭，我能不哭吗
尤其面对一长排一长排
色彩明丽装满朗朗书声的书包
尤其面对散落的课本
天堂里的白蝴蝶
纷纷起舞，像滔滔的翅膀
我能不哭吗
我还是不能哭
……

这首诗是以一名搜救犬的口吻进行书写的。诗中出现了“黑色”“色彩明丽”“白蝴蝶”这几个有关于色彩的词汇，其中黑色代表被掩埋在废墟中的黑暗，白色代表散落出来的课本纸张，色彩明丽、五颜六色的书包代表一个个朝气蓬勃的孩子。黑白两色与色彩明丽一起构成了强烈的对比，富有隐喻意味的色彩词汇让读者立即还原了灾害现场。诗人在这里将“课本内页”比喻成“蝴蝶”，无不含有讽刺之意味，蝴蝶翅膀本是五彩斑斓的，同时也是春暖花开、新生命的象征，而“纸蝴蝶”则是惨白的颜色，伴随着震感跌落进黑暗之中，强烈的色彩隐喻对比之下更显天灾之残酷，人类之渺小及诗人之悲痛。

对于新闻诗而言，若要更好地完成抒情言志的文学使命，就需要依靠可感性的语言将思维具象化。化虚为实，化无形为有形，使“寥廓无象者，托物以起兴；恍惚无联者，著述而如见”① 可感的诗歌语言如同坚固的骨架，立体地撑起整个诗歌现场。另外，新闻诗要写得立体可感，必须依靠诗人尽可能把目光和笔触伸向现场，依靠敏锐的观察力去捕捉最能体现新闻主题的细节，这不仅能提高新闻事件的传播效率，也可推动我国诗歌文化的普及。

### （三） 意象的明晰性：拒绝晦涩难懂

“意象”一词是中国古代文论中的一个重要概念，古人以为意是内在的抽象，象是外在的具体的物象。意源于内心并借助于象来表达，象其实是意的寄托物。从诗歌创作的角度来说，诗歌作品是诗人对现实生活的重构和再现，需要诗人先观察生活，进而心有所感，然后酝酿沉淀，将自己的神思寄托于某个具体的物象之中，融入个体的感情色彩，最后用文字的形式表达出来。

新闻诗文本中也不乏意象的点缀，只不过相比于其他诗歌类型，新闻诗选取的往往是简单传统、通俗易懂的意象群。这些意象不需要诗人进行细致的打磨，也不必努力创造出超越传统的新意，因而它们往往更能适应媒介融合的传播环境，同时也拥有更广泛的受众群体。

关于这一点，我们可从新闻诗的创作动机上推测其意象选取的特征：新闻诗以新闻事件为描写对象，新闻的特点是客观、即时，紧随其后的诗歌当然也需要在热度还未褪去时就完成创作并传播。“急就章”式的诗歌创作无疑给诗人增加了时效限制，这也就导致绝大部分作者缺乏充足的时间去优化文本，无法逐字逐句地考究字词，更没有条件锤炼和创造诗歌意象。当然，从现实角度出发，复杂、晦涩、超常的诗歌意象并不利于诗歌的理解和传播，所以在这个意义上，新闻诗的创作和媒介环境、传播特征相互制约、相互影响：通俗、简单的意象选取更有利于新闻诗的传播，而当前碎片化的阅读环境下也催生出了

① 周振甫、冀勤编著：《钱锺书〈谈艺录〉读本》，上海：上海教育出版社，1992年，第227—228页。

更多情感重于技巧、内容优于形式的新闻诗作品。

杨剑龙教授针对巴黎圣母院大火书写的《让祈祷平息内心隐痛》一诗。当地时间2019年4月15日下午6点50分左右，法国巴黎圣母院发生火灾，这座有859年历史的教堂被大火吞没，整座建筑损毁严重，世界为之震动。该诗从文学的层面来解读新闻事件。作者借用法国文学家维克多·雨果的小说《巴黎圣母院》中的人物与情节，以此为意象来谴责破坏世界文物古迹的恶行及对古建筑损毁的惋惜、悲痛。

这是维克多·雨果的噩梦
让教堂在大火中汹涌
这是法兰西民族的伤痛
让历史在热浪里躁动

这是吉普赛女郎的美梦
埃斯梅拉达曾舞姿雍容
这是敲响人善良的心胸
他将伪善揭露给了民众

我曾经在巴黎圣母院参观
总想象卡西莫多在哪里敲钟
我曾经在圣母院广场漫步
总盼望见到吉普赛女郎的尊容

从这三段节选的诗句中我们可以看到，作者借用了文学家小说中的人物进行了再解读，但选取的《巴黎圣母院》并非是晦涩、小众的阅读材料，而是著名作家的经典作品。诗歌的首句“这是维克多·雨果的噩梦”便点明了意象的来源，即使原本没有文学基础的读者，也能通过搜索引擎快速掌握小说的要旨。因而整首诗歌设置的文化门槛并不算高。该诗选取的意象是小说中的主人公形象：吉普赛女郎埃斯梅拉达和敲钟人卡西莫多，其意象简单、明确，无须细读小说文本就能掌握其内涵。

当然，新闻诗创作也须警惕落入意象随意化的泥淖。电子媒介技术日趋成熟的同时，一大批网络诗人及网络诗歌得到越来越多的社会关注。网络在一定程度上降低了创作者的文化门槛，增加了普通大众对诗歌的阅读兴趣，但同时也容易陷入语言娱乐的狂欢之中：对历史深度的削平、对意象选择的随意，都会将原本需要沉思、体悟的诗歌创作变得平面化和简单化，由此产生的实验性文本很快会被市场淘汰，退出公众视野。

总而言之，新闻诗作为一种以新近新闻事件为主题的诗歌，兼具诗歌和新闻报道的部分特性。与其他类型的诗歌相比，新闻诗具备明显的直接抒情性、可感的语言以及简单易懂的诗歌意象。这三项文本形式特征与当前媒介环境有着极大的相关性。

（指导教师：梁笑梅　教授）

# 惠特曼《草叶集》中的性别意识[①]

程　攀

性别意识是惠特曼《草叶集》表达的重要主题之一，体现在诗人对男女平等、性活动、肉体与灵魂、男女之爱和同性之爱的表达中。惠特曼受美国女权运动影响颇深，是一位为女性权利发声的诗人，通过书写“性”以强调男女平等、赞美母亲。

① 改选自硕士学位论文《惠特曼〈草叶集〉性别意识在中国的接受》第一章。全文摘要：本文分三部分介绍了《草叶集》性别意识在中国的接受。第一章探究惠特曼《草叶集》创作与美国女权运动的联系，并论述诗集中所体现的性别意识。第二章介绍惠特曼译介与“五四运动”的关系，并以楚图南、李野光合译的《草叶集》为主要研究对象，结合历史背景梳理讨论汉译本《草叶集》中性别意识从无到有，从被忽略到被重视的过程；同时探讨译本中是否带有的男性主体色彩。第三章结合改革开放背景探讨惠特曼译介工作重新开展的情况，以赵萝蕤翻译的《草叶集》为研究对象，讨论译者在处于不同时代背景、采取不同翻译策略，并带有不同性别视角时，呈现出的译本是否发生变化，是否体现出了女性主体色彩。

## 一、惠特曼与女权运动

惠特曼在诗歌中所倡导的性别意识，也与惠特曼本人所经历的美国女权运动有一定关系。惠特曼一生创作的诗集仅《草叶集》一部，在三十余年的时间里持续增减修改诗集作品。《草叶集》一共出版了六个版本，第一个版本诞生于 1855 年，第六版出版于 1881 年。这正处于美国女权运动第一次运动浪潮兴起时期。对于惠特曼《草叶集》的研究，也有结合这一历史运动探究分析的必要。美国衣阿华大学英语系教授福萨姆，曾任《惠特曼评论（季刊）》主编，以研究惠特曼见长，他曾在谈及对于沃尔特·惠特曼的研究前景时提出："研究的欠缺，在于不够关注不同的版本对于历史运动的回应，各个版本的形成反映了惠特曼在哲学和意识形态方面所进行的精神斗争；而并非在于出版方面的困难。每一个版本的《草叶集》都是政治史和发行史的具体化表现。"①可以说，惠特曼《草叶集》与美国女权运动关系紧密。

美国女权运动至今产生三次浪潮：第一次运动出现在 19 世纪中期至 20 世纪初期，主要以争取妇女的选举权为目标；第二次运动出现在 20 世纪 60 年代至 80 年代，主要以争取男女平等权利为目标；第三次女权运动则于 20 世纪 90 年代开始兴起，将女权运动与其他人权运动相结合，主要目标是改变社会思想。

事实上，美国第一次女权运动在独立战争（1775—1783）时期已初露端倪，美国妇女们奋斗的首要目标则是争取选举权。美国革命前夕，杰弗逊、富兰克林就开始传播资产阶级民主自由思想；革命爆发后，美国资产阶级于

① Sherry Ceniza：*Walt Whitman and 19th-Century Women Reformers*，Tuscaloosa：The University of Alabama Press，1998，p2.

1776年7月4日颁布《独立宣言》。美国《独立宣言》提出人人生而平等的天赋人权思想，这成了美国女权主义的思想理论基础。第二任美国总统亚当斯的夫人阿尔盖比·亚当斯（Abigail Adams）曾于1776年致信丈夫，提醒他制定法律法规时不可忽视妇女的权益。

> 希望你们会在此时记住女人们，而且要比你们的前辈对待她们更为慷慨大度、更为友善。切切不要把无限的权力置于丈夫的手中……如果不给女士们以特殊的关怀和关注的话，我们就决心起来造反，并且决不会受到任何没有我们的声音、没有我们的代表的法律的约束。①

尽管美国妇女已经产生争取男女平等权利的积极意识，并进行了相当长时间的争取，但美国社会的主流意识并未将女性视为与男性拥有和享受同等权利的人。1787年颁布的美国宪法及《人权法案》，将妇女、黑人、印第安人及不合财产和居住条件的广大人民排除在民主生活之外。当时全美人口两百多万人，而拥有选举权的仅为12万中上层白人男子。这一次的宪法及修正案将资产阶级民主的虚伪面目暴露无遗，其中歧视妇女的法律条文内容激起部分资产阶级妇女的不满。

19世纪中叶后，美国爆发南北战争，同时工业革命兴起、文化教育事业逐渐发展，大批的美国妇女由此进入社会。但是，美国女性仍旧没有选举权，婚后无权掌控自己或子女的财产、无权立遗嘱，签署法律文件或提出诉讼必须经由丈夫同意。当时美国妇女的社会地位约等于一个未成年人或者是奴隶。已经承担社会工作的众多妇女因而对自身的社会地位、形象感到愈加强烈的不满，进而坚定改变自身现状的决心。同时，由于女性和奴隶在社会地位上的某

① Abigail Adams: *Letter to John Adams*, Oxford: Oxford University Press, 1995, p491.

种相似性和关联性，美国妇女从 19 世纪 30 年代兴起的美国废奴运动中获得启发，决心依靠自己的力量进行抗争。

19 世纪的废奴运动中，许多白人妇女也尝试积极参与，但在此过程中因为自身的性别而遭遇重重阻力。比如，伊丽莎白·卡迪·斯坦顿（Elizabeth Cady Stanton）、卢克丽霞·莫特（Lucretia Mott）、格里凯姆姐妹（Sarah M. Grimke and Angelina E. Grimke Weld）等女性因为在公众面前抛头露面而饱受非议和主流社会的排斥；1840 年前往伦敦参与国际废奴大会的女性仅因为自己的性别就被剥夺参与资格。这样的性别歧视引起妇女们极大的不满。

女性知识分子玛格丽特·富勒（Margaret Fuller）于 1845 年出版美国第一部妇女问题专著《十九世纪妇女》（*Women in the Nineteenth Century*，1845），在其中论述男女平等对于社会发展的必要性："我们会摧毁一切专制的堡垒。我们将打通所有的道路，让它们像对男性那样，自由地向女性开放。"①

1848 年，美国历史上的第一次妇女权利大会在纽约的赛尼卡·法尔斯召开，参加这次会议的正有"反蓄奴制协会"的妇女领袖伊丽莎白·卡迪·斯坦顿（Elizabeth Cady Stanton）、卢克丽霞·莫特（Lucretia Mott）等人。大会主张男女在选举、经济、法律、教育等方面平等，并由斯坦顿起草《感伤宣言》（*Declaration of Sentiments*）。《感伤宣言》以颇具讽刺意味的笔法模仿《独立宣言》：

> 我们认为下面这些真理不言而喻，即，所有的男人和女人都是生而平等的……人类的历史就是一部男人对于女人进行不断的伤害与篡夺其权利的历史，他们把建立一种绝对的暴君统治作为直接目标……他从不允许她

① Margaret Fuller: *Women in the Nineteenth Century* (*1845*), New York: Norton, 1971, p37.

> 行驶她的有效选举权……他在婚后从法律上剥夺了她的公民权利。①

大会1850年通过的《妇女权利宣言》明确提出妇女参政权问题。南北战争之后，许多资产阶级妇女建立参政团体，竭力争取选举权。

> 1869年，斯坦顿、安东尼等成立了“全国妇女参政会”，露西·斯通等组织了“美国妇女参政协会”，1890年，这两大组织又合并为“全美妇女参政协会”。这些妇女参政团体在各州开展了示威、请愿活动，终于迫使西部的怀俄明等地区相继承认了妇女选举权。②

19世纪末至20世纪初，美国妇女大规模地开展争取自身权利的斗争，其主要目的是为女性争取选举权。美国妇女此次运动的程度十分激烈，而当时许多州正在开展革新运动，为拉取大量妇女的选票，部分资产阶级男子表示支持妇女的选举权。因此，各州相继承认妇女拥有选举权。这样的局势给了美国联邦政府极大的压力。1920年8月26日，禁止各州以性别为由拒绝给妇女以选举权的第19修正案正式生效，美国妇女赢得选举权。美国成为世界历史上妇女争得选举权最早的国家之一。

惠特曼深受女权运动的影响，他的诗集《草叶集》从1855年面世就呈现出较为明显和强烈的性别意识。首先，惠特曼关注报刊对于女权运动的报道，这对他创作1855年和1856年出版的《草叶集》有一定的影响。女权运动伊始之初，惠特曼仅是作为一个热心读者从报纸上了解女权主义者的发声，她们控

① Deborah L. Madsen: *Feminist Theory and Literary Practice*, London: London Pluto Press, 2000, p6.

② 《现代女性知识辞典》编写组：《现代女性知识辞典》，天津：天津科学技术出版社，1999年，第47页。

诉自己在美国社会中缺少必要的公民权。当时女权运动受到各个出版方的打压，但在1848年美国第一个全国妇女权利大会召开后，女权运动的影响范围扩大。《纽约先驱报》的编辑詹姆斯·戈登·班尼特（James Gordon Bennett）试图通过传媒手段丑化女权运动，完整地刊登了大会通过的《感伤宣言》，但这实际上将女权主义思想散播至整个美国。《纽约论坛报》记者霍勒斯·格里利（Horace Greeley）甚至将女权运动称为一次“脆弱而流行”的活动。然而，1850年全国《妇女权利宣言》产生后，纽约的主流报刊纷纷刊登关于《感伤宣言》及其系列活动的报道。例如，霍勒斯·格里利的在论坛报中用了整个版面报道《感伤宣言》通过的进程。惠特曼对女权运动认识逐渐具象深入，还得益于一家名为“福勒和威尔”的出版公司。1842年奥森·S.（Orson S.）和洛伦佐·N.·福勒（Lorenzo N. Fowler）开始接管编辑《美国颅相学杂志》（*American Phrenological Journal*）和《水疗杂志》（*Water-Cure Journal*）。这两家杂志均支持女权运动，惠特曼则是他们的忠实读者。

其次，惠特曼的好友影响了他对女权运动的认识，进而影响其创作《草叶集》。惠特曼有众多好友都是美国女权运动的支持者，这里重点介绍三位：阿比·希尔斯·普里斯（Abby Hills Price）、宝林娜·怀特·戴维斯（Paulina Wright Davis）、欧内斯廷·L.·罗斯（Ernestine L. Rose）。她们都是美国第一次女权运动的领导者。在今天看来，这三人都是激进的女权主义者。她们坚决反对当时美国社会压迫女性的现状，甚至不乏颠覆传统的举动。

惠特曼与普里斯、戴维斯、罗斯之间友情的建立，也离不开福勒与威尔出版公司。惠特曼与《美国颅相学杂志》和《水疗杂志》这两家刊物保持着密切的联系，这不仅仅体现在他阅读该杂志出版物。1849年，杂志出版商洛伦佐还为惠特曼进行颅相学观察；1855—1856年，惠特曼为福勒和威尔出版公司的另一本杂志《生活画报》（*Life Illustrated*）撰稿；洛伦佐的妻子莉迪亚·福勒（Lydia Fowler）是一名医生和作家，并和普里斯一起加入了的女权运动。

在1853年的一次会议中，莉迪亚作为秘书出席，普里斯、戴维斯、罗斯则在大会发表演讲，戴维斯和罗斯同时还是大会的工作人员。初期，惠特曼通过和莉迪亚的对话得知她们关于女权运动最新动向和观点；后期，惠特曼与她们见面相识建立友情，朋友间的面谈和书信也逐渐增多。

惠特曼听取女权运动领袖们的观点，并将女权运动思想融入自己的诗歌创作。惠特曼是一位出色的听众，他关心交流对象的每一个观点，甚至做详细的谈话记录。惠特曼的朋友海伦·普里斯（Helen Price）曾在信中表示，惠特曼作为一位倾听者是不可超越的：比起表达他自己，他更希望聆听别人的想法；他让人感到似乎别人的想法比他自己的更加有价值。惠特曼在与他人交流时，甚至会用笔记本记录对方所传达的信息。惠特曼与女权运动领袖们的密切往来沟通，无疑促进了他提倡男女平等观念。女权主义者们的演讲、书信等对其创作《草叶集》产生了影响，甚至惠特曼在创作中使用了与她们相同的观点、修辞方法。

在1855年、1856年和1860年这三个版本的《草叶集》中，文本中的性别意识逐渐增强，体现出激进的女权主义色彩。这一进程是与女权运动的发展并行发生的。第一次女权运动在1860年走向高潮，同年出版的《草叶集》也相应增加了相关内容。1860年5月11-12日，第一次女权运动浪潮中反响最大、最具有争议的公约在纽约签订，而同年出版的《草叶集》所体现的女权色彩已经超过1856年发行的版本。该年出版的诗集中不仅保留了1856年版本中带有激进色彩的诗歌，还增添了新的诗歌，足以可见，美国女权运动对惠特曼创作《草叶集》影响之深。

## 二、《草叶集》中的性别意识

性别意识是《草叶集》的重要主题之一。惠特曼在诗集中打破男性中心理论，为女性书写和歌唱。惠特曼在诗歌中大胆地描写性，颠覆传统中女性与性的关系，与此同时将男性和女性置于民主、平等的地位，并强调女人作为母亲的身份与世界不可分割的关系。

首先，惠特曼《草叶集》大胆地谈论“性”，坚决捍卫这一主题在文学中的地位：“只有当性被合理对待、谈论、承认和接受，女性才与男性平等，才能走男性走的路，她与他才能对话，她和他才能享有同等的权利。”① 这在当时美国文学界是极大的突破，爱默生劝诫惠特曼“把描写性的部分包括在内是不必要的”②，惠特曼却回应认为每一首诗都如同身体器官对人体一样重要。《草叶集》以天真赤诚的情感对“性”进行直白地书写，对女性表现极大的赞美与尊重，尤其体现在《亚当的子孙》。惠特曼认为时下保守、污秽的性观念，是女性社会权利、政治权利不平等的最大阻碍。这一观念与同时代的作家截然不同，惠特曼总是在尝试打破传统。惠特曼眼中，正是人们对性的不合理看待，使女性处于压制之中。惠特曼时代的文学作品中，女性几乎只以两种刻板形象出现：为家庭服务的天使，或者被操控的性玩具——将女性塑造为脸谱化的“偶像”或是纯粹的性对象。这类文学现象则是日渐城市化和资本化的社会环境的写照。

19 世纪中叶，美国在政治上取得独立，资产阶级宣扬民主和平等，而实质上大部分社会权利掌握在中上层白人男性手中。妇女、黑人、印第安人都被相当程度地剥夺了社会权利和政治权利。女性群体的生存环境仍然非常恶劣。当女性自身的性别意识觉醒时，众多无法参与公共事务的家庭妇女开始用文学表达女性感受。“与同时期的男性作品相比，19 世纪女性文学更多地聚焦于家

---

① Ezra Greenspan：*Walt Whitman*，UK：Cambridge University Press，1995，p13.

② ［美］亨利·托马斯、达纳·托马斯：《名诗人的生活》，天津：百花文艺出版社，2011 年，第 218 页。

庭领域以及女性的生存状态，刻画了具有高度道德感和有独立意识的女性角色。”① 惠特曼《草叶集》中则更为大胆地为女性书写，颠覆传统性观念。

惠特曼诗歌突破女性作为家庭妇女的形象，扩大女性活动范围，甚至尝试以女性视角出发表达女性内心的情感需求。长诗《自己之歌》第11节，惠特曼描绘了青年女性对男性的爱慕。诗歌选取“海边洗澡”这一具有诱惑性和戏剧性的场景，以女性目光审视和欣赏男性：

跳着，笑着，沿着海边，第二十九个沐浴着来到了，
别的人没有看见她，但她看见了他们并且喜爱他们。

小伙子们的胡子因浸水而闪光，水珠从他们的长发上流下来，
流遍了他们的全身。

一只不可见的手也抚摸遍了他们的全身，
它微颤着从额角从肋骨向下抚摩着。②

诗歌中的女性大胆地表达自己的爱慕和渴求，脱离家庭妇女这一刻板形象。她具有女性细腻的情感因素，不掩饰男性对于自己的性吸引力。诗歌中女性对男性的赞赏、向往和幻想，都是女性情感与心声的自然袒露，与传统性观念所认为的污秽、低俗截然相反。惠特曼诗歌极力地打破传统保守的性观念，不仅直白地描写女性的性幻想，更为其添上一层清新美好的色彩。

---

① 金莉：《美国女权运动·女性文学·女权批评》，《美国研究》2009年第1期，第68页。

② ［美］惠特曼著，楚图南、李野光译：《草叶集》，北京：人民文学出版社，1987年，第77—78页。

此外，惠特曼为每一位女性发声，对妓女表示尊重与关切，这无疑极大地颠覆了传统观念。19 世纪 40—50 年代的美国社会，妓女总是出现在城市的各个公共场所：街上、剧院、美发厅、饭店或者豪华公寓。惠特曼认为这代表着是两性关系之间存在的问题。诗人没有将这一现象片面地归结为女性的堕落、肮脏，反而对妓女这一人群表达自己的同情。1855 年收录的长诗《自己之歌》中，第 15 节写道：

> 卖淫妇斜拖着披肩，帽缘在她摇摇晃晃长满粉刺的脖子上颤动，
> 听到她的及下流的咒骂，众人嘲笑着做出怪像彼此眨眼，
> (真可怜啊！我并不嘲笑你的咒骂，也不愿拿你开心)①

1860 年的《草叶集》又新收录《写给一个普通妓女》，惠特曼在诗中写道：

> 镇静些——在我面前放自在些——我是惠特曼，
> 象大自然那样自由而强壮，
> 只要太阳不排斥你，我也不排斥你，
> 只要海洋不拒绝为你发光，树叶不拒绝为你沙沙作响，
> 我的言词也不拒绝为你发光和沙沙作响。
>
> 我的姑娘哟，我同你订一个条约，我责成你作好值得与我相会的准备，
> 我还责成你在我到来之前要耐心而完美。

---

① [美] 惠特曼著，楚图南、李野光译：《草叶集》，北京：人民文学出版社，1987 年，第 85 页。

直到那时我以意味深长的一瞥向你致敬，因为你没有把我忘记。①

惠特曼平等对待和尊重妓女，接受她们且为她们发声。诗人用真挚的感情对待一位普通的妓女，与她的约会严肃而庄重，并不随意和轻浮。惠特曼将妓女当作人看待，并非任人操控的性玩具；她们和社会其他群体一样，是这个社会的一部分，应当得到理解和尊重。这样的观念置于19世纪的美国社会，无疑具有极大争议性。惠特曼的民主与平等是真实而纯粹的，关切每一个体，包括当时社会地位卑微的妓女。

其次，惠特曼倡导民主平等，包括男女平等。惠特曼主张的平等，要求社会全体、一切阶级和一切人的平等。他认为不平等是造成社会动荡的主要原因。惠特曼将人都视作独立的个体，每个个体都平等地具有自然所赋予的一切权利。《我歌唱一个人的自身》中写道：

我歌唱一个人的自身，一个单一的个别的人，
不过要用民主的这个词、全体这个词的声音。
……
而且，与男性平等，我也歌唱女性。②

惠特曼将每个人都看作独立个体，“一个单一的个别的人”，即人都是单个的自然人，享有自然赋予的一切权利。“民主的”“全体的”即意味着所有的自然人都具有天赋的人权，而并非只是某一部分人、某一群体单独享有权利。惠特曼认为总统与平民、白人与黑人、男人与女人，富人与穷人都平等地

① ［美］惠特曼著，楚图南、李野光译：《草叶集》，北京：人民文学出版社，1987年，第722页。

② 同上，第7页。

享有自然赋予的权利。“他不是在人身上看到总统、法官、律师、工人、农民、船夫，而是在他们身上看到了人。”① 作为人民而言，他们不分种族、等级、性别、年龄，都享有均等的权利。

惠特曼开时代之先，极力宣扬主张男女平等，力求打破当时美国社会的思想桎梏。19 世纪中叶的妇女面对选举、就业、从政的束缚与困境，惠特曼则坚定地支持将普选权扩大到全体妇女。惠特曼在诗歌中称自己“歌唱男性，同样歌唱女性”，是“男人的诗人，也是女人的诗人”。他曾解释说：“因为在历史或哲学中，女性的地位并不像男性那样显赫——我们没有理由把女性看得比男性低。”②

惠特曼宣扬的男女平等是广博而真诚的，诗人不仅为白人女性发声，也对黑人女性表示尊重和同情。《埃塞俄比亚人向旗帜致敬》写于 1871 年，描写一位黑人妇女对联邦军队的拥护：

> 你是谁呢，黑色的妇人，你已老迈得不成人形，
> 光着你瘦削的脚，长着白色的鬓发，包着头巾，
> 你为什么从路边站起来，向旗帜致敬？
> ……
> “我的主人已使我离开我的父母一百年，
> 还是一个小孩子，他们就捉住了我，如同捉住野兽一样，
> 于是残酷的奴隶贩子带我到这里来，横渡过海洋。”③

---

① 南京大学外国文学研究所：《外国文学论集》，南京：南京大学出版社，1984 年，第 398 页。

② Walt Whitman：*Daybooks and Notebooks*，New York：New York University Press，2007，pp772—773.

③ ［美］惠特曼著，楚图南、李野光译：《草叶集》，北京：人民文学出版社，1987 年，第 594 页。

诗人通过外貌和动作描写塑造一个衰老、憔悴的黑人妇女形象，借其独白表明黑人奴隶的恶劣生存环境及其对战士的尊重和赞美。惠特曼通过对黑人妇女的写实描写，表达对黑人奴隶的真切同情。惠特曼有博大的同情感，尊重和同情一切受苦难的人。

最后，惠特曼《草叶集》对“母亲”这一女性形象进行了大量深入的刻画。在当时美国社会各个领域中，女性都从属于男性。惠特曼在诗歌作品中强调女性地位，《草叶集》中尤其着力塑造“母亲”这一形象。

惠特曼肯定和赞美女性作为母亲孕育生命这一生物学功能。《自己之歌》的第49节：

> 至于死亡，给人以痛苦的致命的拥抱的你，你想来恐吓我是毫无用处的
> 助产医生毫不畏缩地来做他的工作，
> 我看见他的老年人的手压挤着、接受着、支持着，
> 我靠在精致柔软的门边，
> 注视着出口，注意到痛苦的减轻和免除。
> ……
> 至于你，生命，我想你是许多死亡的遗物，
> (无疑我自己以前已经死过了一万次。)①

诗歌将死亡与新生并置，以新生命的诞生来对抗死亡。首先出现的是“死亡”，这是一种带有恐吓性质的致命痛苦；然后笔锋一转，开始描绘生产过程，指代新生命的到来；最后，诗歌内容又回到死亡，将生命视作死亡的遗物。旧的生命死亡，新的生命诞生，惠特曼在生死的矛盾转化中向读者展示母亲的伟

① ［美］惠特曼著，楚图南、李野光译：《草叶集》，北京：人民文学出版社，1987年，第160—161页。

大。“助产医生”“精致柔软的门边”“出口”等都指代母亲自然分娩的过程，微妙的描写给予读者想象空间，以体味母亲生产的疼痛。诗人敬畏新生和死亡，在诗歌中凸显母亲孕育生命的伟大和神圣。

《从围栏中放出》论述男人与女人的关系，将女性孕育生命的生物学功能突出强调。

> 从女人的围栏中放出，男人无所拘束地产生，并将经常无所拘束地产生，
> 从世界上最优秀的女人那里才会放出世界上最优秀的男人，
> ……
> 一个男人是地球上和永恒中的一个伟大之物，
> 但男人的每一点伟大都是从女人中放出来的，
> 男人首先是在女人身上形成的，然后他才能在自我中形成。①

诗歌强调女人的生育功能：男人都要从女人中放出，都要在女人身上形成，然后才能成为男人。因为伟大的男人从女人中“放出”，所以女人才伟大，如同《父亲，赶快从田地里上来》中孕育了北方战士的母亲一般。这极大肯定了女性孕育生命的价值，但忽略了女性自身对于社会的价值。女性作为母亲这一角色无疑是伟大的，但女性首先应当是独立个体，然后才是社会中的不同角色。“母亲”只是女性群体可能拥有的身份之一。女人同男人一样，自身就是“地球上和永恒中的一个伟大之物”，而不是因为“放出世界上最优秀的男人”才得以伟大。单纯地从男性视角出发，仅以“母亲”这单一的身份认同肯定女性价值，弱化女性自身存在价值，不够全面合理。

惠特曼从女性生物学功能的角度肯定女性的地位，一方面的确是为女性争

---

① ［美］惠特曼著，楚图南、李野光译：《草叶集》，北京：人民文学出版社，1987年，第730—731页。

取平等，与传统的父权制度抗争；另一方面，仅从女性生物特征来予以肯定，将女性的价值功能化、单一化。从这一角度来看，惠特曼一定程度上忽略了女性作为独立的自然人之价值，“母亲”是女性众多角色之一，将女性价值全部置于生育功能是片面的。

惠特曼《草叶集》的内容是动态变化的，六个版本的内容随着作者对于生活的经历和感悟在不断变化。诗集中蕴含的性别意识逐渐凸显，通过对“性”的书写肯定女性与男性平等的地位，强调女性作为母亲孕育生命的伟大和神圣。惠特曼曾表示《草叶集》从本质上讲是一本“女人的书”，表达女性的需求，为女性权利发声。

（指导教师：向天渊　教授）

# 音乐文学研究

**主持人语（童龙超）：**

歌曲歌词是非常特殊的一种文艺形式。它不同于作为纯文学的诗歌，后者强调个体内在生命体验，呈现为书面的文字符号。而歌曲歌词处于现实时空之中，以社会文化生活事件或活动的方式存在。它广泛地深入到时代思潮、群体心理和社会各阶层的精神生活里。因为如此，各种复杂的社会关系和意识形态在它身上交错交织。从研究者的立场看，研究对象的复杂性呼唤着对它采用各种观察视角的必要性，如文艺学的、社会学的、诗学的……文艺学的视角偏向于“文艺现象”的整体把握，社会学的视角偏向于探讨它跟社会生活的联系，诗学的角度偏向于文学审美的把握，注重对歌词含义的阐释。只有各种研究视角的综合，才可能达到对歌曲歌词比较深入、准确的认识。反之，如果把歌词当作诗歌一样，运用单纯书面文字解读的方法，则显然失之偏颇。

本期选登的两篇文章，立足于不同的视角，各有特色。姚溪的《亚文化视野中诗意的市井书写——论毛不易的歌词创作风格》针对一个创作型歌手的个案研究，但作者的眼光不局限于个体，而注意从歌词创作剖析其背后的文化内涵和社会动因。朱雪佩的《“唱响诗歌 2007—2008”活动的始末及反响》，立足于诗歌与歌词的关系，追溯“唱响诗歌 2007—2008”活动的始末，还原其诗歌活动的现场，以此探索当代诗歌的音乐化传播问题。

# 亚文化视野中诗意的市井书写

## ——论毛不易的歌词创作风格

姚 溪

2017年夏季，随着选秀类综艺《明日之子》的开播，出生于东北小城，曾经是一名护士的90后唱作人毛不易（原名王维家）进入大众视野。随着他自己作曲、作词并演唱的歌曲陆续登上舞台，毛不易借助歌唱类节目高涨的曝光率，知名度随之扩大，在华语流行音乐界掀起一股“毛不易热”，诸如“丧”“佛系”“走心”“治愈”等标签成为毛不易创作风格的热搜词。歌曲的迅速走红离不开歌词的艺术演绎和审美导向，也需要面向市场，迎合大众心态，而毛不易的歌词取其平衡，一方面将群体情绪代入个人视角，以小见大地描绘都市世相，另一方面运用多种创作手法融合文学性、音乐性和故事性，建构情感空间的同时发出时代声音——当下青年人为何迷惘。歌词中的人文关怀不仅落笔在宏观的社会心理，还着墨于普通人的日常，在亚文化视野中寻找生活乐趣，进而将之诗化，成为风俗画般的市井书写。笔者将其这种市井书写置于大陆新民谣和流行音乐合流发展的现实背景下，分析歌词的写作技巧、语言表达和意象选择，围绕都市病、私人写作和乡情三个主题，阐释亚文化市井书写的三个维度，最后整合出毛不易的歌词创作风格。

## 一、“致郁”和“治愈”——新民谣转向风潮下的都市病叙事

大陆新民谣承袭20世纪80年代的摇滚乐和90年代的校园民谣，在2007—2009年爆发，彼时随着大量摇滚乐队的隐退、校园民谣的淡化和live house等新兴音乐场所的崛起，以及豆瓣等网络传播平台的诞生，老一批民谣歌手推出新作，新一批创作者开始确认自己的风格走向，数以千计的民谣专辑进入市场。这段时期是民谣音乐的复兴阶段，故而被学界定名为新民谣。乔焕江评价新民谣的问世是“生逢其时”①，因为与以娱乐为目的的早期民谣不同，它的反讽视角和现实主义表达天然地迎合21世纪初的市场心理，快速扭转被资本方操控的音乐格局。纵观新民谣的发展，大致分为前后两个阶段。

早年间，民谣歌手多在酒吧、地下工作室，甚至路边卖唱，与观众达成一对一的亲密互动，其歌词内容贴近日常生活，例如万晓利作词作曲的《陀螺》(2006)，一则借用陀螺说明忙碌的工作让每个人都停不下来，二则把陀螺与陀螺手的关系比拟为“我”和“光阴”的关系，再次说明时间驱赶着人往前走。万晓利在收录了《陀螺》的专辑的前言里，将自己的创作看作自得其乐、置身事外②。从外在的表现形式上看，与沉浸在情感世界的校园民谣和描绘风云变幻的摇滚乐不同，新民谣涉及草根阶层和社会话题，因此吸引到了一批新听众；然而，三者之间有内在关联，后者更似前两者的渐变产物，新民谣继承

① 乔焕江：《大陆新民谣：前历史和今面向》，《艺术广角》2014年第1期。

② 万晓利：专辑《这一切没有想象的那么糟》序言，[EB/OL].[2020-06-08]，https://music.douban.com/subject/1945148/。

的音乐资源在特定的社会背景下发酵，不仅是“心之忧矣，我歌且谣”，还把先辈民谣不曾言说的文化政治用词曲倾诉出来。但新民谣的领军人物又把言说圈定在小范围内，将之贴上个人的、少数人的、某个群体的，诸如此类的限定词，使得他们的创作徘徊在“个人政治”和“去政治”的中间地带。一方面，新民谣有意识地描写苦难，用尖锐的语言批判社会中的不平等现象；另一方面，关注底层、寻求公道等宏大主题和叙事者的避世心态形成反差，意识流的歌词、结构分散的曲调和自由随性的表演形式，让新民谣趋于先锋、抽象，反而远离了创作主旨。

“民谣在路上”音乐巡演于 2010 年开启，自此，新民谣从小舞台走进大剧场，更大的表演空间让其赢得更广的市场，至 2014 年，随着《董小姐》和《南山南》的爆红，新民谣的发展进入第二阶段①。从歌词主题上看，相较于上阶段戏弄主流文化，此阶段不再沉迷于语言游戏和隐晦的文化批判，淡化社会问题，更多是寻找生活中的诗意。周云蓬发表于 2014 年的单曲《镜中》改编自张枣的同名诗作，与原诗不同，他加入了自己的原创歌词“所有镜中都要有你/一个小影子/一个老影子/抱着睡进黑暗里”，有别于早期的愤世嫉俗，创作者鲜少谈论社会问题而是进入相对保守、隐秘的空间——“抱着睡进黑暗里”。以周云蓬为代表的唱作人回避社会“痛点”，转而追求“热点”，受到青年听众追捧，歌词完成从讥讽到圆融的转变，带动歌曲从小众走进主流。但从新民谣的歌词内容入手，难以以时间为节点划分不同主题，那是因为讥讽的论调和圆融的观点在发展过程中长期共存，只是随着市场变化而出现此消彼长或互相浸染的情形。众多不同时期出现的新民谣普遍存在这种状况，也影响了后续民谣和流行音乐的融合作品，其中就包括毛不易的创作。

毛不易以新民谣的抒情为基调加入主流化、商业化的流行音乐，创作主题

① 孙苗音子：《当代大陆新民谣的艺术特征及其兴起的原因探析》，《北方音乐》2018 年第 21 期。

鲜少消极厌世、玩世不恭，而是致力于疗愈人们因为压力而产生的压抑情绪，但同时保留了新民谣的草根特征和边缘视角，形成独特的“致郁”和“治愈”并行的都市病叙事。针对文学疗愈功能的讨论由来已久，最早可以追溯到亚里士多德的《诗学》“悲剧是对行动的模仿，引起观众的怜悯和恐惧，使情感获得卡塔西斯（意为陶冶）”①。卡塔西斯的产生让创作主体和阅读者彼此感受到疗伤的功效，按照叶舒宪的说法，“人通过文学语言实践获得精神自救”②。相较于纯粹的文学作品，歌词是文学和音乐共同作用的产物，形式上的拼接让其的疗愈功效不仅展现于文字，还体现在歌曲的韵脚和音律。因此，毛不易的都市病叙事分为文辞和语调两个层面，但事实上两者密不可分，歌词遵循吟唱的韵律，通过韵律让诗化表达起承转合，诗化的语言则把韵律融会贯通，让歌曲直击心灵。

毛不易的代表作《消愁》（2017）运用了他最典型的都市病书写手法，利用排比、对比等复合型修辞层层助力，来描述都市人的彷徨内心，最终在副歌部分把情绪推向高潮，即情绪的崩溃，但又在尾声将情绪收束，留白处理带来的怅然所失感哀而不伤。这首歌的创作背景是毛不易初次参加大型选秀，他因性格内向难以融入集体，以此为灵感创作了歌词。歌词刻画的是一个小人物在名利场里行走，觉得格格不入但也期盼着能找到属于自己的位置，具体用副歌的“八杯酒”展现：“一杯敬朝阳，一杯敬月光/一杯敬故乡，一杯敬远方/一杯敬明天，一杯敬过往/一杯敬自由，一杯敬死亡”。每组意象两两对照，而每两组之间存在由浅显到深刻、直观到抽象、单一到复杂的递进关系。例如，毛不易写给故乡的《祝酒词》是“守着我的善良”，给远方的则是“催着我成长”，接下来的总结语是“所以南北的路从此不再漫长”，使得故乡和远方这

① ［古希腊］亚里士多德：《诗学》，陈中梅译注，北京：商务印书馆，2005年，第63页。

② 叶舒宪：《文学人类学教程》，北京：中国社会科学出版社，2010年，第219页。

组相向的意象融合在一起。紧接着，他从空间维度转向时间维度，对着“支撑我的身体”的明天和“厚重了肩膀”的过往发出感慨“人生苦短何必念念不忘”，让歌词基调转为悲观，为高潮处的“敬自由”和“敬死亡”做铺垫。随着一句“清醒的人最荒唐”点破主题，又使面对自由和死亡而产生的内心波动归于平静，歌曲也至此结束。除开叙事内容，歌词搭建的场景营造出亚文化空间。主歌部分，歌词在大场景内开辟一个小角落；副歌部分，却在小角落里利用虚词打造一个大空间，重组琐碎的生活片段，让普通人的烦恼得以释放和诗化。杰夫·斯塔尔（Geoff Stahl）分析可视化音乐时提出场景概念，认为场景是即兴产物，喻指一个双向的可供情感交换的文化场①。置于当下音频、视频的传播语境，场景的跨越性和渗透性可以让共情力经由非现场的方式从场景内蔓延到场景外，从而使这个亚文化信息的发出者和接受者产生强烈共鸣，也就是所谓的“走心”和“被治愈”。

《无问》（2017）是毛不易的另一首主打歌，原为电影《无问西东》的宣传曲，尽管电影讲述的是20世纪中叶受战乱影响而四处流浪的有志青年，但把歌词当作独立作品再看，会发现歌词也影射当代都市青年流离失所的心境。该歌曲除开大量反义词的运用，从头到尾的疑问句式是另一个亮点。“为什么”“吗”等疑问词发音平仄与曲调顿挫一致，包含的质问、无奈、叹息和愁闷随着唱词灌进旋律，让听众产生奇妙的通感体验，由此强化了“致郁”和“治愈”感。

你问他为什么亲吻他的伤疤

却又不能带他回家

你问我为什么还是不敢放下

---

① Stahl. G：“*Still Winning Space?*”：*Updating Subcultural Theory*’，Invisible Culture：An Electronic Journal for Visual，Studies，1999.

明知听不到回答

……

它到底　为什么　为什么

不肯停驻

……

如果光已忘了要将前方照亮

你会握着我的手吗

如果路会通往不知名的地方

你会跟我一起走吗

从词曲结合的角度分析，“为什么”对应的曲调几乎都是平稳推进再下沉，恰好对应“什”发音阳平和“么”发音阴平，让歌词的情绪由轻松转忧郁。“为什么”作为词眼把歌词串联为系列问句，随着歌曲的继续，疑问不断加深。至高潮处，旋律由一上一下转变为向上二度级进，再向下五度跳进，此时叠加两个重复的“为什么”，情绪被调动到顶峰，在词曲的共同作用下恨不得一吐为快。后半部分，疑问词被换为“吗”置于句尾，旋律转为升调，塑造余音绕梁的空间感。通篇看下来，歌词塞满问句却不见回答，“候鸟”“乌云”“尘土”等流散意象充满不确定性，从表面看似乎是词作者在愤懑地宣泄，但歌词最终的走向是邀请“你”和“我”一起“去往不知名的地方”，情绪因此平复，又能重获希望，从本质上完成自我拯救。于毛不易而言，创作是与自己对话，在不断地追问中重新认识自己，内隐的情愫已经付之笔头，欲望得到满足于是不需要回答，疑问本身就是一种疗愈。文学作品在创作之初就隐藏了读者，这些读者往往认同作者，既可能是作者本人的投影，也可能是外来的读者，他们互为知音①。那么于听众而言，在听歌看词的过程中和作者共

① 唐秋燕：《文学治疗原理分析》，恩施：湖北民族学院硕士论文，2013 年。

情，双方的亚文化身份得到呼应，面对歌词提出的疑问，听众会不自觉地给出答案，通过“答题”疗愈心灵创伤。

## 二、小人物和大城市——市井味的私人写作

私人写作是文学评论家对20世纪90年代文学创作，尤其是女作家文学创作现象的命名，其自说自话的形式和背对历史的姿态，展示个人空间，并且以个人话语消解集体叙事。尽管私人写作在文学领域集中于女作家创作群并且流行于特定的时间段，但民谣歌曲一直有私人写作的传统。早在20世纪七八十年代，罗大佑筹备专辑《之乎者也》，其中《童年》和《鹿港小镇》都由主观视角出发，呼喊属于那个时代的声音，也抚慰那个时代的伤痛。新民谣歌手马頔在他的代表作《南山南》里写道：“你在南方的艳阳里，大雪纷飞/我在北方的寒夜里，四季如春/如果天黑之前来得及，我要忘了你的眼睛/穷极一生，做不完一场梦”，用“我”的目光刻画出梦中的“你”，哪怕这个“你”与真实世界中的人相差甚远，说明词作者一直沉溺于个体想象，以剥洋葱般的心事书写收获了听众的感同身受。毛不易将新民谣和流行音乐并轨，延续私人写作的创作风格，又夹杂他的日常见闻，通过描写小人物和大城市的反差感，创造出充满市井味的私人写作。

独白式表达是毛不易歌词的一大特点，包括《二零三》（2017）、《平凡的一天》（2018）、《小王》（2019）都在其列。叙述者被置于繁华的城市，姿态伏低而进入自己创造的一个低处空间，它既可能是《平凡的一天》里熟悉的小镇，也可能是《小王》里不知名的城市角落。当人进入空间后，两者的亚文化身份——处于都市文化从属的都市病文化及被现代文明排挤的落后地区——彼此交融，强化边缘属性，共同抵抗外部世界。然而，歌曲中的亚文化随着毛不易的走红形成巨大的商业效应，被主流文化收编，继而呈现娱乐化

趋势。例如《感觉自己是巨星》（2017）和《如果有一天我变得很有钱》（2018）利用近似东北二人转的曲调和不断重复的唱词，打造“一夜暴富”的小人物形象，歌词的张力表相下深藏亚文化和主流文化、个人主义和消费主义的博弈。

边缘和抵抗是毛不易私人写作的两个共生维度，身处边缘则远离中心，也就产生抵抗力，反之，与之抵抗则注定被主流定义为身处边缘，或者自身具有主观的边缘意识。《二零三》的创作灵感来自毛不易租住的单间，彼时，他的生活状态是自弹自唱，自立门户，他在经济和文化政治上都处于边缘，因此他写都市底层人眼中看似热闹，实则热闹与他们不相干的市井生活。“虽然到现在，还孑然一身/你会陪我默默忧愁到凌晨/其实你知道，来来往往有多少人/只是扬起了灰尘”，寥寥几字描述了租客的孤单和他对出租房的依赖，往深层次看，描述了颓丧的都市心理。此时的市井被圈限在私人空间内，与传统印象中热气腾腾的市井生活全然不同，奇观化的市井让一个人变成一座城。孤岛般的边缘人一方面对主流文化保持麻木，无力把个人和历史等宏大叙事关联，另一方面对自己的处境聊以自嘲，将内心的喜怒哀乐通通抛掷出来。因此，市井味的私人写作是藏在冰里的火，借由“午夜街头”“昏黄灯光”“深夜小摊”“铁道旁的老树”等趋于冷色的市井意象传递人间温情，让边缘人的声音可以被主流人群听见。正如《二零三》里的租客有出租屋陪伴，《借》（2017）当中“被这风吹散的人说他爱得不深/被这雨淋湿的人说他不会冷”，种种符号表达词作者对底层人的同情，鼓励受众去建立自己的身份认同。

歌词的人文关怀落实到日常起居，用片段、琐碎、去中心的话语，抵制主流意识形态对亚文化的漠视和同化。不同于新民谣私人写作的反叛精神和回避态度，面对主流文化的倾轧与社会矛盾的侵袭，毛不易选择不断地、反复地言说小人物的遭遇，以还原现实问题的方式处理现实危机。《像我这样的人》（2017）用一组形容词勾勒出普通人的性格，分别是“优秀、聪明、迷茫、寻找、庸俗、懦弱、孤单、傻气、奋不顾身、不甘平凡、碌碌无为、莫名其妙”，褒义词和贬义词杂陈其间，还原人的复杂面目，慰藉了身陷困境而自我怀疑的普通人。《深夜一角》（2020）放大视角，将“深夜的街角”比喻为“城市的镜子”，观察“疲惫的人和他的心事”，街角演化为边缘人的避难所和博物馆，供观察者写下边缘人的“下一段往事”。作者书写个体生活，点明集体是个体的聚集体，从而使个人生活境遇和大众生存状态产生联系，让受众意识到自己和边缘人并无本质区别，如此才能普世化对弱者的关怀。

当毛不易这个名号的商业价值得到发掘，他的身份开始游离于独立音乐人和音乐偶像之间，他的私人写作的风格在某种情境中走上大众化路线，甚至异化为娱乐的附庸。歌词同样将面对资本霸权而产生的妥协和反抗心理记录下来，呈现为两首既幽默又纠结的歌曲。“有时候我感觉自己是一个巨星/每个人都爱着我有钱又有名”（《感觉自己是巨星》）、“如果有一天我变得很有钱/我会买下所有难得一见的笑脸/让所有可怜的孩子不再胆怯/所有邪恶的人不再掌握话语权”（《如果有一天我变得很有钱》）都用痴人说梦的语调展开幻想，事实上两首歌曲创作时，创作者本人已经获取了一定的名利地位，笔下的个人世界便不单单是幻想，更像是投影了创作者想赢得市场声誉又害怕歌曲流于平庸而产生的纵容心理。当歌曲的边缘性被消解，独立性被侵犯，抵抗性被削弱，如何保持创造力，如何实现商业成功，是否摒弃私人写作的模式，都是毛不易接下来的歌词创作需要考虑的问题。

## 三、此心安处是吾乡——诗意的乡情表达

“风格”于亚文化社群而言是对身份认同的建构，不一定是具象化的直接展现，也可能是一种想象，侧面表演出自己的特质①。例如新民谣歌手的服饰

① ［英］安迪·班尼特，基斯·哈恩-哈里斯：《亚文化之后》，中国青年政治学院青年文化译介小组译，北京：中国青年出版社，2012 年，第 11 页。

多为朴素的棉麻衫配牛仔裤，这样的着装符号不仅说明歌手想拉近与听众的距离，还暗示普通人也可以因为歌唱而变得狂放、浪漫且脱俗。毛不易的歌词不擅于给予感官冲击，相较于出格，他更愿意回归，回归到稳妥的怀旧氛围里，把这处能给予安全感的地方称为故乡。不完全统计，“故乡”及类似表达（例如“回家”“旅人”）在毛不易的歌词中出现的频率之高，远超10次，表明乡土是词作者心中挥之不去的情结。歌词连通乡土和都市文化，通过田园牧歌式的表达，写出普通人的乡情。

乡情之所以是毛不易创作难以割舍的一部分，与他的经历和个性有关。出生于黑龙江省齐齐哈尔市的一个小县城，去往杭州念大学，之后就职于自己并不热爱的护理行业，在决定成为全职音乐人之后开始北漂生涯。不善社交的毛不易每到一个新环境都尝试在犄角旮旯寻找熟悉的旧时光剪影，于是在《东北民谣》（2019）里说“锣鼓声声正月正/爆竹声里落尽一地红/家家户户都点上花灯/又是一年好收成”，《水乡》（2019）中则是“飞过芦苇滩，停在相思畔/听船歌声声慢”，《胡同》（2020）书写的老北京是“小镇的深处一条长长的街巷/高高的红砖房，旧旧的玻璃窗”。三首歌曲对应毛不易停留时间最长的三个地方，从北国到江南，尽管勾描的地域风情完全不同，故乡也并非实指，但有着同样的烟火气和慢步调，恰恰能为奔波在都市的人们提供一条精神返乡的道路，也就是“此心安处是吾乡”。

诗意的乡情表达通过串联日常生活符号来完成。以《东北民谣》为例，用小伙赶车开篇，接下来的场面由清旷转热闹，藏在送财神和贴窗花的人群里，青年男女定终身。“梅花”“月牙”“爆竹”“结冰的江水”都是典型的东北春节的文化符号，传递出词作者对家乡的想念，以及对已逝去的光阴和被淘汰的生活方式的缅怀。这片乡土因乡情超越地理限制，成为毛不易和听众心中的诗意栖息地。想象中平静的乡村弥补了缺憾，缓解了焦虑，对于习惯了快节奏的都市人来说，恰能聊以自慰、自欺、自恋。然而，精神层面的故乡只在美学意义上永恒，与寻根者追求的社会概念的故乡不同，毛不易笔下的故乡更像是一座空中楼阁，供所有思念着故乡的人填充意义，所以故乡被创造也可被拆解，是专属于游子的私人情感居所，和主流文化中的家国故乡区别开来。

既然故乡在毛不易的歌词中大多时候没有具体形态，那么传统的“出走—归来”的乡情叙事模式就并不适用，为此他采用了另一种乡情书写——旅行叙事。近年来旅行主题的流行歌曲曾名噪一时，发表于2014年，朴树和韩寒联合作词的《平凡之路》就写过“我曾经跨过山和大海/也穿过人山人海/我曾经问遍整个世界/从来没得到答案”，词作者眼中的旅途是长大成人的必经之路，是对公路冒险（wanderlust adventures）的礼赞，遥遥呼应《大路之歌》的开头“我轻松愉快走上大路/我健康自由，世界在我面前/长长褐色的大路在我面前，指向我想去的任何地方”①。不过，毛不易的旅行叙事自成一派，偏于舒缓，富有禅意，如《一程山路》（2017）：

一叶曲折过后　又一道坎坷
走不出　看不破
潺潺流水终于穿过了群山一座座
好像多年之后你依然执着
白云是否也听过你的诉说
笑着你　笑着我

旅行过程中，乡情也在延续，因为身后是遥远的故乡，默示旅人无法回到最初的样子，面前是未知的远方，促使旅人想回到安全区。游走在故乡和远方之间，如同从“一叶曲折”走到“一道坎坷”，一直处在路上的状态。相应地，乡情从狭义的故乡情变化为对美好事物的期待，盼望着“流水穿过群山”。

① ［美］沃尔特·惠特曼：《草叶集：沃尔特·惠特曼诗全集》，邹仲之译，上海：上海译文出版社，2015年，第7页。

《东北民谣》和《一程山路》分别传递了两种乡愁，两者还存在递进关系，前者诉说想要远离陌生都市回到熟悉环境的心愿，后者把乡愁转换为前行的动力，坦然地离开故乡，去往远方。当下“丧文化”“宅文化”流行，部分深陷其中的青年逃避现实，丢失理想，他们同样需要离开“故乡”这个安乐窝，转而去往“远方”磨练心智。“留守—出走”这种新颖的乡情书写为新一代亚文化人群提供精神引导。

## 四、结　语

毛不易的歌词创作诞生于流行乐跨界和新民谣转向的背景下，受李健、周云蓬等前辈创作者的风格影响，结合自身的成长经历和当下的文化变迁，形成亚文化视野中诗意的市井书写。通过对毛不易歌词的文本分析，发现都市病叙事、私人写作和乡情表达共同促成他的创作风格，因为都市病症引发故乡情结，故乡情结催生私人写作，私人写作缓解都市病症。但歌词也暴露了私人写作的局限性，我们会发现都市病叙事除开“致郁”还有“治愈”的功效，会明白乡情不仅召唤人归来也促使人离开。由此看来，三个主题彼此分离又互为对照，歌词充满反义却表达和谐，最终让复杂的主题回归平淡的生活，从而使其中的矛盾得到合理解释，毕竟生活本就充满各种各样的不确定性。毛不易的歌词透过亚文化的眼睛看向亚文化的人群，希望主流文化理解并接纳亚文化，帮助青年人走出迷惘，按照他的观点：“只求路上少些阻碍，让他们同样平凡。”①

① 毛不易：歌曲《借》创作手札，[EB/OL]. [2020-06-08]，https：//music. douban. com/subject/30318915/。

# “唱响诗歌 2007—2008” 活动的始末及反响

朱雪佩

2007 年，《中国新诗年鉴》主编、诗人杨克牵头并发起了“唱响诗歌 2007—2008”活动，活动一经发起便引起了诗歌界与音乐界的关注。2007 年 9 月 23 日，活动主办方在广东省东莞市地王广场伊丝蒂娜影楼举行了“唱响诗歌 2007—2008”活动的启动仪式暨新闻发布会。随后，全国有近二十家报刊媒体对该活动进行了报道，但网络上对该活动所产生的相关成果和问题评价不一，继而引发大众对该活动的相关争议。此次“唱响诗歌 2007—2008”活动，一方面促使当今诗人更加关注诗歌的音乐性；另一方面，也思考诗歌能否继续以音乐化方式进行传播，继而探索新世纪诗歌的艺术表现形式问题。

## 一、“唱响诗歌 2007—2008” 活动的背景

21 世纪以来，中国诗歌一方面“传承了 20 世纪诗歌的某些精神与方法，并在其基础上获得了自然发展”①，另一方面也“在剧烈变化的现实条件中，

① 罗麟：《21 世纪中国诗歌现象研究》，北京：人民出版社，2018 年，第 3 页。

受到了包括经济语境、文化语境、传播语境等外力的‘综合’影响”①。而对于21世纪初的诗歌，人们可谓是见仁见智，在诸多争议中似乎走向了两个极端的认识：一些人认为21世纪诗歌依旧继续着20世纪的“边缘化”，甚至认为诗歌几近死亡；另一些人则认为21世纪诗歌比任何时候都“热闹”。两种极端化的认识使得诗歌注定很难脱离话题中心，继续扮演着一种“奇怪”的角色。让人倍感瞠目的一个现象是近年来以各种名目举办的诗歌活动日渐增多，而不知何时开始，诗歌活动却成了两种诗歌认识论的中间者。“诗歌的边缘论者”认为现代诗歌需要一系列的诗歌活动把诗歌推向话题中心，从而赢得大众关注；而“诗歌的复兴论者”认为多样的诗歌活动的热闹正是现代诗歌走向复兴的最好显示。因此，诗歌活动的一度“狂欢”成为二者共同的选择。据调查，2000—2007年间，类似于“广州珠江（国际）诗歌艺术节”“青海湖国际诗歌节”“国际华文诗坛”“春天送你一首诗”“诗歌春晚”等大型诗歌活动逐年增多，除了连续举办多届以外，更是成功邀请到了国内外的诸多诗人参加。“这些活动要么冠以‘中华’‘全国’，要么干脆就叫‘国际’和‘世界’，以往不得不靠自己掏钱交由四方的穷困诗人们，现在却有了在‘世界诗人大会’（2005年10月，山东泰安市）上大欢聚、大串联的合法机会，开支则一律由政府埋单。”② 除了大型的诗歌活动，每年举办的小型的诗歌活动更是不计其数，而这些大大小小的诗歌活动让“一些著名的诗人和评论家一年中有相当长的一段时间，是以‘赶场’的形式连续出现在此类大大小小的会议上”③，这种看似“狂欢”化的诗歌活动在某种程度上与21世纪的诗歌格调形成了鲜明的对比。诗人与大众更愿意将眼光聚集在诗歌活动之中，一旦在诗歌活动中出现了“围观”事件，必然能博得更高的关注。而不管诗歌是否

---

① 罗麟：《21世纪中国诗歌现象研究》，北京：人民出版社，2018年，第3页。

② 张清华：《印象与观感——关于2005年诗歌的几个问题》，《理论与创作》2006年第2期。

③ 同上。

能通过活动达到兴盛，诗歌活动似乎成为了诗人们共同谋求诗歌发展的默认方式。由此，这广阔的诗歌环境也为“唱响诗歌 2007—2008”活动提供了自由成长的空间。

“唱响诗歌 2007—2008”活动在广东省举办，也离不开广东省的诗歌生态。作为“地处江湖之远”的沿海城省份，在改革开放初期，广东省的诗坛一度陷入沉寂状态，出现了“文化沙漠”的现象。随着国家改革开放的深入，市场经济的发展，加上外来人口的大量涌入，让广东省在丰厚经济基础的支撑下，“开始面向全国发出一种历史上未曾有过的强势话语”①，在学习历史经验与优越现实条件中逐渐走向复苏，“迅速崛起于当代诗坛，并产生了巨大影响”②，一跃成为诗歌大省。一方面，广东省的诗人善于学习前人优秀的经验；另一方面，广东省以经济优势吸引大量的移民诗人群，加上诗歌刊物与诗歌活动等多样的诗歌传播方式，使得广东诗歌呈现出崛起的态势，进而吹响了南越大地上的诗歌号角。在 2005 年的广东省诗歌节上，著名诗论家陈仲义又高度概括了广东诗坛的十大特色：

> 拥有全国最专业、规模最大的诗歌网站《诗生活》；拥有最有专题特色、最精美的诗歌民刊《诗歌与人》；拥有实力最雄厚的移民诗人群；拥有内地唯一双语诗歌民刊《中西诗歌》；《中国新诗年鉴》培养、吸引了一大批新生诗人；《女子诗报》成为女性诗歌的重要阵地；《作品》杂志牵头的“全国青年诗歌大奖赛”开全国省级刊物之先；出现了独树一帜的打工诗歌；出现了一批描写都市生活的“新都市诗歌”；提出了“完整

① 张清华：《新世纪诗歌：一个人的编年史》，成都：四川文艺出版社，2016 年，第 84 页。

② 同上。

性写作”等诗歌理论概念。①

这些从历史中继承的相关传统到现在的实践经验与成果，使广东省在历经“文化沙漠”的负面效应后，又依靠强大的经济支撑给予了本土诗歌自由而广阔的成长空间，终于成就了现今这片“热土”。而这片“热土”为各类诗歌活动的发展提供了便利。从小到酒吧中的诗歌朗诵会，到官方举办的诗歌研讨会、诗歌奖、诗歌节等诗歌活动，都书写着这座城市的诗歌历史，让“唱响诗歌 2007—2008”活动有了一个广阔的发展空间。

作为众多诗歌活动当中的一个，“唱响诗歌 2007—2008”活动的产生也得益于诗人杨克的一次偶然牵头。活动的发起是在 2007 年 10 月的前一段时间，据杨克自己在博客中所讲，“英国伦敦大学的博士生殷海洁专程来广东，她的博士论文研究中国诗歌现场，需要详尽了解我主编了 9 年的《中国新诗年鉴》（1998—2007 年）的有关情况。正好也有朋友需要采访她，我便把她领去水边吧，约好在那见面”②。据诗人杨克介绍，水边吧应属于广州的一个文化活动场所，“在广州非主流艺术圈子里却有点名气，因为那儿多年来几乎每月都有诗歌朗诵活动，也有原创歌手唱歌，或者图片展之类的”③。“在别人访谈殷海洁之际，水边吧老板江南藜果把我拉到一边，谈起经常在那聚会一些年轻歌手有人愿意为诗作曲，想叫我牵头发起。”④ 于是这个活动有了产生的预兆，经过水边吧老板的提议，杨克酝酿了这件事。他说：“几天后，我把这个消息告

① 龚奎林：《新世纪诗歌的叙事与抒情》，南昌：江西人民出版社，2017 年，第 135 页。

② 杨克：《“唱响诗歌”的缘起和进展》，http：//blog. sina. com. cn/s/blog_48930cd801000bw6. html。

③ 同上。

④ 同上。

诉《南方都市报》的诗人欧亚，让他去具体约谈。”① 就是这样的一个偶然契机，便开始了这个活动的最初萌芽。据诗人杨克回忆道：“一开始只打算在三两好友间做一次艺术尝试，后来拟推而广之为广东诗人的诗作谱曲，再后来‘雪球’越滚越大”②，最后演变成了一个较大的诗歌活动。

由此，“唱响诗歌 2007—2008” 活动之所以受到诗歌界与音乐界一定程度的关注，既源于 21 世纪以来的诗歌环境，为各类诗歌活动的发生提供了自由成长的空间；又因该活动在广东举办，得益于广东省诗歌生态的影响；加上诗人杨克的牵头发起，使得该活动应运而生。

## 二、“唱响诗歌 2007—2008” 活动的始末

面对 21 世纪复杂的诗歌生态，广东省的诗歌发展依旧能势如破竹，在南越大地上奏响特有的诗歌乐章，为“唱响诗歌 2007—2008” 活动的举办开启了存在的首要条件，活动的最终产生更是得益于诗人杨克的牵头发起。那么整个活动的开展过程是怎样的呢？因此，分析和整理活动过程的始末显得很有必要。

首先，在活动的开展之初先邀请了参与活动的诗人群体，当中的一些诗人在当代诗坛上具有一定的话语焦点或呈现过优秀作品，比如：作为“朦胧诗”代表的诗人舒婷、梁小斌、“第三代诗人”于坚、著名剧作家及诗人白桦、“民间立场写作”的杨克、“打工诗人”郑小琼、“中间代诗人”黄礼孩等等。诗人们提供自己的诗歌作品给主办方，主办方再选取诗歌谱曲成“唱诗”。除了对筛选的诗歌进行谱曲之外，录制完成的作品还需要宣传。“唱响诗歌

① 杨克：《“唱响诗歌”的缘起和进展》，http://blog. sina. com. cn/s/blog__48930cd801000bw6. html。

② 同上。

2007—2008”活动的主办方则利用网络的便捷快速进行了宣传工作。在2007年9月23日上午，举行了“唱响诗歌2007—2008”活动的启动仪式，把花了4个月时间做出的5首作品采用网络首发的方式进行了宣传，主办方也在天涯网上同步试发；在2007年10月18日，新浪读书频道也发布了“唱响诗歌”的首批作品，并以整版为专题推出活动，引起了听众一定的反响；之后，新浪读书频道还发起了网络投票环节，以此对这批被谱曲的作品的认可度进行调研。

其次，“唱响诗歌2007—2008”活动于2007年9月23日在广州东莞地王广场伊丝蒂娜影楼举行了全国启动仪式暨新闻发布会。启动仪式上，主办方邀请了东莞“魅力城市”形象大使、新生代实力派、中国歌坛新星青年歌唱家、中国歌舞团实力演员胥航作为本次活动的主持人。另外还邀请了广东省的各界人物代表作为这次启动仪式的嘉宾。相关准备工作就绪，随后，主办方邀请曾建霖、吴赤锋、杨克、王福广、丘树宏、蔡照波、陈朝华、刘胄人、黑楠等人一起按动了带有现场启动仪式的标志，整个活动的启动仪式就在热闹与期待中落下了帷幕。

启动仪式后，由歌手演唱发布的五首唱诗作品：简红演唱《错过》，胥航演唱《思念》，陈娆演唱《给》，伍尚仁、付小波、陈娆演唱《我在一颗石榴里看见了我的祖国》，最后一首由诗人浪子的诗《欲望之翼》谱曲的作品演唱者不详。演唱结束之后，“唱响诗歌2007—2008”活动还举行了一场“诗与歌”论坛，“论坛上，诗人和音乐家就中西诗歌、民族音乐及民歌传承进行了讨论”①。由此，带有官方性质的启动仪式暨新闻发布会也在诸多程序中结束。“唱响诗歌2007—2008”活动启动仪式暨新闻发布会结束后，主办方在尼罗河酒店举行了答谢酒会。在答谢酒会上，东莞金鼎文化传播有限公司代表曾建霖先生首先代表承办方向参与此次活动的来宾致祝酒辞。祝酒辞结束之后，来宾

---

① 雨典：《“唱响诗歌2007—2008”启动仪式》，http://blog.sina.com.cn/s/blog_4f5fd2b10100aipj.html。

便用餐。在用餐期间，青年歌唱家霄航、黄丹丹与非门乐队进行了倾情演唱，为大家表演助兴。在答谢酒会中，因为诗人郑小琼的诗歌朗诵而出现了一个小插曲，于是东莞金鼎文化传播有限公司代表曾建霖先生便提议设立一个专门基金会来资助"那些困境中的诗人和真正需要帮助的人们"①。

接着便举办了"唱诗"演唱会。为了延续活动的影响，扩大活动的影响范围，据《中国新诗年鉴》编著委员会与东莞市金鼎文化传播有限公司的计划安排，"在 2007 年 10 月 28 日，联合在东莞举办了'唱响诗歌 2007—2008'首场（东莞）大型演唱会"②。据报道称，"本次演唱会由福建籍著名诗人舒婷作品压轴，海内外 30 多位华语诗人加盟，主办方已邀请崔健、高晓松、老狼、林一峰、许飞等明星唱诗，这将是中国文学界、音乐界联手打造的一项文化盛事"③。而据笔者与此次"唱响诗歌 2007—2008"活动的发起人杨克的微信访谈中得知，首场"唱响诗歌"演唱会在东莞举行，但具体情况因为时隔多年，加上当年的拍照和网络技术还不够发达等，并没有下意识地将在东莞举行的首场"唱响诗歌"演唱会的作品等保留下来。因此，笔者目前就这场活动所查阅的资料和信息而言，演唱活动上的歌手、作品等无法一一查证，可能存在漏缺。而当年为了使该活动能产生持续的效应，扩大"唱响诗歌"活动的影响力，并"将中国的诗与歌及文化事业推向一个新的高度"④，该活动在前期启动仪式结束后，就有报道称"主办方将新闻通稿和现场图片发往北京、上海、沈阳、重庆、成都、武汉、杭州、福州、西安、南宁、香港、台北等

---

① 雨典：《"唱响诗歌 2007—2008"启动仪式》，http://blog.sina.com.cn/s/blog_4f5fd2b10100aipj.html。

② 汪雪英：《唱响诗歌，共谱中华文化盛事》，http://blog.sina.com.cn/s/blog_4b1f6ee701000awg.html。

③ 顾伟：《"唱响诗歌"巡回演唱会将举行》，《福州晚报》，2007 年 9 月 24 日。

④ 雨典：《"唱响诗歌 2007—2008"启动仪式》，http://blog.sina.com.cn/s/blog_4f5fd2b10100aipj.html。

20 个文化中心城市”①。“计划从今年底延续到明年上半年，全面铺开唱诗活动，而这也将成为近 30 年来，中国举办的最大规模的‘唱诗’活动。”② 不过也是因为其中的诸多原因，活动悄然结束，“唱响诗歌 2007—2008”活动并未在其他城市如期举办。

最后，“唱响诗歌 2007—2008”活动戛然而止。从 2007 年 9 月 23 日举行的启动仪式及新闻发布会，到多家媒体报刊的相继报道，接着在网络上首发“唱诗”作品，到同年 10 月 28 日在东莞举行的“唱诗”演唱会，使得该活动达到了空前的盛况。该活动前期活动进行得井然有序，如火如荼，却在后期悄然退潮，本来预计在广州、北京、上海等地举办的“唱响诗歌”演唱会也没有了后续。就笔者在与“唱响诗歌 2007—2008”活动的发起人杨克的微信访谈中他谈道：“在东莞举办过演唱会，但是因为与该活动合作的公司经费出现了问题，后期就没有再继续做了。”据了解，此次活动的主办方及赞助商是东莞金鼎文化传播有限公司，作为一家文化产品制造与传播的服务型公司，目前处于吊销经营执照状态。而事实证明赞助商未能继续提供资金支持是导致“唱响诗歌 2007—2008”活动不能继续举办的最主要原因。

## 三、“唱响诗歌 2007—2008”活动的作品分析

据报道显示，“唱响诗歌 2007—2008”活动在启动仪式上首发了五首“唱诗”作品：舒婷《思念》、杨克《我在一颗石榴里看见了我的祖国》、郑小琼《给》、陈朝华《错过》、浪子《欲望之翼》。除了这五首作品之外，笔者在与

① 雨典：《“唱响诗歌 2007—2008”启动仪式》，http://blog.sina.com.cn/s/blog_4f5fd2b10100aipj.html。

② 顾伟：《“唱响诗歌”巡回演唱会将举行》，《福州晚报》，2007 年 9 月 24 日。

“唱响诗歌 2007—2008” 活动的策划人欧亚的微信访谈中了解到诗人梁小斌诗歌《我热爱秋天的风光》也被谱曲成了“唱诗”作品。

作为大众所熟知的“朦胧派诗人”舒婷，她的代表作《致橡树》已被谱曲成多个版本进行传唱。与《致橡树》不同，舒婷在此次活动上授权给主办方的作品是她创作于20世纪80年代初的《思念》，诗作本身短小精炼，韵律和谐，很适合谱曲。加上歌手简红舒缓轻柔的男低音演唱，为这首诗增添了别样的情怀。笔者认为，不管是谱曲还是歌手的演唱，这首诗入乐是很成功的，因为它所传达出来的情感以及当中所蕴含的深意在插上音乐的翅膀后并未消减，反而越听越能引起共鸣。

诗人杨克的著名诗篇《我在一颗石榴里看见了我的祖国》，这首歌谱曲后采用的是 rap 说唱的方式进行演唱。因为这首诗篇幅过长，用说唱的方式更能很好地演绎整首作品。可见，谱曲者深谙作曲之道，会根据不同的诗歌作品谱上最适合的音乐风格。在与此次活动的策划人欧亚的访谈中可知，诗人杨克的这首作品因为是采用说唱的方式进行的演绎，更看重作品表演的现场感，因此这首作品并没有在录音棚录制成音频保存下来。

而对于“打工诗人”郑小琼的《给》，在网络上存在颇多争议：或认为诗人创作是自由的，不需要只遵循一种风格；或认为这首诗很优美，展现了女诗人另一面；或认为她的这首诗太小资，不能代表她的风格。但是诗人郑小琼认为这首诗谱曲后：“整体感觉还好，忧伤，里面的曲调是我喜欢的那种，温暖的孤独与忧伤。”① 这首歌的制作人熊臣熙认为：“这首歌谱曲和演唱都很得当，因为原诗与一般的歌词相比并没有规整的押韵，但是整个歌曲完成之后听来相当自然，让人忘记了押韵这回事，因此谱曲和演唱都是很不错的，配得上

① 郑小琼：《唱响诗歌》，http://blog.sina.com.cn/s/blog_45a57d3001000crc.html。

这样一首好的诗。"[①] 因此，总体而言，作品具有一定的艺术价值。

《错过》是诗人陈朝华在"唱响诗歌 2007—2008"活动发起之前创作的作品，写于 1993 年 12 月。这首诗"没有发表过，是主办方策划人在他的博客上看到要去的"[②]。而这首诗在谱曲的过程中做了一些细微的改编。作为《南方都市报》的总编辑，他大力支持此次活动的发起，并提供了自己的诗作谱曲首发。他说："写诗确实是一个比较个人化的事情，写完就完，或者存抽屉、电脑里，但也有人有主动把诗歌传播出去的愿望和想法，这个活动就在做这样的事情"[③]，并在博客中贴出了这首诗的原作和改编后的歌词，以及该活动的相关报道。

而诗人浪子的《欲望之翼》，是他在 2002 年出版的诗集《途中的根》当中的作品。和其他适合谱曲的作品相似，这首诗每一节都以"我不请求原谅"开头，共分为四节，回环反复的格式与歌词的句式类似。因此，这首诗非常适合谱曲。但是谱曲后，音乐人将原诗做了一些删减，以此让诗歌更加押韵，听起来更加有节奏感。

从传统的诗歌传播来看，"诗歌的传播方式跟音乐的传播方式本身很不相同，一首诗歌名作仅通过自己的文字阅读方式就可得以广泛传播，不一定需要他种传播途径，有时其作曲的音乐化传播还可能损伤它的价值"[④]。但是在现代诗歌传播方式发生转变之后，诗歌能"利用独特的听觉传播方式，一首名不见经传的诗歌可能因为插上音乐的翅膀，口耳相传，变得脍炙人口、家喻户

---

① 李奕瀚：《打工女诗人郑小琼推出"唱诗"单曲〈给〉》，http://blog.sina.com.cn/s/blog_4ee2bed501000ac6.html。

② 田志凌、熊雅芳：《歌唱比朗诵更具传播力》，《南方都市报》，2007 年 10 月 16 日。

③ 同上。

④ 童龙超：《诗歌与音乐跨界视野中的歌词研究》，北京：人民文学出版社，2016 年，第 126 页。

晓。”① 或许像徐志摩、刘半农这样著名的诗人的诗歌仅通过文字阅读的方式就会广泛传播，但是作为大诗人舒婷的诗，在现代传媒技术发达的条件下，诗歌插上音乐的翅膀后在大众中传播可能会愈加广泛。相对其他几位名气等相对弱于舒婷的诗人来说，把他们的诗歌以谱曲的方式进行传播，若旋律与歌词等配合得相得益彰，再加上歌手的成功演绎，可能比传统的文字阅读更具有传播力。

不可否认，此次“唱响诗歌 2007—2008”活动中所谱曲的相关作品在活动上的表现应该是成功的。诗人们在参与了一次又一次大同小异的诗歌活动之后，面对耳目一新的以“唱诗”为主的诗歌活动，不乏心生新奇，连连称赞与肯定。音乐人在经过了普通歌词谱曲，能在原封不动的基础上为诗歌成功谱曲，也是职业生涯中的挑战与成功尝试。而歌手们更不用怀疑，若他们能将这些诗人的作品唱红大江南北，那么自身也将与诗人、诗歌一荣俱荣。比如歌手简红，舒婷的《思念》现在应该也算是他比较成熟的“唱诗”作品，到现在为止，他已经多次在诗歌活动中演唱这首作品。当然最重要的是，本次活动中的作品真正做到了“入乐为歌，出乐为诗”，这为以后类似的活动或者诗歌入乐提供了现实借鉴的可能。

因此，在当年看来，这个活动谱曲的那些“唱诗”作品在当时诸多诗人、音乐人、大众等心中应该算得上成功的。因为在现代传播方式下，在大众看来，以诗为词的作品似乎颇具意味，并且大多数诗人都非常乐意让自己的诗歌作品谱曲演唱，一方面诗与人的知名度提升有了可能，另一方面音乐人也缓解了歌词创作的压力。所以不管是在旋律上，还是在诗歌本身，这些“唱诗”作品都有值得肯定的地方，它为更多的诗人、音乐人提供以诗入乐的借鉴。未来“如果诗人们依声填词，写出能唱的诗，如果朗诵会变成唱诗会，相信会开

① 童龙超：《诗歌与音乐跨界视野中的歌词研究》，北京：人民文学出版社，2016年，第126页。

一个新局面"①，这也不失为对诗歌传播方式的展望。但是从现在看来，这次"唱响诗歌 2007—2008"活动本身与作品最终似乎还是回到圈子化，因为相关"唱诗"作品只是在初期进行了网络发布，随之就销声匿迹，虽然现在网络技术颇发达，但是当年那些作品也无法在网络上寻找。但也不能因为作品的悄然退场就否定这次活动所存在的价值。至少，此次"唱响诗歌 2007—2008"活动称得上是诗歌以音乐化方式进行传播的尝试，也是对于诗歌新的艺术形式进行的一次探索。

## 四、"唱响诗歌 2007—2008"活动的反响

可以说，正是报刊与网络"彼此呼应并通力合作"②，才得以将"唱响诗歌 2007—2008"活动推向传统文坛，完成了此次活动的历史记载。首先，"唱响诗歌 2007—2008"活动在"唱诗"作品首发之后，新浪文化读书在 2007 年 10 月 17 日创建了一个投票栏，在采取调研的结果中可以看出"唱响诗歌 2007—2008"活动引发争议的主要有三个关键问题：诗歌的传播方式、诗歌与流行歌词的关系及对诗人郑小琼《给》的评价。除了有网络争议，还有报纸对于此次活动的承载，为"唱响诗歌 2007—2008"活动营造了新的话语空间。如：在活动的启动仪式之前，2007 年 9 月 20 日，《新京报》以"舒婷等加盟'唱响诗歌'"为标题对"唱响诗歌 2007—2008"活动进行了报道；2007 年 9 月 21 日，《钱江晚报》不仅对"唱响诗歌 2007—2008"活动进行了报道，还对诗人王小妮和郑小琼关于"唱诗"问题做了采访；2007 年 9 月 23 日"唱响诗歌 2007—2008"活动举行了全国启动仪式新闻发布会，《广州日报》《东方

① 杨雄：《唱诗论——关于今诗形式、传播的思考》，《山花》2009 年第 14 期。

② 杨会：《"媒介场视野中的新世纪文学生产"》，《文艺评论》2017 年第 10 期。

早报》《羊城晚报》等对该活动进行了报道。

除了网络媒体、报纸、书籍等对“唱响诗歌 2007—2008”活动引发的争议进行相关报道之外，也有大众对此次活动进行了评论。如诗人桑克认为：“通过‘唱诗’这样一种声音媒介，诗歌就多了一种传播方式，毕竟歌曲的普及还是比文字要高的。”① 因为不管是古代的“歌诗”传统，还是“五四”时期的“唱新诗”，抑或是当前流行音乐的高受众度，采用“唱诗”这种方式，可以让诗歌拥有了另一种大众欣赏的价值。诗人、评论家李少君也认为：“这对诗歌的传播有促进作用。因为诗歌现在面临着进入普通百姓的生活的需要，而‘唱’是一个比较可行的方式。”② 而关注现阶段的诗歌传播，“作为一种声音媒介，唱诗的提出使诗歌多了一种可能的传播方式，甚至更容易被接受，更容易进入普通百姓生活，走向大众”③。但是，这对于作曲家的要求非常高。因为一旦“作曲家没有理解诗意，做出来的曲子跟诗歌是‘两张皮’，没有融合在一起”④，那么，诗人和大众都会产生质疑。

相对而言，文艺评论家朱大可对于此次“唱响诗歌 2007—2008”活动的看法较消极，他说道：“我对诗歌传播是悲观的，做这些，是明知不可为而为之的一种努力，主要是诗人们在自我拯救或者自娱自乐；我愿意看见诗歌生长起来，但我看不到大的希望。”⑤ 因为“诗歌被抛弃是互联网时代必然的趋

① 桑克：《声音媒介，诗歌新的传播方式》，http://blog.sina.com.cn/s/blog_4e67fbf201000bsf.html。

② 李少君：《诗歌界和音乐界双方都有这种需要》，http://blog.sina.com.cn/s/blog_4e67fbf201000bsd.html。

③ 宋世安：《2007 年网络诗歌之最（十大关键词）》，http://blog.sina.com.cn/s/blog_56d9734301008cex.html。

④ 汪国真：《作曲家没有理解诗意，就可能“客观恶搞”》，http://blog.sina.com.cn/s/blog_4e67fbf201000bsg.html。

⑤ 朱大可：《等哪天有诗歌超女，这事也许会有希望》，http://blog.sina.com.cn/s/blog_4e67fbf201000bsh.html。

势”①。正如文化评论家张闳所说：“现在的问题是，诗和音乐的分离是一个大趋势，不是从今天才开始的。现代诗出现时，它们两者之间就处于分离状态，虽然《叫我如何不想她》这样的诗谱成了歌。从根本上来说，诗歌发展的路向和音乐走得越来越远。”② 不得不承认，现阶段的诗人们为了创新或者博得关注，便玩起文字游戏，使得诗歌愈加深奥难懂，或许只是表达个人化的情绪，或希冀用别具一格的方式创作诗歌赢得业内关注等。面对这样的诗歌，大众更多地是不知所以然，而诗歌失却了原本的价值和意义。因此，“唱响诗歌2007—2008”活动的开展也让评论者看到了诗歌面临的现实困境。

而音乐人也从音乐的视角对“唱响诗歌2007—2008”活动提出了一些看法。作为此次活动的主唱歌手简红认为：“这一阵音乐界正在讨论‘中国乐坛死了’，歌词的低俗平庸正是其中重要的一项。我觉得，当下流行乐坛的歌词越来越空洞，已经到了我们这些音乐人和词作者深刻反省的地步，一场新歌词的文化运动呼之欲出。”③ 音乐人黑楠也认为：“现在的流行歌词是肯德基、麦当劳，食之无味、弃之可惜，如果有诗人的加入，情况会有比较大的改观。”④并且“除了语言文化修养，诗人在看待和思考问题的角度方面，也有和常人不同的地方”⑤。换而言之，从音乐界的视角来考察，当时参与“唱响诗歌2007—2008”活动的音乐人非常赞同此次活动所带给他们的灵感。虽然不能十分肯定地认为“唱响诗歌2007—2008”活动会对当下的歌词创作有较大改观，但是至少能吸引音乐界的人关注这种“以诗谱曲”的现象。

---

① 朱大可：《等哪天有诗歌超女，这事也许会有希望》，http://blog.sina.com.cn/s/blog_4e67fbf201000bsh.html。

② 张闳：《诗和音乐的分离是一个大趋势》，http://blog.sina.com.cn/s/blog_4e67fbf201000bse.html。

③ 桂杰：《“唱诗活动”应避免圈子化》，《中国青年报》，2007年9月24日。

④ 蒲荔子、赵文君：《诗人进军流行乐坛?》，《南方日报》，2007年10月28日。

⑤ 同上。

敞开在历史与活动之中，这场“唱诗”活动“在大众的期待视野中释放出自己的话语力量”①，借助于媒介的力量将活动推向大众的舆论中心。此次“唱诗”活动从网络的喧嚣到报纸的报道，加上诗歌界与音乐界对这次活动的探讨，使得活动处于争议的漩涡之中。主要包括：诗歌的传播方式、诗与歌关系探讨、诗歌对于流行歌词创作的启示、诗歌为流行乐坛注入文化内涵、“唱诗”是否是对诗歌的“恶搞”、诗歌的教育作用等诸多值得研判的问题。而远观漩涡而游离于主体之外，或许更能看清活动的本质。总体而言，此次诗歌活动的举办不太成功。

不管是此次活动最终的悄然退场，还是活动的影响力、诗歌及“唱诗”作品本身的艺术价值、作品本身的传播情况等，在现在看来都不容乐观的。但是诗歌与音乐的严肃性似乎也不能以大众的欣赏作为唯一标准，不能认为大众喜欢的作品就代表传播成功、艺术价值高。一首成功的“唱诗”作品包含诸多因素，比如诗歌、音乐人、歌手等。诗歌的选取、谱曲的成功及歌手的演绎都会影响“唱诗”作品本身。如果活动当时谱曲的作品有选曲、谱曲不当的情况存在，这在一定程度上也会影响作品的艺术价值呈现。还有，就是活动准备的充分与否也影响活动本身的价值，此次活动在悄然中退场，也可以从侧面说明当时活动的举办并不是准备得十分充足，导致后期没有再延续下去，但是不能因为活动的后期未能延续而以此断定整个活动是失败的。“唱诗”作品在广大青年群体之中没有得到广泛传播，但是不能否认此次活动中“唱诗”作品在诗歌界与音乐界之中的地位与价值。

虽然此次“唱响诗歌 2007—2008”活动未曾像那些大型诗歌活动一样名留诗歌史，其影响力在当时也十分有限，但是既然有研究者时不时地提及该活动，那么就应该承认此次活动存在的价值，至少是有一部分人在关注该活动或

① 傅宗洪：《大众诗学视域中的现代歌词研究（1900-1940 年代）》，北京：中国社会科学出版社，2016 年。

者类似的诗歌现象。那么再一次提及该活动，在笔者看来不能否定诗歌音乐化传播的方式，作为诗歌传播的另一种渠道，它的存在是完全可以肯定的。当然也不能否定此次活动的可行性与尝试性，也许在未来的诗歌发展中，不乏再出现类似的诗歌活动。因此，不能以活动的最终结果来评判活动本身成功与否。而作为21世纪以来第一个“唱诗”活动，可能在现在看来它的影响力还不够，但是不可否认这个活动对诗歌与音乐圈子当中的一些人产生了影响，也必定会启迪着他们去关注诗歌入乐这种现象，以此来探索诗歌新的艺术表现形式问题。

## 结　语

活动在21世纪广阔的诗歌背景中萌生，承载着广东悠久的诗歌历史底蕴成长，并在诗人杨克的提议之下进行了尝试。活动经历了诗歌筛选谱曲、网络首发作品、官方启动仪式与答谢酒会、举办“唱诗”演唱会，但最终因为活动经费不足等原因使得该活动在悄然中“退场”。从网络争议与报刊报道中，可以看出诗歌界与音乐界纷纷关注该活动背后的问题。处于漩涡之中的“唱诗”活动呈现出多维度内涵，而游离于主体之外的“唱诗”活动则启迪着笔者对之进行更深入的反思。此次“唱响诗歌2007—2008”活动本身有值得肯定的地方，当然也存在着不足之处。虽然活动并没有解决诗歌自身所面临的困境，但从传播途径来讲，诗歌在步入21世纪以后能继续以音乐化的方式进行传播，并且这种音乐化的传播方式得到了诗人、音乐人、大众的广泛认可，作为新诗的再创造形式也值得继续去探究。

# 诗评家专访

**主持人语（吕进）：**

西南大学中国新诗研究所是新文学史上第一家研究新诗的实体的科研和教学机构，明年将迎来建所 35 周年。从这里走出去的博士和硕士已经超过 500 人，他们遍布世界各地，本辑推出的两位诗评家也曾在新诗研究所就读。西南交通大学段从学教授是 1994 级的硕士生，师从邹绛和陈本益教授，他的硕士论文是研究穆旦的。后来，他在北京大学获得博士学位。西南大学文学院李应志教授是 1997 级的硕士生，导师是吕进教授，他的硕士论文曾荣获重庆市优秀硕士论文奖，题目是《论象征言说的本体意义》。2002 年他到北京师范大学攻博，获得博士学位。两位年轻学者的共同特点是除了中国现代诗学，还涉猎其他学术领域。段从学在鲁迅研究、抗战文学研究等领域都有成绩；李应志对西方当代文论研究也颇多心得。所以，他们的访谈录显示出视野开阔、内容厚重的特色。四位采访人都是新诗研究所的在读师妹，为了写好访谈录，她们做出了很大努力，值得点赞。

# 在冲撞与撕扯中寻找一种诗性可能

## ——段从学教授访谈

杨 婷 古 姗

段从学，1969年生，云南大姚人。1992年毕业于西南师范大学（现西南大学）中文系。1994年考入西南师范大学中国新诗研究所，师从邹绛、陈本益，研究方向为中外诗歌比较。1997年毕业，获文学硕士学位。2006年，毕业于北京大学，获文学博士学位。现为西南交通大学中文系教授，博士生导师，兼任成都大学特聘教授。主要研究领域为中国抗战文学、中国新诗。著有《“文协”与抗战时期文艺运动》《穆旦的精神结构与现代性问题》《中国·四川抗战新诗史》《新诗文本细读十三章》《中国新诗的形式与历史》等。

段老师，您好！很荣幸能代表《诗学》的“诗评家专访”栏目对您进行采访，同时，也非常真诚地感谢您能够接受我们的采访！

问：您的硕士论文是有关穆旦的研究，而且后来您也一直对这位诗人进行关注，在这一过程中，您对穆旦的态度有发生过什么重大的转变吗？后来您的博士论文是《“文协”与抗战时期文艺运动》研究，当时为什么没有继续选择穆旦进行更加深入的研究，而是做出这一转向？

答：变化当然是有的，那就是逐渐摆脱了对研究对象无条件的依附和“赞美”，反过来把穆旦本人问题化，变成了理解和反思中国新文学现代性问题的一个出发点。也就是说，从通行的作家研究，变成了以问题为中心的诗学问题研究。在这个转变中，现代性也从一种追求和探寻的理想目标，变成了需要切实分析的问题。

没有继续选择穆旦进行更深入地研究这个说法，可以分开来说。第一，直到今天，我个人也还在断断续续关注穆旦，所以不能说没有继续。至于是否深入，那是另一回事。第二，从关注穆旦转向抗战时期的“文协”研究，最简单的想法，就是想尽可能多学点东西。我认为做学术研究有两种人，一种是选定一个题目，然后持之以恒，几十年如一日反复研究，持续不断地把一个问题做到极致；另一种，则是不断开辟和拓展新领域，以满足个人的求知和求新，而不是以满足学术界的通行标准为目标。我非常羡慕那些能够在一个题目上翻来覆去不断出新的同行，但却很难学到那种耐得住烦恼和反复的心态。当然也不是说我把自己定位为不断开辟和拓展新领域的人，而是觉得我可以读，而且应该读的书还不少，个人似乎还有精力多读几本书，所以就这么折腾下来了。总的说来，现代文学不是古典学术，所以能够依托一个现成对象而展开个人学术抱负的情况，似乎也不是很多。不少学科领域的一流学者，都有“学术转向”的事实，这就说明了这一点。

问：您在关注鲁迅和穆旦的过程中，有没有觉得他们除了对生命和死亡所生成的痛苦、对传统社会的深刻体验有呼应之外，还存在其他特别的相通之处？如果有，我们如何来理解和看待这种相通？

答：这个问题比较复杂，分开来说吧。首先澄清一点，对传统文化的批判，是从现实批判中派生出来的。鲁迅也好，穆旦也好，他们都是从一个正常人的体验和感受出发，从个人在日常生活中遭受到的痛苦和不安开始，而不是从现成的概念出发来反思和批判传统的。也就是说，他们是从切身的现实经验出发，在追溯和探讨种种苦难和不公正的合法性来源的时候，才发现了作为批判对象是传统的。传统不是密封在过去的东西，而是弥散在现实生活中，而且继续支配和规范着我们每一个人的生存可能性的现在时态的存在。

所以，我们必须抛开这样一个因为极度浮浅，所以大为流行，受保守无思想的各色人等欢迎的说法，那就是：传统是好东西，不能随便反。鲁迅和穆旦的思想可能有误区，但从现实经验出发，通过对传统的反思和批判来达成现实批判的历史精神，完全应该给予充分的肯定，并且继续发扬。我们今天觉得传统是个博大精深、妙不可言的“好东西”，这样的感觉，实际上来源于我们的现实生活经验，和传统没有直接的关系。这样的现实生活经验，不能说完全就是通过对传统的反思和批判来获得的，但不能否认的历史事实是：鲁迅、穆旦等现代知识分子的反思和批判，参与了我们今天感觉良好的现实经验的历史建构。

澄清这一点，当然不是说我们因此就不能反思和批判鲁迅、穆旦等现代知识分子当年对传统的反思和批判。而是说：要搞清楚基本的常识和思路，才能谈问题。普通人可以不管这些，今天诵读经典，明天给孩子报个国学班，但作为专业知识分子，我们还是要有基本的思维能力，有基本的学术操守。

回过头来看所谓“生命和死亡”的痛苦问题。这个问题，可以说是任何一种文明都必须面对的问题。也就是说，不同的文明类型，在很大程度上就是通过对这个问题的不同回答而展开的。作为一种特殊文明类型的现代性，把这个问题从群体和种族的绵延中剥离出来，变成了“一个人的事情”。对绝大部分中国现代知识分子来说，还应该再加上非常特殊，也非常重要的一点，那就是把这个问题和宗教信仰剥离开来，和永恒、灵魂之类的东西剥离开来，变成了“现在的事情”。在这种情形之下，“生命和死亡”也才会在鲁迅、穆旦那里，变成了一个令人痛苦而不安，但又不得不时时回顾，因此也时时折磨着自己的问题。也就是说，如果说两人有什么相通的话，那就是这个共同的现代

"中国经验"：生命和死亡，变成了"一个人现在的事情"。

穆旦在《控诉》，鲁迅在《祝福》《我要骗人》《死》等文章里，都反复写到这个问题，也揭示了痛苦和不安的根源：现代性的个人立场和永恒信仰消失之后的时代深渊。没办法，一种文明类型一旦形成，就有它自己的现实活力和历史周期。鲁迅和穆旦，还有今天的我们，就置身在这个历史周期里，置身在这种特殊的文明类型里。

问：邹绛老师不但是我国著名的诗歌翻译家，也是著名的格律体新诗的诗人和理论家。您在邹绛老师去世后的第一时间里就编选了《邹绛现代格律诗选》，能否请您谈一谈邹绛老师和他的格律体新诗？

答：还是分开谈。编选《邹绛现代格律诗选》这个事，其实是吕进老师做的。他把相关的材料转给我之后，我只做了一些整理和核实细节的工作，把一些原来的手抄资料，添加到注释之中。当然，也可能是邹老师长期做编辑工作，有整理和保存自己诗稿的习惯，其诗稿基础已经非常好，基本上是拿来就能用了。从我的角度来说，只是从吕进老师手里接过了完整的资料，做了最后一点文字工作。而另外征求和搜集到的东西，也非常少。署我的名"编"，认真说来是典型的"名不副实"，借此机会澄清一下。

这本今天看来非常寒碜的小书能够印出来，在为数不多的诗友中间流传，还要感谢唐正秋老师。他为这本书的印刷和出版，捐赠了两百元人民币。这个数字，今天看来当然是不算什么，但在当时却是另一回事。唐老师当时是中山大学外语系老师，现在据说已经移居澳大利亚了。根据吕进老师在《永远的怀念——序〈邹绛现代格律诗选〉》里的说法，唐正秋应该是邹绛和吕进两位老师在西师（现西南大学）外语系的任教时的本科生。这一点，也从一个侧面折射出了新诗所老师的人格魅力。最初的新诗所，主要就是凭借这种人格魅力，而不是今天留下的制度建设或者学科建设之类一点一滴发展起来，壮大起来的。

关于邹老师的诗，我在《邹绛是首人诗》的纪念文章里，已经说得比较多了。总的说来，我认为邹绛的现代格律诗，是时间上的现代社会里的“古诗”。他不是从浪漫主义的人与诗的关系，而是从古典主义的诗与世界的关系出发来思考和写作。对他来说，“诗”不是从个人的内心世界里流溢出来的主体性的东西，而是一直就“在那里”，外部世界里存在着的东西。诗人的任务，就是捕捉那些一直就“在那里”的诗意。写作习惯上的反复修改，和对形式的苦心经营，目标都是要让自己的“诗”最大限度切近和符合那个一直就“在那里”的诗意。这是一种古典主义的诗学理念：真正的美是天地之大美，是自然之美，人工制品和人的写作就是追慕和无限切近这种大美，这种自然之美。废名说得好，古代诗人如庾信、李商隐写的是“新诗”，而现代诗人林庚写的是“晚唐”古意。邹绛老师，其实是一个在当代社会写“古诗”的人，也就是“古人”，是顾炎武所说的那种“古人”。还有不少写现代格律诗的人，也可以从这个角度来理解。他们的写作，会让我们从另外的角度来理解新诗与旧诗、现代与传统之类的问题。

问：在当下诗坛，有些人大力宣传废名的“新诗就是自由诗”的说法。吕进老师近年在报刊发表文章，主张自由体新诗和格律体新诗的双轨发展，引起广泛反响。您对新诗的诗体建设有什么新的想法吗?

答：废名的观点，其实有比较特殊的思想背景，那就是以“表现自我”为中心的现代性思想的兴起。他抛开形式问题，转而以内容为中心，主张根据一首诗的内容来建立这“一首诗的形式”。所以他所说的自由，其实是“表现自我”的自由，是精神和人格上的自由，至于形式上是否自由，则应该根据内容和精神来确定。严格说来，他并没有否定形式，而是反对先设定形式，再根据形式来写作。他所说的“做八股”“做题目”，其实就是这个意思。废名的思想是综合性的，在小说、论文、散文等不同形式的文本中都有所体现。光看他的诗学论文，不太容易理解他的意思。

今天被我们统称为“古代诗”的东西，从诗、乐、舞三者合一的“元诗”

状态中分离出来之后，曾经分别属于诗、词、曲等不同的文学部门。即便在以文字本身的音调为基础的近体诗，也就是我们所说的律诗兴起之后，乐府、民间词曲、文人词曲等不同的形式，也长期并存，相互促进。从四言诗演化为五言，进而又演化为七言之类的说法，是根据进化论思想，精心挑选和重新组织相关事实之后得出的“文学史结论”，而不是历史事实。吕老师的观点非常准确，眼界宏大，非常有启发。自由诗和新格律诗并行不悖，哪一种“新诗”最终胜出，其实不重要，也不一定就取决于“新诗”自身。

目前来看，我觉得也没有必要太在意“正宗之争”。在相互竞争中不断完善和展示各自的诗性可能，共同为中国的“诗文学”寻找和增添“新诗”，才是更值得重视的事。没有竞争对手，自由诗也好，格律诗也好，可能都会陷入低水平的“内循环”，不仅对中国“诗文学”，对自身的发展也不利。套用过去的说法，我觉得自由诗和新格律诗不妨互为“民间—官方”，在一个长时段的历史时间里展开“诗学竞争”，比长跑，比耐力。要知道，沈约等人的“永明体”从发明到确立正宗，也是好几百年的事。而且也没有妨碍乐府、词曲等多种“诗文学”形式的继续存在。

问：2010 年，在关于《新诗的“变”与“常”》笔谈的一组文章中，您撰写的《导向一种风险诗学》对新诗的“变”与“常”的关系表达了自己的看法，并借助现代性社会学的风险社会理论，提出“风险诗学”这一概念。那么在时隔十年以后，您对新诗“变”与“常”的看法有什么新变化吗?

答：当时提出的，只是一个空想，一个思路，所以目前也没啥新变化。冯至《十四行集》里的这两行诗，我非常喜欢：“狂风把一切吹入天空/暴雨把一切淋入泥土”，拿来放在这里，可以这么说吧：我们只能在“变”与“常”的冲撞和撕扯中，寻找一种面对动态复杂性的诗学可能。真正的和谐与宁静，其实是冲撞和撕扯中展开的张力结构。没有冲撞和撕扯的单一性，没有生命活力，也就谈不到和谐，谈不到宁静，只能说是僵死。

问：在您的研究中，关注了“金陵诗人群”“《文群》副刊诗人群”等诗人群体，对大多数人来说可能比较陌生，因为在我们通行的文学史中很少看到他们的身影，而您将他们发掘出来，对当时的中国新诗发展样貌进行了一个补充性的还原，那您觉得这些群体在通行的文学史中失语的原因是什么呢？这些被遗忘的诗人群的发掘对于“现代派”的诗学谱系来说会产生怎样的冲击？

答：我把通行的文学史叫作“国家文学史”。现代性国民通过现代教育制度来塑造和养成，文学史书写和教学活动就是塑造和养成现代性国家观念、国民意识的基本工具。在这个意义上，我对金陵诗人群、《文群》副刊诗人的关注，可以说和通行的文学史，也就是“国家文学史”书写和教学没有关系。如果这些诗人将来能够受到文学史书写和教学活动的关注，那也只是它的“溢出效应”，不是我最初的目标。

文学史书写和教学在养成“知识共同体”的过程中必不可少，但对以创新为目标的“研究共同体”来说，没有必要在这个问题上花费太多的精力。我在自己的教学和研究工作中有一个非常痛苦的感受：对不少研究生，甚至一部分以低水平的文学史常识作为参照来追求创新的学者来说，“文学史”在很大程度上变成了他们的思维方式，用写文学史的模式来写论文，以为批判一下通行的文学史结论就是创新。古人谈论意义和文字的关系时，曾经把文字当作渡河的桥梁和筏子，主张“舍筏登岸”，以意为主。真正的研究者，也应该把文学史当作桥梁和渡船，“舍筏登岸”，自己做自己的事，没有必要过分纠缠在文学史上。

从现代性思想和知识谱系的角度看，现代派、浪漫派、现实主义之类的划分，其实也没啥意义。它们之间的共同性，远远超过差异性。它们之间的差异，不过是以“大同”为基础而显示出来的“小异”。作家和诗人往往借助于这种“小异”来确立和标出自身的历史性，但作为研究者，我们不宜跟在作家和诗人后面，钻到这些“小异”里边去，丧失了自己的独立思考。所以呢，是否能冲击或者丰富“现代派”诗学谱系，也不是我关心的话题。如果一定要冲击的话，我看还不如直接解构“现代派”诗学谱系。这个工作，当然已经有人在做了。

问：我们关注到您做过四川抗战新诗史的研究，当时是什么样的契机想到要专门写一个地域性的新诗史呢？能和我们分享一下您主持这个项目的一些体会吗？

答：你们提到这个书，让我非常惭愧。在我目前为止的所有著作中，这是让我自己感到写作最为匆促、疏漏最多，同时也最不愿提起的一种。这个书是四川省社会科学院文学研究所的苏宁老师主编的丛书中的一种。最初参加这个集体项目的时候，以为是第二年就要交稿，所以也曾经按照通行的“国家文学史”模式，敲打了七八万字出来。过了一年多没动静，我也就以为项目成了“烂尾楼”，可以不管了。但没想到第三年初，苏宁老师突然告诉我交稿，这套书准备5月份出版。没办法，我只好整个寒假期间拼命写，凑字数。

这个时候，思路和兴趣发生了转移，再也不可能沿着原来的思路，按照“国家文学史”的标准格式来写了。这样写，不仅自己觉得意义不大，更要命的是会重复苏光文老师、吕进老师等人的研究，等于是把别人的东西拿来，换个说法变成自己的。这样的做法，其实就是大家经常说的“洗稿”。如果“洗”的对象是别人，我可能也就装作不知道的样子，糊弄过去了。但苏光文和吕进两位，都是我的老师，就不好意思那么厚颜无耻了。情急之下，我只好“后退一步”，采用中国古代“方志叙事学”的传统，避开艾青、七月派之类已经在“国家文学史”里得到了充分研究的对象，转而关注那些没有资格进入“国家文学史”的对象。总体上，也从这些“小诗人”为立足点，暗中照应一下抗战之前主要集中在上海、平津等东部中心城市的“中国新诗”，如何在原本几乎没有“中国新诗”的四川地区发生、发展的内在机制和历史过程。这些，在《自序》里说得很清楚，这里就不再重复了。

如果说有什么收获的话，那就是通过这本书的写作，我意识到了“有缺点”的学术研究也是有意义的。因为这些缺点恰好是在力求突破平庸的过程中才有可能产生。既精致，又创新，那当然是第一流的学问。退而求其次，在粗糙中追求一点能够说服自己的创新，无论如何总比没有缺点，但也比没有创新的平庸要好。这是唯一可以自我安慰的地方。

感谢苏宁老师，让我通过这本书的写作看清了自己，意识到了自己所能追求的，大概只能是一种“有缺陷”的研究和写作了。早点发现和找到自己的位置，也是学习和研究的重要收获。当然，书里的疏漏和错乱，是不能否认的。如果有机会的话，我愿意对此做出修订和补救。

问：您在2017年6月下旬主持了“潜江诗群”研讨会，在这次研讨会中，您提出了评论家们以群体或流派的方式来书写“新诗史”的套路，会不会导致诗歌作者以“组织起来”的方式来写作新诗，以期顺理成章地进入文学史的问题。您认为诗人进入文学史有没有一个明确的标准呢？如果有，我们应该如何去界定这个标准？

答：这是一个比较即兴的发言，没怎么多想，只是针对“XX后”之类的代际命名现象，提出了一点不同看法。我发现你们比较关注文学史问题，对诗人能否进入文学史也很在意，但我个人恰好不是很在意这个问题。从长时段史观的角度看，无论以什么样的方式进入文学史，最后都要接受不同时代的“文学观”的检验，而不是一旦挤进去，就可一劳永逸了。从这个角度看，界定标准其实是不可能的。因为我们的“文学观”，和一百年前的林纾的“文学观”，就完全没法统一。后人怎么看我们今天的写作，其实也不是我们能够左右的。写出有丰富内涵、经得起不同“文学观”挑选和阅读的作品，才是值得我们关注的事。

问：在您看来，诗歌群体或诗歌流派的存在对于那些刚刚步入诗歌写作的诗人来说有什么影响？群体或流派是为诗人提供了自由书写的场域，还是让他偏离了可能更有效的个体化书写呢？

答：严格说来，不存在个体化写作和群体写作之间的矛盾。个人只有通过某种社会身份，才能将自己标示出来，成为个人。群体身份，其实也是个人身份的一种形式。问题的关键在于一个人有愿望和相应的能力突破单一身份的限制，通过自己的写作来创造新的身份来丰富和发展自己。群体身份是助推器，也是进入诗歌场域的重要力量，但如何把自己从助推器上弹射出去，才是个人之为个人的关键。

问：您在谈到戴望舒的《雨巷》时，一改我们通常对这首诗古典气息浓厚的印象，而把它当成是现代性气质的诗作，可以说对这首诗进行了一个开拓性的阐释。那么您认为界定一首诗歌是否现代的标准是什么呢？古典和现代交融要怎样才能达到一个较为融洽的状态？

答：首先要澄清的是，把古典与现代的融合当作不言而喻的诗学理想，以为只要两者融合，就一定能够产生诗的“宁馨儿”这样的观点，其实这也只是一种知识性的说法，不是天然如此的诗学理想。近年来，已经有人对这种说法进行了知识考古学的分析，不应该继续把它当作理所当然的“好东西”来使用了。同样的道理，是否具有现代性也和是否具有古典性一样，不应该成为衡量一首诗好坏的标准。在很大程度上，这是我们感受到了一首诗的艺术魅力之后，为这是魅力和艺术成就找到的“说法”而已，不应该反过来成为一首诗的魅力和艺术成就。所以，我不觉得应该如何交融是一个问题。

我们每个人身上都同时存在着古典性和现代性，也会同时运用综合性的能力和意识去面对世界，关键在于面对某个特殊问题的时候，我们究竟是用古典性的，还是现代性的意识。也就是说，这是一个只能针对特殊的个别对象展开具体分析，无法普遍化的问题。对我来说，现代性和古典性都是分析问题的工具，而不是定性标准。

问：关于中国新诗对“现代中国”的想象和书写这一问题上，我发现您提出了一个从挣脱“个人身体中心”到“再身体化”这样一个过程，您把这个过程定义为对“现代中国”的“诗化”处理，那么这种修辞策略中是什么因素起着主导作用呢？从中国新诗发生的历史来看，这种“再身体化”是否完全实现了呢？与小说相比，新诗在建构民族国家形象的过程中呈现出哪些不同之处呢？

答：问题很复杂，分开来说吧。第一，不能说这是一种自觉的修辞策略，只能说是从历史中观察到的一种现象，所以也就很难说究竟是什么因素起主导作用。如果一定要说的话，那就是人类以个人经验为出发点，把个人变为事物的尺度和标准的人类中心主义认知模式在起主导作用吧。第二，是否“完全实现”的问题，也不好说。完全的标准，就是一个无法界定的问题。同一首诗，有的人会觉得它“思与境偕”，情感和意象亲密无间，完全实现了“不隔”的诗学理想，另外的人会觉得它不是那么回事。再者，任何一种感觉和知识，都需要永无休止的再生产和日常维护，完全实现在这个意义上也是不可能的。关于新诗与小说在建构民族形象上的差别问题，则一直没关注过。要是有兴趣，两位不妨自己关注一下。

问：您曾探讨过新诗自身的传统这一问题，并在阐述过程时引用朱自清的话，说“中国现代新诗已经建立了自己的传统，并且以此为根据，找到了自己的道路和方向”。您能基于此进一步谈一谈中国现代新诗建立的传统，以及在这个传统之上延展出的中国新诗的道路和方向吗？

答：这个问题不好谈。朱自清的“新诗史”，只是中国新诗自身合法性话语的一种，而不是全部。他以表现内容的扩展和表现新变为标准，建立了“新诗的进步说”，让中国新诗摆脱了对旧诗的对抗性依附，成了一个独立自足的话语空间。有了自身的传统，只能说我们不必再依附于他者，根据他者正面的或反面的压力来确定自己的方向和道路了。但不能说中国新诗因此就可以躺在某种现成的传统之上，不必再自己为自己创造方向和道路了。根据传统的知识和经验，还是根据我们每个人的理性和知识能力来选择未来的道路，可以说是古代性和现代性两者不同的认知范式之间的根本差别。对中国新诗来说，道路和方向或许更应该是一种后设归纳的结果，而不是一种现成的存在。那样的话，中国新诗也就和“中国旧诗”在精神上没啥区别了。

问：从古至今的诗人好像大都会或多或少地表现出“受难”的姿态，有些诗人甚至选择主动“受难”。“受难”的生存姿态对诗人来说是不是具有特别的诱惑力？这种持续的诱惑依靠什么力量来实现呢？

答：这个说法，需要稍作辨析。其实更多的诗人会表现出“享乐”的姿态。尼采甚至认为美是一种享用的对象，而不是康德所说的有距离的、无利害的审视对象。在某种意义上，或许正因为“受难”是一种更为罕见的诗学品质，所以才需要，而且受到了特别的张扬和倡导。宗教语境中的“受难”，自有其特殊含义，我们没法谈。

就中国新诗自身而言，也不能一概而论。认真说来，恐怕每一个人的“受难”，都有自己独特的精神内涵。比如北岛《回答》那样的“受难”姿态，在很大程度上来源于一种广场上的“群体幻象”，就是觉得个人与某个强大而沉默的群体结成了一个有机的“命运共同体”，个人的“受难”会成为这个“命运共同体”的永恒记忆。艾青的“受难”，就带有人类学的“牺牲—复活”的仪式感，当然也有历史感。任何一种“牺牲—复活”的仪式，都有特定的现实指向，不能因为形式相同就忽略了这一点。

问：您说您更愿意把“新诗”看作一种特殊的话语，而不是特殊的文体，您注重的是这种特殊话语的“知识性”。那么，您的这种观念是否跟您所说的“大诗学”的观念相通呢？从“小诗学”到“大诗学”的这种转变，是否要抛弃传统的诗歌研究，如何在这两者之间取得一个较好的平衡呢？

答：不是一回事。作为一种话语知识的“新诗”，涵盖了作为一种文体形式的“新诗”。也就是说，把新诗当作一种特殊的话语知识，和把新诗当作一种文体形式两种思路，不是彼此对抗的。可以说，正是因为把新诗当作一种文体形式解决不了，也回答不了新诗研究中遭遇到的很多问题，才有必要提出把新诗当作一种话语知识。知识就意味着它是建构性的，而不是“自然的”。我们的创作，我们的研究也才能作为一种积极的力量，参与到“中国新诗”的历史建构之中去。为“中国新诗”建构新格律之类的文体形式的活动，也才能摆脱“自然性”的束缚，成为一种事在人为，摆脱了既有规则和形式束缚的积极行动。

“大诗学”的概念，主要是针对研究者来说的。再具体点，就是针对以“文学性”为立足点，高度重视边界意识和学科合法性基础的“文学研究”而来的。其主要的意思，就是打破知识和学科的边界，不是根据学科边界和“文学性”的要求，而是根据研究对象的需要来征用相关的理论和知识。简单点来说，就是主张在研究中没有必要受制于现成的知识和学科边界，根据自己的需要来征用相关知识，谈论相关问题。这是中国古老的传统，也是对“学科合法性”得以确立的基本前提的反思和超越。直接面向问题和对象，把知识和学科的边界理解为一种帮助自己直接面对问题和对象的助推器，而不是一个人必须遵守，因而难免束缚眼界和手脚的规则。

所以，“大诗学”和“小诗学”之间，并不存在冲突，而是相互交融的东西。一句话，就是“大小由之”。研究对象要求我们走出狭义的“诗文学”，则打破“小诗学”的界限，追随这个要求进入新领域。研究对象是“小诗学”足以解决的问题，当然也没有必要一定要把“大诗学”硬塞进去。如果说有什么限制的话，那就是我们自己的研究和思考能力的限制。

两者的融合和平衡，也不是通常所说的既要这样又要那样。吕进老师有句话，我体会比较深，也非常赞同。他说的是：一个人只能做好自己能做的事。优秀的研究者，大都是从自己能做的事出发，选择一条道路，把一件事做好，做到极致。融合与平衡，就是在这种把一种可能性发挥到极致的过程中自然而然地完成的。在这个过程中，自然会突破自己，会走出对象，走出同时代人的眼界和知识范围，围绕着解决问题的需要而形成“大小由之”的新气象。既要这样又要那样的融合和平衡，在某种意义上就是平庸的同义词。

问：针对当下诗歌写作的一些现状，从一个诗评家的角度看，您觉得我们一直所说的所谓“诗歌精神”在当下应该怎样去定义呢？

答：我老早就听说了这个说法，但一直没怎么认真关注这个说法。我经常开玩笑说，文学研究这个行业，也要考虑就业问题，为国家做贡献。不少轰轰烈烈、似是而非的话题，只是为诗歌从业人员提供了发表意见的机会，对就业有贡献。其他的意义，往往很单薄。所谓“诗歌精神”及其讨论，在我看来就是这样的说法和做法，属于“诗歌活动”，没有必要太在意的。给小学生一个定义，他马上就能记住，奉为“真理”。但研究要求创新，要求突破，所以任何一种“定义”和“说法”，要么是雇来帮自己干活的，要么就是超越和破除的对象。

问：面对当下的快节奏生活，我们总说生活不止眼前的苟且，还有诗和远方，我们也讲要“诗意地栖居”，那您以一位诗评家的身份来看，什么是“诗性”与“诗意”呢？

答：所谓的“诗和远方”，还有什么“诗意地栖居”，其实是大众社会的“心灵鸡汤”。对普通大众来说，这样的“心灵鸡汤”是正常的，但专业研究者不应该跟着瞎起哄，贩卖这些肤浅的“心灵鸡汤”。也就是说，在专业研究领域，谈论这些话题不仅仅是肤浅，更有毒害，用似是而非的言辞贩卖“毒鸡汤”。如果“诗”就是和“远方”联系在一起的一种逃避，一种生活幻象的话，它也就没有了存在的理由。这个开放性的“远方”幻象，是随着浪漫主义的兴起而泛滥开来的，和浪漫主义的“诗”观念联系在一起的。但“诗”本身和人类历史一样古老，浪漫主义的“诗”仅仅是其中的一个环节而已。我们刚好生活在浪漫主义“诗”观念普及和泛滥开来，成为大众常识的时代，但没有必要把我们恰好置身其中的这种“诗”放大成为“诗”本身，成为和眼前的现实生活想对立的“远方”两位一体的东西。

大家都在谈论“诗意地栖居”，但忘记了荷尔德林的原话，“充满劳绩，然而人诗意地栖居在这片大地上”。在荷尔德林看来，“诗意地栖居”是和“劳绩”联系在一起的。也就是和人类的日常生活，人类与生俱来的痛苦、操劳等必需的生存活动联系在一起的。可以说，有能力承担日常生活，承担人类与生俱来的“劳绩”，才谈得上“诗意地栖居”。没有能力，也不愿意承担“劳绩”，而只是简单地幻象着“远方”，那只是本能反应，谈不到什么“栖居”，更谈不上什么“诗意”。诗不是日常生活的修辞术，也不是贫乏心灵的安慰剂。诗是人类生活的建造者。

问：您认为一个诗评家应该具备什么样的品质与素养？

答：这个问题，没法一概而论。我把它缩小到对两位这样的研究生，也就是缩小到对入门者的要求这个范围内，简单说几句吧。首先我觉得就是艺术判断力，读懂并且能够分辨一首诗的好坏的能力。新批评称之为“细读”，李怡老师称之为“裸读”，说的都是这种能力：直接面对一首诗本身，能够判断其艺术品格，分辨“好”和“坏”。读一首诗，不能先借助于这样那样的背景知识和理论框架，确定一首诗“好”之后，再来煞有介事地分析和讨论。其次，我觉得要有能力说出一首诗的“好”和“坏”，也就是要有一定的写作能力。这是思考和分析的能力，也是表达能力。一般读者的艺术判断力完全有可能超过专业读者，但他们大多不会进一步把这种感受转化为写作活动，在写作中展开进一步的分析和思考。写作既是职业的需要，也能够让我们的思考和分析更加深入，更加缜密。在当代中国这个特定的情境中，还应该加上第三种能力：那就是对“坏诗”保持沉默的德性。在诗的好坏随着“官”的大小、钱的多少而升降的市场现象面前，我们可以不去批判那些恶劣现象，但至少应该对自己心目中的“坏”诗保持沉默。这是必要的阅读德性。

# 从语言到哲学，探寻诗的“可说”与“不可说”

## ——李应志教授访谈

吴梦涵　李　静

李应志，男，1970年生，西南大学文学院教授，比较文学与世界文学专业博士生导师。1993年毕业于重庆大学机械工程一系，2000年在西南师范大学中国新诗研究所获硕士学位，2005年在北京师范大学中文系获博士学位。中国比较文学学会会员，国际比较文学学会会员，美国爱达荷大学访问学者。主要研究领域为西方文学和西方当代文艺理论，在中国新诗、后殖民主义和后马克思主义文论等领域有较深入的研究。目前出版有《解构的文化政治实践：斯皮瓦克后殖民文化批评研究》（上海三联书店，2008年）、《全球化与帝国主义危机控制》（人民出版社，2014年）、《后殖民主义：人物与思想》（北京师范大学出版社，2015年）等学术专著三部，主编教材《中国现代新诗欣赏》（2004）、《西方文论教程》（2019）、《比较文学》（2019）等三部，另有《人性与人之使命》《〈论文字学〉英译者序注译》（2019）等译著多种。主持《马舍雷文学哲学与后马克思主义文论转向研究》等国家社科基金项目两项，主研国家社科项目等约十项。在《文艺研究》《文艺理论研究》《国外理论动态》等刊物上发表学术论文四十余篇。被《人大复印资料》全文转载复印多篇，曾获重庆市社科成果三等奖等。

问：李应志老师，您好！很荣幸能代表《诗学》“诗评家专访”栏目对您进行采访。您是从新诗所走出去的，在您回忆这段求学经历时，说到得知被录取后“经历了一个人的历史中少有的高峰体验，在嘉陵江中的碚石上呆坐了整整一个下午”，让人为之动容。我认为爱诗、研究诗的人骨子里流淌着感性的血液，是超强的理性和逻辑思维无法遮蔽的。请问诗学研究或者说对哲学的求真、求实，给您带来了怎样的学术、人生启发？

答：首先非常感谢《诗学》杂志的采访。这个专栏是关于“诗评家”的，虽然我本人一直与诗歌打交道，也写诗、读诗，有过多年有关诗歌方面的课程教学，但极少发表这些方面的文字，所以既非诗人亦非诗歌评论家，今天接受这个专访，心中甚是惶恐。不过我可以就你们的问题谈谈我自己的一些观念和想法，也算对自己作为一名新诗所弟子的交代吧。

感性和理性的问题，我认为在文学中是共存的，并非人们所认为的学理工科的人更加理性，学文科的人更加感性，或者说有想象力之类的区别。这些区分很表面，认真考量一下就会发现是似是而非不能落实的。没有理性思考的文学可能是肤浅，理工科的东西也要有对事物的敏感性，微观世界或者宏观世界都不是眼见为实的东西，也都需要很强的想象力，只是它不能只是停留在想象。文学也不可以，对吧。按照亚里士多德的说法，诗人的职责“在于描述可能发生的事，即按可然律和必然律可能发生的事”。没有思考怎么知道生活的“可能性”？从感性到理性是一整套思维机制。真正面对问题的话，无论是文学、哲学还是自然科学，我觉得都需要这套方式，只是表达方式是有区别的。刘小枫的《诗化哲学》，九叶诗人郑敏先生也有本书叫《诗歌和哲学是近邻》，海德格尔有“诗语言是存在之家”的说法，等等。大家一般觉得最有感性意味的是浪漫主义诗歌，实际上起源于德国的浪漫主义，跟哲学太有关系了！德国浪漫派诗人几乎都是哲学家。尽管那时候谈论感性是针对启蒙理性的，但我一直认为那只是针对“理性的过度”，席勒强调的是感性理性的结合，康德的美学基础实际上是知性或理性的认知游戏。中国的古典诗歌和诗论同样都涉及很深厚的哲学底蕴。屈原、张若虚的“天问”，陈子昂、柳宗元的“千万孤独”等等，李白苏轼的“神游”，如果不抵达哲学的深度，对这些作品的理解就会大打折扣，尤其是在中西文化和哲学的对比中来理解，其意蕴是尤为宏深的。感性层次是诗歌之美的外表，抵达理性思考的层次才是诗歌之美的境界和高度。能流传的经典一般都在不同程度上具有大的时空容量，经得住各种人群、各个时代、各种深浅层次的阐释。当然，文学只能以感性为主的方式进行传达，它的入口应当是感性的，而不能像哲学那样，一上来就烧脑袋。

要说启发，我认为中国的情形主要是感性传统，理性发展是不足的。“求真求实”，我认为我们懂它的意思或者会这套程序的人可能极少。请原谅，可能这说法有些激进或者危言耸听，但我常感“细思极恐”。因此，我们今天谈论现代性问题时，中西方区别很大，西方可以进行理性批判，因为它有强大的理性主义传统，但是就我们的文化特点而言，进行这样的理性批判可能是有问题的；我认为中国要批判的可能是唯感性传统。不是说我们的文化没有理性，而是指理性不发达，还处在人类一开始就会的总结归纳层次。我们的文化光辉灿烂，很大程度上也在这里，我们对历史、生活的经验总结达到了极为丰富细致的程度。

但我们在考究“所以然”的问题上可能有些随性。“求真求实”我认为就是求“所以然”。磁针罗盘是经验总结和技术运用，磁场理论就是“所以然”。我们几千年来对“所以然”的技术性问题有所忽视。我认为不管对生活、对人，或是对我们今天的诗学研究，我们都要补“所以然”的课。求真求实是理性的思维，是一套严格的方法训练的结果，我们现在的教育还没有普及这一基本训练。我们认为西方那一套不好，但我们至少也要发明一套新的，是吧。今年的疫情可以说对国人各种层次的思维状况进行了一次集中的大展览。学会思考是一个文化转换的问题，需要长时间的努力。简单来说，西方 18 世纪就开始探索用感性弥补理性的局限，人性的全面发展问题至今讨论了几百年了。而中国的现代性要关注的可能是用理性弥补感性的局限问题，未来中国要在科学而不是技术上有发展，同样是这个问题。

问：我注意到，您的专业选择是一波三起的，开始是重庆大学机械一系毕业，后坚持考入中国新诗所，后又进入北京师范大学学习比较文学与世界文学。在十几年中不断向新的领域进发，是否可以理解为您一直在寻找自己真正感兴趣的方向呢？

答：我是重庆大学机械一系毕业，现在回头总结，自己的人生道路主要还是为了解决心中困惑，其次是想实现某种适合自己的生活方式。我常常觉得自己是很笨的一个人，这不是谦虚，事实上常常会有自卑感，人际交往常常缺乏自信。很多有成就的人很快就可以找准自己的人生方向，聚焦某一领域，但我不行。考入新诗所基本上是为了实现一种生活方式，写诗、读诗、研究诗。后来在学习诗歌的过程中，感到无论是写诗还是研究诗，没有理论思考很多问题是解决不了的。诗歌形式、诗歌语言、诗歌欣赏，我觉得都很独特和深奥，不是通常看上去的样子。例如简单的分行，文字一旦分行为诗歌的那种形式，立刻就意味着文字理解方式的大变化。从这一重大变化出发，诗歌的语言、结构和审美方式都立刻具有了自身的独特性。我感到必须从语言学、哲学及心理学等角度才能搞清楚这些独特性。专门学习西方文论，初衷主要是解决这些问题。另外，我认为研究中国现当代文学没有中西文化框架是不可能有真正深入的，这大概应该是常识了。“五四”过去了一百年，那一时代的学者、作家和诗人们面对的文化牵扯那么强烈，不是我辈能感受的。无论是国学还是西学，他们都比我们更具有切身性。吴宓和鲁迅的雕像站在文学院的大门前，这雕像放在那里很有意思，我还为它们写过诗呢。今天的现当代文学研究也许更应该具有他们的那种中西古今的比较的大视野，因为全球化了嘛。你们看到了吧，当这样追下去的时候，问题就已经完全越出诗歌范围了。

我的学习经历和专业变化可能有些欠考虑，我跟陈本益老师讨论过这个问题。最后还是决定由着自己性子来，当初转行不就是这样的嘛。当然这也有学术上的好处，每一次转换都很开脑洞，都会在不同程度上刷新看问题的方法和问题域本身，事实上也刷新了学术目标和人生态度。我很难说在找什么感兴趣的方向，好像最终会走上一条康庄大道那样，很多东西我都想了解，没办法。

如果真有一个贯穿的东西的话，那就是无论是学习我国古典知识还是学习西方知识，都有一个强烈的对比冲动，就会最终回到诸如中国文化的现代转型之类的现实问题上。我的课堂基本是这种风格。

在一个全球化时代，各种文化的人要相处，中西文化差异巨大，但基本人性还是一样的吧。所以能够通约的平台，能够对话的基础，恐怕就是这些共同人性。文学当然是了解认识人性的重要途径，但文学作为艺术其思考主要是通过展示现象来表达的，因此也要结合哲学心理学之类的，才会有深入的了解，可以说尼采、弗洛伊德、福柯、拉康等就是这样广泛影响文学研究的，深入理解人性必然借助科学和理性。一种好的文化、制度，一种好的生活方式等公共层面的东西，我认为首先要面对人性的真实和共性。个性是私人层面的东西，不能成为公共的制度基础。好的制度是公私空间分明，有秩序有共识，同时也有自由空间。

问：这样的多元学习背景，给您的研究带来了什么启发？

答：这个很难回答，我的感受就是，当有了一个新角度和新的知识框架，会突然觉得自己以前某个很笃定的看法显得幼稚。可能就是看问题多一些角度吧。学科专业分化本身有一定的道理，能够集中把某些问题搞清楚。但是当专业空间提供的可能性已经发展到一定程度的时候，就需要开脑洞换方向，寻找新的解决问题的生长点，提倡跨学科有这个意思。这跟一种文明和文化的发展相似，新的文化范式的融入总是带来大的飞跃，希腊文化之于罗马，希伯来文化之于欧洲，阿拉伯和中国文化之于西方文艺复兴，等等。西方走上技术和现代化道路，培根《新工具》里清楚地谈到了中国文化的根本性影响，阿拉伯影响也很大。中国文化的演进同样如此，不能只被别人吸收而不吸收别人。每一个专业和每一种文化自身都有其限度，山穷水尽的时候，必须借助外来的能量才能柳暗花明，这些都是明摆着的历史。多元学习就像青蛙跳出井口。它还可以启发一些人生道理，对吧，人与人之间的理解是很困难的，因为每个人都背着一口自己的“井”，都对自己的“井中知识”很确定，意识到这一点，也就知道了自己的局限性，知道为什么要尊重异见，就感受到知己是什么意思，为什么可贵，等等。

问：如果问，今天的我们还需要诗歌吗？答案当然是肯定的，我们的时代需要诗歌，很多人可能都会做出这样的回答。但如果继续追问，我们的时代为什么需要诗歌呢，又很少能够有人能说得明白。在您看来，我们的时代为什么需要诗歌，以及需要什么样的诗歌？

答：这个话题有点大，我可能也说不明白，试一试吧。以前我在李怡主编的《中国现代诗歌欣赏》的“绪论”中，说到过“需要”，现在肯定不会再用这样的说法了。诗歌就是伴随人类文化生活的一种表达方式，没有什么需要不需要的必然性。换句话说，“需要”这个说法是含混的，一方面是指它有某些诸如“兴观群怨”这样的作用，我们可以用它来达到某个目的，但也可以选择其他方法。另一方面“需要”也可以指没有它不行，是必需的东西。从功能角度出发，无论对时代还是个人，诗歌都是一种选择。我们既可以用它消遣、应酬、歌颂、宣传，也可以用它通向某种精神和认知境界，免于精神的绝对孤独和崩溃。诗歌可以讲故事，也可以抒情；既可以写只需押韵的“打油”诗，也可以像“推敲”这样的与语言搏斗死磕。可以用诗歌达到某种外在的世俗的目的，也可以满足某种非常自我的内在的需求，等等。任何时代都可以用诗歌来如此做这些事，不唯我们这个时代。当然，既然是选择，你也可以不用这种形式。今天的艺术形式繁多，精神情感的表达渠道多样，以前很多用诗歌完成的功能，今天的人们可能更愿意选择其他方式来替代，例如摇滚、爵士乐等所谓的“诚意音乐”，更不用说商业流行歌曲对一般领域的情感表达的取代了。至于意识形态这样的动能，今天的诗歌可能不如电影和电视剧。就这种功能选择性而言，不是非要诗歌不可的。实际上，绝大多数的诗歌写作，都是这种情况。就这些选择性而言，一个时代一定需要诗歌才能完成某件事，我觉得好像没有这种可能性，如果有的话，那可能也会成为诗歌的灾难。

但是，诗歌也有其他表达方式不能代替的“硬核”的东西，这大概也是诗学研究的根本对象。而这种“硬核”的东西，理论上讲在任何时代都是需要的。这个话题有点郑重和复杂，限于我自己的能力，我尽力简单地表达清楚自己的想法。首先，我们需要它来表达某些东西，这些东西不能用其他语言方式来表达。这不是神秘主义，这是因为诗歌特有的语言方式。从文学的角度看，西方从法国象征主义、唯美主义思潮开始明确讨论这一问题，瓦雷里的“纯诗”明确了诗歌语言与散文语言的区别问题，他意识到诗歌表达了一种难以说清楚的东西，难说清楚就是指散文语言不能明确说出来。他称之为“梦幻状态”，波德莱尔说的事物之间的“隐秘关系”，后世诗人发挥这个的就多了。中国实际上是很早就说清楚了这个问题。那就是言意关系，简单来说就是我们很早就认识到语言有局限性，有很多东西说不清，认为“立象”是个办法，结果你看到直到今天，中国诗歌几乎都是意象派类型的。现代诗和古典诗歌这一点上我认为并无本质区别。“立象”是我们传统文化思维提供的资源，几乎是唯一资源，是所谓的“诗意”的来源。法国象征派引入中国古典诗歌的这种思维，使得西方诗歌的言说传统焕然一新。中国现代诗人较早把这个问题说明白的我认为是穆木天。你们可以去好好读读他的《谭诗》。但我们学习法国的象征派，本来问题不在象征本身，因为这是我们的传统，根本不用向法国人学习这个，我们应该学习我们缺少的东西，但事实上我们只留下了这个出口转内销的东西。看看我们今天的诗歌写作，就是这个样子，这当然是一个遗憾。这是个过程，是文化转型的问题了。

维特根斯坦有句很有名的话，“凡是可说的事情，都可以说清楚，凡是不可说的事情，我们必须保持沉默”。简单来说，诗歌语言根本的“硬核”功能，就在这个“不可说的事情”上面的作为。我们老祖宗在这个问题上本来也不看好语言，但毕竟想到了“立象”这个办法，没有这么消极。借用一个说法，诗歌语言本质上是一种“不可能的可能性”。雅各布森从语言学的角度总结了诗歌语言的结构，也辨别了与散文语言的区别问题，已经涉及诗歌语言的审美和心理学原理，但惊鸿一瞥，作为语言学家这不是他关注的中心问题。哲学领域把这个问题说清楚的是海德格尔，他认为对于“不可说的事情”，虽然“诗语言”也说不清楚，但比“沉默”要好一些。因为它至少可以使那“说不清楚的东西”开始上路。这是一个没有办法的事情，海德格尔也好，后来的罗兰·巴特和德里达也好，你看他们的书，那种晦涩是令人很难受的。这是因为他没办法用传统语言来说，但又只能借用传统语言，这就使得他们的语言很像诗的语言，你的阅读切入口我觉得也是用读诗的方式，诗歌和哲学在这里走到了一起。

“不可说的事情”是什么事情？我个人感觉也并非那么神秘。“不可说的事情”包含很多方面，对哲学家来说可能是那些形而上学对象，对一般人而言，可能是情感、认知、意志、欲望，等等。但对于文学而言，“不可说的事情”本身我认为是变化的，我感到不可说，别人可能三言两语就说清了，昨天我感到不可说的，今天可能就可说了。对于一个时代来说，过去不可说的，也许今天就可以说了。但是对于个人也好，时代也好，都存在着不可说的事情，尤其是面对个人生活或者时代的转折，面对新领域的时候，一种旧语言秩序不能规范新领域并进行清晰表达的时候，可以说诗歌的需要就产生了。青春时代我们容易选择诗歌，因为在自身语言能力和人生转折之间出现了“不可能的可能性”。年龄大了可能就更倾向于其他文体，因为可以用散文说清楚了。当然，人永远有不可说之事，这要看他对于未知世界的敏感性和激情的持续性。

一个快速发展的时代，一个不断出现新事物和新思想的时代，一个我们的精神世界需要不断探索调整并重新秩序化的时代，我认为就会出现非常多的“不可说的事情”，尤其是那种比较大的文化转型时期。真正的诗人都是那种能够率先感受到这一领域的人，并且也是率先试图去描述这一领域的人。这个意义上说，真正的诗人都是“先锋的”。他们率先用语言触及、命名一个时代的不可说之事。伟大的诗人一般都具有这种时代意义，这也是一种预言的意义。

用语言去说这些不可说的东西，我们还是沿用“命名”这个说法吧。对人类来讲，最初没有语言，满眼都是不可说的东西，施特劳斯《忧郁的热带》中谈到那比克瓦拉人没有语言，每个人的名字是一件十分秘密而神圣的事情。我们的文化史中，你也会常常感受到名字的神圣性，取名叫名都有规定。语言是因为命名事物才得以诞生的，而“命名”最初都带着丰富的含义，具有浓厚的情境性，他把一个对象与整个情景的“世界性”紧密相连，可以说就是诗意的。但是在后来的使用过程中，逐渐褪去了这些情境性，只剩下一个可以流通的固定的意义，这个被磨光了诗意的语言因为其相对固化就成了散文的流通性语言。很多字词有多个义项，你会感觉到它似乎就是当初的情境性的残余，就像诗意磨光后剩下的几根白骨。诗歌写作是一个用现成的语言去命名那“不可说之物”的过程，这就意味着我们必须恢复这些词的诗意和情境性，通过诗人特有的语言处理方式让他们活过来并重新生长。

说得有点多了，算是权且回答你的问题吧。总之，我认为尽管诗歌可以“用”，可以“玩”，但诗歌的本质不在这里，换句话说，一个时代真正需要的诗歌不是这些，我想任何时代都是如此。我们这个时代是转折时代，理论上讲是可以出大诗人的时代，但是前提是得要有一颗朗吉努斯说的那种“伟大的心灵”，得要有担当和勇气冲进这个时代的混沌之处，为我们命名那不可言说之物，走进它的黑夜，像荷尔德林那样“在黑夜中走遍大地”。当然，这种力量可能有一个文化支撑的问题，如果只生产精致的利己主义者，显然就不可能提供这种力量。

问：您大学本科毕业于机械系，是工科男，您能解释一下这个有趣的现象吗？

答：20 世纪 80 年代高校有很多文学社团，我读大学时，重大有著名的“蓝语诗社”，西师有“五月诗社”，很多系里也有自己的文学社团，例如我做过社长的机一系的“星光文学社”。社团组织讲座、交流创作、出刊物，诗人很多的，氛围还是很浓厚。电机系的尚仲敏、李元胜与何房子都是我们的前辈，显然也是对后来者的莫大鼓舞，相当于形成代代相传的传统了。例如，如果没有何房子先行进入新诗所，就肯定不会有我这个新诗所“师弟”。要我来解释的话，当时的大环境可能都怀有一定的精英意识，就像是我前面说的想冲进混沌、命名世界的人比较多。当时也是放开接触西方文化没几年，需要急切地用诗歌命名我们灵魂的新处境。至于为什么扎堆到电机系，这个很难说，可能还是传统、氛围、相互影响等等，但我认为起点可能还是偶然性，并没有可解释的必然性要素，不然电机系就成了文学系了。

问：我们这个栏目叫“诗评家专访”，诗学界所谓的“诗评家”是诗歌评论家和诗歌理论家的统称，您的主要建树可能是在理论方面。我注意到，一些西方哲学家往往会试图提出一个理论指导诗歌创作，但在真正实践时却会发生偏离，从而造成“诗论”与“创作”的差距。比如艾略特曾经提出著名的“思想知觉化”的方法来保持诗人对诗歌的“入侵”，但真正进行创作时却难说有真正的超越。那么，在您看来，能以现成的“诗论”来指导“创作”吗？“诗论”和“创作”之间的关系又是怎样的呢？

答：我不是诗歌理论家哈，我只是就自己的积累谈谈看法，这不是谦虚，是事实。我想诗论是可以指导创作的，如果你想让诗论指导创作的话。但创作未必一定需要诗论来指导。诗人的诗论，有经验有知识，可以丰富我们的经验库存，理论家的诗论，可以增进我们对诗歌的了解，这些都可以或明或暗地影响创作。但要说“直接指导”，我认为不太可能由此出现本质上的诗歌创作。事实上，很多时候，诗论来自创作。我认为，诗论可能对学者们进行诗歌研究的作用更大些。诗歌创作和诗论，有时候还打架，我碰到的好些个诗人就看不起诗歌理论。反过来也存在理论家对诗人的偏见。实际上，各自关心的东西不太相同，没必要相轻。诗歌理论是从求真的角度全局地深入解析诗歌现象，诗歌创作关心的是与“不可说之事”进行语言搏斗。创作在一定程度上可以不管理论，但理论却必须了解创作，并以其为基础，这是科学精神。

问：在诗学研究、诗评中，语言始终占据非常重要的位置，海德格尔曾将一种源头的语言即“原语言”——一种未被逻辑败坏的语言，称作“诗语言”，它不是日常语言，不是散文语言和逻辑语言等，在“不是什么”的问题上我们已经有所知晓，但在“是什么”的问题上依然一团模糊。您曾用“象征言说”来概括海德格尔对于“诗语言”的解答，吕进老师也曾写文章论述“诗家语”的特点，您能简单地说一下您理解的“诗语言”吗？

答：前面我们已经涉及了这个问题。“原语言”是海德格尔的设想，不可能有的。他能做的就是追踪语言的希腊词源，做大量解释，试图还原其命名时的情境性，但除了关键概念、术语，你不可能所有字词都这样做。“象征言说”本来指的是中国“立象尽意”这种言说方式的，它面对的问题与海德格尔面对的问题差不多是一样的。海德格尔对特拉克尔和荷尔德林的诗歌阐释，对凡·高的画的阐释，较为具体地以特有的西式方法展示了“象”是怎样“尽意”的，有浓厚的象征阐释色彩。“立象尽意”是一种较为重要的突破散文语言围困的方式。意象就像文字展示的图画，意义的直观性和非确定性是很明显的，但意象本身也有一个流传导致的诗意磨损的问题。我不认为“象征言说”是唯一的突破散文语言的方式，你看雷平阳的《亲人》，说得多有爆炸性。让语言活过来的方法很多的，当年的“非非主义”就想做这个事情，中外都有很多诗歌具有很浓厚的语言实验色彩，在逻辑、修辞等方面想办法，甚至出现语言崇拜和陈仲义说的那种“语言迷失”。本来语言实验是突围，目标还是在各种“不可说之事”，但如果困在语言之中，甚至乐在其中就有问题，可能其行不远。当然，有些理论家例如伯恩斯坦的语言诗学，他就认为语言突围本身就是一种对抗性的政治，突破散文语言的权威本身就意味着解放，意味着一种“被语言带向远方”的自由，语言本身就是历史的和社会的。你可以看到，这种观点还是很清醒的，我认为跟“诗到语言为止”还是有一定区别。当然，我们可以说，诉诸意象，诉诸视觉形象的直观性可能是最原始、也是最容易接受和理解的一种方式。修辞手段当然是广泛运用的，也是变化十分丰富的方式，但逻辑实验则很冒险，对自己对读者都很冒险。

还有一些经常见到的方法，例如典故，就是在惜字如金的字里行间灌注历史文化知识。像艾略特的《荒原》，卞之琳为人称道的《距离的组织》，等等，晚清宋诗运动用古人的典故，新学诗用西洋的典故，没有相关知识或者不看注释就没法读，甚至往往注释比正文长。还有一些诗人用很隐晦的简略的说法讲故事，阅读变成了猜谜和故事还原，熟悉其中原委的人读来心领神会，不熟悉的人则可能一脸呆懵，与典故类似。

所以，为了突破散文语言的限制，会有很多办法，我们不能粗暴地说这些不是诗语言。它们做到了让语言扩容，有时也会很有趣，令人玩味。这是诗歌现象中存在的东西，这些总结现有诗论遗产可以说十分丰富。

但从理论上进行理性分析是另一回事，它要找的是诗歌最具区分性的东西，是其他文体和文字形式不能代替的东西。例如分行就是，音韵节奏就不是。分行就是预警，就是警示读者：我说的都不是我想说的。文字一旦分行，阅读模式和思维模式就要改变。音韵节奏则很多文体都可以或多或少地运用，你看有些演讲稿就如此。打个比方做总结吧，我认为“诗语言”最具区分性的特点不是意义的“扩容”，不是把既定的东西搬进意义的仓库，也不是把玩既定的东西，而是要把很少的日常语言这些字词的常态物质变成核反应堆，它要具有意义的无限增值和生长的可能性，或和风细雨地长，或爆炸式地长。真正的“象征言说”是有这个功能的，它有其具体的增值模式。从“知其然”的角度看，我们古代诗论对此的总结已经达到极高水准。从“所以然”的角度，我认为还是要借助西方的哲学、心理学和语言学等学科，像尼采的“隐喻”、德里达的“书写”、弗洛伊德和拉康对无意识与能指的关系研究等，这些可以把诗歌现象的研究推进到身体和心理层次，可以多面对几个问号的折腾。

问：吕进老师曾说，一切优秀现代诗的技巧都可以用“有”和“无”二字加以解说，一是有诗意，无语言；二是有功夫，无痕迹。从“有”到“无”，诗人的智慧是以“不说出”代替“说不出”，以象尽意。您在之前的论文从中西方哲学、宇宙观念及其相应的阐释方式的不同的角度也提到“有”与“无”的概念，请问您说的“有”与“无”和吕进老师说的是否有关联之处呢？这种语言策略对于中国诗歌创作又有怎样的影响呢？

答：当然有关联。我读研究生的时候，吕老师就特别提到要关注“言意之辨”问题。何房子谈“空白美学”的论文也跟这个问题有关。当然，吕老师是很具体生动地总结，落实在具体的诗歌实践问题上面。我谈到的“有无”是文化思维、宏观抽象。至于立象尽意对中国诗歌创作的影响，前面已经提到过了，这是传统给予我们的最重要的资源，无需向西方学习，学起来也快。法国象征主义从技术层面上讲就是周作人说的中国的“旧手法”，我们要学习的可能主要还不是语言技术，但技术之外的学起来就难了，即便诗人学过来，但读者欣赏起来也很难。

问：中国不仅是一个诗的国度，同时也是一个诗歌鉴赏的国度。几千年来，诗歌与每一个古代文人的现实生活息息相关，他们知道如何写诗，同时也很清楚如何读诗和论诗，他们是诗人的同时也是鉴赏家和理论家，而这正是现代诗人或诗评家所缺乏和有待建设的。我注意到，您不仅对现代诗歌有研究，对于古典诗歌也有深刻的见解，那么在您看来，单就诗歌鉴赏来说，古典诗歌的鉴赏经验对于现代诗歌鉴赏具有哪些可取之处呢?

答：我认为古典诗歌为欣赏提供了层次的丰富性和完整性，由浅入深，皆有路径。它有完整的感性入口。即使什么都不懂，也可以玩味音韵和节奏，就像儿童煞有介事地背诵古诗词一样。然后可以进入视觉形象，领会不了意义，至少可以想象其中的画面。至于在其言语中领悟到什么层次，因人而异，但一般都会在想象中各得其所。新诗实际上要做到整齐、响亮，画面明确应该也是容易的。对于跟语言打交道的诗人来说应该不难。但新诗要面对和解决的问题我认为不在这里。新诗欣赏需要理解和熟悉这些方式，并形成传统。我在讲这门课的时候，一定意义上讲就是在做这个工作。我们要面对的主要问题是找到新的感性入口，把方向对准现代人内心世界那些繁复的“不可说之事”。如果新诗也写古典时代那些意趣哀愁，你看一般都不会有欣赏问题，例如戴望舒的《雨巷》《烦忧》。朦胧诗一开始难以欣赏，大家不明就里呀。海子的诗，现在大家不是也逐渐可以欣赏了吗?因为你在主动接近她。真正的诗就是这样的，它冲在时代精神的前面。中国古典文化是超稳定结构，古典诗歌的内心世界大家不会陌生，李商隐稍微偏一下，大家欣赏起来就不适应，这是一种欣赏的惰性。

问：想必您也关注了吕进老师发表在中国艺术报上的《自由诗要拒绝散文化》一文。他注意到，自由诗的散文化的一个表现就是叙事成分太多，缺乏体验性，有些诗完全就像使用回车键分行后的散文。我觉得这一发现可以和您之前提到的“可说”与“不可说”相呼应。但现在很多诗歌创作者好像并没有处理好诗歌的“可说”和“不可说”，那么，在您看来，诗歌创作到底哪些是“可说”，而哪些又是“不可说”的呢?

答：我前面已经谈到过，一个人、一个时代都有自己的“不可说之事”，所以这个问题不可能有肯定回答。吕老师的呼吁很重要，散文化显然是新诗的一个痼疾，从诞生之时就如此。散文语言也好，诗歌语言也好，都是技术层面的问题。如果诗人本身就是散文的人，要说的是散文的事，那他即使分行，即使警示了读者，读者最后也只能读到散文。你必须面对那些自己和别人说不出来的东西，首先你自己要是“诗的”人，而不是一个“诗意的”人。吕老师说的“体验性”我认为就跟这个有关。成为“写诗的人”容易，成为“诗意的”人难一点，成为“诗人”可能很难，一定意义上说，诗人是一个痛苦的存在，也许他一点不会觉得自己“诗意”。面对硬性的“不可说”，他要有诸如政治的道德的勇气，面对自己内心世界和外在世界的“不可说”，它要有超强的感性和理性能力，还得要有意志和使命去面对这些混沌的力量。

问：您的硕士毕业论文《象征言说的本体意义》获得主持答辩的知名学者孙绍振教授的高度好评，并荣获重庆市优秀硕士研究生学位论文一等奖。可以谈谈它形成的初衷吗？即初探诗学领域缘何选择象征主义诗歌？

答：这不好回答呀，一个结果的形成有各种机缘。这个问题最初是陈本益老师课堂的一篇课程论文，选择这个题目做论文，每位老师的影响应该都存在，吕老师、王毅、李怡、王泉根老师等等，或明或暗的，是凑在一起的结果吧。法国象征主义诗歌我大学读得较多，《波德莱尔论美文选》是通读过的，我也喜欢抄诗歌练钢笔字，中学时代抄古诗，大学里《海滨墓园》和《荒原》这些长诗也是手抄过的，较为熟悉。《流沙河诗话》中的“画与说”影响较大，你可以说我是把流沙河先生的这个观念结合自己的一点知识储备做了一点细化工作。毕业论文我开始也不是做这个，吕老师否定了我第一个论文计划，我熬了一个通宵老话重提，吕老师同意了这个计划，哈哈。当时的兴奋情景还历历在目呢。

问：哲学视野下的文学研究，是您学术成果中的一个极大特征。与其他文体相比，诗最接近于语言，也是最接近于哲学本身。请您谈谈哲学与诗学在哪些层面上是相通的?

答：都是一些很大的问题啊，我肯定力所不逮。我认为诗学也许可以理解为关于诗歌的哲学，是对诗歌现象追根问底的这种学问，就是我说的不能仅仅“知其然”，是要知其“所以然”。至于相通性，我想前面已经有所涉及。面对这个世界的晦暗不明之处，它们都力图用各自的语言方式去进行最初的命名，对没有说过的东西进行言说，可能方式不同而已，你看但丁和托马斯·阿奎那，对吧。

问：您翻译过许思园先生的《人性与人之使命》，书中透露着浓浓的哲学与文学交汇的气息。在您的研究中，也具有较强的跨文化、跨学科性。您认为，多重视野下的中国诗学与西方诗学比较，具有哪些个性和共性呢?

答：许思园先生是哲人，也是本色的诗人，他的学识、情怀、气度和敏感性都十分令人折服，写这本书时他才20岁出头呀，典型的民国大家风范，是我喜欢和景仰的对象。你看他说“民族性不过是我们偶然的处境，而人性则一，于各处皆同。本质上我们为相同的难题所困……”，西方人不是怪物，中国人也不是。你看，不服不行。他的比较基础就是这种同一性，同一性基础上再谈不同民族的文化个性。不能把个性变成共性，那是霸权。在18世纪之前，我不认为西方诗学有超越中国诗学的地方，模仿说、表现说，亚里士多德、贺拉斯、布瓦洛，主要还是经验总结。我们的诗学经验总结那是十分丰富，你读袁行霈、孟二冬先生编的《中国诗学通论》就可见一斑。言志载道、发愤抒情、寓教于乐等等，这些基本问题也都差不多。个性的话，我们的传统诗学几乎一开始就接触到“言意之辨”了。西方19世纪才在哲学和诗歌领域面对语言难题。18世纪后，学科分化，各领域问题开始得到细究，开始问“所以然”，对这一语言难题的探讨就在哲学、心理学和语言学领域推进了。学习西方文论史，最主要的是现代这一部分，这是他们的贡献。当然，它们的两希文化传统为此做好了抽象思维的基础训练，其成果是不容置疑的。我认为中国诗论，现在主要还是在经验层面。对“所以然”问题可能有点不得其法，主要还是在向他们学习、理解他们的结论。当然，这是个文化问题，前面说过。现在的文化风气和学术体制似乎都不太能支撑这个工作，对理论嗤之以鼻的人数不甚数，而这可能是最需要时间却又不能保证结果的事情，自然科学理论尤为如此。

问：可以说文化研究是您学术成果的一个面向。请您谈谈文化研究与文学研究的联系？

答：文化研究范围太宽了，有德国的、英国的、法国的。主要来说关注的是流行文化、亚文化、文化工业，例如电影、电视等视觉文化，现在的网络文化等等，关注其中的符号生产、符号流通及其中携带的话语权力和意识形态等，今天的文学研究显然也可以涉及这些方面。文学是很传统的意义符号系统，但市场条件下，写作和阅读就跟意义的生产和消费挂上了钩，这就使得文学现象出现了一些新的变化，网络、电影和电视强化了这些变化，如果要研究这些特有的变化之处，传统文学研究可能就会有一些局限，文化研究的方式会更具有阐释力，本雅明、霍尔、阿尔都塞、福柯、拉康、巴特等，文化生产理论、编码解码理论、话语权力和意识形态理论等，尤其是福柯、拉康的主体理论，它们会更加清楚地展示文学作为文化现象的复杂性。对文学之“所以然”的研究无疑是有很大推进作用的。

问：斯皮瓦克是继赛义德之后美国最重要的后殖民批评家和理论家。近年来，其批评的独特性和冲击力已经越来越受到人们的重视。您也是国内撰写第一本斯皮瓦克专论的学者，您的《解构的文化政治：斯皮瓦克后殖民文化批评研究》一书对她的主要贡献做了详细的介绍。在这本书里，您介绍了“认知暴力”这一概念，指出它是一种非强制性的软暴力，其后果不亚于直接的殖民统治。这一概念似乎和葛兰西的“文化霸权”一样指出了文化和权力之间的共谋关系，表明文化通过思想观念来实施控制行为的特征，但相比“文化霸权”，很多人会对“认知暴力”这一概念感到陌生，您能解释一下，“文化霸权”和“认知暴力”之间的联系和区别吗?

答：这个问题跟诗歌关系不大，我简单说几句吧。我读博期间研究后殖民主义，实际上做完博士论文之后没多久，就想放弃。但后来的科研体制使研究拐弯变得有点难，这是没想到的。这不像硕士博士的选择，可任性一点。所出的几本书基本出于现实功利，也是学术惯性的结果。但十几年来我只给学生讲过一次后殖民主义，最后还是决心放弃，因为这一研究容易产生消极后果，不想以此为生。“文化霸权”是葛兰西的概念，针对意大利的情况，而“认知暴力”是斯皮瓦克的概念，针对的是西方文化中心主义。怎么说呢，从尼采开始，到福柯、德里达，都涉及真理意志、话语权力与主体规训问题，这是西方内部的文化批判。阿尔都塞认为主体是意识形态质询的结果，这是没办法的事情。换句话说，人一生下来就开始接受“认知暴力”，躲不过的，最多你只能在不同类型中选一个。后殖民主义说的西方文化霸权和以理性为主的“认知暴力”，指的则是东西方文化关系，这也是事实。但是在印度的宗教和种姓制度与这种认知暴力和理性的认知暴力之间，你选择哪一个?后殖民主义批评家都是移民美国的人呢。

我们总是得通过一套理论系统来认识世界和自己，形成所谓“三观”。不同系统会产生不同的“三观”，“三观”不同就很难沟通，因为前提基础不同。各种不同的“三观”，我还是更喜欢说得清楚能落实的那种，这可能是唯一具有沟通基础的那种了。

问：读书时也许会觉得读书苦读书累，但很多年后回首过往就会察觉那段经历的可贵。您经常会感谢吕进老师、陈本益老师对您的悉心教授，在新诗所的学习经历也使您受益终身，能和我们分享一下在新诗所两年半的一些珍贵回忆吗?

答：新诗所对我一生的影响无疑是巨大的，我想对你们的影响也会如此。我们那时候三个年级八个学生，吕老师、陈老师，还有王毅老师、蒋登科老师、毛翰老师、向天渊老师等围着我们转，你说是不是非常幸福？吕老师还给我们请很多其他老师上课，王泉根老师、李怡老师，已故的胡润森老师、西南联大闻一多的学生刘兆吉老师等，你说是不是非常幸福？每个老师都给我们留下了很多生动回忆，可以说历历在目。吕老师对往届师兄师姐如数家珍，又是讲故事的高手，常常从头到尾讲到底，我们则物我两忘。吕老师对诗歌现象的总结精到，语言生动、简洁，还很有趣，中西古今，作品、诗论信手拈来；陈老师课堂则常常密不透风，一个走神整堂课可能就废了。陈老师自己则常常闭着眼睛，或精骛八极演绎精微概念，或神游万里视通欧亚文明，一堂课下来常常满脸通红，他还为此常犯头疼病，讲课之用心臻于极致。两位老师就像两位家长，配合得天衣无缝。因为学生人数少，因此我们师生就常常到各位老师家里、到重庆的风景名胜过“组织生活”。吕老师进城开会，他就把我们捎进城逛街，来去之间，往往故事没听完就到达目的地了。其他老师也很有特色啦，遗憾没法在这里一一回忆了。

问：您是建一尊吕进铜像的主要发起人之一，能够感受得到，您和吕进老师之间的师生情谊深厚，在很多其他文章中透露出的一些小事，都让人感动不已。比如，吕进老师六十九岁生日时您发着高烧也要亲自到达现场。有一些难以明言的感情外人是难以体会的，这份难得的师生情我也很是羡慕，在这个特殊的时刻，您想要特别向吕进老师说些什么吗？

答：吕老师六十岁生日宴是我们师生在外面办的，我弹了一首古典吉他曲《樱花变奏曲》，吕老师说为什么前一天晚上日本诗人谷川俊太郎在的时候你不弹啊？我心想，“我弹了今晚您生日我怎么表达？”吕老师七十岁生日前，蒋登科老师，黄仁强、刘松峰及其余几位我记不太清楚的师兄弟一起，谈到给吕老师一个生日纪念品的时候，大家谈到美术学院的什么事情，就突然想到塑一尊铜像。我大概 1992 年到过吕老师家，慕名拜访，希望转行拜师研究诗歌，1993 年考研失败，因为基础不行嘛。但吕老师一直惦记着我呢。工作四年后，我 1997 年考研成功是吕老师第一时间电话告诉我的，时间是 3 月 15 日中午。这种感觉跟传统的拜师学艺是一样的，这样说可能你就明白了。但现在我肯定是辜负了吕老师期望的，每念及此，心中惶惶然。在此也向他老人家表达一下心中歉意，希望不要怪罪。每次见到吕老师，总是谈笑风生，精神十足，几十年如一日，但愿他一直如此下去，身体健康，诗心永驻！也祝其余授业恩师万事如意顺遂，生活学术各得其乐！也祝新诗所越来越繁荣，尽揽天下诗歌英才！谢谢你们！

# 新诗序跋

**主持人语（张立新）：**

《诗学》的新诗序跋园地是一个特殊的新诗会客厅，批评家、诗人和读者虽然不是面对面，然而借助批评家的视野，诗人的精神人格、诗艺才情，新诗的历史脉络、当下发展，相关诗学观念、诗人与时代、诗与生活的关系，得到由点到面的艺术呈现。本辑新诗会客厅的重磅嘉宾吕进先生序《新中国红色诗歌大典》的《献给五星红旗的红色诗篇》，为我们推介了新诗发展史上有特殊地位的政治抒情诗，主编桂新华在中国诗坛本就有“红色诗人”之称，《新中国红色诗歌大典》选入七十年间七十位诗人的七十余首政治抒情诗，在新诗发展的历史坐标上，吕进先生客观评价了政治抒情诗的诗学价值，“对于推进当下新诗重建属于自己时代的诗歌精神是有裨益的”，而“家国情怀从来是中国诗歌的评价标准”。北碚不仅有森林氧吧缙云山，更有诗，首届“缙云诗会”硕果累累，来自全国各地的名家诗人以诗的方式承接北碚的文脉，探寻北碚的“人文美度、人情厚度、人性高度”，结集而成《夜雨寄北》。作为领衔诗会的名家，吕进先生在诗意盎然的序文《行到北碚必有诗》里，充分挖掘了文化北碚的历史人文，从黄亚洲、张新泉、娜夜等人的同题诗里，点出了诗人各自的艺术特质，“相同的北碚风物出现在不同的诗人笔下，却在各异的言说方式中焕发出了各自的光彩。这正是这本诗集的特殊魅力”。重庆是一座诗城，对“诗意的栖居”的向往，让重庆诗坛涌现出了越来越多的业余诗人，公务员出身的蒋宜茂也是这样一位“热情，善感，多思”的诗人，也有着别样的“诗生活”，他的诗思在“窗外”的凝眸中。吕进先生在序他的新诗集《窗外》的序文《窗放群山到榻前》中指出，“他的诗的亮点是理趣”，而“理趣正是中国诗歌的一格”。

蒋登科教授的序跋多深耕重庆本土诗坛，发现和推介本土诗人，重在挖掘诗人的精神世界，本辑新诗序跋园地蒋登科教授的两篇序文都和向上的精神“仰望”有关。谭明是创作历史较长的本土诗人，“题材多样，内蕴丰富”的《闪电与根须》是他近年诗歌的合集，蒋登科教授在扎实的文本细读的基础上，序文题为《尖锐的照耀与沉默的生长》，准确地捕捉到诗人的精神世界是“扎根泥土，仰望天空”，并精彩分析了“扎根”和“仰望”这二者相互依存转化的辩证关系，点出了诗人在以往“朴实、厚重”的创作风格上的新探索。“优秀的诗不是刻意去寻觅的，而是突然从诗人的人生积累中生长出来的”，有着援藏经历的诗人黎勇，多年积淀的诗情青藏高原的“仰望”中激发复活了，蒋登科教授在序文中一针见血地指出，“仰望”是黎勇的诗集《西藏之上的仰望》的核心词，“仰望的是情怀和境界”，也是诗人“对自我的一种重新塑造”。这种源自西藏之上的“仰望”，也给诗人的诗作带来了一种敞亮的质素，“这是心灵的敞亮，是生命的敞亮”。在诗人诗艺朝圣的路上，还可能会成为“一次转折、一次提升、一次新的出发”。

# 献给五星红旗的红色诗篇

——序桂兴华主编《新中国红色诗歌大典》

吕 进

在中华人民共和国成立七十周年前夕，上海社会科学院出版社隆重推出诗人桂兴华主编的《新中国红色诗歌大典》，这是诗坛的一件喜事，也是新诗献给国庆的礼物。

所谓“红色诗歌”，编者的《自序》已经说明，指的是政治抒情诗。桂兴华本人就是一位资深的政治抒情诗人，由他来主编这个选集是很合适的：轻车熟路，驾轻就熟。

新中国最早的政治抒情诗可能是何其芳 1949 年 10 月出席新政协会议时写的《我们最伟大的节日》，臧克家 1949 年 11 月纪念鲁迅先生写的《有的人》，以及其后胡风在 1949 年到 1950 年间庆祝中华人民共和国成立写的《时间开始了》。何其芳和胡风的诗都抒发了对中华人民共和国成立的喜悦与美好祝福，臧克家的诗则是以深刻的哲思赢得了广泛而持久的流传。这本《新中国红色大典》选入 70 年间 70 位诗人的 70 余首政治抒情诗，其中，许多篇章已经成为新诗经典。

《新中国红色大典》是别具一格的诗歌选本，我以为，它还具有重要的诗学价值：对于推进当下新诗重建属于自己时代的诗歌精神是有裨益的。

诗有两种基本关怀：社会关怀和生命关怀。在多灾多难的旧中国，社会关怀必然成为新诗的第一关怀。在生存的艰辛里，在战争的硝烟中，在革命的大潮下，诗不可能背对家国的忧患去一味地抒发生命关怀。但是，这也给把诗当作单纯的政治传声筒的庸俗社会学造成了生存空间。在一个时期里，以“文化大革命”时代为极致，庸俗社会学困扰着、折腾着、毁灭着诗歌。在20世纪的新时期，思想解放运动汹涌澎湃，新诗也在这个运动中获得精神大解放。诗学界批判“左”的桎梏，革除思维惰性，打破习惯定势，围绕诗歌本体解决了一系列诗学理论问题，推动诗歌摆脱概念化、标语化的弊病，摆脱长期以来背负的诗外承载，使诗得以回归自身。在新时期，成都的《星星》诗刊响亮地提出“诗就是诗”的口号，得到诗歌界内外的普遍认同与热情响应。

然而，从20世纪90年代始，新诗又逐渐走到了另一个极端：从“归来者”、朦胧诗人、“新来者”并肩掀起的高潮渐入“私人化”的困境。于是，人们发现了在重建诗歌精神上的某些偏颇，这个偏颇的主要表现是社会身份和承担品格的缺失，不少诗歌成了“私歌”。

诗是一种心灵性、情感性很强的非常特殊的文学品种，它具有主体性，以及主体性带来的体验性、梦幻性与非逻辑性。诗歌的艺术手腕就在于将外在世界的一切化为诗人的主观情思。但是，无论有多么个性化的文体特征，诗却与其他文体一样，与社会、时代处于无须、无法割断的联系中。诗绝对不应与社会和时代脱离，更不应将此一隔离当作诗的“纯度”。诗人不能只充当自己灵魂的保姆，诗不能只成为诗人身世的记录。优秀的诗必须拥抱时代，有人气；拥抱祖国，接地气；拥抱传统，保底气；拥抱读者，寻贵气。

考察一下中国古诗，家国情怀从来是中国诗歌的评价标准。千百年来以家国为本位的优秀篇章数不胜数，历来被归为上品，所谓“谁怜爱国千行泪，说到胡尘意不平”，所谓“风声雨声读书声，声声入耳；家事国事天下事，事事关心”。优秀诗人们的艺术个性可以大异其趣，但却总是以家国为上，他们对个人命运的咏叹和同情，常常是和对家国兴衰的关注联系在一起的。只是，这“关注”的通道是诗的，而不是散文的。孟浩然、李白、杜甫、李贺、刘禹锡、白居易、杜牧，古诗史上的一连串光辉姓名莫不如此。

再从诗歌发生学来讲，甲骨文里是没有“诗”字的，只有“寺”字。宋人王安石解剖“诗”字说：“诗，寺人之言。”寺人就是上古祭祀的司仪。《左传》说：“国之大事，在祀与戎。”祭天、祭地、祭祖、求福消灾的祭词，当然是“人人所欲言”，具有很高的社会担当和承担品格。中国古代的祭祀经殷周、秦汉、魏晋有新的变化发展，但具有严肃性、崇高性、音乐性的祭词的代言性质始终没有变化，这是中国诗歌与生俱来的遗传。

新诗是中国诗歌的现代形态，它也具有中国诗歌基因密码，发挥着自己的社会功能，守护着自己的时代使命。并非诗一沾上社会与时代就会贬值甚至毫无价值。一是，诗是一种社会现象，诗人总是属于自己的时代；二是，关心改革开放的中国读者要求诗不仅具有生命关怀，也要具有社会关怀；三是，中国新诗史上的不少名篇佳作，都是以诗意关注社会、拥抱时代而获得艺术生命的。中华人民共和国成立以来，许多这样的华章，都已永留史册了。拒绝社会和时代维度的诗学和曾经长期流行的庸俗社会学诗学一样片面而荒唐。

和其他文学品种一样，诗歌与政治是一种对话关系。诗通过对生命的体验发挥政治的作用又影响政治，诗以它的独特审美通过对社会心理的精神性影响来对社会进步、时代发展内在地承担自己的责任，实现自己的社会身份，从而成为社会与时代的精神财富。拔掉诗与社会、时代的联系，就是从根本上拔掉了诗的生命线。

也有咏叹生命体验的优秀诗歌。在和平时期，这种诗歌还会占有相当份量。但是诗歌园地的正常生态是：有小草，也有大树。而目下诗坛的现状是，闲花野草随处可遇，大树大林却十分难寻。这就提醒我们，重建诗歌精神，让诗歌与时代同步、与祖国同心，是急迫的美学使命。《新中国红色诗歌大典》的诗学价值正在于此。

有一种误解，好像政治抒情诗就必定“假大空”。鲁奖的诗歌奖，每届评出五部获奖作品。记得2007年我参加第四届鲁迅文学奖诗歌奖评委会时，经过几次投票，选出了四部获奖诗集，我们总感觉缺少一部分量重一些的“大诗”。但是评委们担忧，“大诗”会不会“假大空”呢。经过反复阅读和比较，最后选评出的第五部诗集是黄亚洲的《行吟长征路》，这部诗集的人性和诗艺的闪光使我们意识到，政治抒情诗近年在人们的漠视中已经更加成熟，在艺术上已经走了很长的路了。

政治抒情诗绝非“单一”的同义词，它拥有多样化的天地。翻开《大典》可以看到70位诗人非常不同的个人风格和艺术笔墨：贺敬之的《回延安》与李瑛的《一月的哀思》相异，舒婷的《致橡树》和艾青的《光的赞歌》有别，白桦的《阳光，谁也不能垄断》与雷抒雁的《小草在歌唱》各有曼妙，牛汉的《华南虎》和叶延滨的《干妈》自有千秋。政治抒情诗的园地是丰富多彩的，70年来，可以说，政治抒情诗人用诗行书写了新中国的编年史。

政治抒情诗的确应该成为诗坛的耀眼一角，与其他诗歌品种一起并肩，共同构成今日诗坛。由于篇幅的限制，我感觉《新中国红色诗歌大典》是有遗珠之憾的，这只好期待将来的再版了！

是为序。

# 行到北碚必有诗

——诗集《夜雨寄北》序

吕 进

2019 年 9 月，在“江流日夜变秋声”的季节，21 位来自全国各地的诗人汇聚北碚，出席“全国著名诗人北碚行”笔会。这是重庆市北碚区委、区政府领衔发起的首届缙云诗会的主体活动，中国作家协会《诗刊》社和重庆作家协会也是诗会的主办单位。北碚来客们在国内诗坛都堪称一时之选，他们的到来给诗意北碚增添了新的亮色。北碚区委宣传部选编的诗集《夜雨寄北》就是这次采风活动留下的足迹。

采风问俗，本是我国的久远传统，古即有采风制度，设采风之官。采风在古代被赋予重大意义。《汉书・艺文志》说：“王者所以观风俗，知得失，自考正也。”现代诗人承续了这个传统。20 世纪初，在校长蔡元培支持下，刘半农、沈尹默等北京大学的诸多诗人就曾设立歌谣征集处，发起民歌搜集活动。中华人民共和国成立以后在西南师范大学任教授的刘兆吉，在抗战时期，曾由湖南徒步去昆明。他将途中收录的两千多首西南地区民歌整理成《西南采风录》出版，他的老师闻一多等为这本书写了序。《西南采风录》保有广泛而持久的影响，台湾的书局 80 年代还在重印。

北碚曾名白碚，名为碚石的白色巨石伸入环城而过的嘉陵江中，成为这里的地标。因白碚在渝州之北，清乾隆年间改名北碚。北碚背依缙云山，《黄帝内经》对此山有记载，黄帝时有缙云氏后裔居此。山上九峰争秀，林海苍茫，清人何仕昌曾有“倚树听松涛”之句。北碚有很强的文脉，自古至今都是知名的文化城。古之李白、杜甫、李商隐、陈子昂，今之郭沫若、巴金、艾青、吴宓都曾到此地。现在城区还有老舍旧居“四世同堂纪念馆”和梁实秋旧居雅舍。梁实秋在北碚开始写的雅舍小品，是现代文学的珍品。他后来曾翻译《莎士比亚全集》，赢得较大反响。但是学者朱光潜致信梁实秋评价说：“大作《雅舍小品》对于文学的贡献在翻译莎士比亚的工作之上。”

诗集取名《夜雨寄北》，出自李商隐的同题诗篇。李商隐的《夜雨寄北》跌宕有致，婉转隽永，是唐诗名篇：“君问归期未有期，巴山夜雨涨秋池。何当共剪西窗烛，却话巴山夜雨时。”仅有 28 个字的诗中两次出现“巴山夜雨”，此地（巴山）—彼地（西窗）—此地（巴山），空间往复；今夜—他夜—今夜，时间回环。以家中他夜之团圆，反衬异乡今夜之客愁，眼前景反作后日回想，他夜话今宵，真是奇思。像许多古代名篇一样，对李商隐这首诗古今也有各种解读。“巴山”，是泛指还是实指；“寄北”，是寄内还是寄友；众说纷纭。明人曹学佺（1574—1647）万历年间编撰、刊行《蜀中名胜记》，此书曾由重庆出版社 1984 年重新出版。据曹学诠考证，古之巴山即今之北碚缙云山，这是其中较有影响的一说。

参会诗人均非等闲之辈，这些诗坛骁将的感觉系统特别敏锐，有一双发现美的眼睛。诗是表现，诗更是发现。诗人们不但善于观察外在的北碚，而且深入内在世界，探索北碚的人文美度、人情厚度与人性高度。他们留下的佳篇美制，有些将会融入北碚的历史。

既然在同一个地方采风，同题诗当然就会比较多。翻开诗集可以发现：相同的北碚风物出现在不同的诗人笔下，却在各异的言说方式中焕发出了各自的光彩。这正是这本诗集的特殊魅力。

随手举个例子，比如，黄亚洲、张新泉和娜夜都在写老舍旧居，但是这三首诗就大异其趣。抗战时期，北碚成了“陪都的陪都”，出现了“三千名流聚北碚”的文化盛况。英国科技史专家李约瑟 1943 年造访北碚后曾写道：“中国最大的科学中心是在一个小市镇，叫做北碚”，老舍就是这“三千名流”中的一位。他的旧居坐落在北碚城区，两层楼房，1943 年 6 月，老舍寓此，直到 1946 年 2 月去美国。老舍在这里完成了他的长篇《四世同堂》三部曲的前两部《惶惑》和《偷生》，所以老舍旧居 2010 年更名为“四世同堂纪念馆”。老舍旧居绝不只是老舍的私人居所，老舍当年是中华全国文艺界抗敌协会负责日常工作的总务部主任，所以他的家自然就成了抗战后期重庆乃至全国的文化活动中心，郭沫若、梁实秋、田汉、艾青、光未然、以群、肖红、赵清阁等许多文化名流常常在此处现身。

老舍将居所戏呼为“多鼠斋”，黄亚洲的诗《老舍旧居“多鼠斋”》，视角就是老舍旧居那“并不见得比别家的更多，不过也不比别家的少”（老舍语）的老鼠，老舍当年还在《新民报》副刊写过多篇《多鼠斋杂文》。黄亚洲还是他的行吟诗风格，且叙且唱，且行且吟，想象独到，风趣深刻，再现了在国难当头的艰苦生存状况下写作的老舍。诗人最后不忘幽读者一默，既然“戴着钢盔，喊着八嘎牙鲁”的“鼠们”带来了创作《四世同堂》的灵感——

又寻思，日后我若要写一些狮虎
我该搬到哪里去

张新泉对“老鼠斋”没有更多在意，他的《老舍旧居》遥望的是北京的太平湖。太平湖不太平。在他的诗里，老舍从太平湖回来了，“衣上留着水迹”的老舍说——

我从太平湖带回的

蝌蚪，涟漪，和

比人更干净的淤泥

这就是张新泉啊，他的“好刀”依然“敬重人的体温”，他用“文火”煮出的人生依然“美丽而刚强”。诗行保持了张新泉式的简约和那份朴素，后面蕴藏的却是深刻的思想力量。

娜夜的《在老舍旧居看云》又别有诗趣，一读就知道这是出自女诗人的诗，而且一定是出自女诗人娜夜之手。清代诗人江堤的《消暑诗》：“柳枝西出叶向东，此非画柳实画风。风无本质不上笔，巧借柳枝相形容。”大家在参观老舍旧居，诗人却站在旧居的“边缘”，“生活在别处”，看云去了。娜夜笔下的云使人想起她的名句：“一粒尘埃/也有它自己的心脏”。

娜夜特有的女性气息，娜夜一贯的小处落墨，非常细致的内心表达，极其齐啬的笔墨。云朵成了“一把小提琴”，成了“鼓棒”，甚至成了“八岁的小女孩在广场被挤丢的一只花布鞋”。云朵因诗人而活，云朵因诗人而美：“——我陷入回忆，天空准备着明天的日出。”

黄亚洲，张新泉，娜夜，他们各自的“老舍旧居”，辨识度很高，谁也代替不了谁。“作诗必此诗，定知非诗人。”（苏轼）正是在这样的同题诗里，我们品尝到了娴熟的诗道手腕，也领悟到了诗的艺术能量。

诗集里有一首《重庆两江新区：大地企业公园》，这是黄亚洲的诗。有一天，我集中时间拜读诗会的全部作品，当我读到下列诗行的时候，简直惊喜不已：

这一刻，东道主就在展示照片上给我指点了一位

说这个中年女子叫蒙敏
她进驻的时候，整个公园都感觉到了重量
鸟儿惊跳到更高端的树枝

蒙敏从美国回来了，而且就在北碚？真想不到啊！记得 1998 年，我到美国首都华盛顿出席亚洲学会年会以后，乘机转往美国西部的俄勒冈大学讲学。快起飞的时候，我的旁边空座位来了一位亚裔面孔的年轻姑娘。我试着用英语问她："你是日本人，还是中国人？"她说："中国人啊！"原来，她是马里兰大学的博士后，重庆人，叫蒙敏，这是去盐湖城求职。于是我们就抛开英语，也抛开椒盐普通话，用地道的重庆话交谈起来，何其畅快！由于大雪，飞机在丹佛降落以后，荧屏显示，去俄勒冈和去盐湖城的航班都 cancel（取消）了，得在丹佛机场过夜。第二天清晨，去俄勒冈的飞机先飞，我叫醒还在地板上睡觉的蒙敏，相约再见。这一别就是 21 年。设法找到蒙敏的电话以后，我给她打过去，她在电话那一端高兴得跳起来："我要尽快去看你。"蒙敏在美国现在已经是生物医药实验分析方面的知名专家了，2016 年她从美国来到北碚的两江新区创业，成立了从事核酸药生物分析技术服务的实验室，为家乡做了许多贡献。这真是诗歌带来的一段奇缘啊！在紫云台重逢时，我感慨万千：当年的年轻姑娘已经变成"中年女子"，而丹佛机场的白雪现在已经堆在我的头上了。

缙云诗会非常成功，北碚区有意将缙云诗会继续定期举办下去，这对于文化北碚，对于诗歌中国，无疑都是一个好消息。我愿意送上美好的祝福。德国 19 世纪的浪漫派诗人荷尔德林曾有一首诗《人，诗意地栖居》。这首诗本来并不怎么被人注意，经 20 世纪德国的存在主义哲学家海德格尔引用，就众所周知了。人们向往诗意地栖居，就是对一种美好的生存状态的期望：期望在物质的尘世找到回家的路，期望觅回内心的纯静与安详。我想，北碚不正是这样的

“红尘之外”（毛翰）的栖居处所吗？当新型冠状病毒肺炎疫情蔓延的时候，青山绿水的北碚始终是零感染区啊！

“江山青峰耸缙云”（清代诗人王尔鉴），行到北碚必有诗。《夜雨寄北》即将与读者见面，这本诗集不仅收入的诗篇优美，而且制作也颇为雅致，我很高兴，欣然为序。

# 窗放群山到榻前

——序蒋宜茂诗集《窗外》

吕 进

并不是每一个人都期盼成为诗人，也并不是每一个人都能成为诗人。然而，让生活富有诗意，寻求诗意的栖居，应该是许多人的共同梦想。

就是在战争年代，战火纷飞中的我们的军队也是诗情充沛的队伍，毛泽东、朱德、陈毅、叶剑英、董必武及好多前辈都是在马背上写诗的好手。这就形成了一个发光的传统：诗的韵味、诗的旋律滋养着向太阳前进的队伍。

重庆是一座诗城。“下里巴人”出自远古的重庆，“竹枝词”“巫山高”也出自重庆。重庆和古代诗歌的关系非常密切，重庆与新诗更是不可分离，臧克家的“一双宠爱”之一的《泥土的歌》、“太阳与火把的歌手”的艾青的《火把》、余光中的《乡愁》这些名篇都和重庆连在一起。

诗既不能吃，也不能穿，看似无用，其实像先贤所说：“无用之用，乃为大用。”有句出自宋人苏轼的《和董传留别》的名句：“粗缯大布裹生涯，腹有诗书气自华。”苏轼自长安到凤翔，董传与他在凤翔相从，回长安前苏轼写下了这首留别诗。这句诗的意思是：虽然你粗丝裹发，粗布为衣，但是由于饱读诗书，你就有了优雅的举止和翩翩的风度。

其实在国外也是如此，并不准备做诗人，但是寻觅人生的诗意的大有人在。我想起几位外国的“理工男”，德国大名鼎鼎的物理学家爱因斯坦就写诗。提出进化论的英国生物学家达尔文在他那本著名的《物种起源》的后记里写道：“如果我能够再活一辈子的话，我一定要给自己规定读诗。要是这样，我脑中那些现在已经衰弱了的部分就可以保持他们的生命力了。”

这些年，重庆各种界别与行业都听得见诗的乐音，公务员里也出了不少诗人。我为他们的诗集写过序的，记得至少就有重庆市委副书记滕久明，文化局副局长王川平、张根发，旅游局副局长孙逸民，文旅委副主任秦定波，等等。我为张航（张根发）的诗集《流过的岁月》写的序言《一路岁月一路歌》中有这样的一句话：“是的，生活中的张航就有诗人的气质——热情，善感，多思”，其实这也是我对这几位公务员诗人的共同印象。

现在，我的书桌上又摆着一本诗稿《窗外》，作者蒋宜茂，也是公务员。在生活里寻找诗，打造自己的诗意人生，这是一种情商。智商做事，情商做人。现在社会上普遍出现的“有知识没文化”“有文凭没教养”“有生命没乐趣”的现象，正是缺乏情商的结果。《窗外》留给我的印象是，宜茂的精神世界比有些人丰富得多，充实得多，有趣得多，美得多，他也是“热情，善感，多思”的人。

宜茂来自丰都农村。他在《生日感怀》里有这样的诗句：“寒门童子更事早，劳作求学放牛郎。”临水人洁，近荷心香，重庆农村的大地哺育了这位“放牛郎”，教他以“洁”，赋予他“香”。“桃李春风一杯酒，江湖夜雨十年灯。”“放牛郎”成长起来了，但是，坐在办公室里的他不会忘记关注窗外。无论守在什么岗位，如同戊戌六君子之一的谭嗣同的诗句说的那样，都是“窗放群山到榻前”。他不但深入窗外群山，奉献自己的一切；而且，为窗外群山所动，他要挥动诗笔，热情地记录这“沁人心脾的诗情画意”。

他在《诗刊》有一首《窗外》：

子夜已过，

雨时急时缓仍不肯停歇。

迷蒙的雨雾，

让昏黄的街灯睁大了眼睛，

注视着来往车辆的肆意轰鸣。

两个穿着雨衣的环卫工人，

拉着垃圾清运车

向两尊雕塑，躬身前行。

对面的高楼还亮着几盏窗灯，

不时传出宠物狗的嚎叫声。

他静静地伫立窗前，注定今夜无眠，

合着雨滴敲打的节奏，寻觅恰如其分的语言，

要记录下窗外此时的画面。

清代李焕说："尺幅窗，无心画。"雨雾、来往车辆、雨衣、环卫工人、垃圾清运车、宠物狗，构成窗外的夜景。诗人今夜无眠的悲悯情怀，构成窗内的夜景。窗外，是显在的外在世界；窗内，是隐在的心灵世界。的确是"窗放群山到榻前"啊！

宜茂拥抱人间，品味人生，真诚坦荡，诗情不择地而自出。他的诗的亮点是理趣。

请看他怎样写夕阳——

谁说你只是近黄昏？

是你送来了黎明。

如果没有你的谦让，

哪有群星的辉煌？

再看他怎样写落叶——

嫩叶的老前辈，

新绿的营养品。

诗人的诗思，不落俗套，另辟蹊径，这就带来了诗趣。这个“趣”和智性有关。其实“理”不碍诗，理趣正是中国诗歌的一格，苏东坡那首著名的《题西山壁》就是范本：“横看成岭侧成峰，远近高低各不同。不识人间真面目，只缘身在此山中。”苏东坡由黄州迁任汝州团练副使，途中游庐山十余日，得此诗。这首诗，把游山的观感和人生的发现相融合，成了千古名篇。诗的“理”不是概念的“理”，它附丽于形象，潜藏于形象，“理”之于诗，如水中盐，空中音，谷中雾，蜜中花，无中若有，有中若无。

《窗外》有一首很富理趣，这就是《视角》：

你相信你相信的，

我相信我相信的。

你不明白我相信的方法，

我不相信你相信的依据。

我看见一江碧水昼夜不息，

你看见一股浊流排入海底；

我看见鲜花满园蜜蜂来聚，

你看见几处枯枝有碍美丽；

我看见参天大树向空中展枝，
你看见树皮开裂有白蚁侵蚀。
经历过寒来暑往风风雨雨，
我感知气象清晰，天地受到洗礼，
你觉得日月不应躲进云里，
道路留下了雨迹。
一袭秋风与树林交际，
你沮丧地看到落叶一地，
我欣喜地看见树叶纷纷回到母亲的怀里。
我们之间的视线，
习惯性地不愿交集，
但这不应构成我们心的距离。
如果我们用心来演算最大公约数，
我们彼此的视角会闪烁出新的期冀。

这是《论语·子路》的孔子思想的现代诗歌版。子曰："君子和而不同，小人同而不和。"与人友善地相处，但不必在具体问题的看法上苟同对方，尤其是原则问题上。违心地迎合和附和，这不是"君子"所为。这是诗，所以诗人以象表意，并不明说，也不能明说，明说就不是诗了。

理趣贯穿《窗外》，带给读者一种诗趣。这和诗人的阅历、学养、个性分不开。

蒋宜茂是公务之余写诗，既吟新诗，也赋旧体，均有佳作，在《诗刊》《中华诗词》《人民日报》等许多报刊发过作品，《窗外》可能是他的第一本诗集。现在集子即将付梓，我很高兴，期待祝贺诗集的早日问世。

是为序。

# 尖锐的照耀与沉默的生长

## ——序谭明诗集《闪电与根须》

蒋登科

“闪电在上，根须在下。一个是尖锐的照耀，一个是沉默的生长。”这是谭明诗集《闪电与根须》后记里的一句话。这句话可以很好地概括诗人谭明的诗意追求和他作品的情感内核、精神追求。或者说，谭明诗歌的精神探索和诗意呈现基本上可以用“闪电”和“根须”这两个词来概括。

一个在天空，划过沉沉黑暗，撕碎绝望的笼罩；一个深埋大地，沉默中不断向下生长，托举起葳蕤的生命。二者处境各异，姿态不同，但都拥有存在的勇气和倔强的意志。“闪电”与“根须”都展现着参差美、线条美，简约之中包蕴着深刻的内涵，并存、交融，展现了诗人独特的生命形式，也体现了他独特的生命追求。正如诗人所说：“闪电与根须是天地的贯通。闪电是根须在空中的呈现，根须是闪电在地里的延伸。”数十年来，谭明的诗扎根泥土，仰望天空，已经形成独特的风格，具有较高的辨识度，这本《闪电与根须》是他近年诗歌的合集，也是他精神追求和诗艺探索的又一次汇聚。

我和谭明兄是老朋友了。我已经不能准确地想起是什么时候和他认识的，因为在见到他本人之前，我早已读过他的不少作品，在文字之间感受了他的气质与风度。从20世纪80年代开始，谭明的作品就不断走向国内许多重要报刊的版面，而且一直延续到现在。《涪陵师专学报》在多年前曾经以专栏的形式刊发了研究其作品的文章。他已经出版了《乌江的太阳和雨》《光芒与蝶》《梦幻与钟声》等几部厚重的诗集，不过，凭着他的才气、勤奋、坚持，仅仅出版了这样几本诗集，实在不算多。而我，恰好对他这种不以数量取胜的追求，是我一直认可的。

谭明长期在涪陵工作。最近几年，从贵州到重庆，乌江流域的文学研究成为学术界关注的热点话题之一。涪陵位于乌江与长江的交汇处，既是山城，又是江城，是乌江文化、武陵山文化与长江文化的融合之地，在交通、商贸、文化、文学等方面都成绩斐然，而且拥有和其他地方所不同的特色。谭明正是扎根在这样一个底蕴深厚、文化多元、充满活力的地方，汲取乌江之灵气、长江之浩荡，体验人生，感悟生命，寻觅诗意，探索属于自己的独特表达。

每次到涪陵参加活动，或者谭明兄来市里参加活动，只要遇到了，我们总会交流一番各自对当下文学、诗歌的一些看法，而且我们的看法非常一致。我们也会通过各种方式相互鼓励，努力把“坚持”这个词的内涵落实到行动上，并延续下去。

谭明兄一表人才，言行之中总是彰显出魅人的绅士风度，大气而包容，热情又优雅。他的眼中有世界，心中有他人，非常关心年轻作者的成长，不只是涪陵的年轻诗人，乌江流域甚至整个重庆的很多年轻诗人都亲情地称他“谭明老师”。他对诗外的一些东西，并不是看得很重。2009年的时候，我和诗人李钢都参加了第四届重庆文学奖的评审工作，那一届的诗歌作品整体水平较高，我们在读完谭明的《光芒与蝶》之后，恰好有一次见面的机会，私下交流了一些对申报作品的看法，如果不出什么差错，谭明很有希望获得诗歌奖。但是，在读完全部作品并反复斟酌之后，我们又觉得唐力的组诗《缓慢地爱》很有特色，而且作者很年轻，更应该给予鼓励。为此，在评审会上，我们都建议将当年唯一的一个诗歌奖指标评给唐力，而谭明的作品只获得了提名奖。后来，李钢和我都在私下跟谭明说起过这件事，谭明非常大度地说，唐力的诗写得确实好，应该得奖，而他自己还会继续努力，写出更好的作品。2011 年的时候，我没有参加第五届重庆文学奖的评审工作，在那一年，谭明的诗集《梦幻与钟声》得到了评委的认可，获得了诗歌奖。我知道评奖工作有保密的规定，但是，说出这段过往的经历应该不存在泄密问题，因为我们自己承担了没有把奖项评给谭明的责任，而且是直接说给谭明本人的。我主要是想借此说明，在面对外在利益的时候，谭明很淡然，他更看重的是写出更好的作品。对谭明兄的这种胸怀、情怀、境界，我一直都满怀敬意！

这本《闪电与根须》既延续了谭明一直坚持的朴实、厚重的写作风格，又尝试了一些新的探索，是他诗歌创作的新收获。全书共有七卷，300 多页，题材多样，内蕴丰富，仰头有日月星辰，举目有远山飞鸟，俯身有流水花香。低头沉思，还能触摸内心的真实，看见灵魂的模样。诗集囊括了谭明对故土家园的挚爱、对世间万物的观照、对亲情爱情的珍视、对寻常生活的感悟，还有来自灵魂深处的自我解剖和诗意呈现，广博而深邃。

“蝴蝶的心跳”主要抒写诗人在自然万物和生活细节中对生活秘密和生命内核的寻觅。他写蝴蝶、乌鸦、鹧鸪、百雀、天鹅、夜鹤、灯蛾、豹子、鹞子、萤，也写冬日偶见、雨后初晴、薄暮时分、早春二月、飞禽走兽、花草树木、时令节气等，无不融入了诗人独特的观察和睿智的思考。他的语言来自生活，又采用多种手段进行了艺术加工，以诗人特有的敏锐将一些看似孤立的意象、语词组合在一起，通过实与虚、外与内、有与无的相互协商，建构了超越日常话语的话语方式，有质感，有张力，含蓄隽永，耐人寻味。在这一卷中，我们可以感受到谭明在诗歌写作中的细腻和真实。这来自他对世界的用心，对体验的珍视和捕捉语言的微妙表现力的功力。诗人将微小放大，化平淡为璀璨，体现出一种举重若轻的力道。他见到的是外在世界，体验的是内在世界，而他能够将这两个世界艺术地结合到一起，于是看到了精神的投射和现实的折痕，使这些作品能够展现出诗人对人生、社会、现实的多重思量，也有对灵魂的盘诘追问。他看云，“好像什么人/在晒棉花/梦里好多的云/一片一片的，如同鱼在鳞里/闪着流水细细的光/诗中好多的云/一朵一朵的，在文字间漂浮/让读诗的人变得洁净，温柔，生动/心边好多的云/微颤微微的，白里透红/几乎被血液映成了朝霞了”（《好多的云》），从“云”的意象出发，衍生出梦里的云、诗中的云、心边的云，以及这些“云”给生命带来的启示。甚至“乌鸦”，这个在很多人那里被认为不祥之兆的生命。在诗人那里也是满含诗意的：

乌江的乌鸦，站在乌黑的危石上
沉思。这是今天的第三次
它远离树枝
将抖开的羽翅再次收敛在一起
眼里的山峰，坐得很稳。它的四周
都是桐花，白茫茫的，白如白雪
它前面的江水
碧葱葱的，碧似翡翠。他脚下的阳光
黄灿灿的，黄得像爪形的黄金
唯有乌鸦漆黑，连微笑
也是。唯有乌鸦镇静
如同“有远见的夜”
唯有乌鸦能与不同的颜色
保持平衡。山风吹了过来，残阳
摇晃了一下。而乌鸦

提着自己的故乡和叫声

缓缓向西飞去

——《乌鸦》

面对一只停留在乌江之上的乌鸦，诗人长时间地凝视、观察、体验，进而冥想。乌鸦面对江水，镇静自如，无论桐花茫茫、江水碧葱，还是阳光灿烂、山风吹拂，它都依旧保持自己的沉稳、平静和微笑，最后“提着自己的故乡和叫声”缓缓飞走。这是一个在红尘江湖中始终保持本色，固守自己骄傲，遗世独立的“人”。

在“骨骼里的乡愁”“灵魂的屋顶”“乌江的脚印”三个部分，谭明将目光聚焦在故土家园。这是生他养他的地方，是他灵魂的安放之所，他对这片土地有着浓得化不开的爱，也使诗人那颗眷恋故乡的心带着忧伤和疼痛，悸动在诗行里。

“我热爱在涪陵的全部白天/我忧郁在涪陵少数的黑夜。我时常比那株/爱开花的梧桐树高/我偶尔/薄于她的花香。我有涪陵的情怀/装满激情的波涛/我有涪陵的前额/闪着红光。……啊，涪陵！白天我的身上爱是晴空/夜晚也少不了明月/我爱你：时常将帆影认作相思和归期/偶尔把纯洁的云朵/抱上高楼”（《涪陵情怀》）。诗人对故乡的书写饱含真情，直抒胸臆，白天、黑夜、晴空、明月、帆影、云朵，每一个意象都拧得出浓浓的情意和深爱。在秋月门，诗人感受到“金色的文字，顿时落满白纸/散发出古老的香气”（《秋月门》），有一种古典的情怀；在月光下，诗人说：“思念中/有着五色的伤斑/而我依然是那只痴痴的鹤，没有从前”（《涪州一片月》），有点伤感，但也执着。《在涪陵的细雨中》显得浪漫而深情，诗人不打伞，任细雨淋着，在慢慢行走中打量这满城的风物、风情和过往的行人，得到细雨的滋润而心存感恩，蓦然发现细雨打不湿衣衫却打得湿灵魂。

对于诗人，故土家园的话题俯拾皆是，他写桃花、桐花、玫瑰、荷花、小金盏花，他写清晨花园中的沉醉，紫藤架下的品茗，他欣赏烟雨中的海棠，到野外去问候红色的野百合，他站在“灵魂的屋顶”，尽情打量周遭的一切，于是有了《寒风中的老树》《在漆黑的花香中行走》《一朵花说出就是春天》……这片土地让他获得了灵魂的慰藉和生命的依托，于是他情不自禁地用整行的热泪来咏叹心中的情感。

我的每一天
可以分别包藏在不同的水果里
比如：三月包藏在桃子中
饱含思念
充满她的汁水
五月，包藏在石榴里
像我献给她的激情
可以炸裂出喜悦
但不粉碎杯子的玻璃
比如：八月，包藏在红柿子里
一盏盏凝固的小火焰
虽然沉默不语
但仍在用经霜之悟给我凛冽的词语
比如：十月十一月
包藏在核桃里，成为铁铸的小沉默
让自己坐在问号里
认果仁为谜底，乐不可支

——《我的每一天》

经年累月，诗人把自己的每一天都包藏在不同的水果里，与它们一起思念、喜悦、沉默，甚至他把这里的桃花、梅花、海棠等都认作亲人，“与桃花亲密无间/成为了一致的花瓣”（《桃花妹妹》），“它的身上，有我久违的风雪”（《我想同一树梅花见面》）。这些看似寻常的意象，在精神闪电的照彻中亮堂、重生，于是有了生命的温度。

“乌江的脚印”中的作品皆与乌江有关。神秘的乌江两岸留下了诗人无数的脚印，那些渡口、船工、江水、飞鸟，在日复一日的相伴中浸润着他的灵魂。他发现：“江水绿得像翡翠，青山的影子/浸在里面/一只白色的水鸟掠过，浪中冒出的鱼/像传说一闪/翠鸟欢鸣/这个渡口我们并不是初次相见”（《渡口》）；“乌江雨，仅一滴/就可打醒/我一生的乡愁和奔流”（《乌江雨》）。这些平常的事物经过诗人心灵的熔铸，有了和诗人贯通的生命。诗人对故土的眷恋已经远远超越了简单的物质性存在，他漫步、游走、观看、思考，徘徊在梦与现实之间，徜徉在历史与现实之中，用心感知、寻觅和珍藏，使这些外在的物象负载着深厚的情感。这种来自骨骼里的乡愁，从笔尖溢出，四处飘荡，久久萦绕，挥之不去。

相比于对细小事物的描摹和书写，“落日的回声”视野宏阔，境界辽远，呈现出一种大景象、大情怀。“落日”是这一卷的核心意象。《谁能将落日当作遗物来保存》《桌面上的落日》《与落日对坐》《落日里的雪》《落日还在为我疼痛》等作品，直接将“落日”二字镶嵌在题目中。太阳总是东升西落，亘古不变，代表着人生起落更迭、岁月轮回。诗人在这种轮回之中找到了变化，找到了属于自己的诗意。在这些作品中，我们可以读出日暮人归的牵挂、辉煌壮丽的苍凉、恬淡悠然的宁静、世事变迁的沧桑，也可以读出感伤、落寞、凄惶。“现在啊，我的身体中只剩下落日/但是，我坚信/当这轮落日一百岁的时候/它会创造出一个世界的涅槃/让生命像太阳从东方重新升起，同时/唤出我心脏边的群山/血液里的河流，以及/思想的地平线和诗歌的露珠/且朗朗地高照，每一个想法/都鲜美如初，光芒万丈”（《坚信》），这是对生命的呼唤和渴望；“我看见落日死了/我看见小蚂蚁的脸上出现大地的悲恸/我看见天空紧张了片刻/我看见她在我的影子中沉重地路过”（《看见》），这是对时间远去的无奈和悲伤，对生命逝去的慨叹和深思。“落日”如同浑厚的锤子，重重地敲打着人的灵魂，发出沉闷的巨响，留下久久的回声。这些充满想象和底气的作品，似乎有一种来自灵魂的光芒，让人醍醐灌顶。从艺术的层面上说，这些大景致下依然呈现出情感、体验的细致纹路，有一些困惑，也突围的想望，有一些束缚，也有超然的洒脱。

“爱人的水晶”是献给爱人的恋歌。“她在深夜为我破晓/梦似细沙漏尽/……我在她的镜子中出现犹如新的一天”（《她在深夜为我破晓》）；“我欣赏你针尖的云朵/十指间的雀鸣/你美妙的十指是十个节日/我沉浸在喜气中”（《我爱你从你的手开始》），这些诗句写得锦绣纷飞，心旌摇曳。当然，爱恋也有痛苦和忧伤，“我爱你，小痛苦，细如针/你让我用硬征服软，用棉花抱走黑夜/你让我‘顺便去爱’，去哭”《小痛苦》）。爱永远是一个复杂的话题，有爱恋就有期待和思念，就有甜蜜和喜悦，就有无奈和酸涩。我们“像两座山/保持着距离，又要像鱼和水/分分秒秒/谁也离不开谁”（《我们》）；“我”要像“蚯蚓”一样地爱她，“缠绕着青褐色的根须/密集的肉质闪电/亲吻——用针尖大小的唇……像密室的新郎和新娘/我们相爱，耳语/繁衍子孙，四季做梦而不夜半踌躇/没有被压迫的幸福感”（《蚯蚓一样地爱》）。谭明笔下的爱情平淡似水，又浓烈如火，饱含着真挚的情意，揭示了爱情的真谛。

“繁星的暗示”所抒写的主要是生活中的点滴感悟，是寻常生活擦亮的小小火花。畅想、感伤、疼痛、困惑等都来自诗的切身体验。“我卸得下身上的黄昏/却抖不掉/附体的天空——从早到晚/它辽阔着我/让我的灵魂有一条大街”/铺在三万仞高的蔚蓝中（《黄昏在一条灵魂的街上》）；“我熄灭了一盏往事的灯/独坐梦中/听蛙声，在原野好似辽阔的爱情中/突围！人如典故般清凉/

椅子冷静/唯猫可坐，不留下任何黑暗和阴影/哦，往事的灯/再次亮了/但随风而去的路，无法返回”（《我熄灭了一盏往事的灯》），诗人用一种超然的心态来看待往事，往事因此而有了韵味。很多诗人喜欢独处，那或许是思考者特有的姿态。谭明喜欢置身在辽阔的梦中，感受一种怡然和自在，在清凉寂静的原野听蛙声，人也如同典故般清凉。往事的灯看起来熄灭了，但不经意间又会被点亮，而随风而去的路，却无法返回。“看似轻松的一天，就这样/庄严地过完/但我仍然听到：骨头里/自己的痛/在怎样地痛”（《听见》），轻松中有一份沉重，这才是诗人真正的内心。而我们，可以从他的文字中触摸到诗人的心跳。

在人生与诗歌的道路上，谭明始终是一个执着的探索者，不断通过文字，从外在世界向内在灵魂探索和挖掘。如果说抒写故土、乌江、亲情、恋情等题材和主题的作品是在不断延展生命的“根须”，那么“繁星的暗示”“落日的回声”所收录的作品则是在这些“根须”上生长出来的思想的“闪电”。在他的作品中，其实也是在他的生命中，“根须”和“闪电”缺一不可，一个让他站稳脚跟，一个给他带来梦想和希望。我们可以真切地感受到，正因为他的“根须”在不断向下、向内生长，才使他的精神天空不断有“闪电”出现。反过来也可以说，因为心中有“闪电”，所以他的“根须”可以扎得更深，汲取到更丰富的营养。

谭明的诗歌写作和他的生命状态一样，平和大度，从容沉潜，这使他拥有了一种对世界的洞察力，对世事的了悟力。无论是日常生活，还是身边事物，诗人都能够从中采撷到诗意的花朵，并通过文字的打磨呈现出一种通透敞亮、澄澈舒缓的诗意。他的表达技巧娴熟而自然，语言具有质感而又不失空灵，鲜活而又具有陌生感，带着生命的呼吸与脉动。他总能触景生情，表达对自然的眷恋与敬畏，甚至缭绕着一种神秘的气息。在他的心目中，大地上的万物都具有生命，那也是人的生命的一种折射，诗人用眼睛去观察，用心灵去体味，慢慢感知、咀嚼、提炼，于是，一朵花的盛开和凋零，一只蝴蝶的飞翔和栖息，都能够和诗人感知的生命节奏相互依托，相互支撑，最终成就了他的独特发现和表达。

读完这本诗集，回顾曾经读过的他过去的一些作品，我们会发现，无论在诗美发现、艺术表达，还是情感浓度、生命取向等方面，谭明的诗都不属于先锋的、流行的范畴。他属于诗歌探索中的稳健派，不反叛传统，也不拒绝现代，而是努力将传统、现代巧妙地融合在一起，通过对语言的特殊锤炼、提升，通过对生活的独到打量、解剖，形成了属于自己的具有综合性特点的艺术特色。对于诗歌艺术的探索，我一直比较宽容和包容，无论使用传统的技法，还是采纳现代的技巧，只要能够写出对生命的独特体验，写出新颖而且和别人不一样的诗篇，那么这样的探索就是具有诗学意义的。在我看来，广泛吸纳各种探索成果的有益元素而形成的综合性书写，可能是比较容易出现优秀诗篇的有效方式之一。在这一点上，艾青如此，冯至如此，卞之琳如此，20 世纪 40 年代的九叶诗派也是如此。

《闪电与根须》或许是谭明兄献给自己花甲之年的礼物。今年初，我在一次诗歌活动中向他即将到来的这个年龄表达了自己的羡慕。花甲之年是多么美好的年龄啊！想着自己一天天都在为成堆的杂事奔波，为各种没有意义的应酬而焦头烂额，甚至很多夜晚、周末的时光都交给了办公室的灯光，我对谭明兄的羡慕就增加了一分。在今后，他可以抛却繁重的身外之事，卸下曾经不得不戴着的面具，回归本真，回归初心，全身心享受生活和艺术。这种状态和心态一定能够使他在不断反思人生、反思既有探索的基础上，开启一个诗歌创作的新阶段，奉献出更多具有特色的优秀诗篇。

这是我的期待，也是我的祝福！

2019 年 6 月 15 日至 7 月 3 日，断断续续写就于重庆之北

# 他仰望的是情怀和境界

——序黎勇诗集《西藏之上的仰望》

蒋登科

诗歌圈子里的很多人可能不知道黎勇这个名字，因为他很少参加诗歌方面的活动，发表的作品也不算太多。严格地说，黎勇是诗歌圈子之外的人，对他来说，写作不是任务，没有目标，他只是根据自己的感受随意地写着。作为阅读者，我喜欢这种写作状态，没有任务和目的的写作，很多时候可以看成心灵化写作，作品中可以表达出更多真实的、个性化的元素。

黎勇曾经较长时间在北碚生活和工作。我认识他，是因为他写诗。不过，我们真正聚在一起谈诗的时间并不是很多。我认识他的时候，他已经在从事行政工作，诗只是他的业余爱好，工作一忙起来，诗就得靠边站。但是，他还是尽可能抽出时间和我们聚会交流，聚得较多的有谭朝春、万启福和我，当然，之前还有华万里、万龙生等等。后来，他调离了北碚，到了更大的单位，估计工作更忙了，我们因此有好几年没有联系，只是一些朋友偶尔谈到他，说他又当上了什么什么，很羡慕的样子。可是我却有点心痛，他有那么好的诗才，却被事务性的工作给耽误了，实在可惜。大概两年前，我和他又无意中取得了联系，加了微信。从朋友圈中，我才知道，他参加重庆援藏工作队到了西藏昌都工作，见到了他经常在朋友圈发表一些在西藏创作的诗歌作品。我从心里为他高兴。黎勇没有放弃诗歌。

最近，黎勇将他在西藏工作近三年时间创作的诗歌作品，编选成一部诗集《西藏之上的仰望》，使我们能够窥见他最近几年的人生经历和心路历程。西藏被称为地球的第三极，辽阔、高远、安静、神秘，可以说是最能代表时下流行的“诗与远方”这一理念的地方，很多人都到西藏清洗心灵，寻觅诗意。对于诗人，西藏可能是最能够激发创作灵感、激情的地方之一。关于西藏的诗，我读过不少，过去读过马丽华、魏志远、洋滔等诗人的作品，前两年读到了陈人杰等人的诗，当然还有其他很多诗人零散创作的作品，我从这些作品中读到了圣洁，读到了安静，读到了信仰，读到了超越，读到了升华……我相信，黎勇也不会令我们失望。

黎勇在西藏的工作非常繁忙，而且要承受地域、文化、气候等所带来的不适。但在静下来的时候，他有更多的时间直接地体验、感受、回味这片神奇的高原及其文化，并由此重新打量自己的内心。在这个时候，读诗、写诗就成为他的最好选择之一，因为诗是他在骨子里无法放弃的爱好，而且诗是最适合表达内心体验的。在诗的世界里，他不需要去重复每一天的经历和故事，只需要回味这些经历和故事所引发的心灵的颤动、情感的波澜和自我反思的收获。《走在生与死的边缘》可以看成是黎勇对西藏体验的整体感悟：

在西藏，我背着石头走路
睁着眼睛睡觉
还时不时地回头，找一找
自己的心跳

山耸入云，沟隐于湖

雪高过草原，路细如绳索
寺庙大于信众
我深一脚浅一脚地行走
不知道，这一脚踩下去
是生，还是死

我告诉自己：不能让身体只剩下身体
让梦，不再有梦
落日拖着最后的光芒往前走
步伐依然灿烂

我，要学会牦牛一样行走
能走多远是多远
直到走入下一个轮回
让沉重的背负压塌一切阴影
让生与死的边缘镶上金边
祈祷一样闪光

这首诗写到了西藏的自然环境带给人的身体的影响，当然是以诗的方式表达的；接着，他更进一层写到了对生与死的感悟与思考，使作品拥有了深度和广度；诗的后面两节表达的是诗人面临恶劣的自然环和生死临界点时所进行的自我反思，所经历的心路历程。他没有因为外在原因而退却，“不能让身体只剩下身体/让梦，不再有梦”，他依然怀揣梦想，“要学会牦牛一样行走/能走多远是多远”“让沉重的背负压塌一切阴影/让生与死的边缘镶上金边”，这是来自内心的力量，是神奇的西藏带给诗人的启示，也是诗人的自我修炼和精神升华。他的西藏诗有很多都是沿着这样的现实—感受—体验—反思—升华的情感逻辑、思维逻辑展开的，有些作品包含了所有的这些元素，有些只涉及其中的部分元素，但总体来说，他的作品基本上都遵循了这些内在的情感演化逻辑。因此，如果我们说这首诗是解读黎勇西藏诗的“钥匙”，恐怕并不为过。

诗集《西藏之上的仰望》共五辑，包括“高原一直等我出发”“细物藏着巨大的核”“感恩一场通麦的雨”“雪山泛着明亮的光”“仰望之上的仰望”，大多数作品都和西藏有关。

阅读大量以西藏为题材的诗文作品之后，我有一个感觉，每个到过西藏的人，都要经历一系列的身体、心态、情感的变化。在到西藏之前，人们心目中都会充满梦想，对那里的蓝天、白云、山水、文化等产生无限的想象，那是一个神奇、神秘、梦幻般的地方，是心灵、生命的归依之处。刚刚到达西藏的时候，人们的身体、心理会发生很大的变化，那里是高原，空气比较稀薄，环境也相对恶劣，很多人首先面对的是身体的不适，进而影响到心态的变化和情绪的波动。但是，随着身体的逐渐适应，也随着对西藏山水、历史、文化等的体验、感悟的加深，人们则会真正地爱上西藏，那是经过了切身体验之后的爱，是人与自然达到了融合状态的爱。这种爱与到达西藏之前的想象不完全是一回事，而是有点类似于经历了“看山是山，看水是水；看山不是山，看水不是水；看山还是山，看水还是水”的心理演变历程。在经历这样一些过程之后，诗人往往会以全部的身心进行创作，他们的作品也会从向往、纠结、适应到最后的全心投入。阅读黎勇的诗，我们似乎也能够获得这样的心路历程和情感变化，但黎勇有自己的独特之处，一方面，他是以援藏干部的身份到西藏的，身上有责任，和一般的旅行者存在很大的差别；另一方面，他在西藏生活的时间也远远超过普通的旅行者，可以对西藏的山水、历史、文化等获得更多、更直接的体验和思考，当然也就可以获得更大的收获。

在黎勇的诗中，抒写初到西藏之时的不适之感的作品其实不多。不是没有不适之感，而是他往往转换一个角度，更多的是以一种超越的情怀面对新的环境：

> 让缺氧和失眠去折磨风起云涌的身体
> 让乌云和噩梦去纠缠从不躲闪的眼睛
> 让紫苜蓿、火狐狸和深褐色的鹰
> 去擦亮心空
> 让其他格格不入的事物，统统靠后
>
> ——《独上高原》

“擦亮心空”才是他真正的追寻。面对新的环境而发生的转换，可能是因为责任所在，但我更愿意认为，那是来自于诗人对于那片土地的热爱，来自他对自我、对生命、对人生价值的重新定位和再次觉醒。诗人当然也感受到了寂寞、孤独：“站在高原之上/孤身一人，天地苍茫，苦寂似海/从未有过的孤独/让你感到此生的存在和独立/竟是如此渺小”，但他能够以超然的姿态和心态来面对和化解它们：“让你看到肉体之上的精神/精神之上的信仰/信仰之上的冈仁波齐/冈仁波齐之上的云霞/云霞之上的星空，星空之上的慈悲”（《冈仁波齐》）。于是他说：“我要翻过那些山/翻过那一座连着一座的山/在天地间，完成一场属于自己的跋涉/完成一次壮游的告别与前行/……我要在山巅眺望水涯，让波浪把我辽阔/山巅连接过往的流云，让心致自如舒卷/在山巅把那颗不安的心安放/在山巅让白发转青，重回少年郎”（《翻过那些山》），这是现实的“山”，也是心灵的“山”。真正的人生总是在不断地“翻山越岭”，而每翻过一道山，我们的心灵就会多一分净化，我们视野就会多一分开阔，我们的境界就会得到一分提高，我们的人生就会向完美靠近一分。在诗人看来，“高原，除了重重叠叠的沉思/就是我源源不断的惊叹”（《高原秘密》），“沉思”与

“惊叹”正是诗人获得的艺术灵感和生命启迪。

黎勇的诗是敞亮的。这是心灵的敞亮，是生命的敞亮。黎勇并不是没有经历过困顿、迷茫，但是，西藏的特殊经历使他的身体、情感、心态等获得了一次转变，使他能够以一种超越的姿态打量现实和人生。超越是需要心力的，那是一种可以调整、完善自我的力量。在黎勇的心目中，只有获得这种超越的状态，才能在曲折的人生之路上获得动力与方向。

我把初心拿到阳光下翻晒

把苦难拿到月光下清洗

我想在阳光里把苦难驱散

在苦难里，让月光清澈

——《二两光阴》

雪还在下，我知道

只裹紧衣物是不够的

还必须像风雪路上磕着长头的人

高擎无明的灯，向着内心的高地

一步一步，向前行进

——《雪还在下》

走向内心是诗歌的基本取向，是优秀诗歌的必然取向。黎勇悟出了这个道理，而且能够将其融入到自己的人生和诗歌创作中，敢于敞开心扉，敢于在反思、体悟之中修正既有的人生之悟、生命之思。这样的诗可以带给我们启迪，也可以带给我们独特的人格力量。

没有了可以仰望的喜玛拉雅
头顶上方，空空荡荡
人生的落寂，像高原的寒
莫名地生起

我不得不对着天空再次仰望，在西藏
在圣域
太阳、星星、月亮，能不能把
我的额头带上

高原的上方，发出更庞大的光
神辉汇集
照亮更高的喜玛拉雅

——《仰望》

“仰望”是黎勇这部诗集的核心词，这首《仰望》所抒写的复杂的心理过程和最终的确认的情感取向，其实是诗人对自我的一种重新塑造。这是一个具有多重内涵的词，既是对高山、高原、高天的仰望，也包括对精神、纯净、神圣的仰望。这种仰望，使诗人的内心得到清洗，使他的胸怀更加开阔，也使他的诗的精神境界得到提升。

与此类似的还有《天空》等作品：

在高原
胸中，涌进无数的白云
情思跟随云朵浮动，好像追随朵朵雪莲花

所有的人间悲苦

都被天空，化于无形，融于伤口

——《天空》

辽远无垠的天空带给诗人的，不只是一种外在的高远，更是一份内心的开阔，一种自我的新变，甚至可以看成是一种对伤痛的疗治。

黎勇的诗是真诚的，这是自我反思的真诚，是面对自己内心时的真诚。诗必须真诚，才能触动心灵，才能打动读者，才能引起共鸣。但是，黎勇诗中的真诚，还具有另外一种意味，那就是敢于在高天流云之下解剖自己，然后寻觅更加顺应生命本真的心灵与情感指向。这肯定和他的西藏经历具有深度的关联。

高原的河流和内地的河流不一样，在诗人那里，它的沉默、它的坚强、它的“拼命蜿蜒”都蕴含着无尽的启迪和力量，于是诗人的心灵、情感在带着野性的河流之中得到了清洗，也获得了力量。“高原的河流，命里的河流/一生都在寻找的河流/无数次在血脉里涌动/在梦境里闪现/但又从未遇见过的河流”，于是我们听到诗人这样歌唱：

在阳光下默默注视高原的河流

它的黄啊

黄土地的黄，黄皮肤的黄

苍茫而古老的黄

黄得纯粹，凝重，高远，苍莽

让人血脉一样亲近

骨头一样呼啸，虎豹一样搏击

——《高原河流》

这有如高原河流一般的思绪，流出的是诗人对于生命及其价值的思考，其中当然也有自我的反思——正是在这样的“河流”的冲洗、激荡之下，诗人才敢于袒露心扉，才感受到了生命的野性和力量。

很多人可能都会追问这样的问题：我们从哪里来？我们到哪里去？生命的价值究竟是什么？其实，作为诗人的黎勇也在思考。在西藏的大地上，他发现：

> 翻越十万八千里的山路和日月
>
> 跪拜过高原的风雪、严寒、蛮荒和奇迹
>
> 悟懂了贫穷、苦痛、绝望和希冀
>
> 我终于明白，在高原
>
> 你为什么神一样存在于众多向往和仰望

他更由此发现“每一个生命都需要活下去的理由”，而对这种“理由”的寻觅，可以说是他诗歌的最终旨归。因此，他也和众人一样，在布达拉宫，“走一圈，领享你的照耀”，“然后，沾一点你宁静的气息/映着金辉悄然离去/回到凡俗的生活，不再/孤寂地面对黎明和默数手中月光”（《走过布达拉宫》）。这是一种精神的力量，信仰的力量，能够入心的力量，因此也是能够孕育内在能量的力量。

总体来说，黎勇的诗是独到的。在当下，我们读到的很多诗在语言上新奇而多变的，第一感觉都不错。对于诗歌来说，语言的独特与新奇是必需的，但是，仅有语言表达的新奇又是远远不够的。对于有些作品，只要我们剥开语言的表皮，就会发现其内里是空洞的、苍白的，没有血肉和筋骨，更没有灵魂。我把这种现象称为“空壳化”。黎勇的诗基本上没有这种情况，因为他的每一首诗，都来自他的切肤体验，都来自高原上的生命启迪，都和自己的人生甚至生命血肉相连。诗歌肯定少不了语言的打磨，没有独到的语言和表达，诗可能就会出现另外一个倾向——同质化，但即使这样，我也并不认为语言就是诗的终极目标，语言是用来表达诗人的体验的，它必须和诗人的情感、生命、灵魂完美匹配，才能获得冲击人心的力量。

因为具有自我精神的支撑，在黎勇的诗中，无论语言、体式，还是情感演进、转换等等，我们都很难发现太多的漏洞。在很多时候，优秀的诗不是刻意去寻觅的，而是突然从诗人的人生积累中生长出来的，这种生长需要长期的养分积淀，也需要突然的外在激发，甚至需要生活场景的转变。黎勇或许正是遇到了这种机缘，多年积淀的诗情在青藏高原的涤荡、激发中复活了。相对于人的一生来说，三年的西藏经历并不算太长，但对于黎勇来说，它肯定是一种不可忽视和替代的人生经历。他在西藏创作的诗，也必定成为他的诗歌写作中不可替代的一部分，还可能会引发他诗歌创作的一次转折、一次提升、一次新的出发。

但我不敢说，黎勇的诗都是完美的。对于诗歌创作者来说，完美永远只是一种梦想，始终出于“在路上”的状态。如果我们细致推敲一下，由于他都是利用业余时间或者工作间隙进行创作，有些作品在语言、结构上打磨得还不够精细，存在粗犷有余、细腻不足的问题；直抒胸臆的写法较多，有些作品甚至直接说出感情的名字，留下的回味空间相对较少；有些作品在情感演变的思维逻辑上存在自我重复的现象，读多了，就容易带来审美疲劳。不过，总体来说，黎勇的西藏诗在他的创作历程中算是一次提升，甚至可以看成是一次飞跃，西藏经历拓展了他胸襟和情怀，带给他打量自我和世界的新角度与新方式，引发了他对过去人生的重新梳理和判断，为他今后的人生发展和诗歌创作奠定了更加扎实的艺术和情感基础。

在高原

她让我不知不觉学会了仰望

不管天空有没有神灵

只要你仰面朝天

总有一股力量让你向上

好似飞翔

灵魂，缓缓升腾离开了身体

——《天空》

对于信仰，对于境界，对于情怀，我们都需要以仰望的姿态面对，这种仰望可以带给我们力量和方向，包括艺术的力量和方向，那是一种超越肉体、超越实用的精神升华！

对于一个善于反思、善于自省、善于突破的诗人，我对他未来的创作充满期待！

2019 年 4 月 20–26 日，于重庆之北

**图书在版编目（CIP）数据**

诗学.第十二辑 / 吕进，熊辉主编.—成都：巴蜀书社，2020.11
ISBN 978-7-5531-1379-1

Ⅰ.①诗… Ⅱ.①吕…②熊… Ⅲ.①诗歌研究—中国—当代
Ⅳ.①I207.22

中国版本图书馆 CIP 数据核字（2020）第 207188 号

**诗学（第十二辑）** 吕 进 熊 辉 主编

责任编辑 陈亚玲
出　　版 巴蜀书社
成都市槐树街 2 号 邮编 610031
总编室电话：(028)86259397
网　　址 www.bsbook.com
发　　行 巴蜀书社
发行科电话：(028)86259422 86259423
经　　销 新华书店
照　　排 成都完美科技有限责任公司
印　　刷 成都蜀通印务有限责任公司 (028)64715762
版　　次 2020 年 11 月第 1 版
印　　次 2020 年 11 月第 1 次印刷
成品尺寸 170mm×240mm
印　　张 20.25
字　　数 320 千字
书　　号 ISBN 978-7-5531-1379-1
定　　价 68.00 元